Der Zorn des Highlanders

Hannah Howell
im Weltbild Taschenbuch

Das Schicksal des Highlanders
1430 – Balfour Murray und Maldie Kirkcaldy

Die Ehre des Highlanders
1437 – Nigel Murray und Gisèle DeVeau

Unter dem Schutz des Highlanders
1444 – Eric Murray und Bethia Drummond

Der Schwur des Highlanders
1446 – Cormac Armstrong und Elspeth Murray

Der Zorn des Highlanders
1458 – Cameron MacAlpin und Avery Murray

Irrtum des Herzens
1465 – Gillyanne Murray und Connor MacEnroy

Die Spur des Highlanders
1471 – Laird MacEnroy und Lady Lindsey

Der Fürst der Highlander
1473 – Jolene Gerard und Sigimor Cameron

Alle Geschichten sind in sich abgeschlossen und können in jeder beliebigen Reihenfolge gelesen werden.

Hannah Howell

Der Zorn des Highlanders

Deutsch von Andrea Hahn

Weltbild

Originaltitel: *Highland Knight*
Originalverlag: Zebra Books/Kensington Publishing Corp., New York

Besuchen Sie uns im Internet:
www.weltbild.de

Die Autorin

Hannah Howell hat sich seit ihrem ersten Buch 1988 einen Namen als Autorin romantischer historischer Romane gemacht. Die begeisterte England-Reisende lebt an der Ostküste der USA, wo ihre Familie seit 1630 ansässig ist. Sie ist verheiratet, hat zwei erwachsene Söhne, einen Enkel und fünf Katzen, von denen eine den Namen Oliver Cromwell trägt.

Weltbild Taschenbuch

1

Frankreich
Frühling 1458

»Warum bringt Ihr das Mädchen hierher?«

Sir Bearnard, ein stämmiger Mann, verschob träge seinen muskulösen Arm, um die schlaff über seiner Schulter hängende Gefangene fester zu greifen. Skeptisch musterte er seinen Lehnsherrn Sir Charles DeVeau und antwortete: »Ich habe sie bei dem Überfall aufgegriffen«.

»Ich habe Euch nicht gegen die Lucette losgeschickt, um Frauen mitzubringen. Hier gibt es mehr als genug, die bereitwillig die Bedürfnisse jedes Mannes befriedigen.«

»Wir haben alles gemacht, wie Ihr es befohlen habt, Herr. Ich habe diese Frau gefunden, als wir schon von der brennenden Burg der Lucette wegritten, und da dachte ich mir, dass ich sie brauchen könnte, um eine offene Schuld zu begleichen.«

»Welche Schuld?« Sir Charles rieb sich das scharf geschnittene Kinn mit den langen, beringten Fingern seiner linken Hand und versuchte erfolglos, einen genaueren Blick auf Sir Bearnards Gefangene zu werfen.

»Eine Wette, die ich gegen Sir Cameron MacAlpin verloren habe.«

Sir Bearnard runzelte die Stirn, als Sir Charles leise lachte.

»Diese Frau ist kaum größer als ein Kind, schmutzig und voll blauer Flecken. Habt Ihr denn außerdem vergessen, dass unser großer schottischer Ritter ein Keuschheitsgelübde abgelegt hat?«

»Mir ist aufgefallen, dass er sich nicht mit Frauen abgibt, obwohl ihm viele zuzwinkern.«

»Nun, macht, was Ihr wollt. Meiner Meinung nach werdet Ihr allerdings feststellen, dass Sir Cameron lieber Geld sehen würde.«

»Vielleicht nicht, wenn ich ihm beide Frauen anbiete.«

»Beide Frauen? Ich sehe nur eine.«

»Die andere war noch kleiner als die hier, fast noch ein Kind. Sir Renford hat sie mitgenommen, er findet Gefallen an so zarten Dingern.«

Sir Charles zuckte die Schultern. »Geht und versucht Euer Glück. Sir Cameron verlässt uns bald. Vielleicht ist er also für den Handel zu gewinnen und weiß sogar, wie er für das Weibsbild Geld bekommt. Aber denkt daran: Wenn sie Ärger macht, seid Ihr dafür verantwortlich.«

Avery spürte, wie sich ihr Entführer leicht verbeugte. Ihr Magen war so verkrampft vor Zorn, dass es ihr fast unmöglich war, weiterhin die Ohnmächtige zu spielen, während Sir Bearnard sich von dem Mann mit den kalten Augen verabschiedete und aus der großen Halle schritt. Dieser Unmensch hatte gerade versucht, ihre Verwandten und alles, was ihnen lieb und wert war, zu vernichten. Und nun wollte er sie dazu benützen, irgendwelche Schulden abzuzahlen.

Sie konnte nicht glauben, wie schnell sich der idyllische Besuch bei der Familie ihrer Mutter in eine blutige Tragödie verwandelt hatte. Wie viele ihrer Cousins waren unter den Schwertern der DeVeau gestorben? War alles zerstört? Und wo war ihre Cousine Gillyanne? Gillyanne war noch ein Kind, erst dreizehn Jahre alt. All diese Fragen brannten Avery unter den Nägeln, doch ihr war klar, dass der brutale Kerl, der sie ihrem Schicksal entgegentrug, sich nicht die Mühe machen würde, ihr zu antworten.

Als Sir Bearnard schließlich vor einer massiven Holztür stehen blieb und daran klopfte, zuckte Avery zusammen. Jeder Schlag verstärkte das schmerzhafte Dröhnen in ihrem Kopf. Die Tür öffnete sich, und sie fluchte leise, als der Mann beim Betreten des Raums ihre Beine rücksichtslos gegen den

Türrahmen stieß. Sie versuchte, einen Blick in den Raum zu erhaschen, doch ihre wirren Haare verschleierten die Sicht. Dann warf Sir Bearnard sie auf ein weiches Schaffell vor einer Feuerstelle. Der plötzliche Sturz machte sie benommen und steigerte ihre Kopfschmerzen derart, dass sie Angst bekam, tatsächlich ohnmächtig zu werden.

»Und was ist das?«, fragte eine tiefe, volle Stimme in ziemlich gebrochenem Französisch.

»Eine Frau«, antwortete Sir Bearnard.

»Das sehe ich. Was veranlasst Euch, sie zu mir zu bringen?«

»Ich will mit ihr meine Schuld begleichen«, erklärte Sir Bearnard.

»Selbst wenn ich die Absicht hätte, sie in Zahlung zu nehmen«, erwiderte die tiefe Stimme gedehnt, »scheint sie nicht einmal die Hälfte von dem wert zu sein, was Ihr mit schuldet.«

Bei dieser gelassenen Beleidigung knirschte Avery mit den Zähnen und beschloss, dass sie ihre Ohnmacht lange genug vorgetäuscht hatte. Sie wischte sich die wirren Strähnen aus dem Gesicht – und fast stockte ihr der Atem. Der Mann, der neben Sir Bearnard stand und finster auf sie herabstarrte, war riesig. Und er sah nicht nur so groß aus, weil sie zu seinen Füßen auf dem Boden lag.

Er trug weiche hirschlederne Stiefel und eine braune Wollhose über langen, wohlgeformten Beinen. Sein weißes Leinenhemd war aufgeschnürt und enthüllte einen straffen, muskulösen Bauch und eine breite, glatte Brust. Seine Haut war so dunkel wie die vieler Franzosen, die hier in Diensten standen. Selbst sie würde neben diesem Mann vornehm blass erscheinen. Auf seinem dunklen, schmalen Gesicht spiegelte sich kein Interesse, keine Spur einer Gefühlsregung. Trotzdem war es ein fast schönes Gesicht. Dichte rabenschwarze Haare fielen in weichen Locken über die breiten Schultern. Er besaß ein festes Kinn, ausgeprägte Wangenknochen, eine gerade Nase und einen Mund, der selbst auf sie verführerisch wirkte, obwohl er zu einer strengen Linie zusammengepresst war. Doch besonders seine Augen fesselten ihre Aufmerksamkeit. Unter dunklen, leicht gebogenen Brauen, eingefasst von auffallend langen Wimpern, lagen die dunkelsten Augen, die sie je gesehen hatte. Schwarz wie Kohle und beinahe ebenso hart. Sie konnte in ihnen weder Erbarmen noch Hilfsbereitschaft lesen. Endlich zeigte sie ihm deutlich ihre Wut und beobachtete, wie sich seine Augenbrauen daraufhin ein wenig hoben.

»Ich habe gehört, dass Ihr uns mit Euren Männern bald verlassen wollt, Sir Cameron«, sagte Sir Bearnard.

»In zwei Tagen«, antwortete der Angesprochene.

»Ich fürchte, ich kann das Geld, das ich Euch schulde, bis dahin nicht aufbringen.«

»Dann hättet Ihr die Wette nicht eingehen dürfen.«

Sir Bearnard wurde dunkelrot. »Ja, das war unüberlegt. Aber Ihr könnt etwas für die Frau bekommen. Benützt sie, verlangt Lösegeld für sie oder verkauft sie.«

»Ihr habt sie bei dem Angriff auf die Lucette gefangen genommen?«

»*Oui*, unmittelbar vor den Toren.«

»Dann könnte sie ein Bauernmädchen sein und kein Lösegeld wert.«

»*Non*, Sir Cameron, schaut Euch ihr Gewand an. Ein Bauernmädchen würde niemals solche Kleider tragen.«

Als sich Sir Cameron bückte, um ihr Gewand näher zu betrachten, gab Avery der Wut nach, die sich in ihr aufgestaut hatte. Sie trat nach ihm, zielte direkt unter sein markantes Kinn. Aber er war schnell – beängstigend schnell. Er fing ihr Bein ab und schlang seine langen Finger fest um ihre Wade. Ihre Röcke rutschten nach oben und gaben ihre Beine frei. Zu ihrer Bestürzung hielt er sie einen Augenblick so fest. Ihr blieb vor Wut die Luft weg, als er plötzlich ihre Röcke hob und einen Blick darunterwarf, wobei sich sein schön geschnittener Mund zu einem flüchtigen Lächeln verzog.

»Eine Hose«, murmelte er.

Sir Bearnard erhaschte einen Blick, bevor Sir Cameron die Röcke wieder fallen ließ. »Ungewöhnliche Aufmachung für eine Frau.«

»Ihr habt also nicht von dem Geschenk gekostet, das Ihr mir machen wollt«, stellte Sir Cameron fest.

»*Non,* das schwöre ich. Ich habe sie nur mitgenommen, um meine Schulden bei Euch abzuzahlen.«

Sir Cameron hockte noch immer neben ihr, umfasste noch immer ihr Bein. Er strich mit seiner linken Hand darüber, während er es mit der rechten unverwandt festhielt. Avery kochte vor Wut, und ihre Hilflosigkeit verstärkte den Zorn. Dieser Mann behandelte sie wie ein Pferd, das er kaufen wollte. Was sie aber in Anspannung und Angst versetzte, war nicht verletzte Scham, sondern die Furcht vor einer Entdeckung. Einen Augenblick später glitten seine Finger hoch genug, um das Futteral des Dolches zu ertasten, der an ihrem Oberschenkel befestigt war. Sie fluchte. Als er sie ansah, blitzte in seinen dunklen Augen kurz etwas wie Heiterkeit auf. Sie funkelte ihn wütend an.

»Ich glaube Euch, Sir Bearnard«, antwortete Sir Cameron gedehnt, während er ihren Dolch aus dem Futteral zog, ihr Bein freigab und aufstand.

»*Merde.*« Sir Bearnard schüttelte den Kopf. »Ich habe nie daran gedacht, sie auf Waffen zu untersuchen. Immerhin ist sie nur eine Frau.«

Avery trat nach Sir Bearnard, doch dieser entfernte sich schnell aus ihrer Reichweite, und sie zog ihre Röcke wieder glatt. Während Sir Cameron stirnrunzelnd ihre Waffe musterte, trat ein Jüngling zu ihm. Sie schätzte ihn auf ihr Alter, achtzehn Jahre, oder jünger. Seine Haare waren so rot wie Sir Camerons dunkel, er war groß gewachsen und fast zu dünn.

»Cameron, das ist ein …«, begann der Junge auf Englisch und blickte mit weit aufgerissenen Augen zunächst auf den Dolch, dann auf Avery.

»Ich weiß, Donald«, entgegnete Sir Cameron in derselben Sprache und schnitt dem Jungen das Wort ab.

Donald starrte weiterhin auf Avery und flüsterte: »Sie hat Augen wie eine Katze.«

»Ja, und ich glaube allmählich, dass sie so wild ist wie die schlimmste Raubkatze.« Cameron sah finster zur Tür, als es klopfte. »Plötzlich bin ich ein äußerst gesuchter Mann«, murmelte er auf Französisch und warf einen raschen Blick auf Sir Bearnard.

»Bearnard, Lumpenkerl, ich weiß, dass Ihr hier seid!«, brüllte eine tiefe Stimme.

»Aha, das ist für Euch.« Cameron nickte Sir Bearnard zu. »Ihr stellt wohl besser fest, was der Mann will.«

»Ist meine Schuld beglichen?«, fragte Sir Bearnard.

»Ich denke noch darüber nach.«

Sir Bearnard ging die Tür öffnen, und ein klobiger, braunhaariger Mann stampfte in den Raum. Avery allerdings hatte nur Augen für das kleine, dünne Mädchen, das er hinter sich herzog. »Gillyanne!«, schrie sie und wollte aufspringen, wurde aber von Sir Cameron an Ort und Stelle gehalten, indem er ihr sanft, aber bestimmt einen Fuß auf die Brust stellte.

»Ihr könnt dieses kleine Miststück zurückhaben«, schimpfte Sir Renford, der Gillyanne auf Sir Bearnard zustieß. »Sie ist krank.«

Nach einem Blick auf Gillyanne trat Sir Bearnard hastig von ihr zurück und streckte abwehrend seine Hände aus. Gillyanne beachtete die beiden Männer nicht und rannte auf Avery zu. Das Mädchen blieb unvermittelt stehen und kreischte vor Angst leicht auf, als Cameron sein Schwert zog und es ihr entgegenstreckte.

»Ihr würdet ein Kind töten?«, fragte Avery herausfordernd. Sie hatte viel zu große Angst um Gillyanne, um länger zu schweigen oder die Französin zu spielen.

»Sie ist krank«, stellte Cameron fest.

Avery musterte Gillyanne, und langsam breitete sich ein Lächeln auf ihrem Gesicht aus. Die helle Haut des Mädchens war mit Flecken, Quaddeln und Pickeln übersät. Ihre ein wenig schielenden Augen waren geschwollen und rot.

»Erdbeeren?«, fragte sie ihre Cousine. »Hat er dir Erdbeeren gegeben?«

»Ja. Na ja, nein«, erwiderte Gillyanne. »Er hatte welche in seinem Gemach, und als er nicht hingeschaut hat, habe ich mir ein paar in den Mund gestopft.«

Cameron zögerte einen Moment, dann schob er sein Schwert zurück in die Scheide. »Es war also eine List.« Er nahm seinen Fuß von Averys Brust und legte die Stirn in Falten, als sich das junge Mädchen in die Arme der gertenschlanken Frau warf. »Eine bewusste Täuschung.«

»Würdet Ihr es für ehrenhafter halten, dem französischen Schweinehund zu erlauben, sie zu schänden?«, fuhr ihn Avery an.

»Sie ist noch ein Kind«, schimpfte Donald, der Sir Renford einen Blick kaum verhüllter Abscheu zuwarf.

»Die sprechen Englisch«, meinte Sir Bearnard, indem er die Tür hinter einem fluchenden Sir Renford schloss.

»Es sieht so aus«, erwiderte Sir Cameron. »Ich glaube, sie könnten sogar aus Schottland kommen.«

»Die Lucette haben eine Verwandte in Schottland. Ähm, ist es eine gute Idee, diesem kranken Kind zu erlauben, die Frau zu berühren?«

»Habt Ihr Angst, dass das ihren Marktwert mindert? Nicht nötig. Was das Kind hat, ist nicht ansteckend.«

»Nehmt Ihr sie beide in Zahlung?«

»Ich habe wohl kaum eine andere Wahl. Wenn sie mir nichts einbringen, kann ich Euch schließlich wieder aufsuchen, nicht wahr?«

Avery war ein wenig überrascht, als sie sah, wie Sir Bearnard blass wurde und ruckartig nickte. »Gott mit Euch auf Eurer Heimreise, Sir Cameron.«

»Ein Schotte«, flüsterte Gillyanne, als Sir Cameron Sir Bearnard zur Tür begleitete. »Sind wir jetzt in Sicherheit?«

»Ich bin mir nicht sicher«, flüsterte Avery zurück. »Er hat uns als Bezahlung für Wettschulden akzeptiert. Das spricht nicht gerade für diesen Mann. Er sieht auch nicht so aus, als wäre er ganz und gar ungefährlich. Und irgendetwas am Namen MacAlpin beunruhigt mich, ich komme aber nicht darauf, was.« Die Tür schloss sich hinter Sir Bearnard, und Avery berührte vorsichtig das Gesicht ihrer Cousine. »Wird das bald heilen?«

»Ja, es juckt nur.«

»Lass mich mit ihm reden«, riet Avery, als Sir Cameron wieder zu ihnen trat.

Cameron blickte auf die beiden kleinen Frauen, die ihm gerade übergeben worden waren. Er fand das Verschachern von Frauen ausgesprochen widerlich, hatte aber schon vor langer Zeit festgestellt, dass er da eine Ausnahme bildete. Die meisten Männer, an deren Seite er in den vergangenen drei Jahren gekämpft hatte, hatten wenig mit ihm gemein. Er und seine Gefolgsleute sonderten sich mehr und mehr von den anderen Söldnern ab, und das brachte Schwierigkeiten mit sich. Cameron wünschte nur, er wäre nicht mit einem weiteren Problem konfrontiert worden, bevor er seine Heimat Schottland wiedersah und, so Gott wollte, dort Frieden fand.

Diese neue Schwierigkeit bereitete ihm größtes Unbehagen: Sie war zerzaust und schmutzig und schien auch nicht den mädchenhaften Anstand zu besitzen, sich zu fürchten. Sie trug eine Unterhose und einen Dolch um ihren reizenden Oberschenkel. Ihre schönen Beine faszinierten ihn, und das fand er alarmierend. Er hatte fast die ganzen achtundzwanzig Jahre seines Lebens gebraucht, um zu erkennen, dass begehrenswerte Frauen ihm nichts als Ärger einbrachten. Daher war er nicht besonders entzückt darüber, dass diese zierliche Frau mit den goldenen Augen seine Leidenschaft, die er beinahe drei Jahre lang so streng unter Kontrolle gehalten hatte, zu neuem Leben erweckte. Während dieser langen, kalten Jahre seines selbst auferlegten Zölibats war er nicht ein einziges Mal schwankend geworden. Aber jetzt ...

Er musterte die Frau eingehend, um eine Erklärung dafür zu finden, warum er plötzlich diese schmerzhafte Anspannung fühlte, warum ihm das Blut in den Adern pochte. Sie war nicht groß, reichte ihm wahrscheinlich gerade einmal bis zur Brust. Zudem war sie gertenschlank, das genaue Gegenteil jener üppigen Frauen, die er in der Vergangenheit immer bevorzugt hatte. Ihre Brüste waren klein, aber fest und verführerisch geformt. Sie hatte eine sehr schmale Taille und sanft geschwungene Hüften. Ihre wunderschönen, schlanken und überraschend langen Beine hatte er schon gesehen. Die Haut schien am ganzen geschmeidigen Körper von einem leichten Goldhauch überzogen. Donald hatte recht: Sie hatte Katzenaugen. Nicht nur waren sie bernsteinfarben, sie standen auch ein wenig schräg, was ihre Katzenhaftigkeit verstärkte. Unter gebogenen Brauen und langen, dunklen Wimpern beherrschten sie das kleine herzförmige Gesicht mit der schmalen Nase und den volle Lippen. Alles wurde umflutet von schweren, goldbraunen Locken, die – durchsetzt von aufschimmerndem Rot – bis über ihre Hüften herabfielen.

Cameron fuhr sich mit den Fingern durchs Haar, rieb sich den Nacken und verzog kaum merklich das Gesicht. Sie war vom zerzausten Scheitel bis zu ihren zierlichen Füßen eine goldfarbene Frau. Er konnte mit sich selbst diskutieren, bis ihn die Zunge schmerzte, aber er konnte nicht leugnen, dass sie etwas ganz Besonderes war. Wenn er seinem Keuschheitsgelübde treu bleiben wollte, musste er sich möglichst fern von ihr halten. Das würde sich allerdings als schwierig erweisen, wenn er sie mit nach Schottland nahm.

»Wer seid Ihr?«, wollte er wissen.

Avery erwog kurz, zu lügen, kam aber zu der Überzeugung, dass das keinen Sinn hätte. Gillyanne wäre nicht fähig, die

Lüge dauerhaft aufrechtzuerhalten. Sie war zu jung für ein längeres oder kompliziertes Täuschungsmanöver. »Ich bin Avery Murray, Tochter von Sir Nigel Murray und Lady Gisèle of Donncoill. Das hier ist meine Cousine Gillyanne Murray, Tochter von Sir Eric und Lady Bethia Murray of Dubhlinn.« Sie stockte, als sein Gesichtsausdruck innerhalb eines Herzschlags von Fassungslosigkeit zu rasendem Zorn wechselte.

»Cameron, war es nicht ein Murray, der …«, begann Donald.

»Ja, es war ein Murray«, knurrte Cameron, packte Avery an ihrem schlanken Arm und zog sie auf die Beine. »Kennt Ihr einen gewissen Sir Payton Murray, Mistress?«

»Er ist mein Bruder«, antwortete sie und fragte sich, was Payton wohl angestellt hatte, dass dieser Mann so in Wut geriet. Sie bog sich nach hinten weg von ihm, und Angst durchzuckte sie, als er schließlich kalt und hart lächelte.

»Vielleicht hat der alte Bearnard seine Schuld tatsächlich voll und ganz beglichen.«

»Meine und Gillyannes Familie wird Euch trefflich entlohnen, wenn Ihr uns sicher nach Hause bringt.«

»Oh ja, sie werden ganz bestimmt bezahlen. Endlich ist mir das Schicksal gewogen. Ich bekomme ein Mädchen in die Hände, damit ich Lösegeld dafür einfordern kann – und der Narr, der damit seine Wettschulden begleicht, übergibt mir die Schwester des feigen Bastards, der meine Schwester geschändet hat.«

Bestürzt über die beleidigende Anschuldigung, sah Avery den Mann mit offenem Mund an. Dann wurde sie von einer Woge des Zorns überschwemmt. Sie warf ihm Schimpfnamen an den Kopf, ballte ihre kleine Faust und schlug ihn auf den Mund. Er stieß einen Fluch aus, doch ihr überraschender Angriff ließ ihn zurücktaumeln. Dabei prallte er gegen einen Hocker und fiel nach hinten, wobei er Avery mit sich zog. Sie landete so hart auf ihm, dass ihr die Luft wegblieb, aber sie packte, ohne zu zögern, mit beiden Händen seine dichten Haare und schlug seinen Kopf auf den Boden. Sie klammerte sich fest, bis sein Griff um ihre Handgelenke zu schmerzhaft wurde, dann ließ sie ihn unvermittelt los. Er löste seinen Griff, um sich den misshandelten Kopf zu reiben, und sofort machte sie sich ihre Freiheit zunutze. Während sie sich aufrichtete, schlug sie ihm noch einmal ins Gesicht. Dann versuchte sie, zu fliehen, aber er ergriff ihren Rock und zog heftig daran.

Als Avery hart auf dem Boden aufschlug, entwich ihr ein Fluch. Schnell drehte sie sich auf den Rücken und sah, dass er im Begriff war, sie mit seinem Körper niederzudrücken. Da trat sie ihm ins Gesicht. Er schimpfte, gab aber nicht nach. Sie drehte und wand sich, trat und boxte ihn, sie tat ihr Äußerstes, um zu verhindern, dass er sie auf den Boden presste.

Aus den Augenwinkeln sah Avery eine Bewegung. Einen Augenblick später hatte sich Gillyanne auf den Rücken des Mannes geworfen und ihre Arme fest um seinen Hals geschlungen. Avery schlug Sir Cameron wieder, während Gillyanne sich abmühte, seinen Kopf nach hinten zu ziehen.

»Donald!«, schrie Sir Cameron auf. »Nimm dieses Teufelsbalg von mir!«

Donald brauchte nicht lange, um die kleine, fluchende Gillyanne von Sir Cameron herunterzubefördern. Noch weniger lang brauchte Sir Cameron, um Avery fest auf den Boden zu drücken. Sie durchbohrte ihn mit wütenden Blicken, obwohl sie zugeben musste, dass er sich offensichtlich bemühte, sie nicht ernsthaft zu verletzen. Darüber konnte sie später noch nachdenken. »Mein Bruder ist kein Mädchenschänder«, fuhr sie ihn an.

»Meine Schwester sagt, dass er einer ist«, entgegnete Cameron mit fester Stimme und zog sie hoch, ihre Fäuste mit seiner großen Hand umklammernd.

»Und Ihr habt diese falsche Anschuldigung den ganzen

Weg bis hierher mit Euch rumgeschleppt? Um dann diesen Mörderschweinen, den DeVeau, zu dienen?«

Sie sprach »DeVeau« aus, als sei es der abscheulichste aller Flüche. Das weckte Camerons Interesse, aber er beschloss, die Befriedigung seiner Neugier auf später zu verschieben. »Mein Cousin Iain, der mich als Laird von Cairnmoor vertritt, schickte einen Boten, um mir die Nachricht zu überbringen. Es hat mich zwei Wochen gekostet, um mich von all meinen Verpflichtungen zu befreien, aber jetzt bin ich endlich in der Lage, nach Hause zu reisen, um mich um diese Angelegenheit zu kümmern.«

Plötzlich wusste Avery, wo sie den Namen MacAlpin schon einmal gehört hatte. Er war im letzten Brief ihrer Mutter aufgetaucht. Sie hatte von »einer kleinen Verwirrung« zwischen den MacAlpins und den Murrays geschrieben, die geklärt werden müsse. Ihre Mutter hatte dezent formuliert, dass Avery und Gillyanne bestimmt gerne noch länger bei ihren französischen Verwandten bleiben wollten. Also schrieb Avery zurück, um nachzufragen, was genau unter »einer kleinen Verwirrung« zu verstehen sei. Genau zu diesem Zeitpunkt hatten die Männer von DeVeau sie überfallen. Jetzt verstand sie, warum ihre Mutter wollte, dass sie und Gillyanne ihren Besuch verlängerten. Die Schändung der Verwandten eines Laird war ein ernst zu nehmendes Verbrechen, eine Verletzung der Ehre, die zu blutigen Kämpfen und oft auch zu einer langen, tödlichen Fehde führen konnte.

»Habt Ihr jemals meinen Bruder oder jemanden aus meiner Familie kennengelernt?«, wollte sie wissen.

»Ich habe einmal Sir Balfour Murray bei Hof getroffen«, antwortete Cameron, der sie zum Bett hinüberzog und ein Paar Handfesseln von einer großen Truhe nahm.

Einen Augenblick lang war Avery abgelenkt. Als er sie an den stabilen Bettpfosten fesselte, sah sie ihm ins Gesicht. »Handfesseln neben dem Bett? Ihr habt wohl Probleme, die Mädchen in Eurem Bett zu halten?« Sie hörte Donald nach

Luft schnappen, sah eine schwache Röte über Camerons dunkle Haut huschen und fragte sich, ob es sonderlich klug war, ihren Geiselnehmer zu erzürnen.

»Ich habe sie gekauft, um sie nach Cairnmoor mitzunehmen, weil sie stärker und doch angenehmer sind als unsere«, stieß er zwischen zusammengepressten Zähnen hervor und fragte sich gleichzeitig, warum er sich vor dieser unverschämten Frau rechtfertigte.

Sie zuckte nur die Achseln. »Und wo soll mein Bruder dieses abscheuliche Verbrechen an Eurer Schwester und Eurem Clan begangen haben?«

»Bei Hofe. Iain und meine Tante brachten meine Schwester dorthin. Sie wollten einen Bräutigam für sie finden.«

»Aber warum hat man dann dieses Problem nicht dort geklärt? Der König selbst hätte helfen können, es in Ordnung zu bringen.«

»Weil meine Schwester nichts davon erzählt hat, bis alle wieder auf Cairnmoor waren. Sie wurde zu einer Hochzeit mit Sir Malcolm Cameron gedrängt, aber sie weigerte sich beharrlich. Schließlich erzählte sie, dass sie nicht heiraten kann, weil Euer Bruder sie entjungfert hat. Als ob das nicht schon schlimm genug ist, hat er ihr auch noch ein Kind gemacht. Iain hat versucht, die Angelegenheit schnell und friedlich ins Reine zu bringen, aber Euer Bruder leugnet die Tat und weigert sich, meine Schwester zu heiraten.«

»Dann habt Ihr also meinen Cousin Payton sicher nicht kennengelernt«, warf Gillyanne ein. »Er muss sich von keinem Mädchen irgendetwas mit Gewalt nehmen.«

»Genau«, stimmte Avery zu. »Warum sollte ein Mann sich gewaltsam nehmen, was ihm von so vielen Frauen bereitwillig und oft angeboten wird?«

»Oh? Und warum sollte sich ein Mädchen mit einer Lüge in Schande bringen?«

»Das weiß ich nicht. Ich habe Eure Schwester nie kennengelernt.«

»Und ich denke, Ihr schätzt Euren Bruder falsch ein.« Cameron packte Gillyanne am Arm und hielt auf die Tür zu.

»Wo bringt Ihr meine Cousine hin?« Avery wollte unwillkürlich aufspringen und fluchte, als sie von der Fessel um ihr Handgelenk rüde zurückgehalten wurde.

»Sie soll sich waschen. Komm mit, Donald. Ich werde auch Euch jemanden schicken, der Badewasser und ein sauberes Kleid bringt«, fügte er hinzu, nicht ohne Avery einen kurzen herablassenden Blick zuzuwerfen.

»Wie soll ich baden und mich umkleiden, wenn ich gefesselt bin?«

»Ihr scheint ein kluges Mädchen zu sein. Ich bin sicher, Euch fällt etwas ein.«

2

Als die beiden Mägde, die ihr beim Baden und Ankleiden geholfen hatten, aus dem Gemach eilten, sah Avery an ihrem dunkelblauen Kleid hinab. Es war entzückend, oder zumindest war es entzückend gewesen, bevor die Mägde es auf einer Seite aufgeschlitzt hatten, um es über die schwere Handfessel zu ziehen. Das dunkle Garn, mit dem sie die Teile wieder zusammengebunden hatten, hob sich unschön vom weichen Stoff ab. Avery fragte sich, wo dieser unzivilisierte Mensch etwas so Hübsches gefunden hatte. Falls er das Kleid einer Geliebten oder Verwandten schenken wollte, dann war es jetzt zu spät: Es war ruiniert. Bei diesem Gedanken empfand Avery eine gewisse Genugtuung.

Mit einem wütenden Blick auf die Fessel versuchte sie erneut, ihre Hand daraus zu befreien, zuckte aber zusammen, als die scharfen Kanten ihre Haut aufschürften. Die Kette zwischen Handfessel und Bettpfosten war nicht einmal so lang wie das Bett selbst. Sie ließ ihr nicht viel Bewegungsfreiheit. Avery lächelte kalt. Immerhin war sie lang genug, um sie dem schwarzäugigen Schurken um den Hals zu wickeln. Als ihr Peiniger das Gemach betrat, liebkoste sie selbstvergessen die schweren Kettenglieder und stellte sich vor, wie sie sich in seine Kehle drückten, bis sein Gesicht blau anlief. Eigentlich hätte sie über ihre eigene Blutrünstigkeit entsetzt sein sollen, aber sie war viel zu aufgebracht, um sich darüber den Kopf zu zerbrechen.

»Wo ist Gillyanne?«, fragte sie herausfordernd, denn Sir Cameron war ohne ihre Cousine und den jungen Knappen zurückgekehrt.

»Ich habe sie bei den Frauen gelassen«, erwiderte Cameron, zog sein Hemd aus und ging zum Tisch, wo eine große Schüssel mit Wasser stand.

»Welche Frauen?«

»Ein paar Frauen begleiten meine Männer.«

»Lagerdirnen? Ihr habt ein junges Mädchen bei den Lagerdirnen gelassen?«

»Es sind keine Huren. Zwei sind verheiratet, und die anderen beiden werden es vermutlich auch bald sein.«

»Gut, aber ich will sie bei mir haben.«

»Ach, bei Euch? Ich fürchte, diesen Gefallen kann ich Euch nicht tun.«

Avery beobachtete, wie er sich wusch, und wünschte, ihre Kette wäre länger, damit sie nahe genug herankommen könnte, um ihm einen Tritt zu versetzen. Er klang fast charmant, sein Bedauern schien fast aufrichtig, aber unter der falschen Liebenswürdigkeit hörte sie den Spott. Noch nie war sie einem Menschen begegnet, dem sie so leidenschaftlich gerne Schaden zugefügt hätte.

»Sie hat bestimmt Angst und macht sich Sorgen um mich.« An dem Blick, den er ihr beim Abtrocknen zuwarf, erkannte sie, dass es ihr nicht gelungen war, in ihm Mitleid für das Mädchen zu wecken.

»Die Frauen werden sie verhätscheln. Sie freuen sich über ihre Gesellschaft.«

Cameron behielt sie genau im Auge, während er sich auf die Bettkante setzte und seine Stiefel auszog. Es bestand kein Zweifel, dass sie vor Wut kochte. Ihre goldenen Augen flackerten vor Zorn. Die langgliedrigen Finger hatte sie so fest ineinander verschlungen, dass die Knöchel weiß schimmerten. Hätte sie ihren Dolch gehabt, sie hätte ihm die Kehle durchgeschnitten.

Er stand auf, um die Kerzen auszublasen, und legte sich anschließend auf das breite Bett. Die Arme unter dem Kopf verschränkt, warf er einen flüchtigen Blick auf die andere Bettseite – nur um festzustellen, dass sie noch immer stand. Einzig der Leuchter auf seiner Bettseite brannte noch. Obwohl sie im Dunkeln stand, ließ das Kerzenlicht ihre Augen aufschimmern und verstärkte ihre katzenhafte Ausstrahlung. Als sein Blick über ihren schlanken Körper glitt, entdeckte er, dass das Kleid an der Seite aufgeschlitzt war und musste fast lächeln.

»Kommt zu Bett«, befahl er.

»In dieses Bett? Neben Euch?« Sie schüttelte den Kopf. »Nein, ich glaube nicht.«

»Gut.« Er schloss die Augen. »Dann steht eben die ganze Nacht mit hilflos funkelnden Augen da. Mir macht das nichts aus.«

Das Wort *hilflos* ließ sie knurren. Wenn ihre Kette ein wenig länger gewesen wäre, hätte sie ihn damit schlagen können. Einen Augenblick lang genoss Avery diese Vorstellung, dann seufzte sie. Selbst wenn die Kette lang genug gewesen wäre, um ihn damit zu verprügeln, hätte Cameron sich wohl kaum von ihr besinnungslos schlagen lassen.

Besonders ärgerte sie, dass seine Worte zutrafen und sie im Augenblick tatsächlich hilflos war. Er hatte auch recht, wenn er es für eine Dummheit hielt, die ganze Nacht zu stehen. Dennoch wünschte sie sich von Herzen, sie könnte es durchhalten. Er wirkte zwar nicht wie ein Vergewaltiger, aber Avery wusste, wie schnell bei einem Mann Freundlichkeit in Gefährlichkeit umschlagen konnte.

Langsam setzte sie sich auf den Boden und lehnte sich an die Seite des Betts. Ihr Kopf ruhte an der daunengefüllten Matratze. Dieser Luxus erstaunte sie, und sie fragte sich gedankenverloren, ob es seine eigene war oder ob sein Gastgeber DeVeau inzwischen so reich war, dass er es sich leisten konnte, seine Söldner derart zu verwöhnen. Der Gedanke, ihren geschundenen Körper in die weichen Falten der Matratze sinken zu lassen, war verführerisch, doch sie widerstand der Versuchung. Es wäre der Gipfel der Torheit gewesen, sich neben einen Mann ins Bett zu legen, den sie nicht kannte und der glaubte, er besitze einen rechtmäßigen Grund, ihre Familie anzuklagen.

Sie runzelte die Stirn und warf einen kurzen Blick auf seinen großen Körper. Er hatte nicht verraten, wie er sie benutzen wollte, um Vergeltung für die angebliche Schändung seiner Schwester zu üben. Da er ihren Bruder für schuldig hielt, war es durchaus möglich, dass er diese Ehrverletzung mit gleicher Münze heimzahlen wollte. Dennoch hatte er bislang nicht versucht, sie zu berühren, obwohl sie allein waren und sie an sein Bett gefesselt war.

Der bloße Gedanke, dass jemand Payton eine Vergewaltigung vorwarf, brachte Avery auf. Dass dieser Idiot dem Märchen Glauben schenkte, machte sie rasend. In gewisser Hinsicht konnte man ihn entschuldigen, weil die Anklage von seiner Schwester stammte. Aber bevor er irgendeine Rachehandlung an ihr vollzog, musste er sich doch versichern, ob die Rache wirklich gerechtfertigt war.

Sie fragte sich, welche Form seine Vergeltung annehmen könnte. Je länger sie ihn beobachtete, desto weniger konnte sie sich vorstellen, dass er sich soweit erniedrigen würde, sie zu vergewaltigen. Gewiss sah er groß, dunkel und gefährlich aus, doch fühlte sie keine drohende Gefahr von ihm ausgehen. Avery hoffte, dass sie sich nicht von seinem attraktiven Gesicht täuschen ließ. Wenn ihre Wachsamkeit nachließ, war sie womöglich zu langsam, um sich in Sicherheit zu bringen.

»Was habt Ihr mit mir vor?« Avery konnte ihre verworrenen Gedanken nicht länger ertragen. Sie brauchte einfach klare Antworten, egal wie schaudererregend diese sein mochten.

Cameron öffnete ein Auge und sah sie an. Im Sitzen überragte ihr Kopf kaum die Bettkante. Trotz ihres ausgesprochen erwachsenen, wütenden Gesichtsausdrucks sah sie jung aus, zerbrechlich, sogar erschreckend unschuldig. Ein Teil von ihm war restlos angewidert von seinem Plan. Ein anderer Teil fühlte sich so sehr von ihrer feenhaften Schönheit angezogen, dass es ihn trieb, seinen Plan in die Tat umzusetzen und jeden aufkommenden Zweifel schonungslos im Keim zu ersticken. Rache und Begehren verbanden sich zu eng miteinander, um diesem Bedürfnis zu widerstehen. Er versuchte, seine plötzlich aufwogenden Schuldgefühle zu beschwichtigen, indem er sich schwor, sie nicht zu verletzen. Er wollte sie freundlicher behandeln, als viele andere es unter diesen Umständen tun würden.

»Ich habe vor, Euch zu verführen«, antwortete er und war ein wenig gekränkt, als sich ihr Gesichtsausdruck von Erstaunen zu Erheiterung wandelte.

»Das habt Ihr vor?«, antwortete sie ironisch. »Und Ihr glaubt, Ihr seid ein solch tapferer, gut aussehender Kerl, dass ich einfach zu Euren großen Füßen niedersinke?«

Er widerstand dem Drang, einen Blick auf seine geschmähten Füße zu werfen. »Nicht zu meinen Füßen, Mädchen, und ich würde es vorziehen, dass Ihr vernünftig seid.«

»Und ich würde Euren Tod vorziehen. Aber wir können nicht alles haben, was wir uns wünschen, nicht wahr?«

»So gewalttätig! Eine kleine Frau wie Ihr sollte nicht so rasch von Körperverletzung und Mord sprechen.«

»Fügt ruhig noch Verstümmelung hinzu, denn dazu hätte ich ebenfalls Lust.«

»Es ist klar, dass Ihr der Zähmung bedürft. Jemand hat Euch zu sehr verwildern lassen. Jetzt faucht und zischt Ihr mich an, aber bald werde ich Euch zum Schnurren bringen.«

»Welch Überheblichkeit!«

Avery kreischte überrascht auf, als er plötzlich an ihrer Kette riss. Sie kämpfte heldenhaft, aber es gelang ihm doch, sie auf das Bett zu zerren. Als sie sich neben ihm fand, versuchte sie, ihn noch einmal ins Gesicht zu schlagen, aber er drückte sie mühelos auf die Matratze.

»Wie wahr, meine kleine Katze«, sagte er und lächelte fast, als sie ihn anfunkelte.

»Ich bin weder so schwach noch so ein Flittchen, dass ich

mich Euren Bedürfnissen bei einem Kuss oder einem Streicheln beuge. Nein, und schon gar nicht, wenn dadurch meinem Bruder Schande bereitet werden soll.«

Avery kam zu dem Schluss, dass der Mann viel zu verführerisch aussah, wenn er lächelte. Abgesehen davon war sein Lächeln unverschämt arrogant.

»Euer Bruder hat mir Schande bereitet, und er ist dabei nicht gerade sanft vorgegangen.«

»Selbst wenn Payton getan hätte, was Ihr behauptet – was er aber nicht getan hat, nicht hätte tun können und nie tun würde –, selbst dann wäre es nicht Eure Schande. Es ist überhaupt keine Schande, außer für den Mistkerl, der dieses Verbrechen begangen hat.«

»Meine Schwester ist keine Jungfrau mehr«, raunzte er.

»Seid Ihr es denn?« Angesichts seines verblüfften Gesichtsausdrucks war ihr plötzlich zum Lachen zumute. Sie wusste instinktiv, dass nur wenige diese Miene von ihm kannten.

»Das ist nicht dasselbe«, warf er ein, und es schien ihm, dass ihre Gedanken genauso eigenwillig waren wie ihr Aussehen.

Avery ließ ein leises verachtungsvolles Schnauben hören. »So spricht einer, der sich gerade alle Mühe gibt, ein Mädchen zu entjungfern, nur um es dann dafür zu verurteilen, dass es keine Jungfrau mehr ist. Außerdem ist es der Gipfel der Ungerechtigkeit, von Schande zu sprechen, wenn einem armen Mädchen ohne eigenes Zutun die Unschuld entrissen wurde.«

In diesen Sätzen lag viel Wahrheit, aber Cameron interessierte sich mehr für die Wut, die in ihren Worten mitschwang. »Dieses Thema regt Euch auf. Ich frage mich, warum.«

»Meine Cousine wurde brutal niedergeschlagen und vergewaltigt. Gillyannes ältere Schwester Sorcha. Einige Feinde ihres Vaters griffen sie und eine andere Cousine von mir auf. Sie schlugen und vergewaltigten die arme Sorcha. Sie hatten das Gleiche mit meiner Cousine Elspeth vor, doch dann kamen mein Onkel Eric, Onkel Balfour und Vater und hinderten sie daran. Sorcha wird bald Nonne. Glaubt Ihr wirklich, dass mein Bruder, der das Entsetzliche eines solchen Verbrechens kennt, es trotzdem jemandem antun könnte?«

Auch diese Frage klang plausibel, aber Cameron gab es nicht zu. »Nur weil er weiß, dass jemand ein Unrecht erlitten hat, heißt das noch lange nicht, dass der Mann unfähig ist, es selbst zu begehen. Und vielleicht hat meine Schwester es falsch ausgedrückt. Vielleicht war es eher eine Verführung als eine Vergewaltigung, oder sie hat einfach zu lange gewartet, um sich zu wehren. Aber das ändert nichts. Er hat meiner Schwester die Unschuld geraubt und weigert sich, ihre verlorene Ehre durch eine Heirat wiederherzustellen. Also nehme ich Euch zur Strafe Eure Unschuld.«

»Wie romantisch.« Ihrer belegten Stimme war der Hohn deutlich anzuhören. »Ich fühle mich dank Eurer süßen Schmeicheleien und Eures zarten Werbens der Ohnmacht nahe.« Avery klimperte mit ihren Wimpern.

Es überraschte Cameron, dass er kurz davor war zu lachen. Zum einen war es unpassend, Äußerungen von Sir Paytons Schwester erheiternd zu finden. Zum anderen war er kein Mensch, dem die Leichtigkeit des Humors geschenkt war. Lady Avery war so klein und schlank, dass er es nicht wagte, sich mit seinem ganzen Gewicht auf sie zu legen, und sich mit den Unterarmen abstützte. Dennoch versuchte sie, ihn mit Worten zu verletzen, ihm zu drohen und griff ihn bei jeder sich bietenden Gelegenheit an.

Er betrachtete ihren Mund und stellte fest, dass er sie küssen wollte. Ihre vollen Lippen waren vor Verärgerung leicht zusammengepresst, aber sie wirkten trotzdem äußerst verlockend. Als er seinen Mund dem ihren näherte, spürte er, wie sie sich anspannte, sah, wie sich ihre wunderschönen Augen weiteten, und wusste, dass sie seine Absicht erraten hatte.

»Denkt nicht einmal daran«, sagte sie, froh über den harten, kalten Klang ihrer Stimme, denn im Augenblick fühlte sie sich ganz und gar nicht so – vielmehr sehnte sie sich fast danach, seinen Kuss zu kosten.

»Ach, ich *denke* aber daran.« Er strich mit seinen Lippen über ihre, bemerkte, wie sie ihre Zähne entblößte, und warnte: »Es wäre sehr unklug, mich zu beißen.« Er legte sich mit seinem ganzen Gewicht auf sie und hielt sie unter sich fest. Mit seinen Händen umfing er ihr Gesicht. »Ich möchte nur meine Neugier befriedigen.«

Bevor sie etwas erwidern konnte, bedeckte sein Mund den ihren. Avery bemühte sich, die Wärme und Weichheit seiner Lippen zu ignorieren, bekämpfte die langsam ansteigende Hitze, die sich in ihren Adern ausbreitete, während er sanft an ihren Lippen knabberte. Als sie ihren Mund zusammenkniff, um das Eindringen seiner Zunge zu verhindern, biss er sie in die Unterlippe. Gegen ihren Willen musste sie nach Luft schnappen, und seine Invasion war gelungen. Eine Bewegung seiner Zunge reichte aus, um ihren Plan, ihn zu beißen, zunichtezumachen. Avery fand sich mitten in einem verzweifelten Kampf gegen ihr eigenes, schnell aufflammendes Begehren.

Plötzlich war sie froh, dass sie so fest auf das Bett gedrückt wurde. Sie wollte nicht, dass dieser finstere Räuber erfuhr, wie gerne sie ihren Körper an seinem gerieben hätte. Oder wie sehr sie sich danach sehnte, seine weiche, dunkle Haut zu berühren, die Wärme seines starken Rückens und seiner breiten Brust unter ihren Fingern zu spüren. Oder wie es sie in den Fingern juckte, die Hände in seinen dichten schwarzen Haaren zu vergraben. Die köstliche Weichheit seiner Locken, die über ihr Gesicht strichen, reizte sie. Avery wünschte, sie könnte ihren beschleunigten Atem, ihr heftig schlagendes Herz und die zunehmende Nachgiebigkeit ihrer Lippen verbergen.

Mit wachsender Leidenschaft stieg auch Averys Angst. Sie verstand das Ganze nicht: Dieser Mann beabsichtigte, sie zu entehren, um damit ihrer Familie Schande zu bereiten. Er beschuldigte und beleidigte ihren Bruder und damit ihren Clan. Er war für sie ein völlig Fremder, der sie als Bezahlung für eine Wette angenommen hatte. Sie dürfte nichts weiter empfinden als Abscheu und Angst. Stattdessen war sie entflammt vom ersten Kuss. Sie wollte das weiche Leder wegreißen, das seine Lenden bedeckte, wollte jeden Zoll seines starken Körpers berühren und küssen, sehnte sich mit solcher Heftigkeit danach, ihn in sich zu spüren, dass ihr Schoß davon schmerzte.

Als er endlich seinen Kopf hob, schloss sie fest die Lider. Ihre Mutter neckte ihren Vater immer damit, wie leicht sie ihm seine Lust an den Augen ablesen könne. Avery hatte die Augen ihres Vaters und fürchtete, Sir Cameron könnte ihre Leidenschaft darin erkennen. Sie fuhr heftig zusammen, als er ihr Kinn mit seiner großen Hand fest umfasste, öffnete aber trotzdem nicht die Augen.

»Schaut mich an, Avery«, forderte Cameron, nicht überrascht von der rauchigen Heiserkeit seiner Stimme.

Das Begehren belebte ihn, und sein Körper pochte vor ungestilltem Hunger, obgleich Avery Murray nichts besaß, das seine Leidenschaft hätte wecken dürfen. Sie war zu dünn, zu unverschämt und zu emotional. Dennoch begehrte er sie mit einer Intensität, die er nie zuvor empfunden hatte. Seine lange Enthaltsamkeit konnte das nicht ausreichend erklären. Avery weckte etwas, das tief in seinem Inneren zu schlummern schien, und er wollte wissen, ob sie etwas Ähnliches spürte. Er wusste bereits, dass ihre Augen ihre Gefühle verrieten, und brannte darauf, ihrem Blick zu begegnen. Die Tatsache, dass sie sie so krampfhaft geschlossen hielt, steigerte seine Entschlossenheit nur.

»Öffnet Eure Augen, Mädchen«, befahl er.

»Ich kann nicht«, entgegnete sie. »Ein Anfall von übermäßigem Ekel hat mir die Sinne geraubt.«

Cameron hätte diese Bemerkung als Beleidigung empfunden, wäre ihre Stimme nicht genauso heiser gewesen wie seine. Sie würde gewiss auch weiterhin widerspenstig sein. Eine kleine List war also erforderlich. Er bewegte sich ein wenig, hob sich nur leicht von ihrem Körper und sah zur Tür.

»Ah, Donald«, sagte er, während er Avery genau beobachtete, »warum hast du das kleine Mädchen wieder hierhergebracht?«

»Gillyanne?«, flüsterte Avery. Im selben Moment, in dem sie die Augen öffnete, wusste sie, dass sie hereingelegt worden war. »Ihr erbärmlicher, hinterlistiger Mistkerl!«, schimpfte sie, während er ihr Kinn festhielt und verhinderte, dass sie sich seinem Blick entzog.

Heiße Siegesfreude durchzuckte ihn, als er sah, wie ihre Augen vor Begehren glühten. Auch Wut konnte er in ihnen erkennen, ohne jedoch zu erraten, ob sie auf ihn oder auf sich selbst wütend war. Vermutlich beides. Verständlicherweise war Leidenschaft das Allerletzte, was die kleine Avery Murray für ihn empfinden wollte. Obwohl er tatsächlich die Tiefe seines Gefühls genoss und sich darauf freute, seinen Hunger ausgiebig zu stillen, war er ein bisschen über sich selbst bestürzt. Solch eine heftige, schnell entflammte Leidenschaft konnte leicht zu Schwierigkeiten führen, die er weder brauchte noch wollte. Er würde deshalb seine Pläne nicht ändern, aber es mochte klug sein, ein wenig Vorsicht walten zu lassen.

»Ja, das bin ich«, pflichtete er ihr heiter bei. »Und ich bin auch der Mann, den Ihr begehrt. Warum gebt Ihr nicht einfach nach, Mädchen?«

Bei dieser Zurschaustellung seiner alles überbietenden Arroganz hätte Avery sich beinahe verschluckt. Natürlich begehrte sie ihn, obwohl ihr dieses Eingeständnis bitter aufstieß. Er war ein außergewöhnlich gut aussehender Mann: groß, kräftig und auch ein bisschen gefährlich. Und es bestand durchaus die Möglichkeit, dass sie, wie ihr Bruder Payton es so ungehobelt ausdrückte, »reif« war. Zudem musste man in Betracht ziehen, dass dieser Mann ziemlich gut küssen und seine Geschicklichkeit darin ein Mädchen um den

Verstand bringen konnte. Besonders entrüstet war sie darüber, dass er laut über ihr kopfloses, verräterisches Verlangen sprach und scheinbar annahm, sie würde einfach klein beigeben. Glaubte er wirklich, dass er so unwiderstehlich war und sie so schwach?

»Warum kriecht Ihr nicht einfach in die Höhle zurück, aus der Ihr herausgestolpert seid?«, sagte sie mit zuckersüßer Stimme.

»Und das ist derselbe Mund, der mir eben einen so köstlichen Willkommensgruß geboten hat.«

»Reine Einbildung!«

Cameron rollte sich von ihr herunter, obgleich er sich nur ungern von der sanften Wärme ihres Körpers trennte. Er streckte sich auf dem Rücken aus und verschränkte die Arme hinter dem Kopf. Ein flüchtiges Grinsen umspielte seinen Mund, als er wahrnahm, wie sie möglichst weit von ihm wegrückte. Ihm fiel auf, dass sie trotzdem das Bett nicht verließ.

Als er registrierte, dass er die Umstände bedauerte, unter denen Klein-Avery und er sich kennengelernt hatten, verfluchte er sich selbst. Das waren gefährliche Gedanken. Sie konnten ihn nicht nur dazu bringen, bei der Suche nach Gerechtigkeit und Vergeltung zu zögern, sondern er konnte auch ganz schnell vergessen, warum er sich Enthaltsamkeit geschworen hatte. Die bitteren Lektionen über weibliche Heimtücke durfte er nicht wegen eines spindeldürren Mädchens mit Katzenaugen vergessen. Bald würde er sein lange ertragenes Zölibat beenden, aber er wollte nie wieder der Leidenschaft erlauben, Besitz von ihm zu ergreifen.

Avery legte sich so nahe an die Bettkante, dass sie bei der kleinsten Drehung auf den Boden fallen konnte. Sie hoffte, dass Sir Cameron kein unruhiger Schläfer war, verbarg ihren Blick hinter tief gesenkten Wimpern und schaute den Mann an, der ihr Blut so mühelos in Wallung versetzt hatte.

Der finstere Ausdruck auf seinem Gesicht machte sie nachdenklich. War er beleidigt, weil sie seinem Zauber nicht sofort erlag? Genau genommen hatte sie ihm leider allzu deutlich gezeigt, dass sie sehr leicht zu verführen war. Er müsste eigentlich selbstgefällig aussehen. Die meisten Männer wären zufrieden, eine so einfache Eroberung vor Augen zu haben. Stattdessen wirkte er, als hätte er gerade in einen sauren Apfel gebissen.

Ihre Augen weiteten sich leicht, als es ihr in den Sinn schoss, dass er die plötzliche Leidenschaft zwischen ihnen vielleicht ebenso beunruhigend fand wie sie selbst. Sie war beunruhigt, und sei es nur wegen der Art und Weise, wie er ihre Leidenschaft gegen sie verwenden wollte. Diese Lust war stark, überwältigend und daher sehr schwer zu bekämpfen. Bedeutete das für sie schon eine mögliche Niederlage? Für ihn könnte es ebenfalls eine Niederlage sein, wenn auch in anderer Hinsicht: Gewiss wäre es nicht einfach, alle Sinne weiter auf seine Vergeltungspläne zu richten, wenn das Verlangen zu heftig wurde.

Einen kurzen Moment überlegte sie, seine heftige Leidenschaft gegen ihn einzusetzen und so den Spieß umzudrehen. Doch dann befahl sie sich, nicht so verdammt einfältig zu sein. Ein solches Spiel erforderte Geschicklichkeit und Erfahrung – beides besaß sie nicht. Obwohl sie sehr wohl wusste, was zwischen Männern und Frauen vorging, und ein paar Tatsachen von ihren Brüdern und Cousins erfahren hatte, hatte sie vor diesem finsteren Laird noch nie einen Mann geküsst. Ihre ganze Erfahrung bestand aus ein paar Übungsküssen mit ihren Cousins, und keiner von ihnen hatte in ihrem Unterleib Feuer entfacht. Avery seufzte und versuchte, es sich bequem zu machen, während sie sich befahl, weiterhin kräftigen Widerstand zu leisten.

»Wenn Ihr nicht wünscht, jetzt zu schlafen, können wir jederzeit zu unserem vorherigen Spiel zurückkehren«, warf Cameron gedehnt ein.

»Das glaube ich nicht, Dummkopf«, schnappte sie zurück. »Ich habe einen schwachen Magen.«

»Ihr solltet Euren Gegner eingehender studieren, bevor Ihr Eure Krallen schärft.«

»Ist das eine Drohung?«

»Könnte sein.«

»Oh je, ich zittere schon am ganzen Leib.«

»Reizt mich nicht zu sehr, Mädchen.«

»Oder was? Wollt Ihr mir wehtun?» Über die Schulter warf sie ihm einen schnellen Blick zu und freute sich über den flüchtigen Ausdruck von Betroffenheit auf seinem Gesicht. »Ihr habt mich angekettet, meinen Clan beleidigt und hegt die Absicht, mich zu entehren – das alles wegen einer völlig unangebrachten Beschuldigung gegenüber meinem Bruder. Verzeiht, wenn weitere Drohungen ihre Wirkung verfehlen.«

Cameron starrte auf ihren geraden, schmalen Rücken. Es gab in der Tat nichts, was er dieser harten Wahrheit entgegenhalten konnte, also schwieg er. Als er die Augen schloss, kam er zu der Überzeugung, dass er sich eine neue Taktik ausdenken musste, um diese Frau einzuschüchtern. Als Erstes wollte er morgen früh eingehend über wirkungsvollere Drohungen nachdenken.

3

»Avery!« Gillyannes Ruf lenkte Averys Aufmerksamkeit von Camerons breitem Rücken ab, den sie finster angestarrt hatte, während er sich von ihr entfernte. Obwohl sie froh war, ihre kleine Cousine so gesund und furchtlos zu sehen, dämpfte das ihren Zorn nur wenig. Zwei Tage lang war sie an das Bett gekettet gewesen, und jetzt hatte er sie mit den Handgelenken an seinen Sattel gefesselt. Wenn er sie weiterhin so behandelte, würde es ihr nach der Ankunft in Schottland vermutlich wenig ausmachen, wenn ihr Clan nach Cairnmoor stürmte und auch noch den letzten MacAlpin niedermetzelte. Mit Vergnügen würde sie sie dabei anfeuern.

»Geht es dir gut, Gillyanne?«, fragte sie, befriedigt über den bösen Blick, mit dem Gillyanne erst ihre Fesseln und dann Cameron musterte. Auch wenn ihre Cousine zu jung war, um ihr zu helfen, war es doch schön, jemanden auf seiner Seite zu wissen.

»Ja«, erwiderte Gillyanne. »Die Frauen verhätscheln mich, obwohl sie mir bis jetzt nicht erlauben wollen, zu dir zu gehen.

Ich glaube, sie würden fast alles für mich tun, außer gegen Sir Camerons Befehle verstoßen. Ebenso die Männer. Sie sagen es mir nicht so direkt, aber ich habe ihr Gemurmel belauscht, und das hat mir verraten, dass nicht alle Leute dem Plan des Laird zustimmen. Trotzdem sind sie alle darauf versessen, Payton leiden zu sehen.«

»Er ist unschuldig.«

»Das musst du mir nicht sagen. Ich weiß es. Er gehört zu den wenigen Cousins und Brüdern, die uns nicht einmal den Po versohlen, wenn wir sie bis zur Weißglut treiben. Ein

Mann, der sich selbst dann zurückhält, wenn jemand seine edlen Stiefel mit Schweinemist gefüllt hat, kann keiner Frau wehtun.«

Avery schmunzelte. »Du warst das also?«

»Ja, seine Neckereien haben mich an jenem Tag so geärgert.« Zusammen mit Avery lachte sie kurz auf, bevor sie den Strick um Averys schlanke Handgelenke anstarrte. »Wie geht es dir?«

»Soweit ganz gut. Das da macht mich wütend«, Avery nickte zu den Fesseln, »aber siehst du, wie er darunter Seide um meine Gelenke gewickelt hat? Trotz böser Blicke und Flüche zeigt das, dass er mir nicht wirklich wehtun will.«

»Er hat vor, dich zu verführen und dich in Schande zu bringen!«

»Ja, so ist es. Er hat es bisher aber noch nicht geschafft, falls du dir darüber Sorgen machst.«

»Dann bin ich ja beruhigt. Du musst jetzt einfach durchhalten, bis unsere Familie uns retten kann.«

Als ob das so einfach wäre, dachte Avery und seufzte. Cameron nutzte jede Gelegenheit, um sie zu berühren, ihre Sinne zu reizen, sie mit heißen Worten zu entflammen und ihr Küsse zu stehlen. Dass sie kaum die Willenskraft aufbrachte, diese Küsse abzuwehren, ängstigte sie mehr, als sie sagen konnte. Im Augenblick gab ihr nur ihre Wut über das ständige Gefesseltsein die Stärke, ihn von sich zu stoßen. Wenn Cameron aufhörte, sie festzubinden, könnte ihre Wut nachlassen und damit auch ihr Widerstand gegen seine Verführungskünste.

»Ich werde dir die Wahrheit sagen. Cousine, ich bin mir nicht sicher, ob ich so lange dagegen ankämpfen kann.« Sie lächelte traurig über Gillyannes entsetztes Gesicht.

Gillyanne räusperte sich. »Er sieht sehr gut aus.«

»Oh ja, sehr gut, obwohl er so finster ist wie die Sünde. Und zur Sünde verführt er mich.«

»Du bist fast neunzehn. Du musst schon anderen Versuchungen standgehalten haben.«

»Leider nicht.« – »Liebst du ihn?« – »Gillyanne, dieser Mann hat mich ans Bett gekettet, an sein Pferd gefesselt und will mich benutzen, um meiner Familie eine schwere Schmach zuzufügen und den armen Payton zu einer Heirat zu zwingen. Ich wäre eine Närrin, wenn ich ihn lieben würde.«

»Nicht ganz. Er irrt sich zwar, aber er handelt genauso wie viele andere in seiner Situation. Und es ist klar, dass er keine Gewalt gegen dich anwenden wird. Wenn du ihn also nicht liebst, dann begehrst du ihn.«

»Es scheint so.« Avery wiederholte Gillyannes Seufzen.

Die Kleine klopfte Avery auf die Schulter. »Du kannst nur dein Bestes geben. Ich verurteile dich nicht, wenn du schwach wirst. Bedenkt man, wie oft unsere Brüder und Cousins schwach werden, müssten sie eine kräftige Tracht Prügel bekommen, wenn sie dich verurteilen würden.« Die Mädchen tauschten ein kurzes Schmunzeln, dann wurde Gillyanne wieder ernst. »Ich finde, du solltest so heftig dagegen ankämpfen, wie du nur kannst. Aber quäle dich nicht, wenn du den Kampf verlierst. Vielleicht findest du sogar eine Möglichkeit, ihn von seinen Racheplänen abzubringen, wegen denen er dich verführen will. Und wir wissen beide: Eines Tages wird er merken, dass seine Schwester ihn angelogen hat.«

»Ja, und dann wird er den Wunsch haben, alles in eine *ehrenhafte* Sache zu verwandeln«, knurrte Avery.

»Na ja, wenn du bis dahin nicht nur Leidenschaft, sondern auch Liebe spürst, ist das vielleicht gar nicht so verkehrt.«

»Das hängt davon ab, was er empfindet. Aha, der Grobian kehrt zurück.«

Cameron fing die finsteren Blicke der Murray-Mädchen auf und musste fast grinsen. Sie hatten mehr Mut als mancher Mann, den er kannte. Wenn sie so groß und stark wie Männer wären, würde er sich in ernsthaften Schwierigkeiten befinden. Beide schienen versessen darauf, ihn zu verletzen.

»Geht zu den Frauen zurück«, befahl er Gillyanne. Sie stieß beim Weggehen ein paar sehr lebhafte Flüche aus, und er musste sich das Lachen verbeißen. »Wenn dieses Mädchen einmal groß ist, wird sie irgendeinem Mann eine Menge Ärger bereiten.«

»Gut so«, sagte Avery. »Sie ist ein wertvoller Preis, und einen solchen sollte man niemals zu einfach erlangen.«

»So einfach, wie ich Euch erlangt habe?«

»Stimmt, ich wurde Euch zu Füßen geworfen. Ihr habt die Waffe gegen meine Familie tatsächlich sehr leicht in die Hände bekommen. Wie auch immer, Ihr werdet lange und schwer kämpfen müssen, um sie zu handhaben.«

»Werde ich das?«

Er trat näher und drängte sie gegen sein Pferd. Ihre Nähe reichte aus, um sein Blut in Wallung zu bringen. Wenn er das feurige Aufflackern in ihren Augen richtig deutete, genügte es auch, um sie zu entflammen. Er hoffte sehr, dass er sich darin nicht irrte.

Der letzte Verrat einer Frau hatte ihn dazu gebracht, sich von dem Spiel namens Liebe zurückzuziehen. Seitdem war er unsicher, ob er Frauen überhaupt richtig einschätzen konnte. Früher hatte er in seiner Überheblichkeit geglaubt, er könne im Herzen einer Frau lesen. Er war sich sicher gewesen, dass nur er allein ihr Begehren wecken konnte. Aber immer und immer wieder hatte er nicht etwa Liebe, sondern Treulosigkeit und Verrat erfahren. So lange, bis es ihn nicht mehr entsetzte oder überraschte, so lange, bis er allen Frauen den Rücken kehrte. Seine Unsicherheit wurde jetzt dadurch verstärkt, dass Avery Murray keiner Frau glich, die er kannte. Bedeutete diese Glut in ihren Augen Leidenschaft? Oder flackerte in ihnen bloß das Bedürfnis, ihn wie ein Schwein abzustechen? Bei Avery, vermutete er, konnte es durchaus beides gleichzeitig sein.

»Ja, mein Schuft mit dem hübschen Gesicht, Ihr werdet!«, fuhr sie ihn an, außer sich vor Wut, weil er sah, wie sie schwach wurde, weil ihr Körper so gedankenlos auf seinen reagierte.

»Und doch fühlt Ihr Euch genötigt, mich mit süßen Schmeicheleien zu peinigen.«

Avery war hin- und hergerissen zwischen dem Bedürfnis, zu lachen, und ihm ihr Knie in die Leisten zu stoßen. Der Lachreiz beunruhigte sie fast so sehr wie ihre verirrte Leidenschaft. Humor, feinsinnig oder lautstark, scharfzüngig oder liebenswürdig, fand immer Anklang bei ihr. Sie wollte keine weiteren Vorzüge an diesem Mann entdecken. Doch bevor sie ihren Ärger über sich selbst gegen ihn wenden und ihm ordentlich ihre Meinung sagen konnte, warf er sie in den Sattel und stieg elegant hinter ihr auf.

Kaum hatte Cameron sein Pferd in Bewegung gesetzt, da wurde Avery bewusst, wie qualvoll diese Reise werden würde. Sein großer, kräftiger Körper presste sich fest gegen ihren Rücken. Wie eine Geliebte war sie zwischen seine Oberschenkel gebettet. Seine Arme umfingen sie, als er die Zügel ergriff. Es war wie eine Umarmung, und zwar eine, die sie jeden Tag stundenlang aushalten musste. Jede Bewegung des Pferdes bewirkte, dass sich ihre Körper aneinander rieben. Sie waren eben erst aus dem Burgtor der DeVeau geritten, als sie schon an den mächtigen Auswirkungen seiner Nähe litt.

Sie versuchte, sich ihm zu entziehen. Er zog sie zurück und hielt sie unerbittlich fest. Sie versuchte, sich starr zu machen, unnachgiebig, aber dadurch wurde das Reiten nicht nur unbequem, sondern auch gefährlich, denn wenn sie nicht sicher saß, konnte sie ihn und sich leicht zu Boden werfen. Die Vorstellung, wie Cameron schwerfällig vom Pferd fiel und im Schlamm lag, war zwar angenehm, aber sie würde sich selbst damit in Gefahr bringen. Der Strick um ihre Handgelenke war am Sattel festgebunden. Fiel er, konnte sie ihm allzu leicht nachstürzen und von einem in Panik geratenen Pferd über den Boden geschleift werden. Dies würde bestimmt ihre Begeisterung über Camerons Demütigung dämpfen, dachte sie bei sich und musste über ihre fantasiereichen Grübeleien lächeln.

»Ich freue mich, Euch in besserer Stimmung zu finden«,

bemerkte Cameron, der einen flüchtigen Blick auf ihr Gesicht erhaschte.

»Ja, ich habe mir gerade vorgestellt, wie herrlich Ihr aussehen würdet – mit dem Gesicht im Schlamm«, antwortete sie mit süßer Stimme.

Schnell verwandelte er sein leises Lachen in ein Husten. Diese verwegene Frau brauchte keine Ermutigungen. Trotz der Weichheit ihres Körpers waren diese grazilen Rückenwirbel aus fein geschliffenem Stahl geformt. Selbst wenn er in Bezug auf das in ihr geweckte Begehren recht hatte, hatte sie wiederum recht in Bezug auf den langen, schweren Kampf, der ihm bevorstand, bis er den Gewinn davontragen würde. Sie würde vermutlich selbst dann noch wegzukrabbeln versuchen, wenn sie brennend vor Verlangen vor ihm in die Knie ging.

»Wenn ich falle, fallt Ihr mit mir«, sagte er und war sich nicht ganz sicher, ob er damit ausschließlich einen Sturz vom Pferd meinte.

»Ich weiß. Deswegen werde ich nicht versuchen, Euch aus dem Sattel zu stoßen.«

»Welch bewundernswerte Zurückhaltung.«

»Das finde ich auch. Ihr achtet darauf, dass niemand Euch in den Rücken fällt, nicht wahr?«

»Ja, und das, obwohl Ihr unbewaffnet seid und vor mir sitzt.«

»Und achtet Ihr auch auf DeVeau? Es würde mich nicht überraschen, wenn dieser mörderische Esel versucht, den Sold, den er Euch ausgezahlt hat, wieder zurückzubekommen. Oder wenn er verhindern möchte, dass Ihr über alles sprecht, was Ihr in seiner Burg gesehen oder getan habt.«

»Aha, jetzt seid Ihr besorgt um meine Sicherheit?«

»Diese Eitelkeit! Meine kleine Cousine reitet mit uns. Ich würde es begrüßen, wenn sie unversehrt in Schottland ankommt. Und«, fügte sie mit harter Stimme hinzu, »wenn Euch jemand abschlachtet, dann möchte ich das übernehmen.«

»Ihr seid eine harte Frau, Avery Murray.« Er ließ einen übertriebenen Seufzer vernehmen, dann fragte er unvermittelt: »Warum hasst Ihr die DeVeau so?«

»Diese Mörderschweine haben beim Überfall gegen die Lucette wahrscheinlich einen Großteil meiner Verwandten umgebracht.«

»Vielleicht, aber ich glaube, Euer Hass gegen sie ist älter und stammt aus einer Zeit vor diesem Überfall.«

Einen Augenblick lang erwog Avery, ihm zu sagen, das ginge ihn nichts an. Aber die lange Fehde zwischen den DeVeau und den Lucette war kein streng gehütetes Geheimnis. Es war bekannt, welche Probleme die DeVeau ihrer Familie in der Vergangenheit bereitet hatten. Wenn sie ihm die Geschichte erzählte, konnte sie vielleicht sogar dafür sorgen, dass nie wieder ein MacAlpin an der Seite der DeVeau kämpfen würde – egal, wie dick der angebotene Geldbeutel auch war. Sie war froh, dass Cameron und seine Männer bei dem jüngsten Verbrechen nicht beteiligt gewesen waren.

»Es hat mit meiner Mutter angefangen«, antwortete sie, »auch wenn die DeVeau meine Verwandten schon vorher nicht in Ruhe ließen. Sie waren schon immer hinter den Schwächeren her, hinter denen, die weniger Macht und Geld hatten. Um des Friedens und des Geldes willen wurde meine Mutter zu einer Ehe mit Lord Michael DeVeau gezwungen – trotz all der bösen Dinge, die man sich von ihm erzählte. Aber diese finsteren Erzählungen entsprachen der Wahrheit. Er war ein Scheusal, brutal und treulos. Eines Nachts fand ihn meine Mutter verstümmelt und mit durchschnittener Kehle. Sie rannte weg.«

»Warum? Hat sie ihn ermordet?«

Avery hörte seiner Stimme keine Spur von Verachtung an. Obwohl sie nicht alle Gräuel der ersten Ehe ihrer Mutter geschildert hatte, reichte das Wenige offensichtlich aus, dass er die Situation verstand. Also hatte auch Cameron einige Kenntnis davon, wie die DeVeau-Männer waren.

»Nein«, antwortete sie, »aber sie wusste, dass alle sie verdächtigen würden. Denn sie hatte oft gesagt, dass sie diese Qual selbst beenden würde, falls es nötig wäre. Ein Jahr lang war sie allein auf der Flucht und versteckte sich, dann half mein Vater ihr, nach Schottland zu fliehen. Schließlich kam heraus, dass andere den Mord begangen hatten, um eine Frau zu rächen, die von DeVeau brutal misshandelt worden war. Meine Mutter war endlich frei. Der Hass saß aber damals schon tief. Die Heirat hat keinen Frieden gebracht, sondern die Fehde verstärkt. Außerdem glauben nicht alle DeVeau, dass meine Mutter wirklich unschuldig ist. Vielleicht interessiert es sie auch gar nicht, vielleicht brauchen sie nur jemanden, den sie hassen und gegen den sie kämpfen können.«

»Vielleicht wollen sie auch nicht, dass ein Verwandter öffentlich als das Ungeheuer gezeigt wird, das er wirklich war.«

»Ja, das ist möglich. Ihnen gefällt auch nicht, dass meine Mutter so viel von Michael DeVeau geerbt hat. Es war nur eine kleine Entschädigung für alles, was sie erdulden musste, und es steht ihr rechtmäßig zu, aber die DeVeau hassen es, etwas aufgeben zu müssen.«

»Selbst Geld, das sie Söldnern zahlen.«

»Ja.«

»Habt keine Angst. Ich habe bereits daran gedacht. Meine Männer halten die Augen offen.«

Avery nickte nur. Gerne hätte sie mehr über das Schicksal ihrer Verwandten gewusst. Nach den wenigen Nachrichten, die sie in den vergangenen zwei Tagen hatte einholen können, war das Gemetzel bei den Lucette nicht ganz so schlimm gewesen, wie es zuerst den Anschein hatte. Sie konnte nur hoffen, dass jemand ihrer Mutter eine Nachricht über den Angriff der DeVeau schickte. Es konnte Monate dauern, bevor sie etwas erfuhr, aber immerhin würde sie am Ende die Wahrheit erfahren. Avery betete, dass alles gut ausgehen würde.

Als sie zur Mittagspause anhielten, fühlte sich Avery einigermaßen zuversichtlich, dass die DeVeau ihnen keine Probleme bereiten würden. Sir Cameron MacAlpin dagegen stellte ein sehr großes Problem dar. Der Ritt in seinen Armen hatte ihr während des ganzen Vormittags ihre eigene Schwäche deutlich gemacht. Es hatte sie ihre ganze Willenskraft gekostet, sich nicht nach ihm umzudrehen, ihm nicht zu sagen, dass sie aufgebe, und er sich beeilen solle, um einen geschützten Ort zu finden, wo sie ihm zeigen könne, wie restlos sie sich ergab. Ihr einziger Trost war, dass auch Sir Cameron litt. Da sie den ganzen Ritt hindurch fest an ihn gepresst saß, hatte sie den harten Beweis seines Begehrens nur allzu deutlich gespürt. Sie hoffte, das würde diesen Dummkopf lähmen.

Kaum waren ihre Handfesseln gelöst, eilte sie davon, um einem sehr privaten und dringenden Bedürfnis nachzukommen. Sie versuchte, den riesigen Mann, der ihr schwerfällig folgte, zu ignorieren. Klein-Rob war ihr Wächter. Die Röte auf seinen Wangen zeigte, dass er ebenso peinlich berührt war wie sie. Avery fühlte sich dadurch zwar nicht wohler, aber seltsamerweise zumindest nicht so tief gedemütigt.

Sobald sie fertig war, kehrte sie zu den anderen zurück und sah sich nach Gillyanne um. Sie musste lächeln, als sie ihre Cousine schließlich ebenfalls aus dem Wald zurückkommen sah. Offenbar war sie demselben Bedürfnis nachgekommen wie Avery. Auch hinter Gillyanne stapfte ein großer Mann her, und ihre Cousine wirkte außer sich vor Wut. Wirklich erheiternd fand Avery aber, dass die Wache von dem Mädchen fast eingeschüchtert schien. Nicht erheiternd war allerdings, dass jeder Fluchtversuch es erfordern würde, zwei starken Männern zu entkommen.

»Hast du vor, auch noch jedes meiner Worte zu belauschen?«, fuhr Gillyanne ihren Bewacher an, als sie bei Avery ankam.

Avery konnte ihr Kichern nicht ganz unterdrücken, als beide Wachposten mehrere Schritte rückwärtsgingen. »Sie machen nur, was ihnen ihr Herr befohlen hat, Gillyanne.«

»Ich weiß«, sagte Gillyanne, »aus diesem Grund ertrage ich es wie die Lady, die ich nun einmal bin, und schlage den Esel nicht mit dem erstbesten Stock, der mir in die Hände fällt, auf den Kopf.« Sie atmete mehrmals tief durch, bevor sie sittsam ihre Hände vor ihren Röcken faltete. »So, ich bin jetzt gelassen.«

»Funktioniert das tatsächlich?«

»Manchmal, wenn ich nicht wirklich wütend bin. Du hast ja gesagt, dass es nicht Colins Schuld ist. Trotzdem sollte mir der finstere Teufel, der dich an Bettpfosten und Pferde fesselt, für eine Weile besser nicht zu nahe kommen. Aber wie geht es dir?«

»Gut genug«, erwiderte Avery, hakte sich bei Gillyanne unter und begann, gemächlich mit ihr umherzuschlendern. Sie lächelte, als sie hörte, wie die Wachen ihnen zögernd folgten.

»Wirklich? Ich dachte, du wärst ein bisschen beunruhigt. Das ist nur so eine Ahnung.«

»Deine Ahnungen treffen viel zu oft zu.«

»Tante Maldie ist sehr erfreut darüber. Du hast auch deine Gaben. Du warst es, die am Tag, an dem die DeVeau angriffen, die Gefahr vorausgeahnt hat.«

»Das hat ja viel geholfen.«

»Immerhin sind wir am Leben. Wenn wir völlig unvorbereitet gewesen wären, hätte uns vermutlich der erste blutige Ansturm getötet. Und unsere Verwandten waren gewarnt. Es war zwar zu spät, um sich richtig vorzubereiten, aber es hatten doch ein paar Männer mehr ihr Schwert zur Hand, als wenn du nicht Alarm geschlagen hättest. Selbst auf der Flucht haben wir gehört, dass deine Warnung geholfen hat.«

»Wirklich?« Avery hätte allzu gerne vernommen, dass es ihr geglückt war, ein paar Menschenleben zu retten.

»Ja. Das erste Geräusch war das Klirren von Schwertern und nicht das Schreien von Sterbenden.«

»Das folgte.«

»Leider, ja. Aber so schaudererregend es auch war: Die

aufeinanderklirrenden Schwerter haben uns verraten, dass die Männer sich den DeVeau gestellt haben, und sei es nur, um sie aufzuhalten, damit andere vielleicht fliehen und überleben konnten. Gräme dich nicht so. Wir können nichts tun, außer für die Seelen der Verstorbenen beten und darum bitten, dass es nicht zu viele Tote gab.«

»Das mache ich. Oft«, murmelte Avery.

»Wir müssen unsere Gedanken auf die augenblicklichen Schwierigkeiten richten.«

»Stimmt. Wie wir es schaffen, Payton frei und unversehrt herauszuschlagen.«

»Wie wahr«, stimmte Gillyanne zu, worauf sie Avery mit festem Blick musterte. »Und wie man dein bekümmertes Herz erleichtern kann.«

»Ist mein Herz denn bekümmert?«

»Allerdings. Die Leidenschaft setzt dir schwer zu, oder nicht?«

»Oh ja.« Avery schüttelte sich. »Meine Innereien sind dadurch wie verknotet. Mein einziger Trost ist, dass es ihm nicht anders geht.« Sie und Gillyanne grinsten sich kurz an, dann wurden sie wieder ernst. »Ich denke nicht, dass ich die Kraft habe, lange dagegen anzukämpfen.«

»Oh je.«

»Genau.«

»Dann müssen wir uns darauf konzentrieren, wie man seinen Triumph verringert.«

Avery nickte. »Ich habe bereits darüber nachgedacht. Eins ist sicher: Payton muss erfahren, dass mir meine Jungfräulichkeit nicht geraubt wurde, sondern dass ich sie freiwillig und bereitwillig hingegeben habe. Damit will ich Paytons mögliche Schuldgefühle erleichtern.«

»Das wird bestimmt Sir Camerons Plänen etwas von ihrer Wirkungskraft nehmen.«

In diesem Moment näherte Cameron sich ihnen. Innerlich fluchend bemerkte Avery, dass ihr Puls schon beim bloßen

Anblick dieses Mannes schneller schlug. Es war in gewisser Hinsicht verständlich. Immerhin war er ein außerordentlich gut aussehender Mann. Irgendwie musste sie ihre Schwäche in Stärke verwandeln, aus einer möglichen Demütigung eine Quelle des Stolzes machen. Das war bestimmt nicht einfach, vor allem, wenn unter seinen Blicken und Berührungen ihr Verstand dahinschmolz wie Schnee in der Sonne.

»Aber zuerst«, murmelte sie, sodass nur Gillyanne sie hören konnte, »habe ich vor, diesen Mann zu entflammen, ein so heftiges Begehren in ihm zu wecken, dass Rache das Letzte in seinem kleinen Gehirn sein wird, an das er denkt. Ich habe die Absicht, ihn in den Wahnsinn zu treiben.«

Camerons Schritte gerieten ein wenig ins Stocken, als ihn plötzlich beide Murray-Mädchen strahlend anlächelten. Ihre kleinen, feinen Figuren waren anziehend, ihr Lächeln wirkte warm und echt. Ihre ungewöhnlichen Augen funkelten. Normalerweise sollte ein Mann sich über einen solchen Anblick freuen und sich geschmeichelt fühlen. Doch als er Avery am Arm nahm und zu seinem Pferd führte, fragte Cameron sich, warum dieses hübsche Lächeln das zwingende Bedürfnis in ihm weckte, jedes Stück Rüstung anzulegen, das er besaß.

4

»Wir sind zu zufrieden«, sagte Avery, während sie mit ihrer Cousine am Rand des MacAlpin-Lagers entlangspazierte.

»Sind wir das?« Gillyanne blieb kurz stehen, um eine kleine blaue Blume genauer zu betrachten. »Es ist eine gute Jahreszeit, um zufrieden zu sein«, entgegnete sie, indem sie wieder zu Avery aufschloss.

»Stimmt. Aber ich glaube, wir haben uns einlullen lassen und vergessen, dass wir Gefangene sind – und ebenso Camerons Pläne in Bezug auf Payton.«

»Es ist schwer, sich solche Unannehmlichkeiten in Erinnerung zu rufen, wenn der Frühling in der Luft liegt. Andererseits wundere ich mich, dass du sie überhaupt vergessen kannst, da er dich doch ständig fesselt.«

»Weil er es so sorgfältig macht, um mir nicht wehzutun, habe ich mich wohl daran gewöhnt, und meine Wut über diese Behandlung lässt nach. Und deshalb mache ich mir Sorgen. Die Lust vernebelt meine Sinne, sodass ich die Gründe für unseren Ritt mit den MacAlpins vergesse.«

»Ich habe eigentlich gedacht, *seine* Sinne sollten von der Lust vernebelt werden. Das hast du vor drei Tagen gesagt.«

Avery seufzte. »Ich fürchte, ich bin inzwischen zu verwirrt, um zu wissen, ob es klappt. Seine Stimmung verschlechtert sich. Aber kommt das davon, dass ich ihn quäle, oder ist er einfach ein schlecht gelaunter Mensch? Drückt die nicht erwiderte Leidenschaft seine Stimmung oder die Tatsache, dass sein Vergeltungsplan nicht so leicht durchzuführen ist?«

»Ich glaube, es ist unerwiderte Leidenschaft. Genau genommen, sollten wir von unerfüllter Leidenschaft sprechen, denn sie ist ja nicht unerwidert, oder?«

»Leider nein. Um ehrlich zu sein, fürchte ich allmählich, es könnte sehr viel mehr sein als Leidenschaft.«

»Dann kannst du es wie Cousine Elspeth machen.«

»Ihn jagen, bis er mich einfängt?» Avery lachte zusammen mit Gillyanne, schüttelte dann aber den Kopf. »Ich habe nicht Elspeths Talent. Ich kann nicht an einem einzigen Kuss erkennen, ob er der Mann meines Lebens ist. Er könnte es vielleicht sein. Das würde erklären, warum das Verlangen mir den Verstand raubt. Es würde erklären, warum ich überhaupt etwas für ihn empfinde, wenn man bedenkt, dass er mich als Rachewerkzeug gegen meinen eigenen Bruder benutzen will. Aber diese Erklärungen sind völlig bedeutungslos. Seine Rachepläne machen eine gemeinsame Zukunft mit ihm sowieso unmöglich.«

»Nicht unbedingt.« Gillyanne zuckte die Schultern. »Dieses Abenteuer könnte besser ausgehen, als du denkst. Du musst entscheiden, ob du es wagen willst, ihn dazu zu bringen, dass er dich mehr als alles andere begehrt. Stimmt schon, egal wie man es dreht und wendet, der Weg, den du einschlagen musst, ist ganz schön steinig. Doch jeder Schritt darauf führt dich weg von deinem Liebeskummer.«

»Möglicherweise aber auch nicht. Wie auch immer, ich glaube trotzdem, dass wir es unseren Entführern viel zu einfach machen.«

»Ich glaube nicht, dass wir fliehen können, Avery.«

»Auch ich habe da keine großen Hoffnungen, aber das heißt nicht, dass wir es nicht versuchen könnten.« Die Blicke der Frauen trafen sich und sie lachten beide.

»Sollen wir beim ersten Versuch klug oder einfach nur mutig sein?«, fragte Gillyanne und schaute sich nach ihren Bewachern um. »Klein-Rob und Colin sind ein gutes Stück hinter uns und in eine Diskussion vertieft.«

»Gut, dann lass uns dieses Mal einfach nur mutig sein. Auf drei?« Gillyanne nickte und raffte ihre Röcke. Avery tat es ihr nach und zählte: »Eins, zwei, drei!« Sie spurtete los und war nicht überrascht, dass die ebenfalls loseilende Gillyanne eng an ihrer Seite blieb.

Cameron fluchte, als ein Aufschrei durch das Lager ging. Er stopfte die Karte, die er und sein Cousin Leargan eben studiert hatten, wieder in sein Hemd und sprang auf. Als er sah, dass die Murray-Mädchen zu fliehen versuchten, war er eigentlich nur über ihre Schnelligkeit überrascht.

»Zum Teufel mit Klein-Rob und Colin«, schimpfte er und stürzte los. »Ich habe ihnen doch befohlen, die Mädchen scharf zu bewachen.«

»Du kannst ihnen nicht die volle Schuld geben«, entgegnete Leargan, während er neben Cameron Schritt hielt. »Es sind doch nur kleine Mädchen, und sie haben sich bisher sehr gut betragen.«

»Was uns hätte warnen sollen.«

Leargan lachte. »Du sprichst von ihnen, als wären sie gefährliche, durchtriebene Gegner.«

»Averys Mutter hat es geschafft, sich ein Jahr lang vor einem rachsüchtigen DeVeau zu verstecken und war dabei fast auf sich allein gestellt. Averys Vater gelang es dann, trotz des hohen Kopfgelds, das auf sie ausgesetzt war, beide aus Frankreich herauszubringen. Averys Cousine hat gerade einen gewissen Sir Cormac Armstrong geheiratet, der den rachsüchtigen Douglas-Clan über zwei Jahre an der Nase herumgeführt hat.«

»Guter Gott.« Leargan war beeindruckt. »Sie könnten also das eine oder andere Täuschungsmanöver gelernt haben.«

»Ja, und zudem sind sie verdammt schnell auf ihren Beinen. Du folgst der Kleinen.«

»Sie sind beide klein.«

»Folge Gillyanne. Ich werde der anderen folgen, diesem Ausbund an Frechheit.« Cameron ignorierte Leargans Lachen.

Dass Avery vor ihm wegrannte, brachte Cameron viel

mehr auf, als er vermutet hätte. Wahrscheinlich hasste er einfach die Vorstellung, dass sie nicht so von blindwütiger Leidenschaft ergriffen war wie er. Doch er durfte sich nicht von seinen Zweifeln blenden lassen. Ihr Verlangen war ebenso heftig wie seines, dessen war er sich sicher. Und vielleicht rannte sie ja deshalb weg.

Ein grimmiges Lächeln umspielte seine Lippen, während er ihr durch den Wald nachjagte. Er hatte nicht die Absicht, sie entkommen zu lassen, nicht jetzt, wo er so nah an der Erfüllung seiner Wünsche war. Vorhin, beim Aufschlagen des Nachtlagers, hatte er deutlich gemerkt, dass sie sich innerlich vor Begehren krümmte – ebenso wie er. Mehrmals hatte er während des qualvollen Ritts ihren Lippen ein weiches, verlangendes Stöhnen entlocken können, hatte sie dazu gebracht, in seinen Armen zu erschauern, und das alles nur mit zartesten Berührungen. Nicht Rachegedanken trieben ihn jetzt an, sondern die Entschlossenheit, sich die zum Greifen nahen Wonnen nicht so kurz vor dem Ziel durch die Finger gleiten zu lassen.

Avery gab Gillyanne ein Zeichen, nach rechts auszuscheren, während sie weiter nach links rannte. Sie hielten Augenkontakt, zwangen aber ihre Verfolger, sich aufzuteilen. Bei einem schnelle Blick über die Schulter, sah Avery nur zwei Männer: Cameron und seinen gut aussehenden Cousin Leargan. Falls es noch mehr Verfolger gab, waren sie weit abgeschlagen.

Gerade als sie dachte, das Spiel hätte nun lange genug gedauert, weil sie müde wurde und Cameron ihr näher kam, hörte sie Gillyanne aufschreien. Avery wandte sich sofort um und rannte geradewegs auf Leargan zu, der Gillyanne zu fassen bekommen hatte. Dass ihr plötzlicher Richtungswechsel Cameron bei seiner Verfolgung leicht zum Straucheln brachte, verschaffte ihr eine flüchtige Genugtuung.

Ohne zu zögern, warf sich Avery gegen Leargans Rücken. Er fluchte, ließ Gillyanne los und fiel auf sein Gesicht. Breitbeinig stellte Avery sich über ihn, packte seine dunklen Haare und begann, seinen Kopf auf den Boden zu schlagen. Gillyannes anfeuernde Rufe gingen plötzlich in Kreischen über, und Avery blickte auf. Es überraschte sie nicht wirklich, ihre Cousine fest in Camerons Griff zu sehen. Avery riss Leargans Messer aus der Scheide. Sie packte eines seiner Haarbüschel, zog seinen Kopf zurück und hielt ihm sein eigenes Messer an die Kehle.

»Verhandeln?«, fragte sie.

»Nein«, entgegnete Cameron. »Ihr tut ihm nichts.«

»Seid Ihr Euch dessen so sicher?«

»Ich hoffe doch, Cousin«, knurrte Leargan.

»Sehr sicher«, erwiderte Cameron. »Ihr verletzt ihn nicht, Avery, und Ihr flieht auch nicht ohne diese Göre da.«

»Göre?«, schrie Gillyanne empört.

»Nein, wohl kaum «, seufzte Avery, gab Leargan frei und stand auf.

Leargan erhob sich ebenfalls, klopfte sich ab und streckte seine Hand aus. »Mein Messer, bitte.«

Avery fluchte leise und klatschte es in seine ausgestreckte Hand. Als Gillyanne zu ihr rannte, nahm sie die Hände ihrer Cousine in ihre. Sie hatte keine große Angst vor Bestrafung, obwohl Cameron außer sich vor Wut schien. Er mochte sie vielleicht mit Schimpfworten geißeln und sie besser bewachen, aber Avery war sich seltsamerweise vollkommen sicher, dass er sie niemals körperlich verletzen würde.

»Habt Ihr wirklich geglaubt, Ihr könntet entkommen?«, fragte Cameron, als er sie am Arm packte und den Rückweg zum Lager einschlug.

»Die Hoffnung stirbt nie«, murmelte sie.

»Und wohin wolltet Ihr fliehen – ohne Pferde und ohne Vorräte?«

Eine gute Frage, dachte sie bei sich. Aber sie hatte nicht die Absicht, ihn wissen zu lassen, dass sie ihn nur hatte ärgern wollen, selbst wenn dieser Fluchtversuch ihm töricht erschien.

»Wir wollten in der nächsten Kirche Zuflucht suchen.« – »Ja«, pflichtete ihr Gillyanne bei. »Wir wollten um kirchlichen Schutz bitten.«

»Erwartet Ihr wirklich, dass ich das glaube?« Cameron schimpfte leise, als beide Mädchen einfach nur mit den Achseln zuckten. Am Rand des Lagers trafen sie die zwei Wachen, und Cameron riet den beiden rotgesichtigen Männern: »Sie sind hübsch und klein, aber lasst euch davon nicht noch einmal zum Narren halten.« Er schob ihnen die Mädchen zu. »Sie sind hinterlistig und machen mehr Ärger, als sie wert sind.«

»Um kirchlichen Schutz bitten?« Leargan konnte vor Lachen kaum reden, als er und Cameron sich entfernten.

»Elende Gören«, brummte Cameron. »Sie führen etwas im Schilde. Sie sind viel zu klug, um zu glauben, dass diese Flucht hätte gelingen können. Sie haben gewusst, dass sie missglückt, deshalb sind sie auch mit leeren Händen geflohen.«

»Warum haben sie es dann überhaupt versucht?«

»Es würde mich nicht überraschen, wenn sie mich nur ein bisschen ärgern wollten.«

»Glaubst du, dass er unsere Absicht erraten hat?«, fragte Gillyanne Avery, als sie vor Camerons Zelt saßen und ihr Abendbrot aßen.

»Der Gedanke, dass wir ihn nur ärgern wollten, mag ihm durch den Kopf gegangen sein«, antwortete Avery, »aber er wird nicht darauf vertrauen, dass das der einzige Grund war. Er wird dahinter eine größere List vermuten.«

»Er vertraut Frauen nicht sonderlich, oder?«

»Er vertraut ihnen überhaupt nicht.«

»Das sind keine guten Bedingungen, wenn du den Versuch wagen willst, sein Herz zu erobern.«

»Wenn er überhaupt ein Herz hat, das man erobern kann«, grummelte Avery.

»Ach, natürlich hat er eins, sonst würdest du dich nicht so

plagen. Er zeigt es nur nicht richtig. Manche Männer sind so.«

»Und manche Männer wollen niemals etwas für eine Frau empfinden und beherrschen es sehr gut, ihre Gefühle wegzusperren.«

Gillyanne nickte, legte dann aber die Stirn in Falten. »Aber er begehrt dich.«

»Begehren kann nicht wirklich als Empfindung bezeichnet werden, Gillyanne, oder als Gefühlsregung. Für einen Mann ist es zu leicht, eine Frau zu begehren. Es kommt nicht von Herzen, das will ich damit sagen. Und es kommt auch nicht aus dem Verstand und der Seele.« Sie seufzte. »Andererseits kann es manchmal zu einem Riss in der Mauer werden, die ein Mann um sein Herz errichtet hat. Da ich nicht in Camerons Inneres schauen und sehen kann, ob sich da ein Riss bildet, muss ich mich auf meine Gefühle verlassen, und ich bin mir nicht sicher, ob ich darauf vertrauen kann.«

»Hoffentlich ist der Mann, an den ich irgendwann einmal mein Herz verliere, nicht so schwer zu verstehen.«

»Für dich wahrscheinlich nicht.«

»Mag sein, obwohl es mir schwerfällt, Dinge zu erspüren, wenn ich jemanden gut kenne oder mag.«

»Natürlich, denn genau in diesen Fällen bräuchte man diese Gabe ja besonders dringend.«

Gillyanne lachte und nickte. »Tante Maldie meint, dass meine Gabe dann sehr gut funktionieren könnte – ich würde nur nicht wagen, an das zu glauben, was ich spüre, weil mein Herz betroffen ist. Ich denke dein Herz ist betroffen«, fügte sie weich hinzu.

Avery beobachtete, wie Cameron durchs Lager ging und zu seinen Männern sprach, und seufzte einmal mehr. »Ja, das ist es wohl. Dabei kenne ich diesen Mann erst eine knappe Woche, und mit Sicherheit wirbt er nicht um mich. Das ergibt keinen Sinn. Es gibt nur eine Sache, die mich davon abhält, ihm halb wahnsinnig vor Lust in die Arme zu stürzen:

Dass er beabsichtigt, meine Schwäche als Waffe gegen meine eigene Familie einzusetzen.«

»Halb wahnsinnig vor Lust?«

»Ja, man kann es nicht anders bezeichnen.« Avery beobachtete, wie Cameron mit seinem Cousin in den Wald trat, und es überraschte sie nicht, dass ihr Blick an seinem straffen, wohlgeformten Hintern hängen blieb und es ihr in den Fingern kribbelte, ihn dort zu berühren. »Mehrmals wollte ich ihn heute aus dem Sattel stoßen, aber nicht, weil ich wollte, dass der Dummkopf in den Dreck fällt. Nein, ich habe ihn mir auf dem Boden gewünscht, damit ich auf ihn springen und einige der hitzigen Gedanken in die Tat umsetzen kann, die mich quälen.«

»Dann mach es einfach.«

»Ich weiß, wir haben darüber gesprochen, seinen Racheplänen den Stachel zu ziehen, indem ich ihn verführe. Aber nichts kann der Tatsache den Stachel ziehen, dass er aus Rache mit mir schlafen würde.«

Gillyanne verdrehte die Augen. »Vertrau mir, Cousine. Das Allerletzte, an das der Mann denkt, wenn er endlich mit dir schläft, ist Payton oder seine Schwester oder Rache. Du musst ihm einfach deutlich machen, dass nicht er der Gewinner ist, dass nicht er sich etwas nimmt, sondern du ihm etwas gibst. Ich meine damit nicht, dass du diesem Esel die Geheimnisse deines Herzens offenbaren sollst. Lass ihn wissen, dass du nur das machst, was du willst, und dass du es ihm nie erlauben wirst, das gegen deinen Bruder oder deinen Clan zu verwenden. Da er ein Mann ist und ebenso überheblich wie die anderen Männer, wird er nicht glauben, dass du das schaffst. Du weißt aber, dass du es kannst. Lass dich von dieser Zuversicht leiten.«

»Es ist ein einziges Glücksspiel«, murmelte Avery.

»Stimmt. Aber begehrst du nicht den Hauptgewinn so sehr, dass du es wagen willst?«

»Oh doch.«

»Wann wirst du ihn also verführen?« – »Das kann ich nicht sagen. Ich glaube, ich werde ihn auf die Folter spannen, bis ich es nicht mehr aushalte.« Die beiden Mädchen lachten.

»Sie lachen wieder«, knurrte Cameron mit einem grimmigen Blick auf die beiden Murray-Mädchen, als er und Leargan zum Lager zurückkehrten.

Leargan grinste und schüttelte den Kopf. »Es sind ungewöhnliche Mädchen.«

»Es sind elende Gören, die ihre große Freude daran haben, mir mein Leben zur Hölle zu machen.«

»Du begehrst sie also so stark?«

»Das habe ich nicht gesagt.«

»Das musst du auch nicht. Man kann dein Begehren ja fast schon riechen.«

Cameron unterdrückte den Impuls, an sich selbst zu schnüffeln, und funkelte Leargan an. »Das ist doch gut, oder? Es wäre sehr schwer, meinen Racheplan in die Tat umzusetzen, wenn ich das Mädchen nicht anziehend fände.«

»Und du willst nicht warten, bis du zu Hause die Situation genauer in Augenschein nehmen kannst?«

»Meine Schwester, meine Tante und Iain erzählen alle die gleiche Geschichte. Was würde es für einen Unterschied machen, sie nochmals zu hören, zu warten, bis ich nahe genug bin, um ihren Lippen beim Sprechen zuzusehen? Nein, Payton Murray wird bezahlen, und er wird meiner Schwester Recht widerfahren lassen.«

»Und wenn er es macht, wirst du dann auch seiner Schwester Recht widerfahren lassen?«

»Was?«

»Du hast vor, die Schwester dieses Mannes zu verführen, um ihn zu zwingen, deiner Schwester Recht widerfahren zu lassen. Wenn er tut, was du willst, bleibt immer noch ein verführtes Mädchen ohne Ehemann übrig. Ein Mädchen, das dir nichts Unrechtes getan hat.«

»Ich will keine Frau.« Cameron nahm es Leargan übel, dass er den schwachen Punkt seines Plans gefunden hatte.

»Trotzdem akzeptierst du nicht, dass vielleicht auch Sir Payton keine Frau haben will. Du bist ein Mann voller Widersprüche, Cousin.«

»Ja, und du wirst bald ein Mann voller blauer Flecken sein, wenn du diese Angelegenheit nicht auf sich beruhen lässt.« Er nickte zufrieden, als Leargan schwieg, obwohl er wusste, dass sein Cousin nicht aufgegeben, sondern sich nur für eine Weile von der Auseinandersetzung zurückgezogen hatte. »Du bringst die kleine Gillyanne zu den Frauen zurück«, ordnete er an, als sie sein Zelt erreichten.

Sobald Leargan und Gillyanne sich entfernt hatten, setzte er sich neben Avery und starrte ins Feuer. Er wollte Leargans Worte aus seinem Kopf verbannen, aber sie weigerten sich zu verschwinden. Sein Plan hatte den Makel der Ungerechtigkeit, das konnte er nicht leugnen. Er würde von Payton Murray verlangen, die Ehre seiner Schwester durch eine Heirat wiederherzustellen, aber nicht das Gleiche anbieten. Seine Schuldgefühle ließen auch nicht nach, als er sich sagte, dass eine solche Vergeltung nur gerecht sei. Schließlich weigerte Payton sich, das Gebotene und Richtige zu tun – und das auch noch mit voller Unterstützung seines Clans. Trotzdem: Cameron würde und wollte niemals heiraten.

Als Avery aufstand und ins Zelt ging, nahm er einen großen Schluck aus dem Weinschlauch. Es erschien verlockend, sich besinnungslos zu betrinken. Dies würde nicht nur vorübergehend das quälende Verlangen nach Avery abtöten, sondern auch dieses nagende Schuldgefühl zum Schweigen bringen. Unglücklicherweise lag aber ein weiterer langer Reisetag vor ihm, und nur ein Idiot würde in diesem Fall an den schlimmen Folgen einer durchzechten Nacht leiden wollen.

Als er schließlich den Eindruck hatte, dass Avery lange genug ungestört gewesen war, betrat er das Zelt. Sein Bauch verkrampfte sich vor Begehren, als er sah, wie sie auf seinem rauen Bett lag. Er wollte sich die Kleider vom Leib reißen, in dieses Bett springen und sich tief in ihr vergraben. Er wünschte sich, jeden Zoll ihres schlanken, goldenen Körpers zu berühren und zu kosten. Er wollte hören, wie sie seinen Namen herausschrie, wenn sie auf dem Höhepunkt der Leidenschaft erbebte.

Mit rasendem Herzen und bebenden Händen kleidete Cameron sich bis auf den Lendenschurz aus. Er wusch sich kurz, kletterte neben sie ins Bett und fesselte mit einem weichen Leinenband ihre Handgelenke an seine. Selbst in der Dunkelheit konnte er spüren, wie sie ihn anfunkelte.

»Ihr habt doch nicht wirklich geglaubt, dass Ihr heute fliehen könnt?« Er schob sich bei dieser Frage näher an sie heran, sodass sich ihre Körper leicht berührten. Als er ihr Zittern spürte, lächelte er grimmig. Er hatte nicht die Absicht, diese Qualen allein durchzustehen.

»Man muss die Gelegenheit nützen, wenn sie sich bietet«, erwiderte sie. Innerlich fluchte sie, weil das Lager nicht genug Platz bot, um ihm auszuweichen, und weil sie die berauschende Berührung seines warmen, starken Körpers aushalten musste.

»Ohne Essen, Wasser, Decken und Pferde?«

»Ja. Wir hätten das Überlebensnotwendige unterwegs gefunden.«

Er überging diese Prahlerei. »Und das in einem Land, das nur so wimmelt von den Erzfeinden Eures Clans?«

»Scheinbar gibt es in Schottland auch nicht nur Freunde und Verbündete.«

Er rollte sich auf sie und sah auf sie hinab. »Ich bin nicht Euer Feind, Avery.«

»Ach nein, natürlich nicht. Wie dumm von mir. Freundschaft hat Euch den Plan eingegeben, mich in Schande zu bringen und mich gegen meine Familie zu benutzen.«

»Und wenn jemand Eure Familie beleidigt hätte – Ihr würdet natürlich großzügig alles vergeben und noch dazu ein paar Gebete für seine Seele sprechen, nicht wahr?«

»Ich würde jedenfalls keinen Unschuldigen benutzen, um den Schuldigen zu bestrafen. Nicht dass mein Bruder schuldig wäre.«

Cameron seufzte und küsste sie. Dass ihr Körper so schnell und heftig darauf reagierte, ließ ihn vor Begehren erschauern. Ihre Brustspitzen wurden fest, drängten sich gegen seine Brust und bettelten darum, liebkost zu werden. Sie bog sich ihm entgegen, ihr ganzer geschmeidiger Körper offenbarte ihre Leidenschaft. Als er den Kuss beendete, glichen seine heftigen Atemzüge denen eines galoppierenden Pferdes. Er richtete sich weit genug auf, um auf sie hinabzuschauen. Es befriedigte ihn, dass sie ebenso heftig atmete. Er wusste, dass er sie jetzt nehmen konnte, dass ihre Lust ihm keinen Widerstand entgegensetzen würde. Es war verrückt, sich das zu versagen – aber er tat es. Er wollte, dass sie »Ja« sagte, wollte ihre volle Zustimmung.

»Wie könnt Ihr leugnen, was zwischen uns ist?«, fragte er, indem er sich neben sie auf den Rücken fallen ließ.

»Was zwischen uns ist, ist Euer Bedürfnis nach Vergeltung.«

»Es ist nicht Vergeltung, die mir den Schweiß aus den Poren treibt und mich beben lässt wie einen Fiebernden. Oder Euch.«

»Mich? Nein. Ich bin so kühl und ruhig wie ein Bergsee an einem Sommerabend.« Sie überging sein herablassendes, amüsiertes Schnauben. »Ihr werdet mich nicht benutzen, um meine Verwandten zu demütigen.«

»Nur einen von ihnen – Payton.«

»Ich werde meinen Bruder genauso unerbittlich verteidigen wie Ihr Eure Schwester. Gute Nacht, Sir Cameron«, fügte sie leise hinzu, als er nichts erwiderte. Danach bemühte sie sich, ihr erhitztes Blut zu beruhigen, um schlafen zu können.

»Ihr werdet nachgeben, Avery«, sagt er nach mehreren Minuten. »Es ist zu stark, um lange dagegen anzukämpfen.«

»Vielleicht«, gab sie zu, »aber ich lasse dennoch nicht zu, dass Ihr mich gegen meinen Bruder ausspielt.«

Cameron konnte nicht glauben, wie sehr ihn das Wort *vielleicht* in Aufregung versetzte. Es war kein Entgegenkommen. Und doch war es mehr, als sie bisher angeboten hatte. Er schloss die Augen, zwang seinen Körper, sich zu beruhigen, und versuchte zu schlafen. Morgen würde er ihren Widerstand brechen, würde sie so lange bedrängen, bis aus dem *Vielleicht* ein Ja wurde. Er hoffte nur inständig, dass ihn diese Geschichte nicht vollkommen um den Verstand brachte.

5

Ihre Hände waren frei. Avery konnte es nicht glauben. Vor zwei Tagen erst hatten sie und Gillyanne Cameron gezwungen, ihnen nachzulaufen und sie wieder einzufangen. Wie sie erwartet hatte, war er jetzt wachsamer. Außerdem hatten seine Verführungsversuche an Nachdruck gewonnen. Die beiden letzten Nächte waren quälend lang gewesen, voller Selbstverleugnung. Die Tage waren nicht viel angenehmer. Sie fühlten sich beide erschöpft von dem Kampf. Und deswegen, mutmaßte Avery, saß sie auf seinem Pferd – ohne Handfesseln. Cameron war offensichtlich zu müde und abgelenkt, um sie richtig anzubinden.

Avery schaute sich nach Gillyanne um und sah sie neben den anderen Frauen stehen. Wenn sie die Aufmerksamkeit des Mädchens auf sich lenken konnte, würde eine Flucht gelingen. Gillyanne wusste, wie man in den Sattel sprang, und dieses Mal hätten sie auch Vorräte dabei. Avery fragte sich, warum sie dasaß und so lange grübelte, statt sofort auf Gillyanne zuzureiten. Die Antwort auf ihr Zögern lag in einem einzigen Wort, das sie innerlich voller Selbstverachtung aussprach: Cameron.

Wie durch ihre Gedanken herbeizitiert, stellte sich Cameron neben das Pferd. Er legte eine Hand auf ihr Bein und streichelte es. Sein hochmütiger Gesichtsausdruck und seine siegessicheren Blicke gaben Avery den entscheidenden Impuls. Sie schenkte ihm ein Lächeln und einen Handkuss. Es war eine Freude, seine verblüffte Miene zu sehen. Dann trat sie ihn ins Gesicht, ließ ihn taumelnd zu Boden gehen. Sie spornte das Pferd zum Galopp an und schrie gleichzeitig nach Gillyanne. Zu ihrer Erleichterung reagierte ihre Cousine sofort, sodass Avery ihr Tempo nur wenig verringern musste, um Gillyanne zu ermöglichen, hinter ihr aufzuspringen. Als sie losgaloppierten, konnte sie Cameron brüllen hören und lachte laut auf.

Cameron sprang heftig fluchend auf die Beine. Er war nicht sonderlich erstaunt über die Leichtigkeit und Geschicklichkeit, mit der Avery seinen riesigen Hengst unter Kontrolle gebracht hatte, oder über den gekonnten Sprung ihrer Cousine auf das galoppierende Pferd. Er bezweifelte, dass die beiden ihn überhaupt noch mit irgendetwas überraschen konnten, besonders wenn sie ihn ärgern wollten. In der Hoffnung, dass er nicht so wütend klang, wie er sich fühlte, begann er, Befehle zu brüllen, und war froh, Leargan schon mit zwei gesattelten Pferden auf ihn zueilen zu sehen.

»Hast du nicht gesagt, die beiden müssten streng bewacht werden?«, bemerkte Leargan ironisch, als er und Cameron aufsaßen.

»Noch ein Wort, und ich werde dir die Zunge herausschneiden«, raunzte ihn Cameron an, während er sein Pferd zum Galopp antrieb.

Leargan überging die Drohung und lenkte sein Pferd neben Camerons. »Ich glaube nicht, dass du sie erwischt. Dein Hengst ist der schnellste im Lager, und die Mädchen scheinen recht begabte Reiterinnen zu sein.«

»Sie kennen die Gegend nicht, wissen nicht, wohin sie reiten sollen.«

»Vielleicht nicht, aber sie müssen nur außer Reichweite bleiben und sich verstecken.«

Genau das befürchtete auch Cameron. Wenn die Mädchen kein bestimmtes Ziel hatten, gab es keine Möglichkeit herauszufinden, wohin sie ritten. Das bedeutete, er würde sich bald darauf beschränken müssen, ihrer Spur zu folgen – was Zeit kostete und also ihnen zum Vorteil gereichte. Noch schlimmer war, dass sie es seiner Vermutung nach wahrscheinlich sehr gut verstanden, ihre Spur zu verwischen. Die

Murray-Mädchen hatten bereits zur Genüge bewiesen, dass sie mehr Fähigkeiten besaßen als andere wohlerzogene Mädchen. Allerdings war er entschlossen, sich nicht von zwei dürren Gören den Schneid abkaufen zu lassen, selbst wenn er ihnen bis unmittelbar vor die Tore von Donncoill nachreiten musste.

Erst gegen Mittag fühlte sich Avery sicher genug, um eine Pause einzulegen. Sie und Gillyanne glitten vom Pferd. Beide stöhnten leise. Das kleine Wäldchen, das sie gefunden hatten, war immerhin ein guter Rastort. Schattig, kühl, mit einem kleinen Bach und viel frischem Grass für das Pferd. Gillyanne half ihr, den Hengst trocken zu reiben, zu tränken und anzubinden. Dann ließen sich beide unter einen Baum fallen. Es dauerte eine Weile, bis sie die Kraft hatten, die Satteltaschen nach Essbarem zu durchsuchen. Zu Averys Freude fanden sie auch Camerons Landkarte. Avery betrachtete sie, während sie und ihre Cousine Haferfladen aßen und etwas Wein nippten.

»Es ist schwer, festzustellen, wohin wir gehen müssen, wenn wir nicht wissen, wo wir sind«, murmelte Gillyanne, die sich gegen den dicken Baumstamm sinken ließ und die Augen schloss.

»Stimmt, aber sobald wir herausgefunden haben, wo wir sind, wird uns dies hier von großem Nutzen sein.« Avery entspannte sich neben ihrer Cousine.

»Glaubst du, dass Cameron uns lange verfolgen wird?«

»Länger, als uns vielleicht lieb ist. Er ist ein sturer Bock.«

»Und wir haben sein Pferd gestohlen.«

Avery schmunzelte. »Ja, das haben wir. Trotzdem wird er uns wohl in erster Linie verfolgen, weil er es nicht verdauen kann, von zwei kleinen Mädchen besiegt zu werden.«

Gillyanne nickte. »Das ist ein schwerer Schlag für einen stolzen Mann.«

»Und Cameron ist ein besonders stolzer Mann.«

»Ich habe mich ein bisschen gewundert, dass du so schnell bereit warst zu fliehen.«

»Nicht wirklich schnell«, seufzte Avery. »Ich habe gezögert. Dann hat er mir so einen Blick geschenkt.«

»Was für einem Blick?«

»Diesen hochmütigen *Ich-weiß-dass-ich-gewinne*-Blick. Da habe ich ihn aus seinem Gesicht getreten.«

Sie lächelte schwach, als Gillyanne kicherte. »Es ist also alles seine eigene Schuld. Hätte er nicht so verdammt selbstbewusst dreingeschaut, würde ich wahrscheinlich noch immer dasitzen und versuchen, mich selbst zur Flucht zu überreden. Ein Teil von mir wollte genau dort bleiben, in seiner Nähe. Ich konnte nur daran denken, dass ich nach meiner Flucht diesen Mann vielleicht niemals wieder sehen würde.«

»Sprich nicht so schlecht von dir selbst.« Gillyanne tätschelte Averys Hand. »Bedenkt man deine Gefühle für diesen Mann, ist es nur natürlich, dass du ihn nicht verlassen willst, zumal für immer. Payton würde das verstehen.«

»Ja, das würde er, aber ich weiß nicht so recht, ob das meine Schuldgefühle sonderlich beruhigt. Es ist eine Sünde, aber am meisten bedauere ich, dass ich nicht wenigstens einmal nachgegeben habe.«

»Mir würde es ebenso gehen.«

»Wirklich?«

»Wirklich. Eine so heftige Leidenschaft ist selten. Das wissen wir von unseren Eltern. Und von Elspeth. Wir sehnen uns alle danach, nach dieser Leidenschaft und Liebe. Wir wollen das erfahren, was unsere Eltern kennen. Du hast eine Möglichkeit dazu gesehen.« Gillyanne zwinkerte Avery zu. »Versuche einfach, dich damit zu trösten, dass Cameron schuld daran ist, wenn du nicht genau weißt, ob diese heftige Leidenschaft der Beginn einer großen Liebe ist.«

»Ich habe es gespürt«, flüsterte Avery und kämpfte gegen die aufsteigenden Tränen an. »Und ja, es ist alles seine Schuld. Und die seiner Schwester. Vielleicht ist es wirklich das Beste, dass wir geflohen sind, denn ich könnte ziemlich unbedacht handeln, sollte ich je Paytons Anklägerin treffen.«

Avery stand auf und klopfte sich den Staub ab. »Wir machen uns besser wieder auf den Weg. Wir können jetzt langsamer reiten.«

»Bist du sicher?«, fragte Gillyanne, als sie Avery zum Pferd folgte.

»Wir haben seit Längerem weder Cameron noch Leargan gesehen. Das bedeutet, dass sie inzwischen nach unserer Spur suchen müssen, und das wird sie aufhalten.« Gerade als sie aufgestiegen war und Gillyanne schnell hinter ihr aufsaß, sah sie etwas zwischen den Bäumen aufblitzen. »Verdammt, ich kann nicht glauben, dass er uns gefunden hat.« Einen Herzschlag später erkannte Avery, dass dieses Aufblitzen von Rüstungen stammte, die die Sonne spiegelten, und es waren zu viele Rüstungen für zwei Männer. »Das sind sie nicht.«

Gillyanne umklammerte Averys Taille, als ihre Cousine das Pferd über den Bach und durch die dichten Bäume am anderen Ufer drängte. »Wer ist es dann?«

»Ich weiß nicht. Scheint ein Heer zu sein. Wir verstecken uns jetzt lieber.«

»Verstecken? Wäre es nicht besser, einfach wegzureiten, und zwar schnell?«

»Sie sind nahe genug, um uns zu sehen oder zu hören, wenn wir davongaloppieren«, flüsterte Avery, während sie ihr Pferd ins dichte Unterholz lenkte, wo sie getarnt waren. »Ich finde, wir sollten erst wissen, wer noch durch diese Wälder streift.«

Avery beugte sich nach vorne, um die Hand seitlich an die Nüstern des Pferdes zu legen, bereit, es mit ihrer Hand zum Schweigen zu bringen, falls nötig. Sie konnte jetzt durch das dichte Astwerk hindurch ein kleines Heer ausmachen, das kurz anhielt, um die Pferde am Bach zu tränken. Besonders interessierte sie sich für die Standarte, die einer der Männer trug. Die darauf abgebildeten Waffen ließen ihr Blut gefrieren. Es war das Abzeichen der DeVeau, und sie hatte die schreckliche Ahnung, dass die Bewaffneten einen Plan verfolgten, der auch ihr Schwierigkeiten und Kummer bereiten würde.

»Avery«, sagte Gillyanne, mit der leisen Andeutung einer Frage in der Stimme.

»Psst! Es ist still genug, dass ich vielleicht das eine oder andere Wort auffangen kann, um zu erraten, warum diese Mistkerle hier sind.«

Nur wenige Augenblicke später hatte Avery genug gehört. DeVeau wollte sein Geld zurück haben und würde, wenn nötig, jeden MacAlpin abschlachten, um es zu bekommen. Es war töricht gewesen, zu glauben, er würde sie ziehen lassen, nur weil er sie nicht sofort verfolgt hatte. Während sie die Männer fortreiten sah, wurde Avery bewusst, dass sie vor einer schweren Entscheidung stand. Sollten Gillyanne und sie ihre Flucht fortsetzen, oder sollten sie zurückreiten und die MacAlpins warnen? Sie seufzte, als sie sich kleinlaut eingestehen musste, dass die Entscheidung schon gefallen war, als sie die Bedrohung erkannt hatte.

»Die DeVeau haben vor, sie umzubringen«, sagte Gillyanne.

»Ich weiß.« Avery schüttelte den Kopf. »Ich glaube, dieses Mal wären wir wirklich erfolgreich gewesen.«

»Wir reiten zurück, um sie zu warnen?«

»Sobald ich den besten Weg gefunden habe und wir dabei nicht über die DeVeau stolpern.«

Gillyanne nickte. »Ich dachte mir, dass du dich so entscheiden würdest.«

»Warum? Cameron plant, uns gegen unseren Clan zu benutzen, gegen Payton. Er hat die Absicht, für dich Lösegeld zu fordern und mich zu entehren. Er und seine Männer haben zwar unsere französischen Verwandten nicht angegriffen, aber sie standen im Sold der DeVeau. Eigentlich sollten wir den DeVeau viel Glück wünschen und so schnell wie möglich zum nächsten Hafen reiten.« Avery trieb ihr Pferd über den Bach.

»Ja, das sollten wir vermutlich, und keiner würde uns deshalb einen Vorwurf machen – aber wir werden es nicht tun.«

»Nein. Stattdessen werden wir unsere schönen schlanken Hälse in Gefahr bringen, um unsere Entführer zu retten. So sehr Cameron und die anderen sich auch irren, was Payton angeht – sie verdienen es nicht, niedergemetzelt zu werden.«

»Nein, wirklich nicht«, pflichtete ihr Gillyanne bei. »Glaubst du, dass wir das Lager schneller erreichen können als diese Lumpenhunde?«

»Wir können es nur versuchen. Sie sehen nicht so aus, als ob sie es sehr eilig hätten.«

»Vielleicht wissen sie nicht, wo Camerons Lager ist.«

»Vielleicht nicht genau, aber sie wissen, zu welchem Hafen er will.« Sie ließ das Pferd in gleichmäßigen Trab fallen und lenkte es möglichst geradlinig in die Richtung, aus der sie gekommen waren. »Sie könnten den Hafen erraten haben, den sie ansteuern, oder einer der MacAlpins hat vor der Abreise einem der DeVeau etwas erzählt. Nicht aus Verrat, sondern einfach, weil er die abgrundtiefe Niedertracht dieses Clans nicht erkannt hat. Du achtest auf irgendwelche Anzeichen für einen MacAlpin, oder ob wir den DeVeau zu nahe kommen. Ich werde mich darauf konzentrieren, so schnell wie möglich zum Lager zurückzureiten.«

Während sie ritten, betete Avery um das Gelingen ihres Vorhabens. Trotz der peinlichen Lage, in die Cameron sie gebracht hatte, und trotz seiner Vorwürfe gegen ihren Bruder wollte sie ihn ganz gewiss nicht tot oder verstümmelt vorfinden oder auch nur einen seiner Männer verletzt sehen. Sie hatte den Verdacht, dass sie ebenso empfinden würde, wenn sie diesen Esel nicht gerngehabt hätte. So kurz auch ihre Bekanntschaft war, sie mochte die MacAlpins und wollte sie nicht wegen DeVeaus Heimtücke und Habgier tot sehen. Sie konnte jetzt nur versuchen, Gillyanne und sich selbst nicht in Gefahr zu bringen und dennoch die MacAlpins rechtzeitig zu erreichen, um sie zu warnen.

»Mein Gott, schau dort, Cameron«, sagte Leargan. Er dämpfte seine Stimme sowohl aus Überraschung als auch aus Vorsicht.

Cameron warf einen Blick in die Richtung, in die sein Cousin zeigte, und knurrte. Er war aufgewühlt, weil Avery und ihre Cousine nahe genug waren, um sie einzufangen. Aber gleichzeitig fühlte er sich verwirrt und fragte sich, warum sie ihnen so nahe kamen.

Sie hatten die Flucht äußerst geschickt eingefädelt und ihre Spuren gut verwischt. Eben noch hatte er sich eingestehen müssen, dass er sie verloren hatte, und nun sah er sie geradewegs zurück zum Lager und in die Gefangenschaft galoppieren.

»Glaubst du, dass sie sich verirrt haben?«, fragte Cameron zweifelnd.

»Es wäre äußerst enttäuschend, wenn es so einfach wäre«, entgegnete Leargan.

»Aber warum kehren sie dann zum Lager zurück?«

»Vielleicht, weil sie erkannt haben, dass wir das kleinere Übel sind. Sie werden verfolgt, Cousin.«

Cameron fluchte und spornte sein Pferd zum Galopp an, während die beiden Verfolger den Abstand zu den beiden Mädchen verringerten. Er war erleichtert, als er Gillyanne einen Warnschrei ausstoßen hörte. Avery trieb den Hengst zum Galopp an, aber es würde ein Kopf-an-Kopf-Rennen werden. Cameron gab Leargan ein Zeichen, den Mann auf der linken Seite anzugreifen, während er auf den rechten Verfolger zuhielt.

Avery sank das Herz in die Knie, als Gillyanne den Warnschrei ausstieß. Sie erhaschte einen kurzen Blick auf zwei DeVeau-Männer, die sich schnell näherten, und gab ihrem Pferd die Fersen. Bei diesem Rennen kam es nur darauf an, wer das Lager zuerst erreichen konnte. Avery flehte innerlich, dass sie die Siegerin dieses Rennens sein würde.

Da schrie Gillyanne erneut auf. Avery warf einen raschen

Blick über die Schulter und war entsetzt, die Verfolger so nahe zu sehen, dass sie ihre Cousine fast schon packen konnten. Dann entdeckte sie die beiden Männer, die den DeVeau dicht auf den Fersen waren, und fühlte sich erleichtert. Dennoch entschied sie, dass es klüger war, weiterzugaloppieren.

»Es sind Cameron und Leargan«, rief Gillyanne.

»Ich weiß«, erwiderte Avery.

»Können wir jetzt nicht aufhören zu galoppieren?«

»Nein. Die DeVeau sind eindeutig viel näher, als ich gedacht habe, und Cameron wird Erklärungen einfordern und uns aufhalten.«

»Wie weit noch?«

»Zehn, vielleicht fünfzehn Minuten.«

»Dann beeil dich, Cousine!«

»Das tue ich.«

Cameron sah den Mann, den er eben getötet hatte, aus dem Sattel fallen, dann packte er rasch die Zügel des fremden Pferds. Leargan tat es ihm nach. Als Cameron bemerkte, dass Avery noch immer Richtung Lager weiterfloh, fluchte er und befestigte die Zügel des fremden Pferds an seinem Sattel. Leargan eilte an seine Seite, auch er zog ein Pferd hinter sich her.

»Warum fliehen sie noch immer?«, wollte Leargan wissen, während er und Cameron sich schon auf den Weg machten, den beiden Murray-Mädchen hinterherzujagen.

»Ich glaube, die Frage sollte eher lauten: Warum sind diese DeVeau-Schweine so nah?«, knurrte Cameron.

»Es sind DeVeaus Männer? Bist du dir sicher?«

»Völlig. Ich habe den einen, den ich eben getötet habe, erkannt.«

»Ein Überfall?«

»Das fürchte ich.«

Leargan stieß einen heftigen Fluch aus. »Die Mädchen versuchen, unsere Haut zu retten.«

Cameron nickte nur kurz. Das würde ihm Probleme bereiten. Avery und Gillyanne hatten offensichtlich ihre guten

Aussichten auf eine gelungene Flucht verworfen, um ihn und seine Leute zu warnen. Sie brachten sich sogar selbst in Gefahr. Seine Leute würden den Mädchen dafür bestimmt eine Belohnung zuerkennen wollen. Kurzzeitig versuchte Cameron, sich zu überreden, dass Avery es nur tat, weil sie als Belohnung ihre Freiheit und eine sichere Begleitung nach Hause erwartete – aber er schaffte es nicht. Sein gut gepflegter Zynismus reichte nicht aus, um an solche Beweggründe zu glauben.

Trotzdem würde er an seinem Plan festhalten. Die Bedürfnisse seiner Schwester hatten an erster Stelle zu stehen. Avery zu benutzen, war noch immer der beste Weg, um die Schmach seiner Schwester zu rächen und ihr den notwendigen Ehemann zu verschaffen. Seine Vermutung, dass Avery dieses Verhalten wahrscheinlich sogar verstehen würde, minderte seine Schuldgefühle nicht. Sie würde ihn nie vergessen lassen, dass er nun in ihrer Schuld stand, aber sie würde dennoch verstehen, warum er sie nicht mit der Freiheit belohnen konnte.

»Ein Überfall!«, schrie Avery, als sie in das Lager der MacAlpins galoppierte und ihr Pferd so scharf zügelte, dass es sich aufbäumte. »Die DeVeau sind auf dem Weg hierher.«

»Aber sie sind nicht unsere Feinde«, sagte Klein-Rob.

»Jetzt sind sie es«, rief Cameron, als er heransprengte und absprang, bevor sein Pferd ganz zum Stehen gekommen war. »Sie wollen ihr Geld zurückhaben.«

»Wie nahe sind sie?«, fragte ein korpulenter Mann.

Cameron sah Avery an. »Waren diese Männer Späher?«

»Ja. Gilly und ich haben einen ziemlich großen Trupp gesehen und konnten wahrscheinlich nicht viel Vorsprung gewinnen. Ich würde sagen, höchstens ein paar Minuten.« Avery stieg ab und half Gillyanne herunter.

»Oder weniger«, fügte Gillyanne hinzu und deutete auf eine kaum sichtbare Staubwolke über den Bäumen.

Avery und Gillyanne rannten zusammen mit den anderen

Frauen eilig aus dem Lager. Auf der Flucht ergriffen sie, was sie an Vorräten und Sachen tragen konnten. Sie wurden von drei Pagen und zwei Knappen begleitet, die die Pferde mitnahmen. Nur einige Meter vom Lager entfernt hielten sie im Schutz von Bäumen an. Es war ihre traurige Pflicht, dem Kampf als Zuschauer beizuwohnen, bereit zur Flucht, falls die Schlacht sich zuungunsten ihrer Männer wenden sollte. In diesem Fall würde nur ein Page zurückbleiben und sich verstecken, bis alles vorbei war, damit er den Ausgang berichten und sie wissen lassen konnte, ob es Verwundete gab, die man versorgen musste. Avery fragte nicht, ob sie auch die Toten einsammeln und begraben würden.

Während sie beobachtete, wie Camerons kleine Truppe sich bereit machte, einer zweimal so großen Streitkraft zu begegnen, betete Avery. Sie bat Gott, dass die MacAlpins keinen zu hohen Preis für die Dummheit zahlen mussten, sich mit einem DeVeau eingelassen zu haben. Sie betete dafür, dass DeVeaus Söldner nicht zu viele Männer verlieren wollten, um ihrem Herrn den gezahlten Sold zurückzubringen. Sie betete auch, dass ihre Cousine und sie, falls der schlimmste Fall eintreten sollte, sich nicht in den Händen ihres alten Feindes wiederfinden würden.

Der erste Zusammenprall der Krieger war heftig, schnell und laut. Avery taumelte, als hätte sie selbst dem ersten Ansturm standgehalten. Den Umstehenden entrang sich ein leises Stöhnen, und ihr wurde bewusst, dass sie nicht die Einzige war, die den Angriff so hautnah erlebte. Zweifellos konnte niemand beim Anblick dieses wuchtigen und gewaltsamen Zusammenpralls schweigend und ruhig stehen bleiben.

Cameron und seine Männer hatten sich auf einer kleinen Anhöhe versammelt, die hoch genug war, um ihnen einen Vorteil zu verschaffen. Sie ermöglichte es ihnen, gegen die anstürmenden Reiter auf gleicher Höhe zu kämpfen, und verschaffte ihnen gegenüber DeVeaus Männern einen kleinen, aber willkommenen Vorteil. Die MacAlpins formierten sich zu einem geschlossenen Kreis, in dessen Mitte zwei geschickte Bogenschützen standen. Wenn DeVeaus Söldner nicht allzu zielstrebig waren, war Camerons Schlachtplan vielleicht erfolgreich. Avery spürte, wie in ihrem Herzen Hoffnung aufkeimte.

Bald wurde es unmöglich, das gesamte Kampfgetümmel zu überblicken, also heftete Avery ihren Blick fest auf Cameron. Jedes Mal, wenn die Feinde ihn bedrängten, hielt sie den Atem an, und jedes Mal, wenn er sie wieder zurückstieß, atmete sie aus. Die leisen Aufschreie um sie her ließen sie ahnen, dass einige von Camerons Männern zu Boden gegangen waren, aber sie wendete nicht ein einziges Mal den Blick von Cameron. Stattdessen betete sie einfach für die Seelen der Gestürzten und hoffte, dass sie möglicherweise nur verletzt waren und nicht tot.

Obwohl es ihr vorkam, als habe sie stundenlang dagestanden und gebetet, wusste Avery, dass wohl nur Minuten vergangen waren, bis der Kampf sich zugunsten der MacAlpins wendete. Tote und verwundete DeVeau-Männer lagen am Boden, und plötzlich wurden sich die Feinde bewusst, wie teuer sie der Kampf zu stehen kam. Ein Mann stützte einen verwundeten Kameraden, um ihn vom Schauplatz wegzubringen, ein anderer tat das Gleiche, dann noch einer, bis ein hastiger Rückzug daraus wurde. Es bedurfte Averys ganzer Willensstärke, um zu bleiben, wo sie war, bis die DeVeau zwischen den Bäumen verschwunden waren. Dann sah sie, wie Cameron in die Knie sank. Als sie zu laufen begann, kam auch Bewegung in die anderen Frauen, bis schließlich alle zu den Männern rannten. Bei jedem Schritt betete Avery darum, dass Cameron unversehrt oder nur leicht verwundet war, dass ihn Erschöpfung auf die Knie gezwungen hatte und nicht das Gewicht des Todes.

6

Den Blick noch immer fest auf die Staubwolke der fliehenden DeVeau gerichtet, sank Cameron langsam in die Knie. Er fand gerade noch genug Kraft, um einem Mann Zeichen zu geben, den Feinden zu folgen und sicherzustellen, dass der Rückzug auch tatsächlich einer war. Dann sackte er zusammen. Der Kampf war kurz und heftig gewesen, aber er hatte das Gefühl, als hätte er den ganzen Tag gedauert. Leargan neben ihm keuchte laut, war also immer noch am Leben, und Cameron beschloss, dass er einen Moment lang seine Kräfte sammeln durfte, bevor er sich um die Verluste kümmerte.

Eine sanfte Berührung am Arm weckte ihn aus seinem Erschöpfungszustand. Cameron schaute benommen auf und entdeckte Avery, die ihn mit einem sorgenvollen Blick musterte. Schuldgefühle flackerten in ihm auf. Er verdankte ihr sein Leben und das seiner Männer, die den Kampf überstanden hatten. Es wäre nur gerecht und angemessen, sie freizulassen, aber er wusste, dass er das nicht tun würde. Sein Begehren, sie in die Arme zu schließen, und sein Bedürfnis, die Angelegenheit seiner Schwester in Ordnung zu bringen, hinderten ihn daran.

»Seid Ihr verletzt?«, fragte Avery, während sie seinen Körper nach Wunden absuchte.

»Ich bin mir nicht sicher«, entgegnete Cameron und tastete sich ebenfalls ab.

»Das Einzige, was ich entdecken kann, ist ein nicht allzu tiefer Schwerthieb an Eurem Arm.«

»Was ist mit den anderen?«, wollte er wissen, während er ihr erlaubte, seine Verletzung zu versorgen.

»Einer ist tot, einer stirbt vielleicht noch, drei sind verwundet, aber nicht tödlich, wenn die Wunden richtig versorgt werden.« Sie legte die Stirn in Falten, als sie nach dem Auswaschen der Wunde eine Salbe auftrug. Nachdem sie die Verletzung eingehend untersucht hatte, zuckte sie die Schultern und begann, sie zu bandagieren. »Ich könnte sie nähen, wenn Euch das lieber wäre. Es würde die Narbe, die vielleicht bleibt, verkleinern.«

»Lasst sie vernarben.«

Avery überraschte seine Antwort nicht. Dieselben Männer, die, ohne mit der Wimper zu zucken, in die Schlacht zogen und dem Tod ins Auge sahen, ließen den Mut sinken, wenn eine Wunde genäht werden sollte. Dies versetzte sie immer wieder in Erstaunen und amüsierte sie. Sie sammelte ihre Sachen ein und stand auf, um den anderen Verwundeten zu helfen. Spontan beugte sie sich vor und küsste Cameron flüchtig auf den Mund. Der verblüffte Ausdruck seines Gesichts entlohnte sie für diesen Augenblick der Schwäche. Avery eilte davon, bevor er sich von seinem Schreck erholen konnte.

»Sieht so aus, als wärst du dem Sieg näher, als ich dachte«, warf Leargan ironisch ein.

Cameron zwinkerte und starrte einen Augenblick seinen Cousin an, bevor er wieder zu sich kam. »Du bist noch immer da.«

Leargan schnaubte entrüstet, als er sich langsam und erschöpft auf die Beine zog und Cameron beim Aufstehen behilflich war. »Für euch beide hätte ich genauso gut ein Felsen sein können. Obwohl das Mädchen sich wenigstens einen Augenblick Zeit genommen hat, um sich zu versichern, dass ich nicht verwundet bin.«

»Offensichtlich hat sie einige Fertigkeiten in Sachen Heilkunde.«

»Beide haben sie.« Leargan deutete mit dem Kopf auf Gillyanne, die Avery half. »Man sagt, dass eine der Murray-Frauen, ich glaube Laird Balfours Gemahlin, eine berühmte Heilkundige ist.«

»Natürlich.« Cameron schüttelte den Kopf und wäre beinahe getorkelt. »Ich fange langsam an zu glauben, dass es nichts gibt, was eine Murray nicht kann. Das ist lästig.«

Leargan grinste, wurde aber wieder ernst. »Sie haben uns das Leben gerettet.«

»Ja, das haben sie.«

»Sie haben eine sehr gute Gelegenheit zur Flucht vernachlässigt.«

Cameron seufzte tief. »Ja, auch das. Obwohl zwei kleine Mädchen, die allein herumziehen, eine Menge Schwierigkeiten bekommen könnten.«

»Du hast nicht vor, deine Pläne aufzugeben, oder?«, fragte Leargan barsch, nachdem er einen Augenblick lang herzhaft geflucht hatte.

»Ich kann nicht.«

»Wegen der Ehre deiner Schwester?«

»Ja. Avery Murray könnte so rein und sanft und großzügig wie eine Nonne sein, und ich müsste dennoch so handeln. Es ist meine Pflicht, die Ehre, die meiner Schwester geraubt wurde, wieder herzustellen. Avery Murray ist der sicherste Weg dazu. So wie ich meiner Schwester nicht den Rücken zukehren kann, kann Sir Payton Murray seiner Schwester nicht den Rücken zukehren. Ich werde allerdings meine Vorgehensweise mäßigen.«

»Du wirst das Mädchen also nicht entehren?«

»Das kann ich nicht versprechen.«

»Nein, das kannst du wohl nicht.« Leargan schüttelte den Kopf. »Deine Lüsternheit verpestet förmlich die Luft.«

»Dann halt dir die Nase zu«, knurrte Cameron. Er sah sich um. »Wir können hier nicht bleiben, aber wir können auch nicht weit reisen. Ich möchte nicht das Leben der Verwundeten riskieren.«

»Ich werde den Männern sagen, dass sie das Lager abbauen sollen. Dann werden wir losziehen, um uns eine neue Lagerstelle zu suchen.«

Cameron beobachtete, wie Leargan sich entfernte, und wandte dann seine ganze Aufmerksamkeit seinen Leuten zu. Den Leichen der DeVeau-Männer waren bereits alle Wertsachen abgenommen und sie wurden in den Wald geschleppt. Seine Leute hatten ihre Sache gut gemacht, stellte er fest. Dann ging er zu dem Ort, wo vier seiner Männer aufgereiht lagen. Einer war bereits in ein Tuch gehüllt, einer lag verhängnisvoll still und blass da, und zwei jammerten und fluchten, während die Murray-Frauen ihre Wunden versorgten. Cameron war sich sicher, dass diese beiden überleben würden, und er kniete sich zu dem viel zu stillen, ernsten Mann.

Ein stechender Schmerz traf ihn, als er sah, wie jung der Krieger war, wahrscheinlich nicht viel älter als achtzehn. Es war Peter, ein Bursche, der von dieser Reise nach Frankreich Reichtum und Abenteuer erwartet hatte. Zu jung, dachte Cameron bei sich. Zu jung, um die Kälte des Todes zu fühlen und wegen einer so erbärmlichen Sache sein Leben zu lassen. Das hier war keine ehrenvolle Schlacht für König und Vaterland, sondern nur der Überfall eines ehrlosen Narren, der den Söldnerlohn, den er ausgezahlt hatte, zurückhaben wollte.

»Er kann überleben«, sagte Avery, als sie herankam und auf Peter hinuntersah.

»Ja?« Cameron legte den Finger an Peters Halsschlagader und spürte einen regelmäßigen, wenn auch gefährlich schwachen Pulsschlag. »Er sieht nicht so aus, als ob er sehr weit reisen könnte.«

»Nein, jetzt nicht. Aber die Wunde hat seine inneren Organe nicht schwer beschädigt. Sie hat nur sehr stark geblutet. Die Blutung ist zum Stillstand gekommen. Wenn sie nicht wieder anfängt und wenn er kein Fieber bekommt, kann er schnell gesund werden, zumindest könnte er sich so weit erholen, dass er eine langsame Reise überleben kann.«

»Wann könnt Ihr das mit Sicherheit sagen?«

»In zwei Tagen. Vielleicht auch früher.« Avery zuckte nicht

mit der Wimper, als er einen derben Fluch ausstieß. Sie hatte schon schlimmere Flüche gehört.

»Wir werden in ein neues Lager umziehen, sobald Leargan einen Platz gefunden hat.« Er warf einen Blick auf die verhüllte Leiche. »Wer ist der Tote? Wisst Ihr das?«

»Eine der Frauen hat gesagt, es sei ein Mann namens Adam.«

»Aha.« Cameron fühlte sich schuldig, als er Erleichterung empfand, weil der Mann weder ein Verwandter noch ein Freund war. »Ein Mann, der sich uns auf der Reise nach Frankreich angeschlossen hat. Ein Söldner, dem bewusst war, dass er als Mitglied einer Truppe bessere Aussichten hatte, Geld zu verdienen, als allein. Warum seid Ihr zurückgekommen?«, fragte er unvermittelt. Er begegnete ihrem Blick und bedauerte insgeheim, dass sie ihre Gefühle so gut verbarg.

»Ich wünsche mir vielleicht die Freiheit, aber nicht, wenn dabei andere ihr Leben lassen müssen.«

»Aha, und ich dachte, Ihr seid aus Liebe zu meinem schönen Gesicht zurückgekommen.«

»Euer Gesicht ist ungefähr so schön wie eine mondlose Nacht.« Sanft schob sie Peter hoch, bis sein Kopf an ihrer Schulter ruhte, und fing an, ihm langsam einen Trank einzuflößen, wobei sie mit ihren langen, schönen Fingern seine Kehle entlangstrich, um ihn zum Schlucken zu bewegen.

»Was ist das da, womit Ihr den Jungen füttert?«, wollte Cameron wissen, der eine lächerliche Eifersucht auf den verletzten Peter fühlte.

»Ein Kräutertrank, der ihn stärken wird und ihm hilft, das verlorene Blut zu ersetzen.«

»Die anderen haben das nicht bekommen.«

»Nein, sie sind nicht so schwer verwundet. Sie jammern kräftig, ein sicheres Zeichen für schnelle Erholung.«

Cameron grinste. »Wenn Peter zu jammern anfängt, betrachtet Ihr ihn als gesund, nicht wahr?«

»Ja.« Sie legte den Jungen sanft auf seine Decke zurück.

»Ein Mann, der dem Tod ins Angesicht sieht, jammert für gewöhnlich nicht über Stiche, Juckreiz und eklig schmeckende Medizin. Wenn er noch bei Sinnen ist und genug Kraft hat, zu sprechen oder zu denken, versucht er normalerweise, sich an die Sünden zu erinnern, die er begangen hat, macht sich Sorgen über das, was ihn nach dem Tod erwartet, und bittet um Vergebung.«

»Ihr habt viele Männer sterben sehen?«

»Zu viele«, antwortete sie mit leiser Stimme. Dann stand sie auf und ging weg.

Eine Stunde später verlegten sie das Lager. Etwa eine Meile entfernt lag eine weitere kleine Lichtung mit genug Wasser und Gras für die Pferde. Zudem gab es einen hohen Berg in unmittelbarer Nähe, der es ermöglichte, die Umgebung zu beobachten. Die DeVeau würden es nicht schaffen, sich ihnen wieder zu nähern, ohne dabei entdeckt zu werden.

Als das Lager schließlich errichtet war, hatte Cameron schon gebadet und gegessen und war mehr als bereit, ins Bett zu fallen. Er sah sich nach Avery um und ärgerte sich, als sie und Gillyanne nur leicht bewacht vom Bach zurückkehrten. Als Avery bei den verwundeten Männern stehen blieb, um nach ihnen zu sehen, ging Cameron auf sie zu und packte sie am Handgelenk. Er überging die missbilligenden Blicke seiner Männer und zog das Mädchen zu seinem Zelt. Es war deutlich, dass er jegliche Unterstützung für seine Rachepläne verloren hatte. Er fragte sich, wie sie so einfach die Bedürfnisse seiner Schwester missachten konnten – die Beleidigung, die ihr und dem ganzen Clan zugefügt worden war. Cameron schob Avery in sein Zelt, folgte ihr und schenkte sich dann etwas Wein ein.

»Ich vermute, das bedeutet, dass meine kühne und edle Rettungstat von heute nichts an meiner Situation ändert«, bemerkte Avery gedehnt, als sie sich auf die Felle niedersetzte, die sein Lager bildeten, und ihre Stiefel auszog.

»Ich kann nicht«, sagte er rundheraus und ließ sich auf der

schweren, dunklen Truhe nieder, in der er seine Habseligkeiten verwahrte. »Ich brauche Euch, um Euren Bruder zu zwingen, seine Pflicht gegenüber meiner Schwester zu erfüllen, dem Mädchen, das er entehrt hat.«

»Warum versucht Ihr nicht einfach, ihn zu ergreifen? Ihn selbst vor den Priester zu schleifen, anstatt mich zu benutzen, um ihn zu seinem Schicksal zu zwingen?«

»Iain hat mich wissen lassen, dass er genau das versucht hat, aber es ist ihm nicht gelungen. Euer Bruder entgeht behände jeder Falle.«

»Ja, das kann er gut. Er kennt diese Spielchen.«

»Er macht es sich also zur Gewohnheit, junge Mädchen zu verführen?«

»Nein, Ihr begriffsstutziger Esel«, sagte sie honigsüß, während sie sich bis auf die Unterkleider auszog.

Für einen kurzen Moment hatte Avery erwogen, in ihren Kleidern zu schlafen, doch sie kam zu dem Schluss, dass sie es gründlich satt hatte, ständig einen Schimmer von Sittsamkeit zu bewahren. Ihr frisches Leinenhemd und die Unterhose aus feinem Leinen, die sie sich genäht hatte, waren züchtig genug. Sie wünschte, Cameron beobachten zu können, während sie ihr Kleid auszog. Gewiss war er fassungslos, aber bestimmt sah er das auch als eine zu große Herausforderung. Die plötzliche Totenstille im Zelt gab ihr recht und schenkte ihr ein Gefühl der Genugtuung, während sie es sich auf dem unebenen Bett bequem machte und die Decke über sich zog.

Cameron war erstaunt, dass sich Avery mit solcher Gelassenheit bis auf ihr Hemd und ihre seltsame Unterhose auszog – als wäre er ihr Bruder oder eine Magd. Als würde er sie als Mann nicht weiter beunruhigen, dachte er in einem Anflug von Verärgerung. Seit sie seine Gefangene war, hatte er gute Arbeit geleistet, um sie nach allen Regeln der Kunst zu verführen. Er hatte sie sogar dazu gebracht, vor Verlangen zu zittern und zu keuchen. Eigentlich müsste sie seinetwegen beunruhigt sein. Sie müsste sogar ganz erheblich beunruhigt sein. Seine zunehmende Gereiztheit stieg sprunghaft an, als ihm bewusst wurde, wie sie ihn eben genannt hatte.

»Es wäre klug von Euch, Mädchen, wenn ihr Eure Zunge in Eurem Mund ein wenig hüten würdet«, grollte er, verärgert darüber, dass allein schon das einfache Aussprechen der Worte *Zunge* und *Mund* ihn heftig erregte.

»Ich dachte, ich hätte ganz liebevoll gesprochen«, gab sie zurück.

Das hatte sie, dachte er bei sich. Der Ton ihrer Stimme war süß wie Honig gewesen. Cameron beschloss, wieder zu dem Gespräch über ihren Bruder zurückzukehren. Sie würde sich schnell auf einen Streit mit ihm einlassen, und das konnte ihm helfen, das hitzige Verlangen in seinen Adern abzukühlen. Er glaubte nicht, dass er sie diese Nacht verführen würde. Nach allem, was sie heute für ihn und seine Männer getan hatte, wäre es höchst unritterlich, ihr nicht wenigstens eine Nacht der Erholung zu gönnen.

»Ihr habt Sir Payton als gut aussehend, ritterlich, entzückend, ehrbar, tapfer und klug beschrieben – und als einen Mann, den alle Mädchen anhimmeln. Wollt Ihr mir etwa erzählen, dass er auch die Gewohnheiten eines Mönchs hat? Dass er all diese wundersamen Gaben nicht nutzt, um die Mädchen in sein Bett zu ziehen?« Cameron konnte sehen, dass sein Sarkasmus sie erzürnte, und fast hätte er gelächelt. Ganz bestimmt würde sie sich auf die Auseinandersetzung, die er suchte, einlassen.

»Er hat es nicht nötig, irgendein Mädchen in sein Bett zu zerren«, fauchte ihn Avery an. »Nein, er muss sie oft genug hinauswerfen.«

Falls Sir Payton die Eitelkeit noch nicht zu Kopf gestiegen war, dann bestimmt nicht, weil seine Schwester ihm Bescheidenheit beibrachte, dachte Cameron entnervt. »Er stolpert wohl geradezu über all die Mädchen, die sich ihm zu Füßen werfen.«

Camerons Sarkasmus erweckte in Avery den brennenden

Wunsch, ihn zu ohrfeigen. »Beinahe. Ihr werdet es schon sehen.«

»Alles, was ich von Eurem Bruder sehen möchte, ist sein Rücken, wenn er vor einem Priester kniet, um meine Schwester zu heiraten und ihr die Ehre wiederzugeben, die er ihr geraubt hat.«

»Und ich sage Euch noch einmal, dass mein Bruder niemals einem Mädchen die Ehre rauben würde, dass er das niemals nötig hätte. Und wenn er mit Eurer Schwester geschlafen hat, dann würde er es niemals leugnen. Er hat einmal einem Douglas ins Angesicht gesagt, dass er mit seiner Verlobten geschlafen hat. Natürlich wollte Payton ihn nur vor der Schlechtigkeit dieser Frau warnen, und der Douglas wollte sie auch gar nicht wirklich heiraten, weil sie bereits drei seiner Verwandten ermordet hatte – aber das tut hier nichts zur Sache. Diese Geschichte beweist, dass mein Bruder ein sehr aufrichtiger Mensch ist.«

Cameron kannte nicht die ganze Geschichte, aber er gewann den Eindruck, dass sie Payton Murray ebenso gut als leichtsinnigen Narren auswies. Man ging nicht einfach hin und gab zu, dass man mit der Verlobten eines Douglas geschlafen hatte. Douglas-Männer nahmen solche Beleidigungen nicht gut auf. Diese Geschichte hatte sicher noch das eine oder andere interessante Detail, aber das würde er ihr später entlocken. Vorerst wollte er sie so erzürnen, dass sie ihn weder ansah noch mit ihm sprach, sondern sich, soweit es ihre Fesseln zuließen, von ihm fernhielt.

»Beweist sie das? Ich finde, sie beweist wohl eher, dass ihn die Gesetze von Sitte und Anstand nicht sonderlich interessieren. Wenn Ihr wollt, dass er wie ein Heiliger dasteht, ist es nicht besonders schlau, mir zu erzählen, dass er mit der Frau eines anderen Mannes geschlafen hat.«

Avery erkannte, dass er damit nicht ganz unrecht hatte, aber sie würde sich lieber alle Fingernägel ausreißen, als ihm das zu gestehen. »Ich behaupte nicht, dass Payton ein Heiliger ist, aber er hält sich von Jungfrauen fern. Eure Verwandten haben ganz bestimmt kein Geheimnis daraus gemacht, dass sie für Eure Schwester einen Ehemann suchen, und Payton achtet immer darauf, solchen Mädchen aus dem Weg zu gehen.«

»Er hat eindeutig kein Bedürfnis nach einer Ehefrau.«

Da sich Cameron gerade bis auf das Lendentuch auszog, fiel Avery das Sprechen plötzlich schwer. Es fiel ihr auch schwer, ihre Bewunderung für seinen schlanken, dunklen Körper zu verbergen. Es war nicht leicht, aber sie zwang sich, ihre plötzlich so lüsternen Gedanken wieder auf das vorliegende Thema zu richten: Camerons Beleidigungen gegenüber Payton.

»Natürlich möchte er eine Ehefrau haben – irgendwann einmal. Er hegt keinen Widerwillen gegen die Ehe, sofern man sie ihm nicht aufzwingt, und dann auch noch mit einem Mädchen, das er nicht haben möchte.«

»Wenn er meine Schwester nicht zur Frau haben will, hätte er nicht mit ihr schlafen sollen.«

Als er ihre Handgelenke zusammenband und sich anschließend neben sie auf den Rücken legte, bezwang Avery die Versuchung, ihn bis zur Besinnungslosigkeit mit den Fäusten zu traktieren. Sie sagte sich, dass es gut für ihn war, solches Vertrauen in seine Schwester zu haben, ihr zu helfen und sie beschützen zu wollen. Dieses Vertrauen war betrüblicherweise zwar nicht angebracht, aber sie bezweifelte, dass sie ihn dazu bewegen konnte, das einzusehen.

Einen Augenblick lang wunderte sie sich, warum sie es überhaupt versuchte. Er würde nicht glauben, dass seine Schwester etwas Unrechtes tat, ebenso wenig wie sie glaubte, dass Payton etwas Unrechtes tun würde. Sich mit ihm über dieses Problem zu streiten, war, als würde sie mit dem Kopf gegen eine Wand laufen. Trotzdem wollte sie seine Vorwürfe gegen ihren Bruder auch weiterhin anfechten. Vielleicht setzten sich ja einige der Argumente zur Verteidigung ihres Bruders in Camerons Kopf fest. Vielleicht konnte sie so einige Zweifel in ihm säen, einige Fragen aufwerfen, bevor sie seiner Schwester gegenübertraten. Es verhalf ihm möglicherweise zu der Einsicht, dass seine Schwester log.

»Wann habt Ihr Eure Schwester zum letzten Mal gesehen?«, fragte sie unvermittelt.

Cameron runzelte die Stirn. »Unmittelbar bevor ich hierherkam, also vor über zwei Jahren.«

»Aha. Na gut. Ich habe Payton vor wenigen Monaten gesehen.«

»Und?«

»Es scheint mir, dass ich meinen Bruder besser kenne als Ihr Eure Schwester.«

»Kein Mädchen würde behaupten, ihre Ehre verloren zu haben, wenn es nicht wahr wäre«, raunzte er, gereizt durch ihre Aussage, die zweifellos recht plausibel klang. Er konnte tatsächlich nicht von sich behaupten, dass er seine Schwester gut kannte.

Avery gab einen scharfen, verächtlichen Ton von sich. »Sie würde es behaupten, wenn sie meint, dass sie dadurch etwas bekommt, das sie unbedingt haben will.«

Diese Auffassung kam seiner eigenen viel zu nahe, um etwas dagegenzuhalten. »Und Euer heiliger Bruder soll ein solches Objekt der Begierde sein?«

»Er ist jung und kräftig, er sieht so gut aus, dass er allen Mädchen den Kopf verdreht, und außerdem ist er der Erbe großer Ländereien und eines dicken Geldbeutels.«

Genau der Ehemann, den viele Mädchen und ihre Familien suchten, dachte er missgestimmt. Sein Plan ging nicht auf. Avery hatte plötzlich sinnvolle Argumente auf ihrer Seite, und nun war er derjenige, der sich ärgerte. Er hegte noch immer Schuldgefühle, weil er seine Pläne mit ihr nicht aufgab, obwohl sie das Leben seiner Leute und sein eigenes gerettet hatte. Daher wünscht er sich von ihrer Seite nichts weniger als sinnvolle, vernünftige Argumente. Sie steigerten seine Schuldgefühle bis ins nahezu Unerträgliche.

»Dann wird er einen guten Ehemann für meine Schwester abgeben, selbst wenn er ein Wüstling ist«, entgegnete er ironisch.

Avery fluchte. »Begriffsstutziger Esel.«

»Es ist nicht klug, Euren Entführer zu beleidigen, Mädchen.«

»Ihr habt wohl nie in Betracht gezogen, dieses Spiel zu beenden, aus Dankbarkeit dafür, dass ich Euer mickriges Leben gerettet habe.«

»Einen Augenblick lang schon. Dann aber habe ich nur beschlossen, meine Pläne ein wenig zu ändern. Was auch immer zwischen uns passiert: Ich werde es nicht benutzen, um Euch öffentlich in Schande zu bringen.«

»Ihr hattet vor, meinen Namen in den Dreck zu ziehen?«, fragte sie, beinahe atemlos vor Wut.

»Ich dachte daran. Euer Bruder hat den Namen meiner Schwester beschmutzt. Aber jetzt werde ich das alles sehr vertraulich behandeln.«

»Oh, diese Großmut! Ich fühle mich regelrecht überwältigt.«

Avery drehte ihm den Rücken zu. Sie hatte nicht allzu gründlich darüber nachgedacht, auf welche Weise er sie für seine Pläne benutzen würde – abgesehen davon, dass er ihr die Jungfräulichkeit rauben wollte, um Payton gefügig zu machen. Es schmerzte, zu erfahren, dass er daran gedacht hatte, ihre Schande allgemein bekannt zu machen. Aber eigentlich lag das nahe. Er glaubte, seine Schwester sei geschändet worden, und möglicherweise war der Verlust ihrer Unschuld kein Geheimnis mehr. Natürlich hatte er das Bedürfnis, Payton den gleichen Schmerz zuzufügen und seine Schwester zu demütigen. Einen kurzen Moment lang tat es ihr fast leid, dass er seine Absicht geändert hatte, denn sie hätte zu gerne gewusst, ob er zu dieser Schandtat fähig gewesen wäre. Dann befahl sie sich, nicht so töricht zu sein. Das gehörte zweifellos zu den Dingen, die man am besten nicht in Erfahrung brachte. Weil er seiner Ansicht nach für die Ehre seiner Schwester kämpfte, war es besser, ihn nicht zu reizen.

Eine Sache musste aber bedacht werden. Er wollte das, was vielleicht zwischen ihnen passieren würde, nicht mehr benutzen, um ihre Familie zu demütigen, außer vielleicht in höchst vertraulicher Form. Es würde jetzt sehr viel leichter sein, seinem Vorhaben die Spitze zu nehmen. Denn jetzt würde ihre Familie ihr Glauben schenken, wenn sie erzählte, dass ihre Unschuld nicht geraubt worden sei, sondern dass sie sie freiwillig hingegeben habe. Jetzt musste sie nur die Entscheidung treffen, ob sie wirklich alles riskieren wollte, um Camerons Herz zu gewinnen.

»Schlaft gut, Avery!«, murmelte Cameron.

»Träumt schlecht!«, grummelte sie, insgeheim seufzend, als er nur lachte.

Sie schloss die Augen und wartete auf die beruhigende Wirkung des Schlafs. Ihre Zukunft war ungewiss, aber darüber schlaflos zu bleiben, würde nicht helfen. Sie musste eine schwere Entscheidung treffen und wollte dafür gut ausgeruht und bei klarem und scharfem Verstand sein.

7

Ihr Blut stand in Flammen. Das Inferno, das in ihr wütete, wurde durch warme Lippen und große, streichelnde Hände angefacht. Ein Schauder heftigen Begehrens durchschoss Avery und machte sie hellwach. Sie umschlang den Mann, der auf ihr lag, rang voller Entzücken nach Atem, als er ihre Brüste mit seinen Händen wärmte. Sehnsuchtsvoll und verlangend rieb sie ihren Körper an seinem und hörte ihn stöhnen.

Dieser tiefe, heisere Ton durchdrang den Nebel der Leidenschaft, der Averys Verstand einhüllte. Cameron verführte sie, und sie unterstützte ihn eifrig. Ein Teil von ihr wünschte sich nichts sehnlicher, als damit fortzufahren, aber sie kämpfte um einen Rest von Vernunft. Wenn sie sich erlaubte, kopflos von der Leidenschaft hinweggefegt zu werden, gab sie das Heft aus der Hand. Sie würde keine bewusste Entscheidung treffen können und allzu leicht mit gebrochenem Herzen zurückbleiben. Avery packte Cameron bei den Handgelenken, ebenso froh wie enttäuscht, dass er sofort aufhörte, sie zu liebkosen.

»Ihr seid ein hinterhältiger, lüsterner Schuft, Cameron MacAlpin«, sagte sie mit belegter, unsicherer Stimme, während sie sich bemühte, der Leidenschaft, die noch immer durch ihre Adern pulsierte, Einhalt zu gebieten.

»Befehlt Ihr mir aufzuhören?«

»Ja.«

»Warum? Ihr wollt es doch eindeutig auch.« Er strich mit seinen Daumen über ihre harten Brustspitzen und sah zu, wie sie zitterte.

Avery spürte seine Berührung bis ins Knochenmark. »Hochmütiger Esel. Lasst mich in Ruhe.«

Cameron zögerte einen Moment, dann stieß er einen Fluch aus und rollte sich von ihr herunter. Rasch löste er die Bänder, die ihre Handgelenke zusammenhielten, und stieg aus dem Bett. Er wusste, dass sein drängendes Verlangen ihn dazu bringen konnte, ihr Nein zu ignorieren, wenn er nicht genug Abstand zwischen sie und sich brachte – und das schnell.

Der Versuch, sie im Schlaf zu verführen, war hinterhältig genug gewesen. Er wollte nicht noch tiefer sinken, um zu bekommen, wonach ihn so heftig verlangte. Trotzdem war es ihm aufgefallen, wie rasch und hitzig sie auf ihn reagiert und wie lange sie gebraucht hatte, um dieses Nein auszusprechen. Es mochte hinterhältig sein, aber er wusste, dass er es wieder versuchen würde.

Sehen zu müssen, wie nah Cameron bei ihr stand und wie wenig er anhatte, half Avery nicht, ihr tosendes Blut zu beruhigen. Sie atmete erleichtert, aber lautlos auf, als er sich wieder ankleidete. Sie versuchte, sich zu entspannen und alle verräterischen Anzeichen ihres sehnsüchtigen Verlangens zu verbergen, indem sie tief und langsam ein- und ausatmete. Das nervöse Flattern in ihrem Bauch würde sich zweifelsohne nicht so schnell legen. Als einige lange Minuten verstrichen waren, in denen er nichts sagte und sich nur stumm darauf vorbereitete, das Zelt zu verlassen, schaute sie ihn stirnrunzelnd an.

»Ihr schmollt, nicht wahr?«, provozierte sie ihn.

»Nein«, erwiderte er und sah sie an. »Ich versuche, hier herauszukommen, bevor ich vergesse, das Nein eines Mädchens zu achten, und ins Bett zurückkehre.«

Sie setzte sich langsam auf. Der Ausdruck seiner dunklen Augen sagte ihr, dass sie auf dem Bett liegend einladender wirkte, als ihr im Moment lieb war. Sein Begehren zu sehen, war außerdem eine Versuchung, der sie im Moment kaum widerstehen konnte. Sie begrüßte seine Absicht, sich von ihr zu entfernen – und das schnell –, aber seine Überheblichkeit benötigte eine Erwiderung.

»Dieses Nein würde dennoch ausgesprochen werden«, entgegnete sie.

»Wirklich? Oh ja, ich habe den Verdacht, Eure Lippen könnten das Wort selbst dann noch formen. Aber alle anderen Körperteile würden laut Ja schreien. So wie es vor wenigen Augenblicken der Fall war.«

»Das war nichts weiter als die kopflose Reaktion eines Körpers auf eine geschickte Berührung. Eine Reaktion, die Ihr nur erhalten habt, weil ich schlief.« Als er plötzlich herüberkam, sie in seine Arme riss und ihr einen Kuss gab, der ihr den Atem nahm, erkannte sie, dass es nicht besonders klug gewesen war, ihn zu reizen,

Cameron atmete schwer, als er sie wieder losließ. Sein einziger Trost war, dass auch sie nach Atem rang. Es war dumm von ihm gewesen, sich von ihr aufstacheln zu lassen. Eben hatte er angefangen, seine Gelüste unter Kontrolle zu bringen, und nun hatten sie ihn wieder in ihrer Gewalt. Doch er wollte nicht, dass ihre Lust nur von einer geschickten Berührung herrührte. Er wollte, dass sie ihm, dem Mann, galt, und nur ihm allein. Eitelkeit, sagte er sich. Alles nur Eitelkeit. Diese Behauptung klang hohl, doch er klammerte sich daran.

»Ihr wollt mich haben, Mädchen«, sagte er, als er sich sein Schwert umschnallte. »Es wird nicht mehr lang dauern, bis Ihr erkennt, dass der Schmerz, mit dem Ihr zurückbleibt, es nicht wert ist, Euch das Vergnügen zu versagen, das wir miteinander erleben können.«

Avery holte Atem, um ihm zu antworten, aber er verließ bereits das Zelt. Sobald Cameron weg war, stieß Avery einen langen, langsamen Seufzer der Erleichterung aus. Dieser Mann konnte ein Zelt weiß Gott aufheizen.

Als Avery sich gewaschen und ihr altes, oft genähtes Kleid angezogen hatte, versuchte sie zu entscheiden, was ihre nächsten Schritte sein sollten. Es bedurfte nicht Camerons überheblicher Feststellung, um zu wissen, dass sie sich nach ihm verzehrte. Mit dieser Wahrheit lebte sie, seit sie diesen Schurken zu Gesicht bekommen hatte. Sie war außerdem mehr als bereit, ihm nachzugeben und zu hoffen, dass sein Begehren mehr als bloße Lüsternheit war. Elspeth hatte ihr gezeigt, dass es Männer gab, denen man alles geben musste, bevor einige dieser tieferen, weicheren Gefühle ans Licht kamen.

Immerhin würde Cameron sie sicherlich nicht vergessen, grübelte Avery, wenn sie ihn mit dem schlimmsten unbefriedigten Verlangen zurückließ, das ein Mann je erlitten hatte. Unglücklicherweise wäre das allerdings eine Erinnerung, die leicht von der einen oder anderen stürmischen Nacht in den Armen einer fähigen Kurtisane verdrängt werden konnte. Sie musste seinen Kopf und seinen Körper mit süßeren, heißeren Erinnerungen füllen. Wenn er sie dennoch wegschickte, wollte sie, dass er nicht vergessen konnte, wie glühend ihre Leidenschaft gewesen war, wie gut sie sich in seinen Armen angefühlt hatte, ja sogar, wie sie roch und schmeckte. Er sollte so durch und durch von Erinnerungen an sie erfüllt sein, dass keine andere Frau sie völlig auslöschen konnte. Wenn er nach ihrem Weggehen Schmerz empfinden würde, dann nicht wegen etwas, das er nie erfahren hatte, sondern wegen etwas, das er verloren hatte und bei keiner anderen Frau finden konnte.

Aber wie sollte sie Cameron das geben, was er haben wollte, ohne ihm dabei einen Sieg auf ganzer Linie zu verschaffen? *Ihn* zur Abwechslung einmal zu verführen, wäre eine Möglichkeit. Es würde Cameron gewiss entsetzen und verblüffen, wenn sie die Angreiferin spielte, statt einfach nur auf seine Annäherungsversuche zu reagieren und sich dann wieder zurückzuziehen. Allein schon das machte den Plan reizvoll. Außerdem stellte es von Anfang an klar, dass sie ihm bereitwillig und freiwillig gab, wonach sie sich beide verzehrten. Er würde sich nichts nehmen oder erobern. Wahrscheinlich würde er es immer noch als Sieg für sich verbuchen, aber sie konnte und wollte sich über die vielen Grillen im Kopf eines Mannes nicht den Kopf zerbrechen.

Sobald sie im Freien war, sah Avery Gillyanne, die mit den Frauen ein Mahl für sich und die Männer bereitete, und sie eilte hin, um sich zu ihr zu gesellen. Bald schon wurde sie von einer Reihe häuslicher Arbeiten in Anspruch genommen, die Pflege der verwundeten Männer eingeschlossen. Sie fand es ein bisschen erheiternd, dass drei der Frauen – Joan, Marie und Thérèse – sich bemerkenswert ähnlich sahen: klein, füllig, mit braunen Haaren und braunen Augen. Nur Anne, die Frau von Ranald, einem älteren Gefolgsmann Camerons, stach heraus – und zwar in mehr als einer Hinsicht. Anne war groß, dunkelhaarig, vollbusig, freimütig und auch ein wenig gebieterisch. Allerdings brauchten die anderen drei Frauen eine feste Hand, da sie zwar hübsch waren, aber eindeutig keinen scharfen Verstand besaßen. Als Anne und sie sich um den schnell gesundenden Peter kümmerten, hörte Avery, wie sich die drei anderen Frauen in einer Mischung aus Französisch, Gälisch und gebrochenem Englisch darum zankten, wie man die besten Haferfladen zubereitete. Sie sah über Peter hinweg und schmunzelte Anne zu, beide schmunzelten noch mehr, als sie hörten, wie Gillyanne versuchte, den Streit zu schlichten und die Frauen zu beruhigen.

»Ich wundere mich, wie sie einander verstehen können«, bemerkte Avery kopfschüttelnd.

Annes stahlgraue Augen waren vor Erheiterung weich, und sie antwortete: »Nur wenn sie sich zanken, klingen sie wie eine Schar schnatternder Gänse. Die französischen Mädchen lernen sehr schnell Englisch. Klein-Thérèse kann sogar ein bisschen Gälisch. Wenn es sich um etwas Überlebensnotwendiges handelt oder um die Möglichkeit, ihr Los zu verbessern, zeigen diese beiden französischen Mädchen einen überraschend scharfen Verstand. Sie werden sich schon ihren Platz auf Cairnmoor schaffen.«

Als Peter eingeschlafen war, musterte Avery einen Augenblick lang Anne, bevor sie sie freiheraus fragte: »Kennst du Camerons Schwester?«

»Ach, ich fürchte, nicht gut. Ich bin nur die Frau eines niedrigen Gefolgsmanns.«

»Oh. Sieht sie dich so?«

»Ich sollte von der Schwester des Laird nicht schlecht sprechen.« Anne seufzte und schüttelte den Kopf. »Allerdings schulden wir Euch und Klein-Gilly unser Leben. Da unser Laird nicht geneigt scheint, Euch dafür die Freiheit zu schenken, ist es vielleicht nur gerecht, wenn Ihr genau wisst, was Euch auf Cairnmoor erwartet.« Sie stand auf und half Avery hoch. »Wir holen uns etwas Wein und setzen uns in den Schatten, dann können wir uns unterhalten.«

Nachdem sie sich unter einem großen Baum niedergelassen hatten, wartete Avery nicht lange mit ihrer Frage: »Gibt es etwas, das ich über Camerons Schwester wissen muss? Ich verstehe nicht, wie es meine Lage sonderlich verändern soll, wenn ich etwas über sie erfahre.«

»Vermutlich wird es nicht viel ändern«, stimmte Anne zu. »Trotzdem könnte es helfen, ein paar Dinge zu erklären. Und es ist nur gerecht, wenn Ihr mehr über die Frau erfahrt, die Euch mit ihren Worten in diese schwierige Lage gebracht hat.«

»Mit ihren Lügen.«

Anne schnitt eine Grimasse. »Man kann die Schwester des Laird nicht wirklich eine Lügnerin nennen. Trotzdem glauben viele von uns, dass sie sich mit ihren Anschuldigungen irren könnte.« Sie lächelte schwach, als Avery die Augen verdrehte. »Das Mädchen hatte nie eine richtige Mutter. Die Lady ist kurz nach Katherines Geburt gestorben. Auch ihren Vater, den alten Laird, hat sie schon in der Kindheit verloren. Es gibt zwar eine Tante – aber wenn Ihr glaubt, dass unsere drei zänkischen Frauen von mittelmäßigem Verstand sind, dann müsst Ihr erst einmal Tante Agnes kennenlernen. Eine liebe, gutherzige Frau, aber sie könnte eine Lüge oder einen Betrug nicht einmal dann erkennen, wenn man sie mit der Nase darauf stoßen würde. Sir Iain, der Cousin des Laird, ist ein guter Mann, aber er weiß nichts über die Erziehung von kleinen Mädchen. Unser Laird hat sein Bestes gegeben, aber er war ja selbst kaum mehr als ein Junge.«

»Cameron war also Vater und Mutter für das Mädchen und fühlt sich zweifelsohne schuldig, weil er glaubt, dass er seine Rolle nicht sonderlich gut ausgefüllt hat.«

»Zweifelsohne. Katherine ist sehr verwöhnt. Sie ist ein hübsches Mädchen, oder war es, als wir abreisten. Kaum sechzehn, und schon hat sie vielen Burschen den Kopf verdreht. Wenn sie etwas haben will, bekommt sie es. Ihre Tante und der Laird scheinen nicht fähig zu sein, ihr einen Wunsch abzuschlagen.«

»Und jetzt will sie meinen Bruder haben.« Avery hob die Augenbrauen und trank einen Schluck Wein. »Eine verwöhnte Frau braucht Geld. Ich habe geglaubt, na ja, weil Cameron als Söldner in Diensten stand …«

»Dass er arm ist? Nein. Er wollte Schottland nur eine Weile verlassen. Angeblich wegen einer enttäuschten Liebe. Deshalb hat er das Gelübde abgelegt und enthaltsam gelebt.«

Avery zwinkerte überrascht, doch plötzlich erinnerte sie sich an die Worte, die sie am Tag ihrer Gefangennahme gehört hatte. »Wann hat er dieses Gelübde abgelegt?«

»Vor fast drei Jahren. Soweit ich das sagen kann, hat er es gehalten.«

Bestürzung bahnte sich den Weg durch Averys Überraschung. War das der Grund, warum Cameron sie so sehr begehrte? Weil er seit so langer Zeit nicht mit einer Frau geschlafen hatte? Ihr Innerstes verneinte es, aber ihr schwaches Selbstvertrauen war von dieser Neuigkeit schwer erschüttert. Sie zuckte überrascht zusammen, als Anne ihre Hand tätschelte.

»Unser Laird ist nicht deshalb hinter Euch her, Mädchen.«

»Bist du sicher?«

»Ja. Er ist bis jetzt allen Mädchen gegenüber kalt geblieben, und manche haben ihm in der Tat ziemlich nachgestellt.

Euch hat er ein einziges Mal angesehen, und mit einem Wimpernschlag war all diese schöne Willenskraft verschwunden. Oh, weil er ein Mann ist, sagt er sich vermutlich, dass einzig und allein die lange Enthaltsamkeit an diesem Verlangen schuld ist, aber ich bezweifle, dass er das selbst glaubt. Nein, egal was der dumme Junge Euch erzählt, er begehrt Euch, weil Ihr Ihr seid. Ich glaube trotzdem nicht, dass er seine Pläne gegen Euren Bruder ändert – außer er entdeckt vorher noch, dass Katherine lügt«

»Also glaubst du, dass sie lügt! Ich habe gedacht, dass ihr alle die Rachepläne gegen meinen Bruder begrüßt und wollt, dass er teuer für seine angebliche Schandtat bezahlt.«

»Zuerst war das so, aber viele sind sich nicht mehr sicher. Vergewaltigung ist eine Anklage, über die man eine Weile nachdenken sollte, und je mehr wir darüber nachgedacht haben, desto unsicherer sind wir, ob unser Laird die volle Wahrheit oder die ganze Geschichte kennt.« Anne lächelte schwach. »Und so, wie wir Euch und Klein-Gillyanne inzwischen kennengelernt haben, können wir uns nur schwer vorstellen, dass Euer Bruder so etwas tun würde oder dass Ihr ihn so unerschütterlich verteidigen würdet, wenn er es getan hätte. Aber nur, was der Laird glaubt, zählt, und er sieht nicht sehr klar, was Katherine betrifft.«

»Nein, und jetzt weiß ich warum.« Avery dachte über die Gründe für Camerons Enthaltsamkeit nach. »Eine enttäuschte Liebe, hast du gesagt? Das nimmt sich ein Mann für gewöhnlich nicht so sehr zu Herzen. Und meist hält diese Enttäuschung auch nicht so lange.«

»Oh, er ist nicht am Verschmachten. Nein, nein. Ich weiß nicht so recht, ob er überhaupt verliebt war. Er ist betrogen worden, darunter hat er gelitten. Aber er ist viel zu oft betrogen worden. Der Junge hat ein wahres Talent dafür, ein Auge auf die falschen Mädchen zu werfen.«

»Hm. Ich glaube, ich weiß, welche Mädchen du meinst: Blonde Haare, blaue Augen und vollbusig. Solche, die lächeln, mit den Wimpern klimpern und dafür sorgen, dass die entsprechenden Stellen ihrer sinnlichen Körper wippen und schwingen. Mädchen, die ausgeklügelte Kunstgriffe und kleine Seufzer einsetzen, um einem Mann das Gefühl zu geben, dass er ein Mann ist.« Sie konnte ein Lächeln nicht ganz zurückhalten, als Anne lachte. »Mädchen, die glauben, dass man einem Mann nicht mehr geben muss als ein hübsches Äußeres und geschickte Hände, die aber im Gegenzug für ihre dürftigen Gaben weitaus mehr verlangen. Ich hätte gerne geglaubt, dass Cameron viel zu klug ist, um auf solche Tricks hereinzufallen – sich von einer Schönheit an der Nase herumführen und betrügen zu lassen.«

»Kein Mann ist dafür klug genug. Nein, nicht bevor er gelernt hat, dass es nur auf das Herz eines Mädchens ankommt. Ja, und selbst wenn sie diese Wahrheit erkannt haben, werden sie noch immer den Schönheiten dieser Welt nachgaffen. Ein guter Mann wird nicht untreu, aber das heißt nicht, dass er sich nicht von großen blauen Augen, goldenen Locken und vollen Brüsten zum Narren halten lässt.«

»Dummköpfe.« Avery seufzte, stand auf und klopfte ihre Röcke aus. »Zurück an die Arbeit.«

»Habt Ihr vor, unserem Laird nachzugeben?«, fragte Anne, die ebenfalls aufstand.

»Nachgeben? Das klingt mir zu sehr nach aufgeben. Murrays geben nie auf. Na ja, nicht oft.« Sie lächelte und zwinkerte Anne zu. »Nein, ich habe die Absicht, seine Lairdschaft zu irritieren und zu verwirren.«

»Ihr habt bisher schon gute Arbeit geleistet, meine ich.«

»Aber es ist Zeit für einen Wendepunkt. Jetzt, wo er an mein Nein und an Beleidigungen gewöhnt ist, habe ich vor, mich liebevoll zu geben und zum Angriff überzugehen.« Sie ließ eine herzhaft lachende Anne zurück.

Avery schaffte es, Cameron für den Rest des Tages aus dem Weg zu gehen. Es war nicht sehr schwer. Er sorgte eifrig dafür, dass das Lager gut bewacht und gegen einen Angriff gesichert war. Sie half bei den Hausarbeiten und verbrachte viel Zeit damit, den jungen Peter zu pflegen, um seine herzerfrischend schnelle Genesung noch mehr zu beschleunigen.

Allmählich entdeckte sie, dass Camerons Männer nicht mehr voll und ganz hinter seinem Vorhaben standen. Seine Leute waren der Meinung, Gillyanne und ihr sollte als Ausgleich für ihre Rettungstat die Freiheit geschenkt werden. Avery wurde bewusst, dass bei einem neuerlichen Fluchtversuch vermutlich nur wenige Männer versuchen würden, sie aufzuhalten. Das Problem war nur, dass sie gar nicht mehr fliehen wollte.

Diese Abneigung gegen einen erneuten Fluchtversuch beunruhigte sie, denn sie erschien ihr als Treulosigkeit gegenüber Payton. Sie sollte eigentlich ihr Glück in der Flucht suchen, damit Gillyanne und sie nicht dazu benutzt werden konnten, Payton in eine Ehe zu drängen, die er schlicht und einfach nicht wollte. Payton würde ihr zwar niemals einen Vorwurf machen, wenn sie ihrem eigenen Herzen folgte, aber sie hatte den Verdacht, dass sie sich selbst Vorwürfe machen würde – vor allem, wenn es ihr nicht gelang, Camerons Herz zu erobern. Konnte sie es erobern, war das Problem gelöst, denn Cameron würde sie nicht gehen lassen, nicht einmal für ein Tauschgeschäft. Ob sie das Recht hatte, dieses Risiko einzugehen, wenn Payton die Folgen mittragen musste, falls sie verlor?

»Was bringt dich dazu, so besorgt dreinzuschauen?«, wollte Gillyanne wissen, als sie sich vor Camerons Zelt neben Avery setzte. »Ich habe gehofft, in fröhlicherer Gesellschaft zu Abend zu essen.«

»Ich habe nur darüber nachgedacht, dass wir jetzt wahrscheinlich sehr viel leichter fliehen könnten. Trotzdem will ich es nicht«, erklärte Avery. »Dann ist mir eingefallen, wie ungerecht, ja treulos das Payton gegenüber ist. Er will Katherine nicht haben, die eindeutig eine selbstsüchtige, verwöhnte Lügnerin ist. Wenn ich bleibe, könnte Cameron mich aber als Druckmittel benutzen, sodass Payton Katherine heiraten muss.«

»Stimmt, das könnte passieren, doch das ist nicht deine Schuld.«

»Ist es schon, wenn ich nicht versuche, Cameron die Waffe aus der Hand zu nehmen.«

»Vielleicht. Du liebst diesen Esel und hast die Gelegenheit, ihn in dich verliebt zu machen. Payton würde verstehen, warum du bei Cameron geblieben bist. Außerdem haben wir versucht, zu entkommen – zweimal.«

»Ich bin mir nicht sicher, ob der erste Versuch zählt.«

»Es gibt etwas, das du nicht in Betracht gezogen hast, als du mit dir selbst gehadert hast«, warf Gillyanne leise ein, bevor sie sich einen Bissen Wildbret in den Mund schob.

»Und was ist das?«, wollte Avery wissen.

»Wir sind nur zwei kleine Mädchen. Sicher, wir könnten wahrscheinlich entkommen. Wir haben es das letzte Mal fast geschafft. Aber falls unsere Flucht gelingt, sind wir ganz auf uns allein gestellt, zwei kleine Mädchen, die versuchen müssen, einen Weg durch völlig unbekanntes Gebiet zu einem französischen Hafen zu finden, einen Platz auf einem Schiff nach Schottland zu ergattern und dann quer durch Schottland nach Donncoill zu reisen. Ich glaube nicht, dass Payton es von uns verlangen oder erwarten würde, dass wir solche Gefahren auf uns nehmen, nur um seine Heirat mit Katherine zu verhindern. Und denk daran, wie schrecklich er sich fühlen würde, wenn uns auf der Flucht etwas geschehen sollte.«

Die Logik dieser Einwände machte Avery sprachlos. Dann aber fragte sie sich, ob sie sie nur so schnell und restlos akzeptierte, weil sie ihren eigenen Wünschen entgegenkamen. Nein, grübelte sie, Gillyanne hatte recht. Sie durften in dieser ganzen Sache nicht zu viel riskieren. Payton wollte bestimmt nicht, dass sie und Gillyanne ihr Leben aufs Spiel setzten, um ihn vor einer unerwünschten Heirat zu bewahren.

Zugegeben, Ehen wurden für die Ewigkeit geschlossen, aber im Grunde waren sie nicht tödlich. Doch er wäre am Boden zerstört, wenn ihr oder Gillyanne etwas zustoßen würde, nur weil sie ihn vor dem ungewollten Ausflug zum Altar retten wollten. Payton würde voraussichtlich alles als sein Problem ansehen und somit sich selbst als denjenigen, der es zu lösen hatte.

»Du hast recht«, sagte Avery schließlich und begann zu essen.

Gillyanne lachte leise. »Ich glaube, diesen wundersamen Moment der Erleuchtung sollte ich schriftlich festhalten.«

»Freches Kind.«

»Du bist dir *sicher,* dass du Sir Cameron liebst, nicht wahr?«

»Oh ja, auch wenn ich ihm gerne mit etwas Hartem und Schwerem eins über den Schädel ziehen möchte.« Die Mädchen schmunzelten. »Ich bin nicht blind oder liebestrunken. Und ich glaube auch nicht, dass alles gut wird, nur *weil ich ihn* liebe.«

»Es wird alles gut werden. Liebe ist ein sehr wertvolles Geschenk.«

»Natürlich, und gewiss liegt Freude im Empfinden von Liebe, die einem das Herz aufgehen lässt, ebenso im Schenken von Liebe. Wie dem auch sei, sie zu schenken, heißt nicht, dass man sie im Gegenzug zurückbekommt. Und wenn man keine Liebe empfindet, kann man sie nicht immer als ein so wunderbares Geschenk ansehen. Ich bezweifle, dass dieser Mensch sie überhaupt erkennen kann, selbst wenn sie ihm direkt ins Angesicht schaut.«

»Männer können sehr töricht sein«, schimpfte Gillyanne und schüttelte den Kopf. »Ich wünsche dir so sehr, dass du glücklich wirst.«

»Oh, das werde ich, wenn vielleicht auch nur für kurze Zeit.« Avery zuckte die Achseln. »Und selbst wenn ich sein Herz nicht gewinne, wird es trotzdem etwas in mir geben, das glücklich ist, denn ich werde ihn für kurze Zeit besessen haben. Sobald der Schmerz nachlässt – und er wird nachlassen –, habe ich süße Erinnerungen.«

Sie beobachteten, wie sich ihnen ein stirnrunzelnder Cameron näherte, und Gillyanne murmelte: »Irgendwie scheint das Wort *süß*, selbst wenn du nur von der Erinnerung an ihn sprichst, nicht so recht zu diesem Mann zu passen.«

Avery stimmte in Gillyannes Lachen ein. Als auf ihre Heiterkeit hin sich Camerons Miene noch mehr verfinsterte und er sie noch misstrauischer musterte, lachten sie umso herzhafter. Avery konnte sich nicht helfen, aber sie fand Vergnügen an der Tatsache, dass ein so groß gewachsener, kräftiger Mann sie und Gillyanne als Bedrohung empfand, und sei es auch nur für seinen Seelenfrieden.

Sie küsste Gillyanne auf die Wange, sah zu, wie ihre Cousine sich entfernte und wandte sich Cameron mit einem strahlenden Willkommenslächeln zu. Er konnte seine Überraschung und Unsicherheit nicht ganz verbergen. Und das ist erst der Anfang, dachte sie, innerlich kichernd. Sofern sie nicht schwach wurde und Cameron in dem bevorstehenden Spiel nicht die Führung übernehmen ließ, würde sie den armen Mann in ziemliche Verwirrung stürzen. Avery wollte heute Nacht seine Geliebte werden, aber sie wollte auch, dass dieser Schritt ganz in ihrer Macht lag. Cameron würde vielleicht nach dieser Nacht noch immer den Sieg für sich beanspruchen – doch er müsste ziemlich verdreht denken, um sich selbst davon zu überzeugen.

8

Sie heckte etwas aus, da war sich Cameron sicher. Ihre Augen glänzten verdächtig, und sie war viel zu liebenswürdig. Da es für sie hier in seinem Zelt und kurz vor der Nachtruhe keine Fluchtmöglichkeit gab, konnte er ihr Spiel nicht durchschauen – und das machte ihn nervös. Vielleicht plante sie eine weibliche List, um ein Geschenk von ihm zu bekommen. Doch das schien nicht Averys Art zu sein, und er wurde noch nachdenklicher. Er rief sich ins Gedächtnis zurück, dass alle weiblichen Wesen solche Tricks von Geburt an kannten. Aber sie würde feststellen müssen, dass er dafür nicht empfänglich war.

Als sie sich langsam auszuziehen begann, schnellte sein fieberhaftes Verlangen rasch in die Höhe. Damit wollte sie ihn wohl schlicht und einfach verhöhnen. Keine Frau konnte so naiv sein und glauben, das Ablegen ihrer Kleidungsstücke würde einen Mann kaltlassen. Nach den langen, qualvollen Tagen und Nächten, die er versucht hatte, sie zu verführen, konnte Avery ganz gewiss nicht so ahnungslos sein: Sie wusste doch, welche Wirkung sie auf ihn ausübte. Sie spielte mit ihm, und er war sich sicher, dass das kleine Miststück das bewusst tat.

Nun gut, zu diesem Spiel gehörten zwei. Vielleicht war er halb verrückt vor ungestillter Sehnsucht, aber er hatte von Zeit zu Zeit auch in ihren Augen Interesse aufblitzen gesehen. Er hatte das Feuer ihres Begehrens gespürt. Sie mochte dagegen ankämpfen, aber das Verlangen war da, das wusste Cameron. Und wenn sie ihn foltern konnte, konnte er sie ebenfalls foltern.

Avery schluckte schwer, als Cameron anfing, sich auszuziehen. Ihre Schwäche für ihn machte es ihr schwer, die Oberhand in diesem Spiel zu behalten. Der Anblick seines schlanken, festen Körpers erhitzte ihr Blut. Sie hungerte danach, ihn zu berühren, ihn zu schmecken, ihren Körper fest an seinen zu schmiegen. Bei so vielen Brüdern und Cousins hatte sie schon zahlreiche männliche Körper gesehen und fand es daher etwas merkwürdig, dass allein der Anblick von Cameron ihre Knie vor Schwäche zittern ließ, dass er ihr Verlangen entzünden konnte, bis sie sich wie betäubt fühlte. Schnell wandte sie ihre Augen ab und kämpfte darum, ihr sündhaftes Begehren unter Kontrolle zu bringen. Dies sollte *ihr* Spiel sein, ihre Verführung, und sie hatte nicht vor, durch ihre eigene Schwäche die Gewalt über die Situation zu verlieren.

Sobald sie bis auf Unterkleid und Unterhose ausgezogen war, begann sie, sich zu waschen. Es war nicht leicht, den nächsten Schritt zu bestimmen. Sie hatte genau genommen kaum eine Vorstellung davon, wie man einen Mann verführte. So etwas hatte sie noch nie getan, noch nicht einmal daran gedacht. Tatsache war, dass sie wenig Erfahrung in der Liebe hatte. Ihr dünner Körper und ihr eigenwilliges Aussehen waren daran schuld. Gelegentlich hatte sie ein schwaches Aufleuchten von Interesse in den Augen eines Mannes entdeckt, aber nur, um es wieder verschwinden zu sehen, wenn ein vollbusiges Mädchen mit vornehmer Blässe vorbeitrippelte. Männer mochten offensichtlich Frauen mit Rundungen und wogenden Brüsten, die beim Gehen ihre hübsch gewölbten Hüften schwangen. Avery ahnte, dass sie niemals eine so üppige Figur haben würde. Ihr war bewusst, dass Camerons unverhohlenes Verlangen nach ihrem allzu schlanken, allzu oft übersehenen und belächelten Körper es noch schwerer machte, ihm zu widerstehen. Es war in der Tat berauschend, so begehrt zu werden.

Sie spürte, dass Cameron sie beobachtete, und schnürte ihr Unterkleid ein wenig auf. Langsam begann sie, mit einem feuchten Tuch ihre Brüste und Achseln zu waschen. Camerons Atem ging vernehmlich schnell und unregelmäßig. Sie lockerte ihre Unterhose und schob das Tuch darunter, um sich auch dort zu waschen. Avery konnte die Glut seines unverwandten Blicks beinahe auf ihrem Rücken spüren. Sie summte vor sich hin und ließ sich Zeit damit, auch ihre Arme und Beine zu reinigen. Obwohl sie nicht ganz verstand, wie eine so alltägliche Handlung einen Mann erregen konnte, zweifelte sie nicht daran, dass Cameron erregt war. Sie konnte seine wachsende Erregung beinahe riechen.

»Versucht Ihr, mich in den Wahnsinn zu treiben?« Cameron dachte bei sich, dass selbst ein unschuldiges Mädchen wie Avery ein instinktives Wissen darüber besitzen musste, was einen Mann vor Begehren verrückt machte.

Seine tiefe, leidenschaftliche Stimme schien unter Averys Haut zu dringen und ihr Blut zu erhitzen. »Ich versuche nur, den Geruch eines schweren Arbeitstags nicht mit ins Bett zu nehmen.«

»Ihr riecht nicht.«

»Vielleicht ist meine Nase ein wenig empfindlicher als Eure.«

»Und vielleicht macht Ihr Euch über mich lustig.«

Avery zog die Schnüre ihrer Unterhose wieder fest, ließ aber die an ihrem Unterkleid offen, als sie sich umdrehte, um ihn anzusehen. Sie unterdrückte das Bedürfnis, an sich hinabzuschauen, um festzustellen, wie viel sie von sich preisgab. Camerons Blick heftete sich auf ihre Brust und verweilte dort. Seine schwarzen Augen glänzten sehnsüchtig, seine Brust hob und senkte sich schwer unter tiefen, unruhigen Atemzügen, und die Hände hatte er zu festen Fäusten geballt, deren Knöchel weiß hervortraten. Dass sie, die dünne, kleine Avery, einen so wunderschönen Mann in einen solchen Zustand versetzen konnte, war berauschend. So berauschend, dass sie sich mit aller Macht dagegen wehrte, in seine Arme zu stürzen. Avery ermahnte sich streng, dass es ihre Absicht war, zu verführen, nicht, sich zu ergeben.

»Ich – über Euch lustig?«, murmelte sie. »Ich habe kein einziges Wort gesagt.«

Er gab einen Ächzer der Verzweiflung von sich. »Ihr habt mehr als genug gesagt, Mädchen, auch ohne Worte. Ihr könnt unmöglich so naiv sein und glauben, dass Ihr Euch direkt vor meiner Nase ausziehen und waschen könnt, ohne mich zu provozieren. Nein, kein Mädchen kann so unschuldig oder unwissend in Bezug auf einen Mann sein.«

»Unschuldig, unwissend und naiv. Das hört sich so an, als sei ich dreifach verdammt.«

»Allmählich glaube ich, dass *ich* verdammt bin.«

Avery kam zu dem Schluss, dass sie ihren Widerstand viel zu deutlich gezeigt hatte, denn Cameron schien ihre veränderte Einstellung nicht zu bemerken. Es würde nicht einfach werden, ihn zu verführen, wenn er hinter jeder Bewegung und jedem Wort Naivität, Unschuld, Unwissenheit oder noch weniger schmeichelhafte Motive vermutete. Avery versuchte, sich an das zu erinnern, was einige Männer aus ihrer Familie über ihre Vorlieben erzählt hatten, und an das wenige, was sie aus eigener Beobachtung wusste. Sie atmete tief durch, um sich zu beruhigen, trat näher an ihn heran und legte ihre Hand auf seine breite, glatte Brust.

Cameron brach der Schweiß aus. Er schaute auf diese kleine, zierliche Hand hinunter, die auf seiner Brust lag. Die Spitze jedes langgliedrigen Fingers brannte wie Feuer auf seiner Haut. Dann sah er sie an. In ihren herrlichen Augen lag ein Ausdruck von Unschuld und Neugier, aber es war auch der Schimmer einer Herausforderung zu erkennen. Wollte sie sein Verlangen auf die Spitze treiben, nur um ihn dann abzuweisen? Das war ein Trick, dem er zu seinem Unglück schon früher zum Opfer gefallen war: Die Erfüllung wurde angeboten und dann wieder hinausgezögert, so lange, bis er eine Belohnung versprach. Doch sein Instinkt sagte ihm, dass Avery kein solches Spiel im Sinn hatte, und sei es auch nur, weil sie keine Vorstellung davon hatte, wie viel Macht sie über einen Mann – über ihn – besaß. Trotzdem war er nach wie vor im Ungewissen über ihre Absichten.

»Ihr seid verdammt?«, fragte sie mit leiser, belegter Stimme. »Haben denn die bösen Feen Euch mit einem Bann belegt?«

»So langsam glaube ich das«, murmelte er und konnte nicht widerstehen, seine Finger auf ihre zu legen und ihre kleine warme Hand dort festzuhalten, wo sie war. »Diese Folter haben sich bestimmt die bösen Feen ausgedacht.«

»Ich habe schon vieles gehört, aber noch nie, dass ich eine Folter bin.«

»Dann sind die Männer rund um Donncoill blind oder völlige Dummköpfe.«

»Schmeichelt Ihr mir, Cameron? Das ist ja ein ganz ungewöhnlicher Augenblick.« Sie legte ihm ihre freie Hand auf die Taille und hoffte, diese Geste sähe möglichst unabsichtlich aus, doch sie musste sich abstützen, weil er ihre andere Hand unter seiner gefangen hielt.

»Ihr seid ein unverschämtes kleines Mädchen.« Er zog den Atem schnell und scharf ein, als sie ihn sanft streichelte. »Ihr spielt mit dem Feuer, Mädchen. Um ehrlich zu sein, weiß ich nicht genau, welches Spiel Ihr da treibt.«

»Wer sagt, dass das ein Spiel ist?«

Sie ließ ihre Finger über seinen Unterleib gleiten. Sein Griff um ihre andere Hand festigte sich fast schmerzhaft, als er erbebte. Es erstaunte sie, dass sie eine derartige Wirkung auf diesen Mann hatte, aber schnell erstickte sie einen Anfall ungewohnter Eitelkeit. Nach allem, was sie wusste, war dieser Mann einfach heißblütig, leicht zu erregen, und man musste auch seine lange Enthaltsamkeit in Betracht ziehen.

Einen kurzen Moment zögerte Avery bei ihrem raffinierten Überfall auf seine Sinne. Sie wünschte sich innig, Annes Versicherung glauben zu können, nach der Camerons Verlangen allein ihr, Avery Murray, galt. Aber das erschien ihr als wirkliche Eitelkeit, insbesondere da sie noch nie zuvor das Verlangen eines Mannes geweckt hatte. Nein, sie schüttelte innerlich den Kopf. Sie würde jetzt nicht zaudern. Auch wenn sie vielleicht aus dieser ersten Vereinigung nicht als Eroberin hervorgehen mochte, würde ihr dennoch die Ehre gebühren, den ersten Schritt getan zu haben, ihn zuerst berührt und erregt zu haben, und zwar bevor er angefangen hatte, ihre Sinne zu erregen. Ihr würde zudem die Ehre gebühren, die erste Frau zu sein, die er nach drei langen Jahren innig umarmte. Avery umkreiste mit einem Finger seinen Nabel und spürte, wie sich seine Muskeln unter ihrer Berührung anspannten.

»Mein Gott, Mädchen, wenn Ihr so weitermacht, kann ich auf kein einziges Nein Rücksicht nehmen, das Ihr vielleicht noch äußern werdet«, warnte er sie mit einer Stimme, die kaum mehr als ein verlangendes Stöhnen war.

»Vielleicht werde ich auch keins äußern.«

Es war ihr unmöglich, einen überraschten Aufschrei zu unterdrücken, als er sie plötzlich an den Armen packte, sie mit einer einzigen eleganten Bewegung auf das Bett hob und sich auf sie legte. Sofort waren alle ihre Sinne davon eingenommen, wie gut er sich auf ihr anfühlte. Ihr Körper hieß das Gewicht seines Körpers willkommen, seine Wärme sickerte in ihre Adern, und sie spürte, wie ein leises Gefühl von Angst schwand. Das war es, was sie wollte. Es mochte nahezu unmöglich sein, bei dem Bevorstehenden die Oberhand zu behalten, aber sie wusste, dass sie ihn bis an die Grenze getrieben hatte. Egal, auf welche Weise er sich später selbst belog: Sie wusste, dass etwas in ihm immer wissen würde, dass er sie nicht besiegt, sondern dass sie sich ihm geschenkt hatte.

Mit leisem Knurren küsste er sie. Es war ein harter, wilder Kuss, der sein Verlangen ebenso deutlich zum Ausdruck brachte wie die Härte unter seinem Lendentuch. Avery schlang ihre Arme um seinen Hals und erwiderte den Kuss mit gleicher Gier. Der Schauder, der seinen Körper durchfuhr, ging auf sie über. Avery fragte sich, ob eine solche Wildheit, fast Raserei, gut war – immerhin war dies ihr erstes Mal.

Dann rieb er mit seinem Daumen über ihre harten, schmerzenden Brustspitzen, und sie hörte gänzlich auf zu denken.

Cameron bemühte sich, ihr Unterkleid aufzuschnüren, seine Hände waren so fahrig, dass er sich entsetzlich linkisch anstellte. Sein einziger Trost war, dass Avery ebenso kopflos wie er zu sein schien – so kopflos vor Lust, dass sie seine Unbeholfenheit nicht bemerkte. Schließlich begann er, den bestickten Saum ihres dünnen Unterkleids ihren Körper hinaufzuschieben, wobei er seinen streichelnden Händen mit Küssen und sanften, leichten Bissen folgte. Schließlich entblößte er ihre Brüste, und er war von ihrem Anblick so hingerissen, dass er sich leicht schütteln musste, um sich daran zu erinnern, das Gewand gänzlich zu entfernen.

Er warf das Unterkleid beiseite und sah sich an ihr satt, wobei er ihre Handgelenke sanft auf das unebene Lager drückte, als sie versuchte, sich zu bedecken. Ihre Brüste glichen nicht den großen, vollen Brüsten, die er in der Vergangenheit immer bevorzugt hatte, aber er fand sie vollkommen: hoch, fest, rund wie kleine Äpfel und mit ausgeprägten Brustwarzen von verlockendem Rosa. Das Wasser lief ihm im Mund zusammen.

In dem Bemühen, sein fieberhaftes Begehren von der schwindelnden Höhe, in die es gestiegen war, auf eine kontrollierbarere Ebene zu holen, musterte er den Rest ihres geschmeidigen Körpers. Ihre Haut schimmerte überall in warmem, lichtem Gold. Plötzlich verärgert über die kleine Hose, die sie trug, packte er sie und riss diese letzte Bedeckung von ihrem schlanken Körper. Sein Atem stockte ihm fast schmerzvoll in der Kehle, als er die schmalen, wohlgeformten Hüften und jeden Zoll ihrer überraschend langen, schlanken, leicht muskulösen Beine betrachtete. Schließlich blieb sein Blick an dem niedlichen Dreieck goldbrauner Locken hängen, an dem ihre wunderschönen Oberschenkel zusammentrafen. Er stöhnte. Dort lag das Paradies, und er musste seine ganze Selbstbeherrschung aufbringen, um es nicht sofort zu erobern.

Er zitterte vor Verlangen, sich in ihrer Hitze zu vergraben, schnell und tief, aber ein Rest von gesundem Menschenverstand erinnerte ihn daran, dass sie Jungfrau war, dass sie Zärtlichkeit und Vorbereitung brauchte.

Mit seiner freien Hand legte er das Lendentuch ab, dann senkte er seinen bebenden Körper auf ihren. Als ihre seidige Haut die seine berührte, musste er um Atem ringen. Noch nie war er so entflammt gewesen, noch nie hatte er eine Frau so sehr begehrt wie diese. Selbst ihr Geruch, die berauschende Mischung aus Lavendel, sauberer Haut und weiblicher Erregung, machte ihn fast verrückt vor Verlangen. Als er eine Spur von Unbehagen in ihren warmen Augen erhaschte, küsste er sie zärtlich und lockerte den Griff um ihre Hände. Zu seiner Erleichterung schlang sie sofort ihre kräftigen, schlanken Arme um ihn.

Bei der Entblößung ihres Körpers hätte Avery sich beinahe schützend zusammengekrümmt, aber sein heißer Blick verbrannte ihre Scheu und Unsicherheit. Seine unverhohlene Anerkennung ihrer Figur, die so viele verschmäht hatten, schenkte ihr beinahe das Gefühl, schön zu sein. Als sie seine warmen, straffen Muskeln auf der Haut spürte, stockte ihr fast der Atem. Der Instinkt sagte ihr, dass sie Cameron helfen konnte, seine Leidenschaft zu beherrschen, wenn sie ihre eigene beherrschte. Auch wenn ihr Körper sich vor Verlangen nach ihm verzehrte, wollte sie ihr erstes Mal nicht zu übereilt, zu hektisch erleben. Dann berührte er mit seinen weichen, warmen Lippen ihre Brust, und sie fragte sich, ob sie überhaupt die Willenskraft besaß, die Dinge etwas langsamer anzugehen.

Als Cameron die harten Spitzen ihrer Brust leckte, war die Wonne so groß, dass Avery aufschrie. Während er saugte, packte sie seine starken Arme in dem vergeblichen Versuch, sich selbst zu beruhigen. Tief in ihrem Unterleib wuchs langsam ein fast schmerzhaftes Verlangen, und sie begann unwillkürlich, sich an Cameron zu reiben. Sein Glied an ihrem

Schamhügel erregte sie nur noch mehr. Sie glitt mit der Hand zwischen ihre beiden Körper und ergriff es. Es fühlte sich so fest an, und dennoch war die Haut dort seidenweich. Avery streichelte es und war ein wenig entsetzt, als Cameron einen Fluch herauskeuchte, seinen Körper von ihrem wegbog und ihre Hand fortzog.

»Nein, Mädchen, behalte deine kleinen Hände bei dir, oder ich bin mit diesem Tanz fertig, bevor du die Möglichkeit hattest, ihn zu genießen.«

Avery war sich nicht sicher, ob sie ihn ganz verstand. Da strich er mit seiner großen Hand über ihren Bauch und ließ sie zwischen ihre Beine gleiten. Seine langen, schwieligen Finger streichelten sie so intim, dass sie um sich schlug, um gegen die Gefühle, die sie überfluteten, anzukämpfen. Dennoch verlangte sie nach mehr. Sie hatte Angst vor dem, was mit ihr geschah, und hungerte gleichzeitig danach.

»Mein Gott, du bist bereits feucht«, flüsterte er mit heiserer und unsicherer Stimme.

»Willst du nur darüber reden, oder willst du etwas unternehmen?«, forderte sie ihn heraus. Sie war überrascht, dass sie überhaupt in der Lage war zu sprechen.

Cameron lachte zittrig, als er ihr die Beine spreizte und sich in Stellung brachte. »Es wird dir dieses erste Mal wehtun.«

»Im Augenblick glaube ich, dass es mir mehr wehtun wird, wenn du aufhörst.«

»Oh, jetzt gibt es nicht mehr die Möglichkeit, mich aufzuhalten, meine kleine Katze.«

Ihr Atem ging stockend, als er begann, in sie einzudringen. Eine törichte Angst flackerte in ihr auf, Angst, dass er zu groß war, niemals in sie passen und ihr Schaden zufügen würde. Doch sie brachte diese Angst zum Schweigen. Cameron fühlte sich tatsächlich groß an, füllte sie auf eine Art aus, die zugleich ein wenig unangenehm und ungemein genussvoll war. Als er innehielt, wusste sie, dass er ihr Jungfernhäutchen erreicht hatte, und sie versuchte, sich in Erwartung des bevorstehenden Schmerzes nicht zu verspannen – wohl wissend, dass der Schmerz dadurch nur schlimmer würde.

»Mädchen, wir können dieses Spiel spielen, ohne dir deine Jungfernschaft zu nehmen«, warf Cameron ein, »ein kleiner, sanfter Ritt, nicht zu tief.«

»Nun«, Avery legte ein Bein um seine wohlgeformte Taille, »wo bliebe«, sie schlang das andere Bein um ihn, »der Spaß dabei?«

Mit Beinen und Armen schob sie ihre Körper zusammen und spießte sich auf ihn auf. Verblüfft stieß er eine Verwünschung aus, die sie wie ein Echo wiederholte. Einen kurzen Moment lang bremste der Schmerz ihre Leidenschaft, doch dann konzentrierte sie sich auf ihre ganz und gar vereinigten Körper – näher konnten ein Mann und eine Frau sich nicht kommen. Sie regte sich sachte und atmete tief ein, als ihre Leidenschaft zurückkehrte.

Cameron begann, sich zu bewegen, murmelte heisere Schmeicheleien an ihrem Hals. Sie klammerte sich an ihn, gewöhnte sich schnell daran, seinen Bewegungen entgegenzukommen. Sie ließ ihre Hände über seinen Rücken gleiten und packte seine straffen Pobacken, versuchte ihn noch tiefer in sich zu pressen, damit er nicht einmal den Versuch wagen konnte, sie zu verlassen. In ihr baute sich eine Spannung auf, und obwohl sie erriet, was das bedeutete, fand sie die Stärke dieses Gefühls doch etwas beängstigend.

»Cameron«, schrie sie auf, sich bewusst, dass sie eben ihre Unsicherheit enthüllt hatte.

»Nein, Liebes, kämpfe nicht dagegen an.« Langsam schob er seine Hand an die Stelle, an der sie vereint waren. »Komm mit mir, Avery. Schenk es mir.«

Er berührte sie, streichelte sie mit seinen langgliedrigen, wissenden Fingern, und Avery spürte, wie sie zersprang. Wellen voller Wonne durchfluteten sie. Sie klammerte sich an ihn, als seine Bewegungen heftiger wurden. Plötzlich tauchte er tief ein, seine Hände packten ihre Hüften so fest, dass es fast schmerzte. Cameron zitterte, stöhnte ihren Namen und stieß ein paar Mal gegen sie, als ob er nicht mehr voll Herr über seinen Körper wäre. Sie spürte den warmen Ansturm seines Samens tief in sich, und ihre Lust explodierte erneut, während sie nur undeutlich Camerons überraschten und erfreuten Fluch wahrnahm.

Avery kam erst zu sich, als Cameron sie beide abgewaschen und sich wieder neben sie gelegt hatte. Fast fühlte sie sich zu schwach, um sich zu bewegen, doch als er sie in seine Arme zog, flackerte ihr Interesse erneut auf. Wie groß dieses Verlangen war! Sie lächelte schwach, als sie ihre Wange an seiner Brust rieb.

Sie hatte tatsächlich nicht die volle Kontrolle behalten, aber sie war zufrieden. Selbst Cameron konnte nicht infrage stellen, dass sie bereitwillig in seine Arme gekommen war, dass sie ihm ihre Jungfräulichkeit geschenkt hatte. Er hatte sogar gezögert, sie anzunehmen, und das fand sie ganz liebenswert. Egal, was nun geschah, ob sie eine gemeinsame Zukunft hatten oder nicht, sie wusste, sie würde es niemals bedauern, seine Geliebte geworden zu sein. Sie mochte wenig Erfahrung in diesen Dingen haben, aber sie wusste in ihrem Innersten, dass dies eine Leidenschaft war, die man nur einmal im Leben erfuhr. Es war Liebe. Sie seufzte und spürte Traurigkeit in sich aufsteigen, denn es war eine unerwiderte Liebe. Aber selbst, wenn sie unerwidert blieb, war Avery fest entschlossen, Freude daran zu finden.

Cameron hörte ihren Seufzer, und ein stechendes Schuldgefühl durchzuckte ihn. »Bedauerst du es?«

»Vielleicht wäre es klüger, nicht danach zu fragen, warum das passiert ist und wohin es führt«, flüsterte sie, während sie seine Brust streichelte. Sie liebte es, die weiche Haut über seinen straffen, vollkommenen Muskeln zu fühlen. »Immerhin besteht die Möglichkeit, dass du mich mit deinen Worten verärgerst.«

»Und dann wirst du dich mir wieder verweigern?« Cameron festigte seinen Griff, entschlossen, das nicht geschehen zu lassen.

»Nein, dann schneide ich dir das Herz mit einem stumpfen Messer aus dem Leib, und ich glaube, das könnte deine Leute verwirren.«

Er grinste und streichelte ihren Rücken, von den schlanken Schultern bis zu ihrem hübsch geformten Hinterteil. Es fühlte sich so gut an, sie in den Armen zu halten. Die Leidenschaft, die sie gezeigt hatte, hatte ihn erstaunt. So viel Feuer in einer so kleinen, zerbrechlichen Frau. Selbst jetzt konnte er spüren, wie ihre Haut Hitze ausstrahlte, wo er sie berührte. Sie rückte einladend näher heran, und ihre Brustwarzen stellten sich bei der Berührung mit seiner Haut auf. Plötzlich wusste er ohne jeden Zweifel, dass es sehr schwer sein würde, sie aufzugeben. Er würde all seine Willenskraft brauchen, um an seinem Vorhaben festzuhalten und die Schmach seiner Schwester nicht zu vergessen. Und, so dachte er zitternd, als er ihre Zunge leicht über seine Brust gleiten fühlte, er musste sehr gut auf sein Herz aufpassen. Die Leidenschaft hatte ihn viel zu oft zum Narren gehalten, diese Leidenschaft aber war die stärkste, die er bislang erlebt hatte, und somit auch die gefährlichste. Wenn Avery glaubte, sie könnte ihn von seinem Vorhaben abbringen, indem sie seine Lust aufstachelte, dann würde sie bald merken, dass er nicht so leicht zu manipulieren war. Als sie mit der Hand über seinen Bauch strich und ihre Finger um seine Männlichkeit schlang, kam er zu dem Schluss, dass er noch ein viel größerer Narr wäre, wenn er sie nicht gewähren ließe.

»Du solltest schlafen«, sagte er, indem er die Augen schloss und es genoss, wie ihre Finger ihn bis zu schmerzender Härte reizten. »Du wirst wund sein, wenn der Morgen anbricht.«

»Nicht wunder, als nach einem ganzen Tag im Sattel – trotzdem hat mich nie etwas davon abgehalten, am nächsten Morgen wieder aufs Pferd zu steigen.« Sie kämmte mit ihren Fingern durch die dichten Härchen auf seinen Lenden, umfasste den weichen Sack am unteren Ende seiner aufgerichteten Männlichkeit und drückte ihn leicht.

Ein kurzes, überraschtes Lachen entfuhr ihr, als Cameron sie jäh packte, auf den Rücken drehte und sich auf sie legte. »Für einen derart großen Mann bewegst du dich ziemlich schnell.« Sie glitt mit ihren Füßen seine Waden auf und ab und genoss deren sehnige Stärke. »Du magst es nicht, berührt zu werden?«

»Ich mag es zu sehr.« Er zupfte mit seinen Fingern an ihren hart gewordenen Brustwarzen. Dann umschmeichelte er sie mit der Zunge und lächelte vor Vergnügen, als Avery sich unter ihm krümmte. »Vielleicht bin ich in ein oder zwei Wochen in der Lage, die Berührung dieser hübschen Hände länger zu genießen.«

Sie erwiderte gerne seinen Kuss, denn er brachte die Worte, die ihr auf der Zunge lagen, zum Schweigen – unter anderem die unangenehme Frage, wie nahe sie dann an Cairnmoor wären und ob er noch darauf drängen würde, sie wegzuschicken. Diese Fragen und Sorgen ließen sich nicht so einfach verbannen, aber sie würde es schon schaffen. Avery wollte den Sorgen nicht erlauben, die neu entdeckten Wonnen, die sie in seinen Armen genoss, zu schmälern. Sie schwor sich aber auch, auf keinen Fall zuzulassen, dass diese Leidenschaft so stark wurde, dass sie alles andere vergaß und sich vorgaukelte, alles sei in Ordnung. Sie würde das Paradies in seinen Armen genießen und dafür beten, dass Cameron erkannte, was sie füreinander sein konnten, bis er an ihr – und nicht mehr an seinen Plänen – festhalten wollte.

9

Als Avery Peter seinen Haferbrei eingeflößt hatte und aufstand, zuckte sie zusammen. Sie fühlte sich ein wenig wund, obwohl sie nicht wirklich Schmerzen hatte. Das Liebesspiel beanspruchte scheinbar Muskeln, von denen sie normalerweise nicht viel Gebrauch machte. Beim Aufwachen war Cameron schon tief in ihr gewesen und sie selbst im Fieber des Begehrens – daher bemerkte sie diese Beschwerlichkeit erst jetzt. Sie brauchte einfach ein ausgiebiges heißes Bad, wollte aber damit bis zum Abend warten, denn wenn sie jetzt badete, würde wohl jeder im Lager den Grund dafür erraten.

Als Anne sie bat, etwas Feuerholz zu sammeln, übernahm Avery diese Aufgabe gerne und holte rasch den kleinen Leiterwagen, der für das Holz bestimmt war. Mit Gillyanne und den Wächtern im Schlepptau hielt sie auf den Wald am Rand des Lagers zu. Es war eine willkommene Abwechslung, denn im Lager stellte sie sich ständig die Frage, ob jeder, dessen Blick sie auffing, wusste, was geschehen war. Avery erkannte, dass es eine Weile dauern würde, bevor sie sich in ihrer Rolle als Camerons Geliebte behaglich fühlte. Jeder im Lager wusste, dass Cameron aus ihrer intimen Beziehung keine dauernde machen wollte – und das bereitete ihr viel mehr Unbehagen, als sie für gut hielt.

»Wie fühlt es sich also an, eine Frau zu sein?«, wollte Gillyanne wissen, während sie etwas Reisig in den kleinen Wagen warf.

»Woher weißt du davon?«, fragte Avery ein wenig unwirsch. »Trage ich ein Brandmal auf der Stirn?«

Gillyanne lachte und schüttelte den Kopf. »Nein, du siehst nicht anders aus, was ich allerdings ein bisschen enttäuschend finde. Aber du hast mir ja gesagt, dass du vorhast, nachzugeben, und ich kann nicht glauben, dass dein Held ein *Ja* zurückgewiesen hat.«

»Oh. Nun ja, das hat er nicht. Und im Moment fühlt es sich seltsam an. In seinen Armen hat mich die Wonne geradezu überrollt, aber jetzt fühle ich mich … äh, unbehaglich. Ich frage mich, wie viele wissen, was ich getan habe. Ich empfinde keine Scham, nur ein wenig Unbehagen – vielleicht Verlegenheit –, weil meine persönliche Angelegenheit nicht so persönlich ist, wie ich es gern hätte.«

»Das wird wahrscheinlich vorbeigehen. Ich glaube nicht, dass deswegen einer hier schlecht von dir denkt.« Gillyanne zuckte die Schultern. »Um ehrlich zu sein, nicht wenige von Camerons Leuten scheinen sich zu fragen, ob die Probleme seiner Schwester ihrem Laird nicht den Verstand getrübt haben.«

»Falls er Wind davon bekommt, wird Cameron darüber nicht erfreut sein.«

»Nein, aber vielleicht legt der Esel eine Pause ein und denkt ein wenig nach.«

»Das kann man nur hoffen.«

»Und über was soll er deiner Meinung nach nachdenken?«

»Dass es ihn äußerst teuer zu stehen kommt, wenn er mich einfach wegschickt«, antwortete Avery leise.

»Vielleicht könnte ein ordentlicher, kräftiger Schlag auf den Kopf helfen«, warf Gillyanne ironisch ein, während sie mit ihren kleinen Händen ein dickes Stück Holz hochhob.

Avery lachte. »Ja, vielleicht.«

»Und was wirst du tun, wenn er nicht klug genug ist, zu erkennen, dass er dich braucht, und dich nicht behalten will?«

Dahinsiechen. In hunderttausend Scherben zerspringen. Doch Avery erwiderte einfach nur: »Überleben«, und war froh, dass Gillyanne sie zwar eingehend musterte, dann aber nickte und sich wieder dem Holzsammeln zuwandte.

»Muss ich fragen, warum du so gute Laune hast?«, wollte Leargan von Cameron wissen, während sie die Pferde sattelten, um auf die Jagd zu reiten und damit ihre Nahrungsvorräte aufzubessern.

»Manche Dinge gehen dich nichts an«, entgegnete Cameron und zog die Sattelgurte straffer.

»Wenn nicht das ganze Lager wissen soll, dass du endlich dein Vergnügen gehabt hast, solltest du besser damit aufhören, das Mädchen so … feurig anzusehen.«

»Ich dachte, ich hätte sie seit Tagen so angesehen.«

»Stimmt, aber der Ausdruck hat sich ein bisschen verändert. Jetzt scheinst du zu wissen, was dich bei ihr erwartet.«

Cameron stieg auf, ließ seinen Blick über das Lager gleiten und seufzte. Leargan hatte wahrscheinlich recht. In seinen Blicken lag nicht mehr die bloße Begierde. Jetzt sah er vermutlich wie ein Mann aus, der wusste, dass ihn die Frau, die er leidenschaftlich begehrte, ebenso leidenschaftlich willkommen hieß. Und er verzehrte sich tatsächlich nach Avery Murray. Heute Morgen hatte ihn nur die reine Willenskraft aus ihrer Umarmung gezwungen. Ein nicht geringer Teil von ihm hatte sich danach gesehnt, den ganzen Tag in diesem Zelt zu bleiben und sie zu lieben. Selbst mehrere Tage schweißtreibender Liebesspiele erschienen ihm nicht genug, um seinem Verlangen nach ihr ein Ende zu machen. Allein schon beim Gedanken an sie erwachte die Hitze in seinen Lenden zu neuem Leben.

»Das sollte niemanden überraschen«, bemerkte Cameron. »Immerhin war es von Anfang an meine Absicht, sie zu verführen. Und außerdem geht das keinen etwas an. Die Sache betrifft nur Avery und mich.«

Leargan stieg auf und folgte Cameron, als dieser sein Pferd in Bewegung setzte. »So, wirklich? Die Leute mögen Avery und ihre kleine freche Cousine. Sie hat uns das Leben gerettet, hilft den Frauen, versorgt die Verwundeten, und nur wegen ihrer Fürsorge ist der junge Peter noch am Leben. Du bist der Laird, und deine Leute werden dir folgen, ohne Fragen zu stellen, aber das heißt nicht, dass sie nicht über ein paar Dinge nachdenken. Sie finden, dass Avery es nicht verdient, benutzt, beschämt und dann weggeschickt zu werden.«

»Hast du Katherines missliche Lage vergessen?«

»Nein, aber das ist nicht Averys Schuld. Dein Plan hat bei uns allen Anklang gefunden, bis wir das Mädchen kennengelernt haben, das du als Pfand benutzen willst. Jetzt erscheint dieser Plan einfach nicht mehr richtig. Du hättest sie in Ruhe lassen können. Du hättest die Verführung aus deinen Plänen weglassen und sie einfach als Geisel nehmen können, um Sir Payton zu einem Tauschhandel zu zwingen.«

»Ja, das hätte ich vielleicht. Aber du kannst nicht mir die Schuld dafür geben. Vergangene Nacht hat sie mich verführt.« Cameron sah Leargan böse an, als sein Cousin in prustendes Lachen ausbrach und damit seiner unverhohlenen Skepsis Ausdruck verlieh. »Wirklich! Gut, sie hat nicht viele Tricks anwenden müssen. Es ist kein Geheimnis, dass ich von Anfang an hinter ihr her war. Ich hatte meinen gesamten Plan selbst schon infrage gestellt, aber dann kam *sie* zu *mir*. Großer Gott, ich habe ihr beim Liebesspiel sogar angeboten, ihre Jungfernschaft nicht zu verletzen, aber auch diese Entscheidung hat sie mir abgenommen.«

»Nun, du hübscher Wüstling, offensichtlich hast du das Mädchen in den Wahnsinn getrieben.« Leargan begegnete Camerons funkelndem Blick mit einem breiten, reuelosen Grinsen, wurde aber schnell wieder ernst. »Heirate sie!«

»Es wäre ziemlich schwierig, Avery gegen ihren Bruder auszutauschen, wenn ich sie zu meiner Frau machen würde, findest du nicht?«

»Dann tausche Gillyanne gegen Sir Payton ein.«

»Wenn Avery meine Frau wäre, würde keine Drohung gegen das kleine Mädchen mehr Wirkung zeigen. Die Murrays würden nicht glauben, dass ich gegen die kleine Cousine meiner Frau mehr unternehmen könnte, als sie grimmig anzuschauen. Mein Gott, sie wüssten, dass ich gegen meine eigene Frau kämpfen müsste, um diesem Mädchen wehzutun. Außerdem will ich gar keine Frau.«

»Jeder Mann braucht einen Erben.«

»Ich nicht. Ich habe dich und beinahe ein Dutzend anderer Cousins.«

»Du traust keiner Frau über den Weg, stimmt's?«

»Machst du mir das zum Vorwurf? Frauen sind von Grund auf verräterisch. Süß und sanft, wenn sie etwas haben wollen, doch schnell bereit, dir ein Messer in den Rücken zu stoßen, wenn ihre Stimmung umschlägt oder wenn sie woanders eine bessere Beute finden. Jetzt ist Avery noch süß und sanft, aber das wird nicht lange andauern.«

Leargan schüttelte den Kopf. »Du machst das arme Mädchen ohne Grund schlecht. Misstraust du allen Männern, weil manche von ihnen Schandtaten begangen haben? Nein. Doch wegen der Schlechtigkeit einiger weniger Frauen spuckst du auf die Ehre aller Mädchen.«

»Es sind mehr als einige wenige«, knurrte Cameron. Die Wahrheit von Leargans Worten konnte er allerdings nicht abstreiten. »Das Einzige, was zählt und was ich nicht vergessen darf, ist, Katherine den Mann zuzuführen, der sie entehrt hat. Wenn sie schwanger ist, dann braucht dieses Kind einen Vater. Die Lösung für das Problem führt über Gillyanne und Avery.«

»Du bist ein sturer Bock, Cousin.«

»Warum? Weil ich meiner eigenen Familie gegenüber stärkere Loyalität empfinde als gegenüber einem kleinen Mädchen, das mir zu Füßen geworfen wurde, gegenüber der Schwester des Mannes, der meine Schwester entehrt hat? An meiner Stelle würde Avery das Gleiche empfinden und ebenso handeln wie ich. Sie würde fest zu ihren Blutsverwandten, zu ihrem Clan stehen. Und sie würde erwarten, dass ich das verstehe.«

»Ach, das würde aber bedeuten, dass sie doch einen Sinn

für Loyalität und Ehre hat, und du scheinst doch nicht zu glauben, dass ein Mädchen den haben kann«, warf Leargan gedehnt ein. Dann trieb er rasch sein Pferd an und beendete somit ihr Gespräch.

Cameron fluchte und setzte seinem Cousin nach. Er erkannte allmählich, dass seine Einschätzung des weiblichen Geschlechts möglicherweise nicht ganz hieb- und stichfest war. Trotzdem kämpfte er dagegen an, seine alten Ansichten aufzugeben. Sein Zynismus und sein Misstrauen gegenüber Frauen waren ein Schutzschild, der ihn auch vor der attraktiven Avery schützte, und er war entschlossen, ihn nicht zu verlieren.

Abgesehen davon war er froh, vorerst jede Diskussion über Avery beendet zu wissen. Er wollte Leargans Vorschlag, das Mädchen zur Frau zu nehmen, nicht allzu oft hören, auch keinerlei Beweise dafür, dass eine Heirat unter gewissen Umständen möglich wäre. Dieser Gedanke war verlockend, zu verlockend. Jetzt, da er ihre Leidenschaft kannte, wäre ihm nichts lieber gewesen, als sie in seinem Bett zu behalten und das Recht zu haben, die Hand nach ihr auszustrecken, sobald ihm danach war. Erschrocken stellte er fest, dass er sich allzu leicht eine gemeinsame Zukunft vorstellen konnte, sogar die Kinder, die sie großziehen würden. Nein, allein schon das Wort *Heirat* reichte aus, ihn zu Tagträumen zu verleiten, und das konnte er sich nicht leisten. Avery musste weggeschickt werden. Sie würden das Bett nur vorübergehend miteinander teilen. Zu seinem eigenen Wohl und zu Katherines konnte er nicht zulassen, dass daraus mehr wurde.

Avery seufzte vor Behagen, als sie sich in das heiße, nach Kräutern duftende Bad sinken ließ. Sie fand es amüsant, dass Cameron sich die Mühe machte, den großen Badezuber ebenso mitzuschleppen wie seine Federmatratze – wobei sie für beides auch zutiefst dankbar war. Da sie planten, länger als eine Nacht an diesem Platz zu lagern, hatte er Zuber und

Matratze abladen lassen. Dieser Mann hatte es offensichtlich gerne gemütlich. Vermutlich rechnete er hier außerdem nicht mit Schwierigkeiten, was tröstlich war.

Während sie sich im Wasser räkelte und die Wärme ihre Verspannungen linderte, dachte sie darüber nach, wie es mit Cameron weitergehen sollte. Jetzt war er ihr Geliebter, und selbst wenn sie daran etwas ändern wollte, wäre das nicht leicht. Cameron war ein eigensinniger Mann und hatte es sich in den Kopf gesetzt, sie zu benutzen, um Payton zur Ehe mit Katherine zu zwingen. Zudem traute er Frauen nicht über den Weg. Das brachte sie in die fatale Lage, dass sie sich ihm gegenüber beweisen musste. Sie musste ihn zu der Erkenntnis bringen, dass sie genau das war, was er brauchte. Sie hatte ihm und seinen Leuten das Leben gerettet, arbeitete im Lager mit wie die anderen auch – gab seinen Männern zu essen, sorgte für ihre Kleider und ihr Wohlbefinden – und sie pflegte seine Verwundeten. Jetzt wärmte sie auch noch sein Bett, und es war ihrer Ansicht nach nicht zu eitel, wenn sie sich sagte, dass sie das tatsächlich sehr gut konnte. Soweit Avery alles überblickte, gab es nicht sehr viel mehr, was sie tun konnte.

Flüchtig zog sie in Betracht, ihm zu sagen, wie es um ihr Herz stand, doch schnell verwarf sie diese Idee. Cameron würde glauben, sie spiele mit ihm. Bei seinem Misstrauen gegenüber Frauen würde er ihr Liebesgeständnis als Versuch auffassen, ihn nach ihrer Pfeife tanzen zu lassen. Das würde sie verletzen – schon der bloße Gedanke daran schmerzte sie.

Also blieb ihr nur die Leidenschaft, die sie füreinander empfanden. Er schien es nicht zu merken, doch sie legte in jeden Kuss, in jede Berührung und jedes entzückte Seufzen ihre ganze Liebe. Vielleicht konnte das schließlich sein Herz erweichen, sodass er seine Pläne noch einmal überdachte. Außerdem würde sie sich einfach weiterhin so verhalten wie bisher. Cameron war nicht dumm. Irgendwann musste er erkennen, dass nicht alle Frauen voller Bosheit, List und Betrug steckten.

Avery schnitt eine Grimasse, als sie sich zu waschen begann. Wenn sie wenigstens seine Haltung gegenüber Frauen ein wenig zum Guten ändern konnte, dann würde sie darin vielleicht ein wenig Trost finden. Das konnte ihr einsames Bett nicht wärmen, wenn er sie verlassen würde, es konnte auch ihr gebrochenes Herz nicht heilen, aber es wäre eine stolze Leistung.

Plötzlich tauchte Cameron neben dem Badezuber im Zelt auf, nackt und grinsend. Avery war sich bewusst, dass sie ihn nicht besonders geistreich anstarrte, als er in den Zuber stieg, aber sie konnte nichts dagegen tun. Er sah so gut aus, allein schon sein Anblick reichte aus, um die leise Glut in ihrem Unterleib erneut zu entfachen. Zudem stellte sie bestürzt fest, dass sie so in Gedanken gewesen war, dass sie weder gehört hatte, wie er das Zelt betrat, noch, wie er sich entkleidete.

»Bist du dir sicher, dass dieser Zuber für uns beide ausreicht?«, fragte sie, als er sich langsam ins Wasser gleiten ließ und seine Größe sie zwang, sich am anderen Ende des Zubers klein zu machen.

»Ja, obwohl ich es vielleicht bereuen werde.« Er schöpfte eine Handvoll Wasser, schnupperte daran und verzog das Gesicht. »Meine Männer werden der Meinung sein, dass ich viel zu gut rieche. Na ja, wenigstens sind es keine Rosen. Und wenn ich danach erhitzt und verschwitzt bin, wird das diesen Duft wieder überdecken.«

»Und was soll dich erhitzen und zum Schwitzen bringen?« Sie fragte, obwohl seine feurigen Blicke ihr die Antwort schon verrieten. »Eine Jagd? Kampftraining mit deinen Männern? Ein Ringkampf?«

»Ein Ringkampf. Mit dir. Die ganze Nacht lang«, fügte er hinzu, wobei er jedes Wort in die Länge zog. Dann nahm er ihr die Seife und den Waschlappen aus den Händen. »Komm, dreh dich um, Mädchen, ich werde dir den Rücken waschen.«

Obwohl sie tat, was er ihr gesagt hatte, protestierte sie: »Ich war schon fast fertig mit dem Baden.«

»Aber du hast deinen Rücken noch nicht gewaschen, oder?« – »Nein«, gab sie zu, überzeugt, dass er weitaus mehr im Sinn hatte, als ihr nur beim Waschen zu helfen.

Ein Beben durchfuhr Averys Körper, als Cameron ihr den Rücken einseifte. Sie war fast empört über sich selbst, denn er tat ja nichts Verführerisches. Genau genommen berührte er sie kaum mit den Händen, doch das Abreiben mit dem Waschlappen reichte vollkommen aus, um ihr Blut in Wallung zu bringen. Offensichtl ich ließ ihre Leidenschaft für Cameron ihr wenig Spielraum für Selbstbeherrschung. Da sie jetzt das ganze Ausmaß der gemeinsamen Wonnen kannte, hatte sich ihre Schwäche für ihn eindeutig verzehnfacht.

»Steh auf, Mädchen, damit ich deinen ganzen Rücken abwaschen kann.«

In seiner tiefen Stimme schwang eine Heiserkeit mit, die Avery verriet, dass auch er nicht kühl geblieben war. Das tröstete sie ein wenig, als sie aufstand. Es war aber auch ein bisschen traurig: Jeder versuchte, sich instinktiv gegen diese Schwäche zu wehren. Vielleicht würden sie beide die wenige verbleibende Zeit damit verbringen, hart dagegen anzukämpfen, Opfer ihrer eigenen Leidenschaft zu werden. Unter solchen Umständen war es sehr schwer für die Liebe, Wurzeln zu schlagen.

Ihr stockte der Atem, als er begann, ihre Beine und ihren Po abzuwaschen. Seine Berührungen hatten sich verändert. Jetzt seifte er sie mit den Händen ein und streichelte dabei ihre Haut. Als er die Seife abschwemmte, atmete sie erleichtert auf, froh darüber, dass die Qual ein Ende hatte. Doch gleich darauf wäre sie fast in die Knie gegangen, denn er küsste sie auf das unterste Ende ihres Rückgrats. Sie ballte ihre Hände, als er den nächsten Kuss noch tiefer ansetzte.

»Dreh dich um, Geliebte«, befahl er und packte sie fest bei den Hüften, um sie sanft zum Gehorchen zu zwingen.

Es fiel Avery schwer, zu entscheiden, was ihr das Blut in die Wangen trieb: ihr wachsendes Verlangen oder ihre Verlegenheit. Sie fühlte sich schrecklich entblößt, doch der leidenschaftliche Ausdruck auf seinem dunklen Gesicht hielt sie davon ab, sich mit den Händen zu bedecken. Als er ihre Beine auseinanderschob, um sie an ihrer intimsten Stelle zu waschen, legte sie die Hände auf seinen Kopf, denn ihre Knie waren so schwach, dass sie jeden Moment das Gleichgewicht verlieren konnte. Als er die Seife abspülte, überlief sie ein Zittern, und sie versuchte, sich ihm zu entziehen. Doch er hielt sie an Ort und Stelle. Ein empörter und lustvoller Aufschrei entfuhr ihr, als er die weichen Löckchen küsste, die er eben so zärtlich gewaschen hatte.

»Nein, Cameron!«, widersprach sie.

»Doch, Avery, unbedingt!«

Mit ein paar Schlägen seiner Zunge brachte er ihre Verlegenheit und ihren Widerstand zum Schweigen. Avery schloss die Augen und gab sich ganz dem Genuss hin, den er ihr bereitete. Schon bald war es ihr völlig egal, was er sah oder tat, solange er nur damit nicht aufhörte. Seine Finger und seine Zunge trieben sie in den Wahnsinn, er brachte sie immer und immer wieder bis kurz vor den Höhepunkt, nur um sie dann noch mehr auf die Folter zu spannen. Er reizte sie, bis sie ihn anflehte, diese Qual zu beenden.

Cameron hielt sie davon ab, sich an ihn zu drücken, und brachte sie mit seinen Küssen zu einem Höhepunkt, dessen Wucht sie am ganzen Körper erbeben ließ. Im selben Moment zog Cameron sie auf sich und tauchte in sie. Er bog ihren schlanken Körper zurück, stützte ihn mit seinem Arm und bedeckte ihre Brüste mit hungrigen, heißen Küssen. Dann packte er ihre Hüften und bewegte ihren Körper auf seinem, bis die Lust ihren Atem erneut beschleunigte. Als sie dieses Mal erlöst aufschrie, kam er mit ihr.

Obwohl einige Zeit seit ihrem Liebesspiel verstrichen war, fühlte Avery sich noch immer ganz benommen, als er sie aus dem Bad hob und abtrocknete. Bis er fertig war, hatte sie sich etwas gefasst und entriss ihm das Handtuch. Nun begann sie, ihn trocken zu reiben, entschlossen, ihn ebenso an den Rand des Wahnsinns zu treiben, wie er es mit ihr gemacht hatte.

Als sie schließlich vor ihm kniete und sorgfältig seine Beine abtrocknete, atmete Cameron schwer. Auch ihr eigenes Begehren flackerte wieder auf. Sorgfältig trocknete Avery seine Lenden und genoss jedes Luftholen und Stöhnen, während sie ihn streichelte. Schließlich warf sie das Tuch beiseite, legte ihre Hände auf seine Hüften und ließ ihre Zunge ungemein langsam an seiner Männlichkeit hochgleiten. Er stöhnte laut auf und ein Beben durchzuckte seinen Körper.

Cameron starrte auf sie hinunter, während sie ihn küsste und leckte. Seine Hände zu Fäusten geballt, bemühte er sich um die Selbstbeherrschung, ihre Liebkosungen länger zu genießen. Sie fing seinen Blick auf und umfing ihn mit ihrem warmen Mund – da wusste er, dass er nicht die Kraft hatte, diese Wonne in die Länge zu ziehen.

Sein heiserer Aufschrei war ebenso Ausdruck seiner Lust wie seiner Enttäuschung über die Unfähigkeit, sich zu beherrschen. Er packte sie unter den Achseln und trug sie zum Bett. Eben wollte er sich dafür entschuldigen, dass er sich nicht die Zeit nehmen konnte, ihre Leidenschaft zu gleicher Höhe zu steigern, da tauchte er schon in sie ein und fand sie mehr als bereit. Dass ihre Liebkosungen sie beinahe ebenso erregt hatten wie ihn, beflügelte ihn nur noch mehr. Er umarmte sie voll ungestümer Leidenschaft, doch Avery erwiderte seine wilde Lust, sie stand ihm darin in nichts nach. Als ihn die Erlösung durchzuckte, folgte nur einen Herzschlag später auch ihr jubelnder Schrei.

Schwer keuchend ließ er sich auf sie sinken. Obwohl Cameron vermutete, dass er ihr zu schwer war, konnte er sich im Moment vor Erschöpfung nicht bewegen. Einige Minuten später spürte er, wie sie sich unter ihm ein wenig wand, und er brachte gerade so viel Kraft auf, sich von ihr zu rollen und sie an seine Seite zu ziehen. Wenn sie sich auch weiterhin mit so ungezügelter, wilder Leidenschaft liebten, würde man ihn auf einer Trage nach Cairnmoor bringen müssen. Da erinnerte er sich, dass die Ankunft in seiner Burg das Ende ihrer Affäre bedeuten würde und schob schnell jeden Gedanken daran beiseite. Er wollte nicht an das Ende denken, solange sein Körper noch von den eben genossenen Freuden pulsierte.

»Ich glaube, wir müssen ein wenig Vorsicht walten lassen, Mädchen.« Er hauchte ihr einen trägen Kuss auf die Stirn. »Wenn wir uns immer so gierig aufeinanderstürzen, kann ich bald nicht mehr auf dem Pferd sitzen.«

»Du hast wohl nicht mehr dasselbe Stehvermögen wie in deiner Jugend?«, murmelte sie und strich leicht über seine Hüfte.

»Sehr witzig. Du solltest viel zu erschöpft sein, um so unverschämt zu werden.«

»Ich erhole mich schnell.« Sie gähnte und rieb ihre Wange an seiner Brust. »War das, na ja … normal?«

Cameron lachte weich. »Hast du Angst, exkommuniziert zu werden oder so etwas Ähnliches?« Er streichelte ihren Rücken, liebkoste ihren Po, konnte sich nicht davon abhalten, sie zu berühren. »Wenn du das alles beichten würdest, würdest du ganz bestimmt eine Buße auferlegt bekommen. Die Kirche betrachtet die sinnlichen Freuden als Sünde und schaut auf alles finster herab, was mehr ist als eine flüchtige Paarung im Dunkeln. Mach dir keine Sorgen darüber, Mädchen. Wir haben nichts getan, was nicht auch andere schon getan haben, und ich glaube nicht, dass dich der Teufel im Griff hat.«

Nein, nur meine Lenden. Doch sie nickte nur. Nach allem, was sie darüber gehört hatte, versuchte fast jeder, die Freuden der Liebe auszukosten, sooft sich die Gelegenheit dazu bot. Falls sie sich also bei diesen Wonnen den Feuern der Hölle auslieferte, wäre sie jedenfalls nicht einsam dort, denn die meisten ihrer Familienmitglieder würden wahrscheinlich neben ihr schmoren.

»Mist, deinetwegen bin ich schon wieder ganz verschwitzt«, murmelte sie und warf einen Blick zum Bad.

»Willst du, dass ich dir den Rücken schrubbe?« Er grinste schwach, als sie über seinen Körper kletterte und zum Zuber ging.

Ihre Antwort beschränkte sich auf einen kurzen, empörten Blick in seine Richtung. Leicht zitternd wusch sie sich mit dem inzwischen abgekühlten Wasser ab, wickelte sich das Handtuch um und eilte zurück zum Bett. Als sie unter die Decken glitt, ergriff Cameron das Tuch und ging, um sich zu waschen. Sie kreischte überrascht auf, als er wenige Minuten später ins Bett zurückkam und sie in seine Arme zog.

»Cameron, du bist ganz kalt«, protestierte sie.

»Ich weiß«, erwiderte er und zog sie noch näher. »Du wirst mich aufwärmen.«

Er ließ seine Hand über ihren Bauch und zwischen ihre Oberschenkel gleiten. Sie rang empört nach Luft, doch bald wurde daraus ein zustimmendes Seufzen. Für Cameron war die Art und Weise, wie sie so schnell und süß auf ihn reagierte, eine der größten Freuden, die er jemals erlebt hatte. Er hob ihren Schenkel über seine Hüfte und öffnete sie damit stärker für seine Berührungen.

»Ich fühle mich entschieden wärmer jetzt«, murmelte er an ihrem Ohr.

Avery zitterte. Das tiefe Grollen seiner Stimme drang durch ihre Haut bis in die Knochen. »Ich dachte, du wolltest, dass wir unsere Gier zügeln?« Er schnitt ihr die Worte ab, indem er sie auf den Rücken drehte und sich über sie kauerte. Seine aufgerichtete Männlichkeit verriet ihr, dass er eindeutig wieder hungrig war.

»Ich glaube, unsere Gier hat mein Fieber so weit gestillt, dass ich mir dieses Mal Zeit lassen kann.« Er fuhr mit seiner Zunge über ihre Brustwarzen. »Ich will dich genießen, mit dir spielen, jede Stelle deines köstlichen Körpers ausführlich verwöhnen.«

Seine zärtlichen Worte ließen ihre Haut vor Erwartung prickeln. »Du hattest Bedenken, nicht mehr auf einem Pferd sitzen zu können«, erinnerte sie ihn.

»Dann muss Leargan mich eben tragen.« Er küsste ihre Taille.

Als er sich zwischen ihren Beinen zurechtlegte und die Innenseite der Schenkel mit seiner Zunge berührte, flüsterte sie: »Du hast vor, mich restlos um den Verstand zu bringen, nicht wahr?«

Er hob sich ihre Beine über die Schultern, glitt mit seinen Händen unter ihren Po und hauchte einen Kuss auf ihre Löckchen.

»Restlos.«

»Oh, selige Maria«, stöhnte sie, und dies war für lange Zeit das letzte verständliche Wort, das sie äußerte.

10

»Es sind wieder die DeVeau.« Cameron starrte Leargan völlig ungläubig an, bevor er leise fluchte.

Obwohl er und Leargan vor den anderen ritten, um sich zu vergewissern, dass der Pfad sicher war, hatte er nicht wirklich erwartet, auf irgendwelche Schwierigkeiten zu stoßen. Sie lagen gut in der Zeit und hatten auf ihrer Reise zum Hafen, von dem sie absegeln wollten, sogar fast die vier Tage wettgemacht, die sie den Verwundeten als Ruhepause gegönnt hatten. Genau genommen trieb Cameron seine Leute mehr zur Eile an, als es nötig gewesen wäre. Er hatte sie ein paar Mal murren hören, bemühte sich aber, es zu ignorieren. Wenn er sich zu viel Zeit mit der Heimreise ließ, würde wahrscheinlich jeder denken, er wollte Avery noch länger bei sich behalten. Genau das wollte er im tiefsten Inneren seines Herzens auch, und eben deswegen gab er sich große Mühe, das genaue Gegenteil zu tun. In seinem gegenwärtigen Zustand, mit all den widersprüchlichen Gedanken und Gefühlen, wollte er nicht unbedingt DeVeaus Männern begegnen.

»Nach all ihren Verlusten im letzten Kampf hätte man meinen können, sie würden die Verfolgung aufgeben«, sagte Cameron.

»So gut hat uns DeVeau nun auch wieder nicht bezahlt. Mein Gott, er muss jetzt fast ebenso viel ausgeben, nur um die Männer, die er verloren hat, zu ersetzen.«

»Stimmt, das ergibt keinen Sinn. Vielleicht sollten wir versuchen, sie ein bisschen auszuspionieren. Es könnte sein, dass sie gar nicht nach uns suchen.«

Nachdem Cameron einen Augenblick über diesen Vorschlag nachgedacht hatte, nickte er. Sie ritten vorsichtig näher an das Lager der DeVeau heran, stiegen ab und banden ihre Pferde fest. Dann schlichen sie zwischen den Stämmen zum äußersten Rand des Lagers und krochen dort in den Schatten einiger Sträucher. Beinahe hätte Cameron laut geflucht, als eine bekannte Gestalt nur wenige Schritte entfernt aus einem der Zelte trat. Sir Charles DeVeau ritt selten mit seinen Männern. Seine Anwesenheit verhieß nichts Gutes.

Sie beobachteten, wie sein Bediensteter einen kleinen Tisch aufbaute, ein feines Tuch darauf ausbreitete und kostbares Essgeschirr sowie einen Kelch vor DeVeau abstellte. Beinahe hätte Cameron vor Abscheu geknurrt, als noch ein reich verzierter, gepolsterter Lehnstuhl an den Tisch gerückt wurde. Sir Charles setzte sich, und der nervöse kleine Diener servierte den, wie es schien, ersten Gang eines üppigen Menüs. Cameron bezweifelte, dass Sir Charles seine Männer auch nur annähernd so großzügig mit Essen versorgte.

Der Anführer der DeVeau saß schon beim dritten Gang seines aufwendigen Mahles, und Cameron befürchtete, er und Leargan würden ihre Zeit verschwenden, als einer der Söldner aufmarschierte. »Wo sind die MacAlpins?«, fragte Sir Charles, nachdem er sich den Mund mit einer spitzenbesetzten Leinenserviette abgetupft hatte.

»Nicht weit von hier«, antwortete der Mann.

»Und die Beute, nach der ich suche?«

»Sollte bald da sein. Wir hatten Glück. Wir haben sie erwischt, ohne das Lager zu alarmieren.«

Ein Schauer lief über Camerons Rücken. Ihm war klar, dass sie nicht vom Geld sprachen. Das war im Reisegepäck verstaut und konnte unmöglich gestohlen werden, ohne jemanden zu alarmieren, denn es wurde mitten im Lager aufbewahrt. Sein Unbehagen wuchs, als er die anderen Möglichkeiten überschlug und immer wieder an derselben Antwort hängen blieb: DeVeau hatte seine Männer ausgeschickt, um jemanden zu entführen. Als er sich ins Gedächtnis rief, dass es da eine alte, erbitterte Fehde zwischen den DeVeau und den Murrays gab, kam ihm ein entsetzlicher Gedanke.

Er suchte Leargans finsteren Blick, der ihn nicht sonderlich beruhigte. Sein Cousin war eindeutig zum selben Schluss gelangt. Leise fragte Cameron: »Bleiben wir?«, und Leargan nickte. Angespannt und bemüht, einen klaren Kopf zu bewahren, wartete Cameron und betete, dass seine Ahnung ihn trog.

Avery war für einen Augenblick aus dem Lager geschlüpft, um ungestört und allein zu sein. Sie konnte sich ein Lächeln nicht verkneifen, als ihr Bewacher nur kurz prüfte, ob Gillyanne noch im Lager war, und dann zu seiner Arbeit zurückkehrte. Offensichtlich waren die Wachen zu dem Schluss gekommen, dass sie kaum versuchen würde, ohne ihre Cousine zu fliehen. Das reizte Avery ein bisschen und sie überlegte kurz, ob sie losstürmen sollte, nur um die Sicherheit der Wachen etwas ins Wanken zu bringen. Allerdings würde ihr Cameron niemals glauben, dass das nur ein Scherz war.

In dem Bedürfnis, sich nach einem ganzen Tag im Sattel die Beine zu vertreten, spazierte sie langsam durch den Wald, wobei sie das Lager zwar nicht immer in Sichtweite, doch in Hörweite behielt. Seit einer Woche ritten sie nun ununterbrochen auf den Hafen zu, von dem aus sie nach Schottland ablegen wollten. Es schien, als würde Cameron sie ziemlich antreiben. Obwohl sie verstand, dass er nach Hause wollte, um die Schwierigkeiten seiner Schwester zu beheben oder einfach nur, weil er nach so langer Abwesenheit Schottland vermisste, schmerzte sie seine Eile. Soweit sie wusste, hatte er noch immer die Absicht, sie loszuwerden, sobald sie Cairnmoor erreichten. Sie verbot sich die törichte und eitle Vermutung, dass alles, was dieser Mann tat, irgendwie mit ihr zusammenhing. Trotz der Leidenschaftlichkeit, mit der er sie jede Nacht in die Arme nahm, konnte sich Avery nicht von dem Gedanken befreien, dass er sich so furchtbar beeilte, weil er sie loswerden wollte.

Sie zerbrach sich immer noch den Kopf darüber, wie man das Problem mit Camerons Schwester lösen konnte, ohne Gillyanne oder sie zu benutzen. Wenn Katherine als die Lügnerin entlarvt werden konnte, die sie eindeutig war, würde alles gut werden. Aber Avery bezweifelte, dass das leicht zu bewerkstelligen war. Nach dem Wenigen, das sie über Katherine in Erfahrung gebracht hatte, verstand sich dieses Mädchen darauf, alles zu bekommen, was es wollte – und es wollte Payton. Die Aussicht, dass ihr wahrer Geliebter mutig vortrat und seine Verantwortung für Frau und Kind übernahm, war verschwindend gering. Also blieb ihr nur die Möglichkeit, Cameron so in sich verliebt zu machen, dass er sie unbedingt an seiner Seite behalten wollte und für das Problem seiner Schwester eine andere Lösung suchen musste. Noch sah Avery allerdings keine Anzeichen für ein solches Wunder.

Ihr Blick fiel auf ein paar reife Beeren, und sie eilte hin, um sie zu sammeln. Sie waren eine willkommene und süße Abwechslung in ihrem Speiseplan, der überwiegend aus Fleisch und Haferbrei bestand. Als sie die Mulde ihrer geschürzten Röcke damit füllte, hatte sie plötzlich das alarmierende und beängstigende Gefühl, aus dem Schatten beobachtet zu werden. Sie starrte zwischen die Bäume, konnte aber nichts erkennen. Als sie eben einen Blick hinter sich werfen wollte, presste sich eine behandschuhte Hand auf ihren Mund.

Avery ließ ihre Röcke und die Beeren fallen und wollte nach der Hand greifen und sie wegschieben. Sie gab einen erstickten Schrei von sich, als ihre Hände gepackt, nach hinten gerissen und an den Handgelenken gefesselt wurden. Die Hand wurde von ihrem Mund weggezogen, aber man knebelte sie so schnell mit einem Stück Stoff, dass sie es nicht einmal schaffte, Atem für einen Hilfeschrei zu holen. Trotz ihrer Gegenwehr wurde sie mühelos hochgehoben und über eine breite Schulter geworfen. Sie wurde von einem muskulösen Arm, der sich fest um ihre Beine legte, am Treten gehindert. Dann begann ihr Entführer, durch den Wald zu laufen, weg vom MacAlpin-Lager, während sie auf seiner Schulter schmerzhaft hin und her geworfen wurde.

Einige Augenblicke später warf man sie bäuchlings über einen Sattel, sodass ihr der Atem stockte. Während sie um Luft rang, stieg der Mann auf und spornte sein Pferd zum Galopp an. Avery konzentrierte sich darauf, dass ihr nicht übel wurde, und versuchte zu sehen, wer sie festhielt. Doch sie konnte nur erkennen, dass es insgesamt drei Männer waren. Ihrer Rüstung und ihren edlen Pferden nach waren sie Ritter oder wenigstens recht erfolgreiche Söldner.

Erst als sie ein Lager erreichten, begriff Avery, wie misslich die Lage war, in der sie steckte. Benommen, mit dröhnendem Kopf und rebellierendem Magen wurde sie vom Pferd gezerrt und grob auf den Boden gestellt. In diesem Augenblick sah sie das DeVeau-Banner. Als sie in ein geschmücktes Zelt gestoßen wurde, hoffte sie inständig, dass es sich nur um eine List der Söldner handelte, die das DeVeau-Geld zurückerlangen wollten, ohne weitere Männer zu verlieren.

Dann wurde ihr der Knebel herausgerissen und sie erkannte Sir Charles. Sie begrüßte den Wein, den man ihr in die Kehle goss, auch wenn er so roh verabreicht wurde, dass sie sich fast verschluckt hätte. »Das wird langsam lästig«, sagte sie schließlich und begegnete standhaft Sir Charles' kaltem Blick. »Gibt es noch weitere Wettschulden, die zu begleichen sind? Oder glaubt Ihr, Sir Cameron wird für mich ein Lösegeld bezahlen?«

»Sir Cameron wird nicht die Möglichkeit erhalten, für Euch zu bezahlen«, erwiderte Sir Charles, während er sie eingehend musterte und an seinem Wein nippte.

»Warum nicht? Ihr habt mich nicht für wert genug befunden, Sir Bearnards Schulden zu bezahlen. Ist mein Wert plötzlich gestiegen?«

»Oh ja, ziemlich. Ihr seid eine Murray.« Avery unterdrückte die Angst, die sie überschwemmte, und warf dem Mann einen Blick ahnungsloser Verwirrung zu. »Eine wer?«

»Sehr gut gemacht«, antwortete Sir Charles gedehnt und beinahe lächelnd.

»Verschwendet nicht Eure und meine Zeit mit diesem Spiel. Eure Verwandten, die Lucette, haben Eure Rückkehr gefordert und die Eurer Cousine. Sie weigern sich zu glauben, dass ich keine von Euch habe.«

»Und was kümmert es Euch, was die Lucette wollen oder glauben?«

»Es kümmert mich gar nichts, abgesehen davon, dass das Ausmaß ihrer Sorge mir verrät, dass Ihr sehr wertvoll für mich sein könntet.«

»Inwiefern?« Avery betete, dass er von einem einfachen Lösegeld sprach oder von einem Austausch von Gefangenen. Seine Antwort ließ ihr das Blut in die Adern gefrieren.

»Das weiß ich noch nicht sicher. Es war mein Plan, Euch aus Sir Camerons Händen zu holen. Jetzt, wo das geschafft ist, muss ich innehalten und über alle Möglichkeiten nachdenken. Ich vermute, der Schotte hat mit Euch geschlafen?«

»Sir Cameron hat ein Enthaltsamkeitsgelübde abgelegt. Er bringt mich zu meiner Familie zurück.«

»Aha, ja, zu der Mörderin und ihrem Liebhaber, der ihr geholfen hat, der gerechten Strafe zu entfliehen.«

»Meine Mutter hat niemanden getötet. Ihre Unschuld ist erwiesen. Die wirklichen Mörder wurden gefunden und gehängt.«

»Das wollen uns die Lucette weismachen. Aber das ist unerheblich. Denn es ist ein altes Verbrechen, obwohl das Miststück gut davon profitiert hat.« Er neigte den Kopf ein wenig zur Seite. »Da kommt mir eine Idee. Ich frage mich, wie viel Madame Gisèle bereit wäre zu opfern, um ihre Tochter zurückzubekommen.«

»Euer König würde es gewiss nicht gutheißen, wenn Ihr sie

zwingt, aufzugeben, was er – wie sein Vater vor ihm – meiner Mutter und den Lucette zuerkannt hat.«

Sir Charles stand auf und schritt langsam um sie herum. Avery krümmte sich innerlich, als er ihre wirren Haare streichelte, ihr den Po tätschelte und eine blasse Hand auf ihren Busen legte. Sie hielt sich aufrecht, zwang sich, nichts von ihrer tiefen Abscheu zu zeigen und seinen Blick mit kaltem Starren zu erwidern.

»Ich frage mich, was Euer Vater und Eure Mutter sagen würden, wenn ich Euch mit meinem Bastard im Bauch zurückschicke«, überlegte Sir Charles laut, während er wieder zu seinem Stuhl ging und einen weiteren Becher Wein trank.

»Ich schlage vor, dass Ihr Euch daran zu erinnern versucht, wie Euer Cousin Michael starb.«

»Ihr würdet mich entmannen?«

»Sofort!«

»Was für ein Feuer! Es wird interessant sein, zu sehen, wie gut Ihr das Bett eines Mannes wärmt.«

Lässig winkte er ihrem Bewacher. »Anton, verwahre sie sicher in meinem Zelt.« Er lächelte schwach. »Und versichere dich, dass keine scharfen Gegenstände herumliegen.«

Avery wehrte sich nicht, als man sie in ein anderes Zelt führte. Sie wusste, dass sie ihre Kraft dabei vergeblich verschwenden würde. Kopfschüttelnd stellte sie fest, dass sein Zelt wie ein elegantes Schlafgemach eingerichtet war. Ihr Bewacher löste die Fesseln von ihren Handgelenken und band sie mithilfe eines dickleibigen Knappen an Händen und Füßen auf Sir Charles' großem Bett fest.

Als die Männer fortgegangen waren, starrte Avery in das Feuer, das in der Mitte des riesigen Zeltes brannte, und versuchte, sich zu beruhigen. Sie brauchte einen Funken Hoffnung, um sich ihre Stärke zu bewahren. Cameron würde nach ihr suchen. Allerdings nicht, weil er sie liebte, sondern weil er sie brauchte, um die Ehre seiner Schwester zu retten. Doch dann befahl sie sich, nicht eine solche Närrin zu sein.

Im Augenblick zählten nicht die Beweggründe für sein Kommen – es war nur wichtig, dass er kam. Sie betete inbrünstig darum, dass ihre Rettung Cameron nicht zu teuer zu stehen kommen möge. Und dass er käme, bevor Sir Charles die Möglichkeit hatte, sie mit seinen Berührungen zu beschmutzen.

Cameron atmete mehrmals tief durch, um sich zu beruhigen. Dann bedeutete er Leargan, dass er ihn nun loslassen könne. Als Avery vor Sir Charles gebracht wurde und Cameron hörte, was dieser mit ihr vorhatte, packte ihn für einen Moment die blinde Wut. Nur Leargans schnelle Reaktion rettete ihn davor, in das DeVeau-Lager zu preschen und Sir Charles die Hand abzuschlagen, mit der dieser Avery berührt hatte. Vorsichtig folgte er seinem Cousin zu den Pferden.

»Ich muss sie zurückhaben«, sagte Cameron, als er neben dem Pferd stand, den Sattel ergriff und sich weiterhin um Beherrschung seiner Wut und Angst bemühte.

»Natürlich musst du das«, pflichtete ihm Leargan bei. »Ich frage mich, wie DeVeaus Cousin Michael den Tod fand«, fügte er hinzu, um Cameron so lange abzulenken, bis er seine Fassung wiedergewonnen hatte.

»Angeblich hat man ihn seiner Männlichkeit beraubt, sie ihm in den Mund gestopft und danach seine Kehle durchgeschnitten.«

»Großer Gott«, flüsterte Leargan, »wie hast du das herausgefunden?«

»Ich habe Avery gefragt, warum Sir Charles die Lucette angreifen wollte, und habe eine Menge über die Fehde erfahren. Avery hat mir außerdem die Geschichte ihrer Mutter erzählt. Ganz eindeutig ist bei den DeVeau ein gerüttelt Maß an Habgier im Spiel.« Cameron saß auf. »Wir werden ein paar Männer brauchen.«

Leargan stieg ebenfalls auf und folgte Cameron. Sie ritten langsam, denn bevor sie ihre Pferde zum Galopp antreiben konnten, brauchten sie etwas mehr Abstand zum DeVeau-Lager. »Es war ziemlich einfach, dicht an das Lager heranzuschleichen. Zudem steht Sir Charles' Zelt unvernünftig nah am Waldrand.«

»Also brauchen wir genug Männer für ein Ablenkungsmanöver und eine kleine Gruppe, die Sir Charles' Zelt überfällt.«

»Ja, das müsste klappen.«

»Und den anderen befehlen wir, unser Lager abzubrechen und weiterzuziehen. Es hat keinen Sinn zu warten, bis die DeVeau versuchen, auch noch das Geld zu rauben. Ich fürchte, ich muss Sir Charles töten«, fügte Cameron leise hinzu und spornte sein Pferd zum Galopp an, bevor Leargan etwas gegen diesen Plan einwenden konnte.

Sie fanden das Lager in Aufruhr. Averys Verschwinden war bereits entdeckt worden. Cameron unterdrückte das Bedürfnis, seine tobende Wut an Klein-Rob auszulassen. Er hatte ihm befohlen, jeden Fluchtversuch Averys zu vereiteln, und der Mann war seiner Aufgabe nachgekommen. Er hatte einfach nie in Betracht gezogen, dass Avery Feinde haben könnte, die versuchen würden, sie zu entführen. Das war gedankenlos gewesen. Er hatte von der Fehde, von dem alten Hass zwischen den DeVeau und den Murrays gewusst. Er hätte die Möglichkeit bedenken müssen, dass DeVeau entdeckte, wen Sir Bearnard da eingefangen hatte, und die Mädchen zurückhaben wollte. Wenigstens war Gillyanne in Sicherheit, dachte sich Cameron, als er ihren weit geöffneten Augen begegnete und vor Schuldgefühlen fast im Boden versunken wäre.

»Seid Ihr sicher, dass Sir Charles weiß, wer Avery ist?«, fragte Gillyanne.

»Ja, ich fürchte schon, Mädchen«, gab Cameron zurück. »Leargan und ich waren nah genug, um jedes Wort zu hören.«

»Mein Gott«, flüsterte Gillyanne. Sie zitterte am ganzen Leib. »Er wird ihr bestimmt etwas antun.«

»Nein, Mädchen, das glaube ich nicht«, log Cameron in dem verzweifelten Versuch, sie zu trösten.

»Danke für Eure gütige Lüge – aber ich bin mir sicher. De-Veau-Männer tun Frauen weh. Das ist so ihre Art. Ich wundere mich, dass Avery diese Gefahr nicht gespürt hat«, murmelte sie und runzelte die Stirn.

»Vermutlich haben sie sich von hinten an sie herangeschlichen und sie überrascht.«

»Das spielt eigentlich keine Rolle. Sie muss abgelenkt gewesen sein.« Gillyanne lächelte matt über Camerons verwirrten Gesichtsausdruck. »Avery hat die Gabe, eine lauernde Gefahr vorauszuahnen. Sie hat uns gewarnt, bevor die DeVeau unsere Verwandten angriffen. Es war kaum Zeit, um auf ihre Warnung zu reagieren, aber es hat gereicht, damit die Lucette ihre Waffen ergreifen und sich zur Wehr setzen konnten, statt sich von den DeVeau einfach abschlachten zu lassen.« Sie zuckte die Achseln. »Ich habe den Verdacht, dass es nicht immer funktioniert.«

»Sie kann eine Gefahr vorausahnen?«

»Ja. Manchmal ist es, als ob sie sie riechen kann. Ihr Vater kann das auch. Es ist eine ausgezeichnete Fähigkeit, selbst wenn sie nicht immer funktioniert. So wie dieses Mal.« Sie beobachtete, wie die Männer sich um Cameron sammelten. »Ihr wollt sie retten?«

»Das haben wir vor. Ich glaube nicht, dass ihr Leben in Gefahr ist«, fügte er in der Hoffnung hinzu, ihre Angst zu beschwichtigen.

»Nicht, solange sie nicht versucht, sich zu befreien und Sir Charles zu töten. Geht mit Gottes Segen.« Sie eilte weg, um mit den Frauen das Lager abzubauen.

Cameron führte seine Männer zurück zum DeVeau-Lager. Er bemühte sich, Gillyannes Abschiedsworte aus dem Kopf zu verbannen, doch es gelang ihm nicht. Avery war keine Frau, die ihr Schicksal widerstandslos akzeptierte, die dasaß, leise vor sich hinweinte und darauf wartete, dass jemand sie rettete. Er war sich nicht sicher, was eine kleine, unbewaffnete Frau Sir Charles antun konnte, aber ihm war bewusst, dass es gefährlich war, diesen Mann zu reizen. Einen kurzen Moment bereute er, dass er Averys Dolch einbehalten hatte. Doch dann kam ihm zu Bewusstsein, dass sie sich unbewaffnet nicht so leicht in Gefahr bringen konnte und vielleicht am Leben blieb, bis er sie befreite.

»Dein Rettungsplan ist gut«, versicherte ihm Leargan. »Wir holen das Mädchen zurück.«

»Ja, wenn sie keine Dummheiten macht und zum Beispiel versucht, sich selbst zu retten«, knurrte Cameron.

»Ach, daran habe ich gar nicht gedacht. Sir Charles hat befohlen, sie sicher zu verwahren. Vermutlich wird sie nicht in der Lage sein, sich zu befreien, auch wenn sie es noch so sehr will.«

»Zu wissen, dass sie vor diesem Schwein gefesselt und hilflos daliegt, bringt mich zur Weißglut. Aber es wäre tatsächlich das Beste für sie, wenn sie gefesselt und hilflos ist.«

»Daran hat sich das Mädchen inzwischen bestimmt schon gewöhnt.«

Wären sie nicht zu Pferd gewesen, hätte Cameron seinem Cousin eine Ohrfeige verpasst. Doch streng genommen verdiente Leargan keine Prügel, nur weil er eine einfache Wahrheit aussprach. Cameron hoffte inständig, das Avery keine Ähnlichkeiten zwischen seinen Handlungen und Sir Charles' Verhalten sah. Cameron hätte Avery niemals körperlich verletzt, das wusste er – aber er war sich nicht sicher, ob sie das auch wusste.

»Hoffen wir, dass er die Fesseln ebenfalls mit Seide abpolstert«, murmelte Cameron in dem Bedürfnis, seine Handlungen vor sich selbst zu rechtfertigen. »Und hoffen wir, dass er noch immer beim Essen sitzt.«

»Glaubst du, dass er seine Drohung ernst gemeint hat und ihr ein Kind machen will?«

Die Vorstellung, dass Sir Charles Avery berührte, dass er

sie in Besitz nahm, machte Cameron fast krank vor Wut. Avery gehörte ihm. Es tat nichts zur Sache, dass er sie verlassen wollte oder dass er sich standhaft weigerte, mehr als nur Lust zu empfinden. Er war der erste Mann, der ihre Leidenschaft genossen hatte, und bis er sie verließ, wollte er auch der einzige Mann bleiben. Falls Sir Charles Avery schändete, würde er bald darum winseln, einen so gnädigen Tod wie sein Cousin Michael zu erleiden.

In sicherer Entfernung vom DeVeau-Lager ließen sie ihre Pferde und zwei Wachen zurück. Cameron kroch mit den Männern näher an das Lager heran. Als er bemerkte, dass Sir Charles nicht mehr vor seinem Zelt saß, musste Cameron den Drang bekämpfen, mit gezogenem Schwert in das Zelt dieses Mannes zu stürmen. Leise befahl er vier Männern, zur anderen Lagerseite zu schleichen und ihr Ablenkungsmanöver auszuführen. Er selbst blieb mit Leargan, Klein-Rob und Colin zurück. Dass sie im Moment nichts anderes tun konnten als abzuwarten, zerrte an seinen Nerven.

»Sie werden nicht lange brauchen, um alle Augen auf sich zu ziehen«, flüsterte Leargan.

»Hör auf, mich zu trösten, Cousin«, erwiderte Cameron im Flüsterton und fragte sich, wie er wohl aussehen musste, wenn Leargan ständig das Gefühl hatte, ihn beruhigen zu müssen.

»Du hast gerade so gewirkt, als würdest du im nächsten Augenblick mit gezogenem Schwert und einem Schlachtruf auf den Lippen in das Zelt dort stürzen.«

»Das war nur ein vorübergehendes Bedürfnis.«

»Vielleicht solltest du dich fragen, warum du überhaupt dieses Bedürfnis hast. Schließlich ist es nur die kleine Avery Murray, das Mädchen, das du in den Schoß ihrer Familie zurückstoßen willst, sobald wir Cairnmoor erreichen. Dir bleibt doch noch immer Klein-Gillyanne für den geplanten Tauschhandel.«

»Und dir bleibt vielleicht noch eine Zunge, mit der du die

Mädchen erfreuen kannst, wenn du sofort deinen Mund hältst.«

Leargan verdrehte die Augen, schwieg aber. Cameron starrte wieder unverwandt auf das Zelt und ärgerte sich, weil er nicht ins Innere sehen und Avery signalisieren konnte, dass sie da waren.

Zum Warten verdammt, konnte er kaum mehr tun als nachzudenken, und er fluchte insgeheim, weil Leargans Worte sich in ihm festgesetzt hatten und sich nicht ignorieren ließen.

Es war unangemessen, so in Rage zu geraten, bloß weil ein anderer Mann Avery berührte. Es war unangemessen, ihretwegen so wütend und besorgt zu sein, dass er nicht mehr klar denken konnte und sogar Unterstützung brauchte, um ruhig zu bleiben. Irgendwie gelang es ihm nicht, einfach nur die Leidenschaftlichkeit zu genießen, ohne sich dabei in Gefühlen zu verstricken.

Avery war witzig, sie brachte ihn zum Lachen – was in den vergangenen Jahren kaum jemand geschafft hatte. Sie war im Grunde eine sehr liebenswerte junge Frau, eigenwillig, klug und charmant.

Trotz ihres hohen Standes zögerte sie nicht, Seite an Seite mit den Frauen seiner Gefolgsleute zu arbeiten und sich sogar mit ihnen anzufreunden. Sie half den Verwundeten und Kranken. Sie beklagte sich nicht über die unbequeme, ermüdende Reise quer durch Frankreich. Genau genommen war das Einzige, das zwischen ihnen zu Meinungsverschiedenheiten führte, die Sache mit seiner Schwester und ihrem Bruder.

Cameron kam zu dem Schluss, dass er Avery mochte, dass er ihre Gesellschaft genoss.

Zu seinem Erstaunen kam es ihm gar nicht seltsam vor, Avery gleichzeitig als Freundin und als Geliebte zu sehen. Außerdem verdankten er und seine Männer ihr schließlich und endlich das Leben.

Das waren alles gute Gründe, um jetzt für ihre Rettung Leib

und Leben zu wagen. Mit Hilfe dieser Gedanken gelang es ihm mühelos, die schwache innere Stimme zurückzudrängen, die ihm zuflüsterte, dass er sich wieder etwas vormache.

Zu Camerons Erleichterung begannen seine Männer jetzt, das Ablenkungsmanöver in die Tat umzusetzen, und hielten ihn damit von weiteren Grübeleien ab. Zwei kleine Karren am anderen Ende des Lagers fingen Feuer. Um die entstandene Verwirrung noch zu steigern, wurden die Pferde durch das Lager gejagt. Entschlossen sprang Cameron auf und rannte zur Rückseite von Sir Charles' Zelt.

11

Es fiel Avery nicht leicht, doch sie verbarg ihre Angst, als Sir Charles das Zelt betrat. Wie das Opfer auf der Schlachtbank lag sie ausgebreitet auf dem Bett und war seinen kalten Blicken ausgeliefert. Beim Anblick seines Lächelns wünschte sie, ihr Messer zur Hand zu haben. Zwar würde ein Angriff auf ihn zweifelsohne auch für sie einen schnellen, brutalen Tod bedeuten, doch im Augenblick schien sein Tod ihr das wert.

»Hat Euch Euer edler schottischer Liebhaber auch so an sein Bett gefesselt?«

»Nein«, erwiderte sie und rief sich dann ins Gedächtnis, dass sie Französisch sprechen musste. »Nein, er hat nur eine Hand ans Bett gebunden. Ein mutigerer Mann als Ihr.« Sie konnte kaum einen entsetzten Aufschrei unterdrücken, als er plötzlich sein Schwert zog und ihr die kalte, scharfe Spitze an die Kehle setzte.

»Ihr solltet mit Eurem Spott vorsichtiger sein, Weib, besonders in Anbetracht Eurer momentanen Lage.«

»Das Blut wird Eure edlen Bettlaken beschmutzen, Mylord.«

»Oh ja, das ist zu bedenken.«

Avery hielt den Atem an, als er begann, die Bänder ihres Mieders aufzuschneiden. Dieser DeVeau war offensichtlich ebenso kalt und verdorben wie derjenige, dem ihre Mutter gegenübergestanden war. Berücksichtigte man, wie lange ihre Mutter sich mit diesem Wahnsinnigen hatte abgeben müssen, war es erstaunlich, wie liebenswürdig und glücklich sie heute war. Es erklärte auch, warum sie nur selten in ihr Vaterland zurückkehrte. Ungeachtet der Tatsache, wie gern sie ihre französischen Verwandten hatte, würde auch Avery nur widerstrebend in dieses Land zurückkommen, sofern sie lebend aus DeVeaus Händen entkam.

»Wollt Ihr mich meiner Familie nackt übergeben?«, fragte sie, stolz darauf, wie gelassen ihre Stimme klang. Sie verbarg das tiefe Entsetzen, das sie bis ins Mark erfüllte, als er ihr sorgfältig, fast gedankenverloren, die Kleider vom Leib schnitt.

»Nein, das wäre ein Mangel an Ritterlichkeit, der nicht zu mir passen würde«, erwiderte er. »Ich werde Euch in eine elegante Robe stecken. Eine Robe, die einer DeVeau-Hure wert ist. Eine, wie sie mein Cousin Vachel vor so vielen Jahren Eurer Mutter gab.«

»Und wie geht es dem lieben Sir Vachel? Ich hoffe, er ist tot.« Sie zitterte innerlich, als er ihr zerschnittenes Kleid mit der Spitze seines Schwerts aufklappte.

»Ziemlich tot.« Er trat näher ans Bett und strich über ihre Beine.

Avery zwang sich, bei seiner Berührung nicht zusammenzuzucken, noch schwerer fiel es ihr aber, den aufsteigenden Brechreiz zu unterdrücken. »Friedlich in seinem Bett gestorben, vermute ich?«

»In seinem Bett, ja. Aber friedlich? Ich fürchte nicht. Vor etwa zehn Jahren hat irgendein verräterischer Hund ihm ein besonders übles Gift verabreicht. Es dauerte lange, qualvolle Tage, bis er gestorben ist.«

Der Klang von Sir Charles' Stimme verriet Avery, dass er wusste, wer für Vachels Tod verantwortlich war und warum er verübt worden war. Vielleicht hatte er ihn sogar selbst umbringen lassen. Ganz offensichtlich hatte er von diesem Mord profitiert. Es war mehr als scheinheilig von diesem Mann, ihre Mutter zu beschuldigen, die erwiesenermaßen unschuldig war, während er selbst augenscheinlich am Tod eines Verwandten beteiligt gewesen war.

Als er sein Schwert einsteckte und begann, ihr Unterkleid aufzuschnüren, schluckte Avery die Bitte um Gnade hinunter, die ihr auf der Zunge lag. Diese Genugtuung würde sie ihm nicht bereiten. Seltsamerweise fand sie seine Berührungen weniger schlimm als den Ausdruck seiner Augen, in denen keinerlei Begehren, keinerlei Wärme zu sehen war. Er tat dies alles, um sie zu demütigen, aus keinem anderen Grund. Diese Erkenntnis ließ sie bis ins Mark frösteln. Und in diesem Augenblick wusste sie, dass er mit ihr sehr lange spielen würde – vermutlich so lange, bis sie vor Scham wahnsinnig wurde, bis sie ihn anbettelte, sie zu vergewaltigen, nur damit es vorbei war.

Sir Charles öffnete ihr Unterkleid und starrte auf ihre Brüste. Er runzelte die Stirn ein wenig und legte einen seiner langgliedrigen Finger ans Kinn. Avery wünschte, sie könnte ihren Fuß befreien, um ihm ins Gesicht zu treten.

»Eure Brüste sind ein bisschen klein«, murmelte er. »Ich bevorzuge üppigere Kurven.«

»Hätte ich gewusst, dass Ihr sie nicht mögt, hätte ich mir mehr Mühe gegeben, mich zu mästen.«

»Obwohl die Brustwarzen perfekt sind«, fuhr er fort, ohne auf ihren Sarkasmus einzugehen. »Groß und von reizendem Rosa. Ich denke, die werden mir und meinem Bankert dienlich sein.« Er legte seine Hände auf ihre Brüste und rieb mit den Daumen über die Brustspitzen. »Sie sind nicht sonderlich empfänglich, was?«

»Ihr wollt mich empfänglich? Kommt näher, dann empfange ich Euch mit meiner Spucke!«

Sie verbiss sich einen Aufschrei, als er ihr ins Gesicht schlug. Er tat es mit derselben kalten, gewissenhaften Ruhe wie alles andere. Avery kam es langsam so vor, als sei sie in einem Albtraum gefangen. Wie konnte ein Mensch, ob gut oder schlecht, nur von solcher Gefühlskälte sein? Sie spannte alle Muskeln an, als er den Saum ihres Unterkleids hochschob und ihre Unterhose entblößte. Unter anderen Umständen hätte sie seine verblüffte Miene vielleicht genossen, da er offensichtlich kaum je überhaupt ein Gefühl zu zeigen schien. Doch im Moment konzentrierten sich ihre Gedanken auf die erschreckende Tatsache, dass nur noch ein dünner Stoff zwischen ihm und ihrem intimsten Körperteil lag.

»Habt Ihr geglaubt, so ein Kleidungsstück würde Euch vor einem Mann schützen?« Er nahm sein Messer aus dem Gürtel.

»Es wärmt mich«, entgegnete sie mit flacher Stimme, während Scham und Angst einer kalten, heftigen Wut Platz machten.

Sir Charles durchschnitt die Unterhose an einer Seite, klappte das Vorderteil auf und entblößte sie. »Ihr seid ja über und über goldfarben. Faszinierend. Und Ihr scheint ausgesprochen sauber zu sein. Ich schätze das.«

»Ich bringe Euch um!«

»Jetzt? Ich glaube nicht, dass Ihr in der Lage seid, diese Drohung wahr zu machen.«

»Ich habe Geduld, wenn es sein muss. Ich kann warten. Bis morgen, bis übermorgen, bis in zwei Jahren. Das ist egal. Wenn die Gelegenheit kommt, und sie wird kommen, bringe ich Euch um, und zwar auf eine Art und Weise, dass der Tod von Sir Michael und Sir Vachel im Vergleich dazu gnädig aussehen wird.«

Bevor Sir Charles antworten konnte, drang ein Aufschrei durchs Lager. »Ich gehe wohl besser und schaue nach, was diese Dummköpfe treiben. Wenn ich zurückkomme, dürft Ihr mich mit einer Aufzählung all der Todesarten unterhalten, die Ihr für mich geplant habt.« Er streichelte sie langsam und nachdrücklich mit seinen kalten Fingern zwischen den Beinen, dann ging er weg.

Avery atmete mehrmals tief durch, um ruhiger zu werden. Ihr war übel, vom Übermaß ihrer Wut und vom Gefühl seiner eiskalten Finger auf ihrer Haut. Und unter ihrer Wut lauerte noch immer Angst. In ihr krümmte sich alles vor Entsetzen über den Missbrauch, den Sir Charles ihr zufügen wollte. Allerdings fühlte Wut sich besser an, und Avery war entschlossen, sich daran festzuklammern.

Plötzlich drang ein seltsames Geräusch an ihr Ohr. Es hörte sich an, als würde Stoff reißen. Sie wandte den Kopf, konnte aber nicht ausmachen, woher der Laut kam. Als Cameron und Leargan plötzlich neben dem Bett auftauchten, war sie viel zu erleichtert, um wegen ihrer Nacktheit verlegen zu sein. Zudem kochte in ihren Adern noch immer heftiger Zorn.

»Wo ist Sir Charles?«, fragte Cameron, während er sie losschnitt und Leargan ihnen taktvoll den Rücken zukehrte.

»Er ist draußen, um nachzusehen, was es für Probleme gibt«, antwortete Avery, die sich ihre Handgelenke rieb und einigermaßen ungeduldig darauf wartete, dass Cameron auch ihre Füße befreite.

»Verdammt, ich wollte ihn töten. Leargan, halte Ausschau nach dem Mistkerl.« Schnell schnürte Cameron Averys Unterkleid wieder zu, dann riss er mehrere Streifen Leinen aus dem edlen Bettzeug. »Hat er dich vergewaltigt?« Nachdem er ihre kaputte Hose in die Tasche geschoben hatte, band er ihr Kleid zusammen.

»Nein. Ich glaube, er wollte mich damit foltern, dass er es irgendwann tun würde.«

»Mein Gott, wie ich darauf brenne, diesen Mann zu erledigen.«

»Das kannst du nicht.«

»Ich könnte es jetzt tun, aber …«

»Weil *ich* ihn umbringen werde«, ergänzte sie, ergriff das Messer, das Cameron auf das Bett gelegt hatte, und schritt auf den Zelteingang zu.

Cameron packte sie, doch Avery benahm sich in seinen Armen wie eine gefangene Wildkatze. Nur die Tatsache, dass sie offensichtlich darauf bedacht war, ihn nicht mit dem Messer zu verletzen, verriet ihm, dass sie nicht komplett den Verstand verloren hatte. Es verstrichen jedoch wertvolle Sekunden, was ihre Flucht vereiteln konnte. Als Cameron endlich beschloss, drastische Maßnahmen zu ergreifen, nahm ihm Leargan diese schwere Entscheidung ab. Er murmelte eine

Entschuldigung und versetzte Avery einen schnellen Kinnhaken. Sie sackte in Camerons Armen zusammen. Cameron seufzte und warf sie sich über die Schulter, während Leargan sein Messer aufhob.

»Tut mir leid, Cousin«, meinte Leargan, als sie mit den anderen Männern zurück zu den wartenden Pferden rannten.

»Um ehrlich zu sein, war ich gerade im Begriff, dasselbe zu tun. Es war keine Zeit, um sie durch lange Erklärungen von ihrem verrückten Vorhaben abzubringen. Und obwohl auch ich darauf brenne, DeVeau tot zu sehen, ist es besser, dass wir ihn nicht umgebracht haben. Damit hätten wir leicht seine ganze, wahnsinnige Familie auf unsere Fährte gesetzt.«

»Stimmt. Jetzt müssen wir uns nur mit ihm abquälen. Wie sehr ist er wohl hinter Avery her?«

»Dieser Mann reist nie mit seinen Truppen – jetzt war er dabei.«

»Also müssen wir davon ausgehen, dass er wirklich sehr hinter ihr her ist. Hat er das arme Mädchen geschändet?«, fragte Leargan leise, während er Avery festhielt, und Cameron in den Sattel stieg.

»Nein«, antwortete dieser und nahm Avery wieder in seine Arme. »Er wollte sie wohl eine Weile damit quälen, dass ihr diese Demütigung bevorsteht. Diese Erniedrigung und die Androhung von Schlimmerem – kein Wunder, dass sie ihn töten wollte.«

Sobald seine Männer im Sattel waren, trieb Cameron sein Pferd zum Galopp an und führte sie alle vom DeVeau-Lager weg. Nun würde es ein scharfes Wettrennen zum Hafen geben. DeVeau würde den Verlust seiner Gefangenen nicht gut aufnehmen, und sei es auch nur, weil die mühelos gelungene Befreiung ihn wie einen Dummkopf aussehen ließ. Cameron konnte nur hoffen, dass dieser Mann, sei es aus Gier oder aus Verlegenheit, darauf verzichtete, andere Mitglieder seiner großen, unzurechnungsfähigen Familie ins Spiel zu bringen.

Zwei Stunden später holten sie den Rest seiner Leute ein.

Cameron entsandte zwei Männer, um ihre Spuren zu verwischen, und hielt nur so lang inne, bis er einer besorgten Anne und einer ebenso besorgten Gillyanne versichert hatte, dass es Avery gut ging. Sie würden weitere zwei Stunden schnell reiten und dann lagern, denn Cameron war trotz seiner tröstenden Worte zu den Frauen ein wenig besorgt um Avery.

Leargan hatte Avery nicht fest geschlagen, dennoch blieb sie bewusstlos. Cameron glaubte ihr, dass sie nicht vergewaltigt worden war, er hatte sich mit einem kurzen, eingehenden Blick auf ihren Körper davon überzeugt. Aber noch nie hatte er eine Frau so außer sich vor Wut gesehen und – um die Wahrheit zu sagen – auch wenige Männer. Was hatte Sir Charles ihr angetan? Würde sie aufwachen und noch immer danach gieren, diesen Mann zu töten? Oder wäre sie erschüttert, am Boden zerstört und voller Angst? Sie war nackt gewesen, ihre Kleider waren ihr vom Leib geschnitten worden, also hatte DeVeau Hand an sie gelegt. Obwohl es selbstsüchtig war, fragte Cameron sich, ob diese Erfahrung Averys Leidenschaft für ihn in Zukunft dämpfen würde.

Als sie endlich haltmachten, war Avery wieder bei Bewusstsein, aber noch schwach auf den Beinen. Cameron stieg ab und hielt sie fest an sich gedrückt, während er Leargan anwies, sein kleineres Zelt aufzubauen. Dann befahl er Donald, sein Bett aus Fellen und Decken auszubreiten und Kleidung zum Wechseln bereitzulegen. Er wollte, dass die übrigen Habseligkeiten im Wagen blieben, damit sie bei Tagesanbruch schnell aufbrechen konnten.

»Ich *brauche* ein Bad«, murmelte Avery, als Gillyanne und Anne an ihre Seite eilten.

Etwas in ihrer Stimme verriet Cameron, dass er ihre Forderung nicht zurückweisen durfte, aber er zögerte. »Ich möchte eigentlich kein Feuer entfachen«, begann er.

»Es macht mir nichts aus, wenn das Wasser eiskalt ist, aber ich brauche ein Bad.«

»Hier in unmittelbarer Nähe gibt es Wasser«, sagte Anne,

»einen kleinen Bach. Dort könnt Ihr baden. Gillyanne und ich werden Euch begleiten.« Als Avery nickte, sagte Anne zu Gillyanne: »Bringt sie zum Bach. Ich werde gleich mit Seife, Handtüchern und sauberen Kleidern nachkommen. Geht jetzt.« Sobald die beiden Murray-Mädchen sich entfernt hatten, sah Anne Cameron an. »Hat er sie geschändet?«

»Nein. Er hat sie angeblich nicht vergewaltigt, und nach allem, was ich gesehen habe, glaube ich ihr das.« Er verzog das Gesicht und fuhr sich mit der Hand durch die Haare. »Allerdings war sie nackt. Sie wollte ihn töten, wollte ihm wie eine Wilde hinterherspringen, sodass Leargan sie schließlich bewusstlos schlagen musste. Darum vermute ich, dass ihr dieser Mann irgendetwas angetan hat. Aber was?«

»Er hat sie bedroht, hat ihr Angst eingejagt«, sagte Anne leise und seufzte.

»Ja, davon bin ich überzeugt. Aber würde sie das so wütend, so rasend machen, dass sie ihn umbringen will?«

»Mich schon.«

Cameron war zu überrascht, um darauf zu antworten, und so sah er der davoneilenden Anne nur nach. Er befürchtete, dass Avery noch immer darauf versessen sein könnte, Sir Charles die Kehle durchzuschneiden, und schickte Klein-Rob hinterher, um sicherzugehen, dass sie nicht unbemerkt entschlüpfen konnte. Dann blickte er mit düsterer Miene in Richtung Bach und rätselte über Annes Worte, bis Leargan auf ihn zukam.

»Anne und Gillyanne werden dem Mädchen schon helfen«, bemerkte Leargan, schüttelte dann aber den Kopf. »Ich habe noch nie eine Frau gesehen, die so begierig darauf war, das Blut eines Mannes zu vergießen.«

»Anne behauptet, das sei so, weil DeVeau Avery Angst eingejagt hat.«

»Natürlich, das kann Avery nicht hinnehmen.«

»So? Trotz all ihrer Drohungen hat Avery niemals versucht, mich umzubringen.«

»Na ja. Sie hat eben keine Angst vor dir.« – »Viele Frauen haben Angst vor mir, und auf gewisse Weise bedrohe ich Avery und ihren Clan.«

»Stimmt, du bist ein finsterer, brütender Teufel, und es würde nichts schaden, wenn du dir ab und zu ein Lächeln abringen könntest. Aber du jagst Avery keine Furcht ein. Soweit ich das beurteilen kann, hat sie nie Angst vor dir gehabt. Vielleicht musst du ein bisschen häufiger die Zähne fletschen.«

»Halt den Mund, Leargan«, sagte Cameron fast heiter.

»Der Mund ist jetzt zu. Na ja, in einer Minute.«

»Leargan«, warnte Cameron und hob die Brauen, als er den entschlossenen Ausdruck auf dem Gesicht seines Cousins sah.

»Ich habe dieses Mal nicht vor, dich aufzuziehen. Es betrifft Avery und das, was ihr widerfahren ist. Du magst ein harter Mann sein, Cameron, aber das Mädchen hätte es verdient, dass du … na ja, sanfter bist.« Leargan fuhr sich nervös mit den Fingern durch die Haare. »Ich weiß nicht so recht, wie ich das am besten sage. Aber du kannst nicht erwarten, dass es dem Mädchen viel besser geht, wenn sie gebadet hat. Sie braucht – äh, Mitgefühl. Der Mann muss ihr etwas angetan haben, wenn sie so außer sich ist vor Wut, und dieses Etwas wird sie vermutlich quälen.«

»Ihre Cousine Sorcha ist vergewaltigt worden«, bemerkte Cameron mit gesenkter Stimme. »Gillyannes ältere Schwester.«

»Bei allen Höllenfeuern! Das erklärt allerdings einiges, findest du nicht?«

»Ja, wahrscheinlich. Verschwinde jetzt, Leargan«, sagte Cameron, als er auf sein Zelt zuging. »Ich weiß vielleicht nicht, wie man ein verängstigtes Mädchen tröstet, aber ich weiß, dass ich das Mädchen nicht allein lassen kann.«

»Natürlich.«

»Immerhin ist sie vielleicht noch immer entschlossen, den Mann umzubringen.«

»Geht es Euch nun besser?«, wollte Anne wissen, während sie der inzwischen abgeschrubbten Avery half, frische Kleider anzulegen.

»Ein kleines bisschen«, antwortete Avery. »Ich möchte diesen Mistkerl immer noch umbringen, aber diese wahnsinnige Wut hat nachgelassen.«

Sie schenkte Gillyanne ein schwaches Lächeln, als diese anfing, ihre noch feuchten Haare zu kämmen. »Aber ich will, dass Leargan seinen Kinnhaken bereut.«

»Berühre einfach von Zeit zu Zeit seufzend dein geschundenes Kinn, und der arme Junge wird auf Händen und Knien um Verzeihung betteln.«

Avery lachte weich. »Ich weiß nicht, ob ich ihn derart foltern will.« Sie zitterte leicht und schlang die Arme um ihren Leib. »Ich habe gehofft, das Bad würde dieses Gefühl wegspülen, das seine Hände auf meiner Haut hinterlassen habt, aber ich schwöre, dass ich noch immer seine Kälte spüre.«

»Mein armes Mädchen.« Anne umarmte sie kurz. »Er ist nicht in Euch eingedrungen. Tröstet Euch ein wenig damit.«

»Ja, das versuche ich. Mein Gott, aber seine Berührungen waren so kalt. Ich frage mich, ob mein Inneres zu Eis erstarrt wäre, wenn er mich geschändet hätte.«

»Nun, diese Vorstellung musst du dir ganz bestimmt sofort aus dem Kopf schlagen«, murmelte Gillyanne, die beinahe damit fertig war, Averys Haar zu einem Zopf zu flechten. »Warum marschiert dieser Narr Klein-Rob dort herum?«

»Vermutlich ist er geschickt worden, um mich zu bewachen.«

»Nach allem, was heute passiert ist, kann Cameron doch wohl nicht ernsthaft annehmen, dass du zu fliehen versuchst? Oder glaubst du das?«

»Nein, aber ich vermute, er hat Angst, dass ich ein Schwert ergreife und rachedurstig zurück zum Lager der DeVeau rase.« Sie hakte sich bei Anne und Gillyanne unter, froh über ihre tröstende Gegenwart. »Ich gehe besser zu Cameron zurück und lasse ihn wissen, dass ich wieder zu Verstand gekommen bin. Ich weiß jetzt, dass die Wälder und Wege von Frankreich bald von DeVeau und ihren Söldnern wimmeln werden. Sie werden sich auf unsere Spur setzen. So ist es meiner armen Mutter ergangen, und dabei war sie unschuldig.«

Gillyanne nickte, bevor sie mit verhaltener Stimme hinzufügte: »Und vielleicht kann Cameron diese Kälte vertreiben, wenn du ihm erlaubst, dich festzuhalten.«

»Ja, vielleicht kann er das. Dann wäre dieser riesige Dummkopf wenigstens für irgendetwas nützlich.« Sie lachte zusammen mit ihren Begleiterinnen.

Nachdem sie Camerons Zelt betreten hatte, machte sie sich zum Schlafengehen fertig.

Erst nach einigen Minuten bemerkte sie, dass er sie unverwandt beobachtete. Im Unterkleid drehte sie sich um und schaute ihn an. Er lag seitlich aufgestützt im Bett, unverfroren nackt und schön. Sie war froh, dass er sein Verhalten nicht änderte – nach dem, was ihr heute widerfahren war. Irgendwie half ihr das, nicht mehr an Sir Charles' Misshandlung zu denken.

»Wenn du darauf wartest, dass mir Schaum vor den Mund tritt, dann pack lieber dein Schwert und verschwinde, denn darauf kannst du lange warten.« Sie ließ sich neben ihm auf die Felle nieder.

»Es wäre vielleicht amüsant gewesen«, erwiderte er ironisch.

»Nur, wenn ich wie deine Vorfahren nackt und blau bemalt wäre.« Als er nichts darauf erwiderte, sah sie auf und sah ihn grinsen. »Findest du das lustig?«

»In der Tat. Ich überlege, ob mir ein Ort einfällt, wo ich blaue Farbe finden könnte.«

»Lüsterner Schurke«, murmelte sie, allerdings ohne einen Vorwurf in der Stimme. Schließlich seufzte sie aus Freude und Erleichterung, als er sie in seine Arme zog.

»Was hat dir der Bastard angetan, Avery?«, fragte er leise.

»Du meinst, abgesehen davon, dass er mich an sein Bett gefesselt, meine Kleider aufgeschnitten und mir gedroht hat, mich zu schwängern?«

»Ja, davon abgesehen, obwohl das allein schon vollkommen ausreicht, dass ich ihm den Schädel spalten will.«

»Nur, wenn ich dir dabei helfen darf.« Selbstvergessen streichelte sie seine Brust und genoss die Wärme seiner Haut. »Er hat mich begrapscht. Wie er das gemacht hat, und was er dabei gesagt hat – das hat mich fast in den Wahnsinn getrieben. Er war kalt, leer, und seine Worte waren so eisig wie seine Berührungen.« Sie starrte unverwandt auf seine Brust, während sie wiederholte, was Sir Charles gesagt hatte. »Ich glaube, ich hatte bis jetzt nicht das ganze Ausmaß des Wahnsinns begriffen, mit dem meine Mutter zu kämpfen hatte.«

»Offensichtlich ist sie eine tapfere und kluge Frau.« Cameron rang darum, seine durch ihre Erzählung angestachelte Wut in den Griff zu bekommen.

Avery küsste seine Brust, und diese Küsse taten ihre Wirkung, obwohl er sich offensichtlich um Kontrolle bemühte. Sie war dankbar für seine Rücksicht. Doch was sie jetzt brauchte, war seine Leidenschaft, seine Wärme, nicht seine Zurückhaltung.

Sie wollte ihn lieben, um die Nachwirkung von Sir Charles' Berührungen zu vertreiben. Wenn sie sich später an diesen Tag erinnerte, sollten die feurigen Wonnen in seinen Armen im Vordergrund stehen, nicht die hässlichen Erlebnisse im Lager der DeVeau.

»Hast du nicht vor, mir einen Gutenachtkuss zu geben?« Sie strich mit ihrem Fuß seine Wade auf und ab.

»Ach, meine kleine Katze, wenn ich dich küsse, kann ich nicht damit aufhören. Es ist nicht leicht, deiner Anziehungskraft zu widerstehen.«

Sie legte ihm die Arme um den Nacken und zog ihn zu sich, bis sie mit ihren Lippen über seine streifen konnte. »Vertreibe die Kälte aus meinem Körper, Cameron.«

Einen Augenblick lang betrachtete er ihr Gesicht, dann küsste er sie stürmisch.

Avery gab sich seinen Liebkosungen mit Leib und Seele hin. Gierig begrüßte sie jede Berührung seiner Hände und seiner Lippen, empfing dankbar die Wärme seiner Haut.

Sie klammerte sich an ihn, als er sie nahm, trieb ihn an, als sie gemeinsam dem Höhepunkt entgegenstrebten. Sie klammerte sich auch dann noch an ihn, als er, erschöpft von der Wucht der Erlösung, auf ihr lag. Schließlich rollte Cameron sich neben sie, und sie wartete nicht, bis er sie an sich zog, sondern schlang ihren Körper um seinen. In seinen Armen fühlte sie sich nicht nur wieder warm, sondern auch sicher.

»Hat dir das geholfen, Mädchen?«, fragte er und hauchte ihr einen Kuss auf den Scheitel.

»Oh ja. Du hast tatsächlich die Kälte vertrieben.« Sie versuchte, hinter vorgehaltener Hand ein Gähnen zu unterdrücken.

»Schlafe ein bisschen, Geliebte. Bald bricht der Morgen an.«

»Du meinst, wir müssen uns beeilen, den Hafen zu erreichen? Weil er die Verfolgung aufnimmt?« Als er mit seiner Antwort zögerte, fuhr sie fort: »Denk erst gar nicht über eine tröstende Lüge nach. Er wird uns verfolgen. Vielleicht auch nur, weil er mich benutzen will, um sich etwas von dem Vermögen wieder zu beschaffen, das meine Mutter aus ihrer ersten Ehe mitgenommen hat.«

»Ja, so ähnlich sehe ich es auch. Aber mach dir keine Sorgen, Mädchen. Ich lasse nicht zu, dass der Bastard dich bekommt.«

Avery fand es etwas seltsam, dass ein Mann, der sie als Geisel benutzen wollte, so viel Risiko einging, um sie vor einem Mann zu retten, der sie als Geisel benutzen wollte. Aber sie beschloss, diesen Punkt nicht weiter auszuführen. Cameron handelte nicht aus Habgier. Auch würde er ihr niemals wehtun – nicht absichtlich.

Cameron mochte ihr vielleicht das Herz brechen, grübelte sie, aber Sir Charles DeVeau konnte mühelos ihre Seele zerstören.

»Wir sind jetzt quitt«, murmelte Cameron.

»Quitt?«

»Ja. Du hast uns das Leben gerettet, und wir haben deins gerettet. Die Schuld ist beglichen. Jetzt ist alles wieder so, wie es vorher war.«

Avery kam zu dem Schluss, dass sie einfach zu müde war, um ihm eine Ohrfeige zu geben.

12

Als sie sich dem Fluss näherten, den sie überqueren mussten, begann Avery, sich unbehaglich zu fühlen. Sie sah sich um, konnte aber kein Anzeichen für eine Gefahr ausmachen. Auch keiner der Männer betrug sich so, als hätte er etwas entdeckt. Dennoch verschwand die ungute Ahnung nicht.

»Machst du dir Sorgen, Avery?«

Avery drehte sich zu ihrer Cousine um, die hinter ihr saß. Sie war überrascht gewesen, als Cameron sie beide auf ein Pferd gesetzt hatte, merkte aber bald, dass seine Männer Gillyanne und sie beinahe umzingelten, während sie ritten. Sie waren nicht als Wachen gedacht, die sie von einer Flucht abhalten sollten, sondern als Schutz vor den DeVeau. Das, fand Avery, war zu ertragen, denn es schien die beste Möglichkeit, ihnen eine sichere Reise zu gewährleisten. Cameron hatte rasch erkannt, dass Gillyanne in der gleichen Gefahr schwebte wie Avery, denn Sir Charles wusste, dass ihre junge Cousine bei ihr war.

»Der Fluss scheint ziemlich tief zu sein und fließt recht schnell«, antwortete Avery und betrachtete das reißende Wasser, während sie sich dem Ufer näherten.

»Schon, aber ich denke, man kann ihn trotzdem überqueren.«

»Höchstwahrscheinlich, wenn auch nur an dieser Furt. Ich bin nur, na ja, nervös.« Sie sah sich nochmals um, entdeckte aber nach wie vor keine Gefahr.

»Die DeVeau sind noch immer weit hinter uns. Und sofern sie keinen schnelleren Weg zum Hafen kennen, werden sie auch weit hinter uns bleiben.«

»Vermutlich hast du recht. Vermutlich haben mich nur die

letzten drei Tage auf der Flucht erschöpft, und jetzt neige ich dazu, eine Bedrohung zu wittern, wo gar keine ist. Außerdem werden wir mit den DeVeau auf den Fersen Schottland viel schneller erreichen, als es sonst der Fall gewesen wäre. Schottland, dann Cairnmoor, und dann wird sich zeigen, ob ich mit meiner Eroberung erfolgreich war.«

»Ja, jetzt hast du viel weniger Zeit, um dich diesem finsteren Mann unentbehrlich zu machen. Ich habe den Eindruck, dass du ihm nicht mehr gleichgültig bist. Er hat dich vor Sir Charles gerettet und bemüht sich nun sehr um deine Sicherheit.«

»Er braucht mich, uns, damit Payton seine Schwester heiratet!«

»Ja, schon, aber ich glaube, ihn treibt noch etwas anderes an.«

Avery seufzte. »Das glaube ich auch manchmal. Aber es zählt nicht, was wir beide glauben, sondern nur, was Cameron glaubt.«

Gillyanne nickte hinter Averys Rücken. »Männer denken anders als Frauen, das ist nun einmal so. Doch das bedeutet nicht, dass er nicht zur Vernunft kommt – vielleicht auch erst, bevor es fast schon zu spät ist, um alles in Ordnung zu bringen. Manchmal muss ein Mann das Gefühl haben, dass er etwas verloren hat, bevor er feststellt, wie viel es ihm bedeutet.«

»Ich fürchte, dass Cameron mich nur noch weiter von sich wegschiebt, wenn er merkt, wie viel ich ihm bedeute. Ich glaube allmählich, er ist ein Mann, der sein Herz ebenso schwer bewacht wie uns.«

»Keiner kann sein Herz ganz und gar bewachen.«

»Ach, es hat keinen Sinn, sich über all das jetzt Sorgen zu machen.« Avery legte die Stirn in Falten, als sie sich alle am Flussufer versammelten und sich bereit machten, ihn zu überqueren. »Eine Brücke wäre jetzt ganz nett.«

»Beunruhigt der Fluss dich wirklich so?«

»Ich weiß nicht, ob es der Fluss ist oder die Überquerung, aber ich kann dieses zunehmende Unbehagen nicht abschütteln.« Avery hob die Augenbrauen, als sie beobachtete, wie Donald hinten auf den Trosswagen kletterte. Sie wandte sich Cameron zu, der eben sein Pferd neben ihr zum Stehen brachte. »Vielleicht sollte Donald auf einem Pferd hinüberreiten.«

»Dem Jungen wird nichts geschehen, Avery«, versicherte er ihr, ein bisschen gerührt darüber, dass sie sich so um die Sicherheit seines Knappen sorgte. »Er kann sich im Wagen gut festhalten.«

»Ja, das stimmt wohl«, pflichtete sie ihm bei, dennoch spannte sie sich an, als der Wagen ins Wasser rollte und Klein-Rob sich abmühte, das nervöse Zugpferd unter Kontrolle zu halten.

Avery lag noch etwas auf der Zunge, sie drehte sich zu Cameron um, musste aber feststellen, dass er schon weg war. Sie fluchte leise und schaute wieder zum Fluss. Eben sagte sie sich, dass alles halb so wild war, und begann, ihr Pferd anzutreiben, um sich den anderen bei der Flussüberquerung anzuschließen. Da fiel ihr Blick wieder auf den Trosswagen. Ihr Herzschlag setzte für einen Moment aus, als der Wagen sich gefährlich zur Seite neigte. Vermutlich war das rechte Hinterrad in ein Loch geraten. Ein heftiger Ruck schüttelte das Gefährt, heftig genug, um den schreienden Donald in den Fluss zu schleudern, wo ihn die Strömung sofort flussabwärts riss.

Keiner sprang dem Jungen hinterher, woraus Avery schloss, dass sich unter MacAlpins Männern keiner fand, der schwimmen konnte. Ein paar versuchten, durch das Wasser reitend den Jungen noch zu erreichen, doch die Tiefe des Flussbetts neben der Furt machte dieses Unterfangen unmöglich. Zwei Männer schafften es fast, den strampelnden Jungen zu ergreifen, mussten ihre Pferde aber dann auf sicheren Grund zurücklenken. Avery stieß einen Fluch aus und drängte ihr Pferd ins Wasser. »Nimm die Zügel«, befahl sie Gillyanne, als sie ihre Stiefel herunterriss und ihren schweren Umhang abwarf. Cameron steuerte sein Pferd schnell auf sie zu, und Avery erkannte, dass er sie aufhalten wollte. Sie wusste aber auch, dass sie wahrscheinlich die Einzige war, die den armen Donald retten konnte. Also setzte sie sich seitwärts in den Sattel, zog entschlossen ihre Röcke hoch und befestigte sie an der Taille. Gerade als Cameron die Hand nach ihr ausstreckte, sprang sie ins kalte Wasser und schwamm hinter Donald her.

»Colin, bring alle zur anderen Seite«, brüllte Cameron und drängte sein Pferd wieder zurück ans Ufer. »Leargan, zu mir! Das närrische Mädchen bringt sich um«, schimpfte er, während er am Ufer entlangritt und Avery und Donald nicht aus den Augen ließ.

»Avery kann sehr gut schwimmen«, schrie Gillyanne, die ebenfalls hinter Cameron herritt.

Er schimpfte laut, als er sah, dass sie knapp hinter ihm trabte, statt mit den anderen den Fluss zu überqueren. »Das sehe ich auch. Aber wie gut kann sie noch schwimmen, wenn sie versuchen muss, einen in Panik geratenen Jungen festzuhalten, der viel größer ist als sie?«

Dass Gillyanne ihm keine Antwort gab, fand Cameron nicht besonders beruhigend.

Avery versuchte standhaft, die beißende Kälte des Wassers zu ignorieren, die ihr bis in die Knochen drang. Ihre Kleider wurden so schwer, dass sie drohten, ihr die Kraft zu rauben. Während sie verbissen weiterschwamm, hielt sie ihren Blick fest auf Donald gerichtet. Er war unmittelbar vor ihr, schlug wild um sich. Dies half ihm, die meiste Zeit seinen Kopf über Wasser zu halten und seine rasante Fahrt flussabwärts etwas auszubremsen. Als sein Blick ihrem begegnete, schien er sie zu erkennen, doch sein Gesicht war vor Angst verzerrt. Avery näherte sich dem Jungen vorsichtig, denn sie wusste, wie leicht ein Mensch in Todesangst zur Gefahr für jeden werden konnte, der ihn zu retten versuchte.

»Donald«, schrie sie ihm zu, wobei sie gerade so lange außer Reichweite blieb, bis sie sicher war, dass er ihre Hilfe zulassen würde.

»Avery, ich will nicht ertrinken«, antwortete er, nach Luft schnappend. Dann hustete er heftig, weil ihm Wasser in den Mund schwappte.

»Du wirst nicht ertrinken, wenn du alles machst, was ich dir sage. Kannst du das, Donald?«

»Ja.«

»Beruhige dich jetzt, ich schwimme näher an dich heran, und du willst mich doch sicher nicht versehentlich schlagen, oder?«

»Nein. Es ist kalt, Avery.«

»Oh ja. Das ist es.«

Sie schwamm hinter ihn und legte schnell einen Arm um seine Brust. »Leg dich zurück, Donald. Ruhig jetzt!« Sie war überrascht, wie schnell er gehorchte und scheinbar sein ganzes Vertrauen in sie legte. »Tritt sacht mit deinen Beinen – ja, genau so! Ein bisschen mehr, aber sachte. Ja! Ja!« Ihr Blick fiel auf mehrere Äste, die sich in der Mitte des Flusses an einem Felsen verfangen hatten. »Jetzt wirst du spüren, wie mein Körper unter deinem hochkommt. Bewege die Beine ganz langsam weiter.« Obwohl er ihre Befehle gut ausführte, war ihr klar, dass sie mit ihm nicht weit kommen würde, denn sie musste das Schwimmen für sie beide bewältigen. »Wir werden zu den Ästen dort schwimmen.«

»Sollten wir nicht ans Ufer?«

»Die sind näher, und wir können uns daran festhalten, bis uns jemand ein Seil zuwirft. Du bist ein bisschen größer als ich, Donald, und auch wenn ich uns über Wasser halten kann, kann ich uns nicht sehr weit ziehen.«

»Ich kann den Laird sehen«, stammelte er.

»Gut. Er wird uns gleich ein Seil zuwerfen.«

Sobald sie den kleinen Damm aus Holz erreicht hatten, wartete Avery, bis Donald sich gut daran festhielt, bevor sie ihn freigab. Sie fragte sich, ob ihre Zähne ebenso laut klapperten wie seine, klammerte sich selbst an einen Ast und schaute zum Ufer. Zu ihrer großen Erleichterung sah sie dort Cameron, Leargan und Gillyanne. Cameron hielt ein kräftiges Seil in Händen.

»Ich fange das Seil, wenn sie es werfen«, erklärte Avery Donald. »Lass diesen Ast nicht los, selbst wenn er sich lösen und wegschwimmen sollte. Hab keine Angst. Wir werden dir folgen, und ein dickes Holzstück kann dich oben halten, bis wir bei dir sind.«

»Aber Ihr braucht vielleicht meine Hilfe, um Euch dieses Seil umzubinden«, warf Donald ein.

»Du wirst zuerst gehen. Nein, widersprich nicht«, befahl sie, als er ein Nein stotterte. »Ich kann schwimmen, Donald. Du nicht. Also wirst du zuerst in Sicherheit gebracht.«

Avery brauchte zwei Versuche, bis sie das Seil, das Cameron ihr zuwarf, fangen konnte. Der angebundene Stein, der das Seilende beschwerte, traf sie hart an der Schulter. Zweifelsohne würde sie einen farbenprächtigen Bluterguss bekommen. Doch inzwischen hatte sie wahrscheinlich sowieso schon so viele blaue Flecken, dass einer mehr nicht auffiel.

»So, ich befestige das Seil um deine Brust. Ich möchte, dass du jetzt tief einatmest und dann langsam ausatmest«, riet sie Donald, während sie das Seil um ihn schlang und dabei betete, dass ihre kalten Finger es schaffen würden, den Knoten fest genug zu binden. »Wenn ich ›fertig‹ rufe, atmest du so tief ein, wie du nur kannst, und hältst den Atem an. Es wird eine rasante Fahrt bis zum Ufer, und es wird dir helfen, wenn du den Atem anhältst. Verstanden?«

»Ja, Mylady«, flüsterte er.

»Und versuche, dich auf den Rücken fallen zu lassen, wenn du den ersten Zug am Seil spürst. Wenn du das schaffst, wird es einfacher für dich. Fertig!«

Avery war froh, als sie hörte, dass Donald gerade in dem Augenblick einen tiefen Atemzug machte, in dem er von den

Ästen weggezerrt wurde. Er wurde in der Tat beeindruckend schnell durch die Stromschnellen zum Ufer gezogen. Sie krümmte ihre Finger, besorgt darüber, wie steif sie vor Kälte geworden waren, und wartete auf den nächsten Seilwurf. Aber ihre inzwischen taub gewordenen Hände weigerten sich, das Seil festzuhalten, und Averys Besorgnis verwandelte sich in Angst.

»Sie kann das Seil nicht halten«, bemerkte Gillyanne und zog sich ihre Stiefel aus.

»Beim nächsten Mal ...«, begann Cameron und riss seine Augen auf, als Gillyanne ihr Kleid ablegte.

»Bis dahin werden ihre Finger noch kälter sein, noch ungeschickter.«

»Mädchen, Ihr wollt doch nicht da hineingehen und sie holen?«

»Genau das habe ich vor«, fuhr Gillyanne ihn an und zog sich bis auf ihr Unterkleid aus. »Ist dieses Seil lang genug, um mich festzubinden und auch noch ein Stück übrig zu lassen, damit ich Avery an mich fesseln kann?«

»Das kann ich nicht zulassen.«

»Ihr müsst. Keiner von Euch kann schwimmen, und wenn Averys Hände zu kalt sind, um das Seil zu halten, sind sie bald auch zu kalt, um sich damit weiter an dem Ast festzuhalten, an den sie sich jetzt klammert.«

Fluchend, weil er keine andere Wahl hatte und auch nicht die Zeit, sich etwas anderes auszudenken, band Cameron das Seil um Gillyannes schmale Taille. Er ließ dabei so viel übrig, wie sie seiner Meinung nach brauchte, um Avery an sich zu binden. »Wenn ich auch nur den Eindruck habe, dass Ihr in Gefahr seid, ziehe ich Euch zurück.«

»In Ordnung«, sagte Gillyanne und hechtete anmutig ins Wasser.

»Mein Gott«, knurrte Leargan, der eine Decke um den stark zitternden Donald legte. »Ich schätze, wir können auf die lange Liste ungewöhnlicher Fähigkeiten bei diesen Murray-Mädchen auch noch ›Schwimmen‹ setzen.« Er schüttelte den Kopf, als er zusah, wie Gillyanne mit sauberen, kräftigen Zügen durch das aufgewühlte Wasser auf Avery zupflügte. »Vielleicht sollte der eine oder andere von uns versuchen, es zu lernen.«

Cameron nickte nur, sein Blick war unverwandt auf Avery gerichtet, und seine Hände umschlossen fest das Seil. Er verstand, warum Avery Donald nachgesprungen war, fühlte sich zutiefst erleichtert, dass der Junge nicht ertrunken war, und zollte dem Mut der beiden Murray-Mädchen tiefen Respekt. Doch trotz allem, dachte er grimmig, würde er Avery erwürgen, wenn sie das überlebte.

»Gilly?«, flüsterte Avery, als ihre Cousine neben ihr auftauchte. »Du solltest dich nicht in solche Gefahr begeben.«

Diese legte das Seil um Averys Taille und schüttelte nur den Kopf. »Du auch nicht.«

»Das Wasser ist kälter, als ich dachte.«

»Vermutlich wird es von Schmelzwasser gespeist, du große Närrin. Fertig?«, fragte Gillyanne, als sie ihren Knoten noch einmal überprüft hatte.

»Ja.«

Avery hatte kaum Zeit zum Einatmen, als Gillyanne Cameron ein Zeichen gab. Im nächsten Moment lag sie in Gillyannes schlanken Armen auf dem Rücken, und sie rauschten mit erschreckender Geschwindigkeit quer durch das Wasser auf das Ufer zu. Als sie auf der Böschung auftrafen, stieß sie mit einem Ächzen den angehaltenen Atem aus.

Niemand sprach ein Wort, während die Männer sie und Gillyanne aus dem Wasser zogen und in Decken wickelten. Trotz der Kälte und ihrer völligen Erschöpfung, konnte Avery die Verärgerung Camerons spüren, der sie im Arm hielt, während sie zurück zu den anderen ritten. Eigentlich sollte er dankbar dafür sein, dass sie Donald das Leben gerettet hatte, dachte sie beleidigt, kam aber zu dem Schluss, dass es jetzt viel wichtiger war, wieder warm und trocken zu werden, als seine Launen zu verstehen. Wenn er sie anbrüllen wollte, musste er eben warten, bis sie sich ein wenig ausgeruht hatte.

Als man sie Annes Fürsorge übergab, schlief sie schon halb. Anne und die anderen Frauen trockneten sie und Gillyanne rasch und gründlich ab und zogen ihnen warme, trockene Kleider an. Ein nach wie vor schweigsamer Cameron hob Avery neben Gillyanne in den Trosswagen und bedeckte beide Mädchen mit einem schweren Fell. Avery hörte, wie Donald etwas sagte, und gewann die Überzeugung, dass der Junge sich erholen würde und dass er augenscheinlich sehr viel kräftiger war, als er wirkte.

»Ich muss mich nicht ausruhen«, protestierte Gillyanne, als Cameron sie zudeckte.

»Ihr seid da, um Eurer törichten Cousine zu helfen, wieder warm zu werden«, raunzte Cameron.

Avery schaffte es, ihre Augen weit genug zu öffnen, um zu sehen, wie Gillyanne dem weggehenden Cameron eine Grimasse schnitt, und ein schwaches Lächeln huschte über ihr Gesicht. »Mir ist ein bisschen kalt, Gillyanne.«

Gillyanne drehte sich mit dem Rücken zu ihr und forderte sie auf: »Dann schling deine dünnen Arme um mich. Das wird dir helfen. Dieser schlecht gelaunte Rüpel, für den du so schwärmst, hat mit seinem Rat ausnahmsweise einmal recht. Du fühlst dich allerdings nicht sehr kalt an«, murmelte sie, als Avery sich eng an sie drückte.

»Innerlich schon. Anne hat meine Haut so stark abgerieben, dass ich außen richtiggehend brenne.«

»Sie wollte dein Blut wieder zum Fließen bringen.«

»Oh. Na gut, es fließt wieder, aber es fühlt sich eiskalt an, genauso wie meine Knochen. Aber Donald klingt erholt.«

»Ja. Vermutlich setzt manchen Leuten die Kälte nicht so zu wie anderen. Oder er hat so wild um sich geschlagen, dass er sich warm gehalten hat.«

Obwohl Avery sich nun etwas wärmer fühlte, war sie restlos erschöpft und wusste, dass sie bald einschlafen würde. »Ich frage mich, warum Cameron so verärgert ist.«

»Wenn ich so denken würde wie du, würde ich sagen, weil seine Geisel fast ertrunken ist. Aber weil ich viel klüger bin als du, glaube ich, weil er beinahe seine Geliebte verloren hätte. Ich bin sicher, dass er in diesem Augenblick nicht eine Sekunde an seine Schwester gedacht hat. Er ist wütend, weil du dich in so große Gefahr gebracht hast, und vielleicht auch, weil er nichts unternehmen konnte, um Donald selbst zu helfen. Männer sehen nicht gerne hilflos dabei zu, wie Mädchen zur Rettung herbeieilen.«

»Viele Leute können nicht schwimmen«, murmelte Avery, die zu müde war, um Einwände gegen Gillyannes vorlaute Antwort zu erheben.

Gillyanne nickte, dann gähnte sie. »Ich glaube, mein kurzes Schwimmen hat mich am Ende doch etwas ermüdet.«

»Wenn das eine List sein sollte, um mich zum Schlafen zu bewegen, musst du dich nicht anstrengen, ich schlafe bereits.«

Einen Augenblick später warf Gillyanne einen Blick über die Schulter und stellte fest, dass Avery fest eingeschlafen war. Vermutlich war ihre Cousine kaum länger wach geblieben als bis zu ihrem Satzende. Gerade als sie sich abwenden und selbst ein kurzes Nickerchen machen wollte, kam Cameron herangeritten, streckte die Hand aus und strich leicht über Averys Wange.

Als er aufsah und Gillyannes Blick begegnete, fühlte er sich peinlich berührt. Immerhin war er bei etwas entdeckt worden, das eher als zärtliche, besorgte Geste denn als oberflächliche Anteilnahme gedeutet werden konnte. »Sie fühlt sich nicht mehr so tödlich kalt an.«

»Ja, obwohl sie behauptet, dass die Kälte tief innen sitzt.« Gillyanne drehte sich etwas um, damit sie bequemer mit ihm sprechen konnte.

»Wer hat Euch beigebracht, so gut zu schwimmen?«

»Verschiedene Familienmitglieder, die es bereits konnten. Unsere Väter können schwimmen und wollten, dass wir es ebenfalls lernen. Meine Mutter kann es auch. Sie hat einmal meinen Vater gerettet.« Gillyanne sah auf Avery hinunter, dann zurück zu Cameron und hoffte, ihrer Cousine eine spätere Belehrung zu ersparen, als sie sagte: »Sie wusste, dass sie Donald retten könnte. Da konnte sie doch nicht einfach dasitzen und zusehen, wie der Fluss ihn mitnimmt.«

Cameron stieß einen tiefen Seufzer aus und machte damit zum Teil auch seinem unterdrückten Zorn über Averys Wagemut Luft. »Nein, natürlich nicht. Wie könnte ein Murray-Mädchen etwas anderes tun, als sich in einen reißenden Fluss zu stürzen, um das Leben eines Jungen zu retten, den es kaum kennt.«

»Er war nicht reißend, sondern wegen des Schmelzwassers nur etwas schneller als normalerweise.«

»Ihr seid eine freche Göre, die nicht oft genug eine strenge Hand zu spüren bekommen hat.«

»Das habe ich schon häufiger gehört. Sogar mein eigener Vater sagt es ab und zu, aber er verwöhnt mich. Er macht das, weil ich meiner Mutter so ähnlich sehe –, und die verwöhnt er auch.«

»Und wem sieht Avery ähnlich? Ihrem Bruder?«

»Nein, ihrem Vater, meinem Onkel Nigel. Payton hat ein bisschen von beiden Eltern. Payton sieht … na ja, sehr gut aus. Eine Magd hat einmal zu unserer Cousine Elspeth gesagt, der schöne Payton müsste nur vorübergehen und alle Frauen, egal ob jung oder alt, würden ihn anhimmeln.« Gillyanne lachte leise über Camerons angewiderten Blick. »So reagieren die meisten Männer auf diesen Unsinn. Aber er sieht wirklich gut aus. Die einzigen Männer, die ähnlich gut aussehen, sind mein Vater und Cormac, der Mann meiner Cousine Elspeth.«

Cameron ärgerte sich über seine eigene Neugier, doch er fühlte sich fast gezwungen zu fragen: »Und was macht ihn so ausgesprochen schön?«

»Also, er hat herrliche Haare, die perfekte Mischung aus Rot und Gold und weich wie Seide. Seine Haut ist wunderschön, blassgolden, ähnlich wie Averys Haut. Er ist nicht so groß oder breitschultrig wie Ihr, aber groß genug, schlank und sehr elegant. Seine Gesichtszüge sind vollkommen, und er hat außergewöhnlich schöne Augen – sie sind goldbraun mit smaragdgrünen Tupfen.« Gillyanne zuckte die Achseln. »Er ist mein Cousin. Ich kann seine Schönheit zwar sehen, aber nicht so, wie eine andere Frau sie vielleicht sieht.« Sie hob eine Braue. »Nicht so, wie Eure Schwester ihn vielleicht sieht – als einen Mann, den man mit allen Mitteln zu bekommen versucht.«

Nachdem Cameron Gillyanne eine Weile angestarrt hatte, befahl er: »Achtet auf Anzeichen von Fieber«, und ritt davon.

Obwohl er versuchte, sich auf die Sicherheit seiner Leute und auf das Auffinden eines geeigneten Lagerplatzes zu konzentrieren, gingen Gillyannes Worte ihm nicht aus dem Kopf. Avery und Gillyanne hatten schon öfter behauptet, dass Payton ein Mann sei, der es nicht nötig habe, ein Mädchen zu verführen, dass er dafür viel zu gut aussehe. Dennoch hatte er diese Behauptungen bisher mit einem Achselzucken abgetan. Er verstand zwar nicht ganz, warum eine Beschreibung des Mannes es plötzlich schwieriger machte, die Einwände der Murray-Mädchen zu überhören. Obwohl er keinen Anspruch darauf erheben konnte, über die Vorlieben von Frauen Bescheid zu wissen, schien es doch so, als würde Sir Payton eben jene Qualitäten besitzen, die Frauen bevorzugten.

War es möglich, dass Katherine diesen Mann gesehen und beschlossen hatte, ihn zu bekommen? Selbst er konnte nicht leugnen, dass seine Schwester verwöhnt war, dass sie daran gewöhnt war, alles zu bekommen, was sie sich wünschte. Vielleicht hatte Payton ihr Interesse nicht erwidert, und sie hatte ihn in einem Anfall von Schmerz oder verletztem Stolz über seine Zurückweisung fälschlich beschuldigt. Katherine hatte vielleicht nicht vorausgesehen, welches Nachspiel diese

Angelegenheit haben würde, und nun wusste sie nicht, wie sie das Durcheinander entwirren sollte.

Cameron rief sich selbst zur Ordnung, denn diese Überlegungen waren ziemlich treulos gegenüber seiner Schwester. Wenn er diesem Gedankengang noch weiter folgte, würde er Katherine schließlich für eine jener Frauen halten, die herzlos Menschenleben zerstörten, nur um zu bekommen, was sie wollten. Nein, sein eigenes Fleisch und Blut würde so etwas nie und nimmer tun.

Um Sir Payton Gerechtigkeit widerfahren zu lassen, milderte er allerdings seine Vorurteile gegen ihn etwas ab. Er musste zugeben, dass er nicht mehr mit voller Überzeugung an eine Vergewaltigung glauben konnte. Ja, er begann sogar, die Anklage einer herzlosen Verführung infrage zu stellen. Inzwischen kannte er Avery und Gillyanne besser, und ihr Verhalten sprach zugunsten Sir Paytons. Zwar gab es in vielen Familien schwarze Schafe, aber er konnte sich nicht vorstellen, dass die beiden Mädchen so unerschütterlich einen Mann verteidigen würden, der sich Frauen gegenüber herzlos benahm.

Also bestand die Möglichkeit, dass Sir Payton und seine Schwester eine Affäre miteinander hatten. Das widersprach allerdings Averys Standpunkt, dass ihr Bruder nie mit einer Jungfrau schlafen und sie dann sitzen lassen würde. Und wenn es eine Affäre gegeben hatte, dann hatte Katherine mit ihrer Anklage wegen Vergewaltigung gelogen. Aber vielleicht war es eine Notlüge gewesen, vielleicht war ihre Affäre entdeckt worden, und sie hatte Panik bekommen. In diesem Fall wäre ihre Lüge nur eine kleinere Sünde, besonders, wenn sie bereits vermutet hatte, dass sie schwanger war.

Cameron schüttelte den Kopf und ritt zum Wagen, auf dem Avery und Gillyanne saßen. Wie auch immer die Wahrheit lautete, seine Schwester musste einen Ehemann bekommen. Sie hatte behauptet, Payton sei ihr Liebhaber und der Vater ihres Kindes, und diese Behauptung war nun überall bekannt. Auch wenn er sich inzwischen eingestehen musste, dass Katherine vielleicht eine Geschichte erfunden hatte, um ihren Ruf zu retten, konnte er nicht glauben, dass alles erlogen war. Bestimmt hatte Sir Payton mit Katherine geschlafen, und nun musste er sie heiraten. Jetzt wollte Cameron sich weitere Informationen über diesen Mann einholen. Selbst wenn Gillyannes Beschreibung Payton viel besser aussehen ließ, als er in Wirklichkeit aussehen konnte, so würden ihre Worte ihm doch helfen, die richtige Lösung für das Problem zu finden, das auf ihn in Cairnmoor wartete. Schließlich nützte es auch nichts, den Mann, der bald sein Schwager sein würde, zu beleidigen oder zu verärgern.

»Ich fürchte, wir müssen unsere Reise für eine Weile unterbrechen, Laird«, sagte Anne.

»Anne«, fuhr er sie an, »was fehlt ihr?« Jede Faser seines Körpers stand unter Anspannung, als Annes Gesichtsausdruck ihm verriet, dass er etwas hören würde, was er nicht hören wollte.

»Fieber, Laird«, flüsterte Anne und sprach damit ein Wort aus, das Camerons Blut gefrieren ließ.

13

»Heiß.« – »Ja, mein Mädchen, ich weiß.« Cameron tauchte das Tuch in eine Schüssel mit kaltem Wasser und wischte Averys Gesicht sanft ab, so wie er es in den letzten drei Tage schon hundertmal getan hatte. »Es wird vorübergehen.«

Avery öffnete die Augen und versuchte, ihren Blick auf den Besitzer dieser vertrauten tiefen Stimme zu richten. »Cameron? Es ist zu heiß.«

»Das ist das Fieber, an dem du leidest, Mädchen.« Er begann, ihre Arme abzuwaschen. »Dein kleiner Schwimmausflug im Fluss hat dir Fieber eingebracht.«

»Fieber. Ah, ich liege also im Sterben.«

»Nein«, fuhr Cameron auf, »du wirst es überleben.«

»Nein, ich bin zu erschöpft. Wo sind meine Mutter und Tante Maldie? Tante Maldie wird alles in Ordnung bringen.«

Bestürzt zuckte Cameron zusammen, denn ihr Bewusstsein war nicht so klar, wie er zuerst angenommen hatte. Obwohl sie nicht mehr in dem beängstigenden Delirium lag, das sie in den letzten Tagen immer wieder geschüttelt hatte, war sie noch immer ziemlich verwirrt. Er rührte etwas von dem Kräutertrank auf – Gillyanne bestand darauf, dass er ihn verabreichte –, setzte sich neben Avery und legte ihr den Arm um die Schultern.

Als er sie an sich lehnte und ihr den Trank einflößte, alarmierte ihn die Hitze ihres Körpers. Nichts, was sie unternahmen, schien die Macht des Fiebers zu brechen. Er konnte sich nicht vorstellen, dass eine so zierliche, schlanke Frau viel länger durchhalten konnte. Genau genommen war er sogar überrascht, dass sie überhaupt die Kraft hatte, so lange dagegen anzukämpfen.

»Hat den Tante Maldie gemacht?«, fragte Avery, als er sie wieder hinlegte.

»Nein, Geliebte. Deine Tante ist nicht hier. Wir sind noch immer in Frankreich.« Er runzelte die Stirn, als sich in ihrer Miene plötzlich Entsetzen spiegelte.

»DeVeau!«, keuchte sie. »Ich will nicht, dass er mich anfasst.«

Er packte ihre Hand. »Natürlich, Mädchen. Ich werde ihn fernhalten. Ich schwöre es!« Er seufzte, als sie ihn ansah und Tränen über ihre Wangen liefen. »DeVeau wird dich niemals erwischen. Ich lasse es nicht zu.«

»Aber du willst mich verlassen.«

»Nein, Mädchen. Ich bleibe hier, an Ort und Stelle, und bewache dich.«

»Ja, jetzt. Aber bald wirst du mich verlassen. Ich hatte nicht die nötige Zeit. Ich habe es nicht geschafft, dass du mich willst.«

Cameron hauchte ihr einen Kuss auf die Stirn. »Natürlich will ich dich. Habe ich dir das denn nicht schon oft genug bewiesen?«

»Um mit mir zu schlafen, aber nicht für alles andere. Ich brauche Zeit, und die habe ich nicht.« Sie schloss die Augen und wimmerte. »Es bleibt mir einfach nicht mehr genug Zeit, bis du mich verlässt. Ich konnte dich nicht dazu bringen, mich so zu lieben, wie ich dich liebe. Es ist so ungerecht. Elspeth hat ihren Mann umworben und gewonnen. Warum kann ich nicht auch gewinnen? Wenn man jemanden liebt, sollte man doch auch von ihm geliebt werden. Das wäre nur gerecht.«

»Ja, Geliebte, das wäre nur gerecht«, sagte er weich, aber sie war bereits eingeschlafen.

Langsam stand er auf, schenkte sich Wein ein und stürzte ihn hinunter. Das sind Fieberfantasien, sagte er sich zum hundertsten Mal, seit sie von ihrer Liebe zu ihm sprach. Sie war in ihren Träumen und Erinnerungen gefangen – vielleicht verwechselte sie ihn sogar mit jemand anderem. Bei dem Gedanken, dass sie die Worte vielleicht an einen anderen richtete, verkrampfte sich sein Inneres schmerzhaft. Trotzdem war diese Annahme besser, als ihre Bekenntnisse für bare Münze zu nehmen. Dass Avery ihn lieben könnte, war eine viel zu verführerische Vorstellung. Außerdem konfrontierte diese Möglichkeit ihn auch mit weitaus größeren Schwierigkeiten. Um seiner Schwester zu helfen, musste er Avery zu ihrer Familie zurückbringen und ihren Bruder zwingen, Katherine zu heiraten. Und er würde ihrer Familie sogar drohen müssen, um seine Ziele zu erreichen. Cameron bezweifelte, dass eine Frau, selbst wenn sie verliebt war, das verzeihen könnte.

»Wenn Ihr ihre Worte gegen sie benutzt, schneide ich Euch die Zunge heraus.«

Cameron drehte sich um und war nicht wirklich überrascht, Klein-Gillyanne zu sehen. Die Kälte ihrer Stimme und der wilde Ausdruck auf ihrem kleinen, hübschen Gesicht waren allerdings ein wenig überraschend. »Avery liegt im Delirium, leidet unter Fieberfantasien. Ich nehme keines ihrer Worte sonderlich ernst. Es ist alles nur unsinniges Geplapper.«

Gillyanne gab ein zorniges Schnauben von sich. »Wenn Ihr Euch dadurch besser fühlt, werde ich nicht widersprechen.«

»Wie gütig.« Manchmal, so dachte Cameron bei sich, war es schwer, sich daran zu erinnern, dass Gillyanne keine erwachsene Frau war, sondern ein Mädchen von knapp dreizehn Jahren.

Nachdem sie Avery ihre kleine Hand auf die Stirn gelegt hatte, atmete Gillyanne tief durch, um sich zu beruhigen. »Die Kräuter scheinen nicht zu wirken.«

»Es geht ihr nicht schlechter.«

»Nein, aber ich habe gehofft, dass das Fieber endlich sinken würde. Anne hat ein kaltes Bad gerichtet. Wir werden sie ganz darin eintauchen.«

»Haltet Ihr das für klug?«

»Meine Tante Maldie sagt, dass das helfen kann.«

Cameron hütete sich zu widersprechen. Schon bald, nachdem Avery fiebrig geworden war, hatte er entdeckt, dass alles, was Tante Maldie jemals in Sachen Heilung gesagt hatte, wie ein Gesetz Gottes behandelt wurde. Da Maldies Wissen Avery so lange am Leben erhalten hatte, musste er dieser Frau gewisse Kenntnisse zugestehen. Er war sich nur nicht sicher, ob die Ursache des Fiebers, das Eintauchen in kaltes Wasser, wirklich der richtige Weg war, um es zu bekämpfen.

»Leargan macht sich fertig, um auszureiten und nach den DeVeau Ausschau zu halten«, berichtete Gillyanne und beobachtete ihn mit jenem wissenden Blick, der ihm zeitweise Unbehagen bereitete. »Er würde Eure Gesellschaft begrüßen, und bis Ihr zurückkehrt, sind wir fertig.«

»Ich könnte mir vorstellen, dass sie ihre Haare gerne gewaschen bekommen würde.« Er spürte, wie er rot wurde, als Gillyanne ihn mit einem kleinen Lächeln bedachte.

»Ja, das würde sie. Wir kümmern uns darum.«

Voller Angst, dass er diesem jungen Mädchen gegenüber viel zu viel von seiner Verwirrung verraten könnte, eilte Cameron davon, um sich Leargan anzuschließen. Es war einfach lächerlich, sich in Gegenwart eines Mädchens, das mehr Kind als Frau war, so unbehaglich zu fühlen. Trotz dieses vernünftigen Tadels konnte er das Gefühl nicht loswerden, dass Gillyanne Menschen durchschaute, dass sie hinter jeden Gefühlspanzer und hinter jede Maske blicken konnte. Er war fast versucht, sie zu fragen, was sie sah, wenn sie ihn so anblickte. Vielleicht könnte ihre Auskunft etwas von dem Durcheinander lösen, in dem seine Gedanken und Gefühle gefangen waren.

Nachdem er höflich Leargans Frage nach Averys Gesundheitszustand beantwortet hatte, ritt Cameron mit seinem Cousin vom Lager weg. Sie wollten erkunden, ob Sir Charles sie entdeckt hatte oder sich in der Nähe befand. Selbst diese Tätigkeit konnte Cameron nicht, wie erhofft, von seinen Gedanken an Avery abhalten. All diese Überlegungen hielten seine Gefühle in einem ständigen inneren Aufruhr.

Die Vorstellung, dass sie sterben könnte, versetzte ihn in Angst und Schrecken. Das verdeutlichte ihm, dass er sich nicht gut genug gewappnet hatte und seine Gefühle sich nun doch mit seiner Leidenschaft mischten. Cameron wagte nicht, nachzuforschen, wie tief seine Gefühle für Avery reichten. Das im Fieber gesprochene Geständnis ihrer Liebe war für ihn ein Quell bitterer Freude, und das wiederum weckte in ihm den Verdacht, dass es jetzt für einen Rückzug zu spät war – zumindest, was seine Empfindungen anbelangte. Er wusste auch, dass er ihre Umarmungen nicht missen wollte. Seine Leidenschaft für sie, sein Verlangen nach ihr konnte er nicht leugnen. Irgendwie musste es ihm gelingen, sein Herz noch besser zu schützen als bisher.

»Dieser Mistkerl hat entweder die Jagd nach uns aufgegeben, oder er wartet im Hafen auf uns«, meinte Leargan.

»Ich weiß, wir haben unseren Vorsprung verloren«, seufzte Cameron, als sie sich auf den Rückweg zum Lager machten.

»Nun, wir können nichts dagegen tun. Wir müssen uns eben dem Hafen und dem Schiff, das wir hoffentlich für die Überfahrt finden werden, sehr vorsichtig nähern.«

»Stimmt. Und es wird wahrscheinlich noch Tage dauern, bis wir reisen können. Selbst wenn das Fieber bis morgen sinken sollte, wird Avery mehrere Ruhetage brauchen, bis sie für die Reise kräftig genug ist. Überhaupt werden wir dann sehr langsam reiten müssen, um sie nicht allzu sehr zu erschöpfen.«

»Das ist notwendig, ich weiß, aber es wird Sir Charles viel Zeit lassen, sich auf unsere Ankunft vorzubereiten.«

»Dann habe ich vielleicht das Vergnügen, ihn endlich umzubringen. Er verfolgt sie, ihre Angst vor ihm kommt in ihren Fieberträumen immer wieder zum Vorschein«, bemerkte Cameron. »Als ich mich laut gefragt habe, was nötig ist, um diese Angst zu beschwichtigen, hat ihre blutdürstige kleine Cousine vorgeschlagen, den Mann zu verfolgen und Avery seinen Kopf zu bringen.« Ein mattes Lächeln huschte über Camerons Gesicht, als Leargan lachte. »Freche Göre. Und ich glaube sogar, dass sie das nicht nur im Spaß sagt.«

»Das glaube ich auch. Immer, wenn das Mädchen DeVeau erwähnt, hört ihre Stimme sich kalt, hart und sehr erwachsen an. Es hängt mit der Schändung ihrer Schwester zusammen. Ich vermute, dass kein Murray einem Vergewaltiger auch nur ein Gramm Gnade zugesteht.«

Cameron nickte. »Ich weiß. Du musst mich also nicht belehren. Tatsächlich habe ich Katherines Behauptung von der Vergewaltigung schon angezweifelt, kurz nachdem ich Avery und Gillyanne kennengelernt hatte. Auch wenn sie dazu neigen, Sir Payton wie einen von Gottes heiligen Engeln hinzustellen, glaube ich nicht, dass sie ihn verteidigen würden, wenn er Frauen schlecht behandeln würde.«

»Falls Katherine in diesem Punkt gelogen hat, könnte es nicht sein, dass sie auch alles Übrige erfunden hat?«

»Wer kann das schon sicher wissen. Ich nicht. Nicht, bis ich mit ihr gesprochen habe. Selbst wenn das, was zwischen ihnen vorgefallen ist, nur eine kurze Affäre war, die mit dem Nachlassen von Sir Paytons Interesse endete, ist ihr Name befleckt. Er muss dafür geradestehen. Und sollte sie sein Kind tragen, muss er es anerkennen.« Er hob die Hand, um Leargan am Sprechen zu hindern. »Nein. Es bringt nichts, sich über Katherines Schwierigkeiten den Kopf zu zerbrechen. Was immer auch geschehen ist, ihr Ruf wurde befleckt und sie braucht einen Ehemann. Sir Payton ist ebenso gut wie jeder andere, besser als viele, und ich habe die Mittel, ihn zu seinem Glück zu zwingen.«

»Aber um ihn als Ehemann für Katherine zu holen, musst du Avery aufgeben, und ich glaube nicht, dass es dir noch so leichtfällt wie zu Beginn dieser Geschichte.«

»Kein Mann schickt gerne ein Mädchen fort, das sein Bett so wärmt wie sie.« Cameron krümmte sich innerlich, als er auf diese Art und Weise von Avery sprach, aber er sagte sich, dass das das Beste sei und dass diese Einstellung ihm helfen könnte, die nötige Distanz zu gewinnen.

»Natürlich«, antwortete Leargan gedehnt. Der sarkastische Unterton seiner Stimme zeigte deutlich, dass er nicht an Camerons herzlose Worte glaubte.

»Ein solches Festmahl nach fast drei Jahren Fastenzeit kann einen Mann verwirren. Wenn alles vorbei und in Ordnung gebracht ist, werde ich mir eine Geliebte nehmen.«

»Ja, bestimmt ist eine käufliche Hure genau das Richtige, um Avery zu vergessen.«

Cameron funkelte seinen Cousin wütend an. Seiner Meinung nach war Leargan viel zu geschickt darin, sein Gewissen zu spielen. »Und ein solider Schlag auf deinen dicken Schädel ist genau das Richtige, damit du endlich den Mund hältst.«

Leargan verdrehte die Augen, blieb aber ruhig. Unglücklicherweise konnte Cameron seine eigenen Gedanken nicht so leicht zum Verstummen bringen. Nie im Leben hätte er Leargan gestehen wollen, dass er in einem beständigen inneren Kampf mit sich selbst lag, um nicht an Avery festzuhalten. Er musste sich immer wieder vorsagen, dass ausschließlich sein Begehren und vielleicht auch eine gewisse Zuneigung zu dieser Frau daran schuld waren, dass er bei der Ausführung seines Plans manchmal – wenn auch nur kurz – zögerte. Dass zwischen ihm und Avery mehr als nur Zuneigung und Leidenschaft sein könnte, wagte er nicht einmal zu denken. Darin lag eine bittere Ironie.

Als sie ins Lager ritten, sah Cameron alle Leute vor seinem Zelt versammelt. »Sie ist gestorben«, flüsterte er. Ihn lähmte eine so große Angst vor dem, was er zu sehen oder hören bekommen würde, dass er nicht einmal absteigen wollte.

»Oder geheilt«, sagte Leargan, indem er aus dem Sattel sprang. »Cameron, es gibt nur eine Möglichkeit herauszufinden, was geschehen ist.«

Widerwillig stieg Cameron ab und ging langsam auf sein

Zelt zu. Nur einen Schritt von der Menschenansammlung entfernt blieb er unvermittelt stehen. Cameron stand vor Verblüffung der Mund weit offen, aber ein schneller Blick auf Leargan verriet ihm, dass es seinem Cousin nicht anders erging.

Jemand sang. Doch die Bezeichnung ›singen‹ reichte Camerons Ansicht nach einfach nicht aus, um zu beschreiben, was aus seinem Zelt drang. Die kraftvolle Stimme, ihr vollendeter Klang und die in ihr schwingenden Gefühle übertrafen alles, was er bisher an Gesang vernommen hatte. Cameron konnte sehr gut verstehen, dass seine Leute wie gebannt davon waren. Er erlebte es ebenfalls wie ein Wunder.

Das Lied war ziemlich bekannt: eine französische Ballade über eine unglückliche Liebe, die Cameron bisher als Süßholzgeraspel eines Minnesängers verhöhnt hatte. Jetzt war aller Hohn verschwunden. Er konnte sogar nachempfinden, warum Klein-Rob weinte und warum keiner den großen Mann damit aufzog.

Kaum war das Lied verklungen, wurde eine Hand aus dem Zelt gestreckt. Sie winkte ein paar Mal, bevor sie wieder im Inneren verschwand. Leargan und Cameron wären beinahe umgestoßen worden, als alle Umstehenden plötzlich hastig davoneilten. Trotz des Durcheinanders gelang es Cameron, Donald festzuhalten.

»Wer hat da gesungen?«

»Gillyanne«, erwiderte Donald.

»Diese Stimme gehört der kleinen Gillyanne?«, Leargan, bemühte sich gar nicht, seine Überraschung zu verbergen.

»Ja. Ich weiß nicht, wo sie sie versteckt. Sie bringt Klein-Rob immer zum Weinen.«

»Warum habe ich sie noch nie zuvor gehört?«, fragte Cameron.

»Weil sie erst singt, seit Avery krank ist, und nur, wenn Ihr nicht im Lager seid. Anne sagt, es beruhigt Avery, aber Klein-Gilly ist schüchtern. Also hat Anne ihr gesagt, dass wir sie wegen des Singens nicht belästigen werden. Anne hat uns allen das Versprechen abgenommen, dass wir den Gesang nicht beachten. Aber ich glaube, sie unterschätzt, wie schön er ist. Also tun wir nur so, als würden wir ihn nicht beachten.«

»Ach, und das war also Annes Hand, die aus meinem Zelt kam. Sie hat euch damit zu verstehen gegeben, dass das Mädchen fertig ist und ihr euch davonmachen sollt.« Als Donald nickte und einen nervösen Blick auf das Zelt warf, musste Cameron fast lächeln. »Verschwinde, Junge. Geh und hol mir etwas zu essen und Wasser, damit ich mich waschen kann. Ich bin in meinem Zelt.«

Sobald Donald weg war, sagte Leargan: »Meinst du, das kleine Mädchen weiß, wie das klingt?«

»Wahrscheinlich nicht«, erwiderte Cameron. »Gillyanne weiß vermutlich, dass sie gut singt, aber nicht, dass sie damit erwachsene Männer zum Weinen bringt. Es ist schwer zu erklären, und bestimmt wirkt darum jedes Kompliment wie eine höfliche Schmeichelei.«

»Wie wahr. Aber jetzt mache ich mich lieber davon, damit auch ich so tun kann, als hätte ich nicht eben einen Engel gehört.«

Cameron lächelte flüchtig. Dann trat er in sein Zelt, eben als Gillyanne herauskam. Sie errötete leicht, und Cameron merkte, dass sie vermutete, er habe ihren Gesang gehört. Es erstaunte ihn, dass jemand mit einem so ungewöhnlichen Talent so schüchtern sein konnte.

»Wie geht es Avery?«, fragte er. »Hat ihr das kalte Bad geholfen?« Er trat ans Bett und strich mit seinen Fingern über ihre Wangen. »Sie fühlt sie ein bisschen kühler an.«

»Ja«, pflichtete ihm Anne bei. »Wenn sich herausstellt, dass es wirklich hilft, baden wir sie vielleicht noch einmal, auch wenn sie es überhaupt nicht mochte.«

»Wurde sie wach genug, um sich in sinnvollen Sätzen zu beschweren?«

»Oh ja, und was für unwirsche Worte sie für diejenigen

hatte, die sie in ein kaltes Bad setzen.« Anne lachte und nahm Gillyannes Hand in ihre. »Sie kann bemerkenswert fluchen.«

»Natürlich im Fieber«, warf Gillyanne ein, während Anne sie aus dem Zelt zog. »Man hört nicht auf das, was ein Mensch sagt, der vom Fieber gequält wird, nicht wahr? Nein, das wäre äußerst töricht.«

Cameron sah zu, wie das Mädchen das Zelt verließ. Er widerstand dem Bedürfnis, ihrem kleinen Hinterteil einen kräftigen Hieb zu versetzen. Wenn dieses Mädchen erwachsen war, würde sie irgendeinem armen Mann eine Menge Ärger bereiten, und er wünschte sich fast, dann in der Nähe zu sein, um das zu sehen. Das würde aber niemals der Fall sein. Ungeachtet der Tatsache, dass er beabsichtigte, Sir Payton Murray zu einer Heirat mit seiner Schwester zu zwingen, würde er bei den Murrays ganz bestimmt niemals ein willkommenes Familienmitglied werden.

Sobald Cameron das von Donald bereitete Mahl beendet hatte, wusch er sich. Nur mit seinem Lendentuch bekleidet, sah er sehnsüchtig auf das Bett. Er hatte seine kostbare Federmatratze ausgepackt, damit Avery darauf liegen konnte. Anne hatte ein Öltuch unter Avery ausgebreitet, um die Matratze vor der Feuchtigkeit zu schützen, die von dem beständigen Abwaschen ihres fiebernden Körpers herrührte. Platz war genug für ihn, um sich neben ihr auf dem weichen Bett auszustrecken, doch er fragte sich, wie lange er dann schlafen würde. Seit Avery krank war, war er immer nur kurz eingenickt, denn sein Schlaf wurde oft von ihren Fieberschüben unterbrochen. Aber kurze Ruhephasen waren besser als gar keine, und so entschied er sich schließlich, neben sie ins Bett zu kriechen.

Er legte sich auf die Seite, betrachtete sie und schlang ihr den Arm um die Taille. Sie war beinahe zu heiß, um bequem neben ihr zu schlafen, aber er wollte verhindern, dass sie vielleicht unbemerkt aus dem Bett aufstand. Er stellte fest, dass sie allmählich die scharfen Gesichtszüge eines Menschen bekam, der nicht genug aß. Die Fleischbrühe, die sie ihr gelegentlich und mühsam einflößten, reichte nicht aus, um die Kraft, die sie im Kampf mit dem Fieber verlor, zu ersetzen.

»Du wirst nicht sterben, Avery«, flüsterte er, als er sie auf die Wange küsste.

Nur dieses Mal, beschloss er, wollte er für einen Augenblick den Gefühlen nachgeben, die sein Innerstes zerrissen, besonders seiner Angst vor ihrem Tod. Das konnte nicht schaden –, auch wenn er nicht die Absicht haben durfte, sie an seiner Seite zu behalten. Er wollte zumindest an eine lebende und glückliche Avery denken können. Er wollte sie sich nicht an der Seite eines anderen Mannes vorstellen, aber vielleicht wäre es ab und zu erfreulich, sie sich zufrieden im Schoß ihrer Familie auszumalen. Er konnte den Gedanken einfach nicht ertragen, dass diese vor Leben sprühende, kluge Frau kalt und stumm wurde. Es schien nicht richtig und nicht gerecht, dass Avery sterben sollte, bevor sie Zeit gehabt hatte, richtig zu leben.

»Nein, Geliebte, du darfst dem verdammten Fieber nicht den Sieg überlassen. Ich muss wissen, dass du weiterlebst, dass du irgendwo auf der Welt lachst, streitest und einem armen Esel, der es verdient, Beleidigungen an den Kopf wirfst. Selbst wenn ich wüsste, dass dich irgendein Schurke im Arm hält, heiratet und Kinder mit dir hat, könnte ich das besser ertragen als den Gedanken, dass dein Feuer für immer verloschen und tief im kalten Lehm vergraben ist. Also lebe, Avery Murray, und sei es nur, um mir das Leben zur Qual zu machen.«

Cameron hauchte einen Kuss auf ihre vom Fieber ausgetrockneten Lippen, dann legte er seinen Kopf auf das Kissen und schloss die Augen. Er brauchte seinen Schlaf fast ebenso sehr wie Avery, aber er musste sich zwingen, sich soweit zu entspannen, dass er sich dem Sog des Schlafs hingeben konnte. Er hatte Angst, sie könnte ihm entgleiten, während er schlief.

Die Feuchtigkeit auf seiner Haut weckte Cameron. Er verzog das Gesicht und fürchtete, dass Avery ins Bett genässt hatte, doch dann erkannte er, dass die Feuchtigkeit von ihrer Haut kam. Voller Hoffnung begann sein Herz schneller zu schlagen. Er setzte sich auf und zündete die Kerzen an, die auf der Truhe neben dem Bett standen. Seine Hand zitterte, als er sie ausstreckte und ihr auf die Stirn legte. Die Gefühlswoge, die ihn überrollte, ließ ihn die Augen schließen: Sie fühlte sich kühl an – kühl und schweißgebadet.

Er kletterte aus dem Bett, warf sich den Umhang um und ging Gillyanne und Anne wecken. Die beiden schliefen nur wenige Schritte von seinem Zelt entfernt, damit sie schnell gerufen werden konnten, falls es nötig sein sollte. Cameron war froh, dass sie leicht wach wurden und sofort munter waren. Allerdings war er nicht begeistert, vor seinem Zelt warten zu müssen, während die beiden sich um Avery kümmerten.

»Ihr könnt jetzt hereinkommen«, rief Anne, als Cameron sich schon anschicken wollte, einfach hineinzumarschieren und nachzuschauen, was sie machten.

»Wie freundlich von dir, mich einzuladen«, raunzte er, als er das Zelt betrat.

»Herrje, Ihr seid mit schlechter Laune aufgewacht, was?«, murmelte Gillyanne, als sie die Decke um eine fest und friedlich schlafende Avery straff zog.

»Es ist kalt da draußen.« Cameron sah Anne an. »Ist das Fieber also wirklich gesunken?«

»Ja. Sie war lange genug wach, um etwas Brühe und Medizin zu sich zu nehmen«, antwortete sie. »Wir haben sie gewaschen und ihr ein warmes, trockenes Nachtgewand angezogen. Sie müsste den Rest der Nacht schlafen. Das Schlimmste ist vorbei, da bin ich mir sicher. Essen und Ruhe ist alles, was sie jetzt braucht – und zwar eine Menge davon, damit sie wieder zu Kräften kommt.«

Sobald die beiden Frauen weg waren, warf Cameron seinen Umhang ab, blies die Kerzen aus und kletterte zurück ins Bett. Er zog Avery in seine Arme, genoss die Kühle ihres Körpers. Sie musste wieder kräftiger werden, doch trotz ihres Gewichtsverlusts fühlte sie sich in seinen Armen wunderbar an. Wunderbar lebendig. Er küsste ihre Schulter.

»Cameron?«

»Nein, ich bin Leargan«, murmelte er, als er ihr Ohr küsste. Er konnte die Freude über ihre Genesung einfach nicht verbergen.

»Oh ja? Seltsam. Ich habe nicht gedacht, dass Ihr so behaart seid wie Cameron«, gab Avery gedehnt zurück.

»Ich bin nicht behaart.« Cameron gab dem unwiderstehlichen Drang nach und drückte sie an sich, froh über ihre Ironie – ein sicheres Zeichen, dass ihre Lebensgeister bereits zurückkehrten.

»Natürlich nicht«, seufzte sie. »Ich war krank, oder?«

»Mädchen, du hast drei Tage lang gegen ein heftiges Fieber gekämpft, aber es scheint, als hättest du den Kampf gewonnen.«

»Oh. Na, das ist gut zu hören, aber wenn ich drei Tage lang im Bett gelegen bin, sind wir wohl nicht weit gekommen?«

»Nein, und wahrscheinlich werden wir noch ein paar Tage hier an Ort und Stelle bleiben, bis Anne mit Sicherheit sagen kann, dass die Reise nicht zu anstrengend für dich wird.«

»Und damit haben wir das Rennen gegen DeVeau verloren.«

»Mach dir deshalb keine Sorgen, Geliebte.«

»Das ist leichter gesagt als getan.«

Cameron küsste sie auf den Hals. »Schlafe, Avery. Das brauchst du jetzt: Schlaf und Essen. Über dieses Schwein können wir später reden, wenn du wieder bei Kräften bist. Wir halten nach ihm Ausschau und wir wissen, dass er wahrscheinlich auf uns wartet, wenn wir den Hafen erreichen. Mehr ist jetzt nicht zu tun. Also schlafe.«

»Ich würde gerne mit dir streiten, aber ich fürchte, ich bin zu müde dazu.« Sie gähnte und schmiegte sich enger an ihn.

»Ich bin bereit, mich mit dir zu streiten, sobald du kräftiger bist«, sagte er und lächelte, als sie mit einem schläfrigen Kichern antwortete.

Er spürte, wie sie sich in seinen Armen entspannte, und fragte sich, ob er das Problem rund um Avery und seine verworrenen Gefühle falsch anging. Bei ihr fühlte er sich gut – so gefährlich diese Erkenntnis auch war. Vielleicht sollte er einfach ihre gemeinsame Zeit genießen und aufhören, gegen Averys Anziehungskraft anzukämpfen. Nachdem er sie beinahe an das Fieber verloren hatte, erschien es töricht, die kurze Zeitspanne, die ihnen verblieb, in einem Sumpf von Zweifeln und inneren Kämpfen zu verbringen. Cameron wollte sich diese ganze Sache noch einmal ernsthaft durch den Kopf gehen lassen – aber erst, wenn er sich ordentlich ausgeschlafen hatte.

14

Leise in sich hineinlächelnd, beobachtete Avery Cameron beim Waschen und Ankleiden. Dies war der letzte Tag in diesem Lager. Durch ihr Fieber und die Zeit, die sie gebraucht hatte, um für die Weiterreise wieder zu Kräften zu kommen, hatten sie bereits eine Woche verloren. Eine verzweifelte innere Stimme riet ihr, weiterhin Schwäche vorzutäuschen oder wenigstens einen kleinen Rückfall. Aber sie unterdrückte diese leise Stimme mit aller Macht. Es würde ihr nicht wirklich guttun und konnte ihr sogar ernsthaft schaden, wenn Cameron ihre Hintergedanken erriet.

Außerdem würde ein Täuschungsmanöver ihr nichts weiter einbringen als noch mehr Langeweile, denn sie würde im Bett bleiben, noch mehr abscheulichen Tee schlucken und noch weniger Zeit mit Cameron verbringen. Als ob das überhaupt möglich wäre, dachte sie gereizt, als sie sich in dem Kissenberg aufrichtete. Er verließ sie früh am Morgen und schlüpfte erst spät in der Nacht zu ihr ins Bett. Wenn er ein oder zwei Mal am Tag einen Blick ins Zelt warf, war das schon viel. Obwohl sie nachts manchmal seine Härte spürte, die sich an ihren Rücken presste, fragte sie sich doch besorgt, ob er aufgrund der Enthaltsamkeit während ihrer Krankheit das Interesse an ihr verloren hatte.

Jetzt kam er zum Bett, um das Hemd zu nehmen, das Donald ihm hergerichtet hatte. Ihr Blick blieb an seinem straffen Bauch hängen. Sie lächelte über das kleine, sternförmige Muttermal unterhalb seines Nabels, das nur teilweise von Härchen verdeckt war. Jedes Mal, wenn sie es sah, wollte sie es küssen.

Avery erkannte plötzlich, dass das ein überraschend vertrautes Bedürfnis war. Das ergab keinen Sinn. Sie hatte es sich nicht zur Gewohnheit gemacht, den Bauch eines Mannes zu küssen. Ihr stockte der Atem, als in ihr plötzlich die deutliche Erinnerung an einen kleinen Jungen aufstieg, den sie auf den Bauch küsste. So genau, als wäre es erst gestern geschehen, konnte sie sehen, wie sie lachte, konnte sehen, wie sich der kleine Junge vor ihr drehte und kicherte, als sie geräuschvoll das kleine sternförmige Muttermal auf seinem runden kleinen Bauch küsste. Ein dunkel aussehender kleiner Junge, mit dichten schwarzen Haaren, geheimnisvollen schwarzen Augen und dunkler Haut. Klein-Alan, dachte sie, als sie Cameron anstarrte. Cameron sah aus wie Klein-Alan als erwachsener Mann. Cameron betrachtete sie mit gehobenen Augenbrauen, und Avery merkte, dass sich der Schreck über ihre Erkenntnis auf ihrem Gesicht spiegeln musste. Sie bemühte sich um innere Ruhe.

»Geht es dir gut, Avery?« Cameron befühlte ihr die Stirn. »Du siehst etwas blass und unruhig aus.«

»Es ist nichts«, sagte sie. »Könntest du mir Gillyanne schicken?«

»Ach, natürlich.«

Sie war zwar etwas verlegen, weil er offensichtlich glaubte, sie brauche Hilfe bei der Erledigung eines dringenden Bedürfnisses. Aber sie nutzte seine Schlussfolgerung zu ihrem Vorteil und starrte auf ihre Hände hinunter, bis sie hörte, dass er das Zelt verlassen hatte. Ausnahmsweise war sie viel zu aufgeregt, um wegen des ausgebliebenen Abschiedskusses gekränkt zu sein. Sie ließ sich gegen ihre Kissen zurücksinken und stieß einen derben Fluch aus. Da kam Gillyanne ins Zelt geeilt.

»Brauchst du Hilfe?«

»Nein.« Avery stand aus dem Bett auf und winkte ab, als ihre Cousine sie zu stützen versuchte. »Gib mir nur einen Augenblick für meine Morgentoilette, dann müssen wir etwas besprechen.«

Gillyanne setzte sich auf das Bett, und Avery verschwand

hinter der Decke, die im Zelt aufgehängt worden war, um ihr einen persönlichen Rückzugsraum zu verschaffen. »Du siehst ein bisschen blass aus. Bist du sicher, dass du nicht wieder krank wirst?«

»Sehr sicher. Ich habe eben nur einen kleinen Schreck bekommen.«

Avery schlüpfte gerade wieder ins Bett zurück, als Donald mit ihrem Frühstück kam. Zu ihrem Missvergnügen fühlte sich der Junge zu einem Gespräch aufgelegt und blieb da, während sie aß. Endlich ging er. Avery krümmte sich fast vor Verlangen, mit Gillyanne zu sprechen.

»Ich finde, du siehst ein bisschen erhitzt aus.« Gillyanne streckte die Hand aus, um Averys Gesicht zu berühren.

Schimpfend schob Avery die Hand beiseite. »Ich sehe erhitzt aus, weil ich langsam ärgerlich werde. Ich habe einen ziemlichen Schreck bekommen, Gillyanne. Ich glaube, ich habe vorher etwas sehr Wichtiges entdeckt, aber ich muss dir erst ein paar Fragen stellen. Erinnerst du dich an Klein-Alan, das Kind, das Elspeth und Cormac gefunden und aufgenommen haben?«

»Oh ja, den armen kleinen Jungen. Kaum zu glauben, dass jemand ein Kind im Wald aussetzt, damit es stirbt. Jedes Mal, wenn ich daran denke, kommen mir die Tränen. Aber Gottes Segen liegt auf ihm, denn unsere Elspeth hat ihn gefunden, um sich um ihn zu kümmern.«

»Und er ist sehr dunkel, nicht wahr?«

»Ja, sehr dunkel. Schwarze Haare, schwarze Augen, dunkle Haut.« Während Gillyanne sprach, weiteten sich langsam ihre Augen. »Nein.«

»Und Alan hat ein seltsames kleines Muttermal, nicht wahr?«

Gillyanne nickte vorsichtig. »Ein kleiner Stern tief unten an seinem Bauch.«

»Verdammt!« Avery warf sich in die Kissen zurück. »Ich glaube, ich habe Klein-Alans Vater gefunden.«

»Cameron?«, flüsterte Gillyanne, und sie schnappte nach Luft, als Avery nickte. »Bist du sicher?«

Ohne darauf zu achten, dass Gillyanne rot wurde, erklärte ihr Avery, wie sie darauf kam. »Meinst du, du kannst dich genau daran erinnern, wie Alans kleines Muttermal aussieht?«

»Selbstverständlich. Die meisten Muttermale sind nur Flecken oder Punkte. Man findet selten welche, die die eine bestimmte Form haben. Wenn Cameron das gleiche hat, werde ich es erkennen. Willst du, dass ich mir Camerons Bauch ansehe?«

»Ich weiß nicht, was ich will.«

»Man sollte es ihm sagen, Avery. Er würde das wissen wollen.«

»Aber was ist mit Elspeth, Cormac und dem kleinen Christopher? Sie lieben das Kind. Inzwischen ist Alan alt genug, um sie für seine Familie zu halten.«

»Es ist traurig, aber sie wissen schließlich auch, dass es nicht ihr Kind ist. Sie wissen, dass er irgendwo einen Vater hat.« Gillyanne seufzte und schüttelte den Kopf. »Es wird ihnen wehtun, das stimmt, aber selbst sie würden sagen, dass man es Cameron erzählen muss, dass er ein Recht darauf hat, von Alan zu erfahren. Da bin ich mir sicher, und ich denke, du dir auch.«

Obwohl sie sich sehnsüchtig wünschte, das zu bestreiten, wusste Avery, dass Gillyanne recht hatte. »In Ordnung. Also geh, sieh nach, ob dieser Esel noch im Lager ist, und bring ihn her. Ich erledige das besser, bevor ich den Mut dazu verliere.«

»Glaubst du denn nicht, dass Cameron das Kind haben möchte?«

»Doch, er wird seinen Sohn sehen wollen. Ich mache mir nur Sorgen, weil ich ihm erzählen muss, dass es offensichtlich eine Lüge, einen dunklen Verrat in seinem Leben gab, von dem er nichts weiß.«

»Oh je.« – »Genau. Diese Neuigkeit wird seine ganze alte Bitterkeit und sein altes Misstrauen wieder wecken. Ich kann nur beten, dass ich seine Einstellung gegenüber Frauen soweit ändern konnte, dass er nur einen vorübergehenden Rückfall erlebt.«

Als Gillyanne ging, schenkte sich Avery etwas Wein ein und hoffte, dass ihr ein oder zwei Schluck den nötigen Mut für das Gespräch schenken würden. Sie wünschte sich beinahe, Gillyanne würde Cameron nicht finden. Es überraschte sie aber nicht, als beide nur wenige Augenblicke später das Zelt betraten. Missmutig überlegte Avery, dass es vermutlich am besten war, die Sache schnell hinter sich zu bringen.

»Na los, Gillyanne«, befahl sie ihrer Cousine, während sie Cameron einen Kelch Wein einschenkte. Gillyanne begann, ihm das Hemd hochzuziehen.

»He, was habt Ihr vor?« Cameron riss sein Hemd wieder nach unten.

Seine entsetzte Miene und das leichte Rot auf seinen Wangen reichten fast aus, um Avery zum Lachen zu bringen. »Welch Sittsamkeit! Ich möchte nur, dass Gillyanne sich dein Muttermal ansieht.«

»Das Mädchen sollte keinen Blick auf den Bauch eines Mannes werfen.«

»Gütige Maria«, schimpfte Gillyanne, während sie versuchte, seine Hand vom Hemd wegzuziehen. »Ich bin mit einem Heer unterwegs. Und auch wenn Eure Männer für Soldaten reichlich sittsam sind, habe ich fast jeden Bauch dieser Truppe gesehen. Außerdem besitze ich mehr Cousins und Brüder, als die meisten Mädchen ertragen könnten. Ich werde schon nicht ohnmächtig. Lasst mich sehen.«

»Cameron«, sagte Avery, »kannst du mir bitte wenigstens einen Augenblick lang vertrauen? Es ist wichtig, dass Gillyanne einen Blick darauf wirft.« Sie reichte ihm den Wein, als er seufzte und sein Hemd losließ.

»Na also, Ihr müsst gar nicht so schüchtern sein«, bemerkte Gillyanne, während sie sein Hemd hochhob. »Es ist ein gut aussehender Bauch.«

»Schamloses Frauenzimmer«, knurrte Cameron, aber er lächelte schwach und nippte an seinem Wein.

Als Gillyanne einfach nur auf Camerons Bauch starrte und nichts sagte, trank Avery ihren Wein aus und fragte: »Ist es das gleiche Mal?«

»Genau das gleiche«, erwiderte Gillyanne schließlich. »Sogar bis hin zu der seltsamen bläulichen Färbung.«

Gillyanne und Avery schauten sich einen Moment lang an, dann sahen sie zu Cameron. Er begann, sich unbehaglich zu fühlen, während er sein Hemd richtete. Die Mienen der beiden spiegelten eine seltsame Mischung aus Beklommenheit und Trauer wider. Cameron war sich plötzlich sicher, dass es da etwas gab, das sie ihm erzählen mussten, obgleich sie wussten, dass er es nicht gut aufnehmen würde. Er trank seinen Wein aus und hielt den Kelch zum Nachschenken hin. Dass Avery zuerst seinen, dann ihren Kelch füllte, konnte ihn nicht sonderlich beruhigen. Avery trank normalerweise nicht viel, und sie hatte gerade einen ganzen Becher Wein hinuntergestürzt. Die Nachrichten mussten in der Tat sehr schlecht sein, wenn sie das Bedürfnis hatte, sich so zu wappnen.

»Was immer ihr mir sagen wollt, ich werde es nicht gerne hören, oder?« Er seufzte, als beide den Kopf schüttelten. »Dann spuckt es besser gleich aus.«

»Ich muss dir zuerst ein paar Fragen stellen«, sagte Avery, die an ihrem Wein nippte, um ihre plötzlich trockene Kehle anzufeuchten. »Es gibt da die eine oder andere Kleinigkeit, die wir überprüfen müssen, um sicherzugehen, dass wir recht haben. Hast du, bevor du Schottland verlassen hast, eine Anne Seaton gekannt?« Die kalte, harte Wut, die sich auf seinem Gesicht spiegelte, war die einzige Antwort, die Avery benötigte.

»Ja. Sie war, bevor ich nach Frankreich kam, für einige Zeit meine Geliebte.«

»Ist das länger her, oder war das kurz vor deiner Abreise?« Avery hoffte flüchtig, dass es vor langer Zeit gewesen war. Alan war ein wunderbarer kleiner Junger, und sie wusste, dass Cameron ihm ein guter Vater sein würde. Sie wollte ihm aber einfach nicht sagen müssen, dass er das Opfer eines Betrugs war, der mehr Schaden verursachte als nur verletzten Stolz. Dies war nicht nur die Geschichte einer Frau, die einem Mann seinen Sohn vorenthielt – die Dinge lagen viel schlimmer. Avery wusste, dass sie in Cameron alle schlechten Gefühle in Bezug auf Frauen wieder zum Leben erwecken würde. Sie verdiente es nicht, für die Verbrechen dieser anderen Frau zu leiden, zweifelte aber nicht daran, dass sie es musste.

»Kurz vorher«, antwortete er. »Ich habe sie verlassen, als ich sie mit einem anderen Mann im Bett gefunden habe, und bin im selben Monat nach Frankreich gereist.«

»Und diese Anne Seaton hat in einem kleinen Dorf gewohnt, an der Straße zum Hof des Königs?«

»Ja. Ich habe dieser Hure ein kleines Häuschen vor dem Dorf gekauft. Was hat das alles zu bedeuten, Avery?«

»Bitte, Cameron, habe ein bisschen Geduld.« Sie atmete tief durch, denn eigentlich wollte sie die Antwort auf ihre nächste Frage nicht hören. Doch sie wusste, dass es wichtig war, die Wahrheit zu erfahren. »Du hast sie also besucht und mit einem anderen Mann ertappt? Du hast also nicht mit ihr geschlafen?«

»Ich war kurz bei ihr zu Besuch und habe am Morgen meiner Abreise mit ihr geschlafen. Dann bin ich Richtung Königshof aufgebrochen. Weil ich etwas vergessen hatte, bin ich zu dem Häuschen zurückgekehrt. Der Idiot, mit dem sie im Bett war, hatte scheinbar gerade so lange gewartet, bis ich außer Sichtweite war.«

»Habt Ihr Euch vorgesehen, als Ihr mit ihr geschlafen habt?«, fragte Gillyanne.

Camerons Schock über die unverblümte Frage des Mädchens kam und ging schnell wieder, ein Schauer lief ihm über den Rücken. Soweit er sah, gab es nur einen vernünftigen Grund für die Frage, ob er sich das letzte Mal mit dieser Frau im Bett vorgesehen hatte. Er betrachtete die ernsten Gesichter der Mädchen, während er betete, dass seine Vermutung sich als unwahr erweisen würde. Doch ihre Mienen trösteten ihn nicht.

»Nein«, fuhr er auf, »sie hat mir gesagt, sie sei unfruchtbar.«

»Sie war nicht unfruchtbar, Cameron«, warf Avery mit gedämpfter Stimme ein. »Sie hat einen Sohn. Einen kleinen Jungen mit schwarzen Haaren, schwarzen Augen, dunkler Haut und einem kleinen Muttermal auf dem Bauch, das wie ein Stern aussieht.« Avery war erstaunt, dass Gillyanne Cameron so gelassen mustern konnte, denn sie fand die Wut dieses Mannes ausgesprochen beklemmend. »Dieses letzte Stelldichein war offensichtlich ein fruchtbares.«

»Woher wisst ihr das alles? Woher kennt ihr überhaupt Anne Seaton?«

»Ich kenne sie nicht, sondern habe die Geschichte nur gehört. Unsere Cousine Elspeth hat alles über diese Frau in Erfahrung gebracht. Aber niemand wusste, wer der Vater des Kindes war. Es scheint, dass in diesem Dorf nur Anne, der frühere Besitzer des Häuschens und der arme, verängstigte Esel, den du in ihrem Bett gefunden hast, dich jemals richtig zu Gesicht bekommen haben. Eine meiner Cousinen wurde von Sir Colin MacRae entführt und kurze Zeit in diesem Häuschen gefangen gehalten.«

»Sir Colin ist Annes Cousin, ein sehr entfernter, aber doch ein Verwandter von hohem Stand. Sie hat gern mit ihm angegeben, um zu beweisen, dass sie etwas Besseres ist als die anderen im Dorf.« Cameron schüttelte den Kopf. »Sie hat vielleicht gedacht, dieser Hauch von blauem Blut in ihrer Familie würde mich dazu bringen, sie zu heiraten. Glaubt ihr, sie behält den Jungen, weil sie will, dass ich sie seinetwegen heirate? Ich hätte nicht gedacht, dass sie so dumm ist. Allerdings ist sie eitel.«

»Cameron, sie ist tot.« Avery konnte seinem Gesichtsausdruck kein Zeichen von Schmerz entnehmen – nur Entsetzen und eine Spur Verwirrung. »Sie wurde gehängt und danach als vermeintliche Hexe verbrannt. Elspeths Meinung nach ist das geschehen, weil sie mit zu vielen Ehemännern geschlafen hat und bei dieser Sünde unverschämt anmaßend wurde. Selbst wenn sie keine Hexe war, kam bald heraus, dass sie ihre Strafe verdient hat. Im Garten hinter dem Haus hat man die Leichen von zwei Männern und drei kleinen Kindern gefunden. Scheinbar hat sie, wenn sie ein Kind nicht abtreiben konnte, es nach der Geburt umgebracht.«

»Großer Gott«, flüsterte Cameron, dem bei dem Gedanken, dass er mit einer solchen Frau geschlafen hatte, übel wurde. »Mein Sohn?«

»Sie hat ihn am Leben gelassen, obwohl niemand sagen kann, wie lange sie ihn verschont hätte. Vielleicht hat sie gedacht, du würdest zu ihr zurückkehren. Oh, sie war sehr wütend auf dich. Aus Rache ließ sie ihn ungetauft und ohne Namen. Sie hat wohl geglaubt, sie könnte dich ärgern, wenn dein Sohn ohne kirchlichen Segen und ohne Sakramente sterben würde. Das hat sie zumindest dem Priester erzählt.« Avery fragte sich, wann sich der Zorn, der offensichtlich in Cameron wütete und den er mühsam zu beherrschen suchte, Bahn brechen würde.

»Dieses verwerfliche Miststück!« Seine Augen verengten sich, als er Avery betrachtete. »Da ist noch mehr?«

Avery nickte und fühlte sich getröstet, als Gillyanne ihre Hand nahm und ihr so wortlos Kraft spendete. »Das Übrige hat nichts mit Anne Seaton zu tun, obwohl ihre Handlungen in gewisser Weise daran schuld waren. Nachdem man sie hingerichtet hatte, setzten die Dorfbewohner deinen Jungen im Wald aus. Sie ließen ihn allein und ungeschützt, überließen ihn dem Tod.« Sie war nicht überrascht, als er bei dieser schauderhaften Geschichte blass wurde. »Elspeth und Cormac haben ihn gefunden und bei sich aufgenommen. Sie ließen ihn taufen und nannten ihn Alan.«

»Dann werde ich ihn zurückfordern, wenn ich Gillyanne und dich gegen deinen Bruder eintausche.«

Diese kalten Worte riefen ihr unsanft in Erinnerung, dass sie in seinen Plänen nur ein Tauschobjekt darstellte. Fast hätte Avery geweint, doch sie kämpfte um ihre Fassung. Ihr Stolz hinderte sie daran, ihm zu zeigen, wie leicht er sie verletzen konnte. Außerdem musste sie an Alan denken. Sie musste versuchen, Cameron zu der Einsicht zu bewegen, dass er das Kind nicht einfach einfordern konnte, ihn nicht einfach mitnehmen konnte wie irgendeinen Umhang, den man bei einem Treffen liegengelassen hatte. Er musste verstehen, dass Alan zu klein war, um unvermittelt aus der einzigen Familie gerissen zu werden, die er jemals gekannt hatte.

»Das kannst du nicht machen«, widersprach sie und war fast darauf vorbereitet, dass er jetzt einen Teil der Wut, die in ihm kochte, an ihr ausließ.

»Er ist mein Sohn!«, rief Cameron, stürzte den Wein hinunter und schleuderte den Kelch quer durch das Zelt – ein vergeblicher Versuch, seinen Zorn zu beschwichtigen. »Anders als die Hure, die ihn zur Welt gebracht hat, hast du nicht das kleinste Recht, über sein Schicksal zu entscheiden. Ich erlaube nicht, dass noch eine Frau ihr Spiel mit mir spielt – und mein eigenes Fleisch und Blut als Schachfigur missbraucht. Ich werde meinen Sohn bekommen.«

»Du wirst ihn dir nicht einfach nehmen können«, fuhr sie ihn an, jetzt ebenfalls wütend. »Versuch doch einmal, an etwas anderes zu denken als nur an dein armes, kleines, verletztes Ich, deinen armen, kleinen, gebeutelten Stolz. Alan ist noch klein. Wenn du nach Schottland zurückkehrst, wird er schon länger als ein Jahr bei Elspeth und ihrer Familie leben. Sie sind die einzige Familie, die er jemals hatte.«

»*Ich* bin seine Familie.«

»Ja, aber er ist zu klein, um das zu verstehen. Du kannst nicht einfach in sein Leben marschieren und deine Rechte einfordern, ohne auch nur an ihn zu denken.«

»Warum sollte eure Cousine versuchen, Anspruch auf meinen unehelichen Sohn zu erheben?«

»Du beleidigst mit deinem Argwohn sie und uns. Glaubst du denn wirklich, dass sie deinen Bankert braucht? Sie hat das uneheliche Kind ihres Ehemanns und jetzt auch eine eigene kleine Tochter. Sie hat deinen Sohn aus Herzensgüte aufgenommen. Wäre Alans Vater niemals gefunden worden, hätte sie ihn großgezogen, hätte ihn geliebt und ihm Gutes getan. Elspeth und Cormac haben nicht vergessen, dass es irgendwo einen Vater gibt – einen, dem man nie etwas von seinem Sohn gesagt hat. Und sie wissen, dass er auftauchen kann, dass er den Jungen vielleicht zu sich nehmen möchte. Trotzdem werden sie dir nicht erlauben, ihn einfach so aus der einzigen Familie, die er kennt, wegzuschnappen. Du solltest Verständnis dafür haben, dass ihm so etwas schaden könnte. Es muss alles langsam und behutsam vonstatten gehen.«

»Und natürlich werden sie niemals merken, dass sie mit dem Kind ein gutes Druckmittel gegen mich in der Hand haben, wenn ich versuche, deinen Bruder zu zwingen, meine Schwester zu heiraten«, ergänzte er mit einer Stimme voller Sarkasmus. »Hältst du mich für einen Esel?«

»Im Augenblick schon.«

Er blitzte sie einen Moment lang grimmig an und schritt dann wortlos aus dem Zelt. Avery fluchte und ließ sich in ihre Kissen zurücksinken. Gillyanne schien tief in Gedanken versunken, und Avery nutzte die Zeit, um sich zu beruhigen. Sie war verletzt und verärgert. Er hatte zwar nicht zu viele Beleidigungen geäußert, aber seine ganze Haltung war eine einzige Kränkung. Obwohl sie damit gerechnet hatte, dass diese Geschichte seine ganze frühere Bitterkeit, sein Misstrauen und seinen Zorn wieder aufrühren würde, hatte sie nicht erwartet, dass sie die Zielscheibe für all das sein würde. Eigentlich hatte sie gehofft, sie hätte sich vor ihm bewährt. Doch offensichtlich verleiteten ihn die Handlungen einer Frau aus seiner Vergangenheit schnell dazu, sie mit Argwohn zu betrachten. Ihr wurde bewusst, dass sie sich etwas vorgemacht hatte. Dass er auch nur eine Minute lang glauben konnte, sie würde seinen eigenen Sohn gegen ihn verwenden! Damit war erwiesen, dass sie in ihm nicht mehr als nur Leidenschaft geweckt hatte. Und, dachte sie traurig, seine Leidenschaft konnte durchaus ebenso flüchtig und schwach sein wie sein Vertrauen.

»Der Tag wird immer besser«, knurrte sie, als ein offensichtlich verärgerter Leargan ins Zelt stürmte und sie wütend anblickte.

»Was, in Gottes Namen, habt Ihr mit Cameron gemacht?«, wollte er wissen. »Er kam gerade hier herausmarschiert, als ob alle Scheusale der Hölle ihm auf den Fersen wären.«

»Sag du es ihm, Gillyanne«, bat Avery. »Ich glaube, ich will einfach nur eine Zeitlang hier liegen und vor mich hinbrüten.«

Obwohl sie das Bedürfnis verspürte, sich ganz einem herzhaften Schmollen hinzugeben, ertappte Avery sich dabei, wie sie Leargan beobachtete, während Gillyanne ihm erzählte, was Cameron eben erfahren hatte. Die verschiedenen Empfindungen, die dabei über sein Gesicht huschten, waren faszinierend. Als Gillyanne am Ende der Geschichte angelangt war, fuhr er sich mit der Hand durch die Haare und stieß eine lange Reihe von Flüchen aus.

»Diese verdammte Hure schafft es, ihm noch aus dem Grab heraus das Leben schwer zu machen«, schimpfte Leargan.

»Hatte er sie gern?«, fragte Avery.

»Nein. Nun ja, ein bisschen. So wie ein Mann sich eben für eine hübsche, erfahrene Geliebte interessiert.«

»Und er hat an ihre Treue geglaubt, weil er für ihren Unterhalt gesorgt hat – nur um feststellen zu müssen, dass sie ihn zum Narren hält.«

Leargan nickte. »Dass er sie nur wenige Stunden nach seinem Abschied mit einem anderen Mann erwischt hat, war schlimm genug. Beim anschließenden Streit hat sie ihn voller Schadenfreude wissen lassen, dass er sich in Bezug auf ihre Treue sehr geirrt hatte. Sie hat nicht nur mit fast jedem Mann aus der Gegend geschlafen, sondern auch diverse Freunde von ihm mit in ihr Bett genommen und allen erzählt, was für ein gutgläubiger Trottel er war. Sie hat ihm außerdem enthüllt, dass sie keineswegs unfruchtbar war und schon eins seiner Kinder abgetrieben hatte. Er hat ihr das nicht geglaubt. Aber jetzt?« Er schüttelte den Kopf. »Es würde mich nicht wundern, wenn auch eins seiner Kinder im Garten dieses Miststücks begraben war. Und ich wage zu behaupten, dass ihm restlos übel ist – jetzt, wo er weiß, was für eine Frau ihn so erfolgreich hereingelegt hat. Ich meine, sie war nicht einfach nur eine treulose Hure, sondern eine Mörderin. Eine Frau, die ihre Kinder umbringt. Sie war kalt, herzlos und durch und durch schlecht.«

»Ja, das war sie«, pflichtete ihm Gillyanne bei. »Ich habe den Verdacht, dass er sich ziemlich dreckig fühlt bei dem Gedanken, mit einer solchen Frau geschlafen zu haben.«

»Ich würde mich dreckig fühlen«, sagte Leargan.

»Und aus diesem Grund ist er vermutlich verschwunden und versucht gerade, sich den Makel wegzuschrubben, auch wenn es schon drei Jahre her ist.«

Leargan starrte sie einen Augenblick an, dann schüttelte er den Kopf. »Wie macht Ihr das, Mädchen? Eure Art, die Dinge zu erraten, ist ziemlich beunruhigend.« Er sah zu Avery. »Ich habe eigentlich gedacht, dass er geheilt ist, dass er die Vergangenheit überwunden hat und zur Vernunft gekommen ist. Scheinbar wühlen diese Neuigkeiten alles wieder auf.«

»Scheinbar«, bestätigte Avery.

»Es tut mir leid, Mädchen.«

»Mir auch, Leargan. Geht jetzt und sucht den Dummkopf. Er ist nicht im Zustand, auf sich aufzupassen.«

»Vielleicht ist es nur der Schock, und der Rückfall dauert nicht lang.«

»Vielleicht, aber er darf ja auch nicht zu lange dauern, sonst sind all meine Chancen, aus einem Gesinnungswandel zu profitieren, dahin, nicht wahr?«

Er zögerte, öffnete den Mund, um etwas zu sagen, schüttelte aber nur den Kopf. »Ja, ich gehe besser und suche den Dummkopf.«

Als Leargan gegangen war, blickte Gillyanne Avery an. »Das ist nicht sehr gut gelaufen.«

»Nein«, stimmte ihr Avery zu und nippte an ihrem Wein, »ganz und gar nicht.«

»Ich glaube nicht, dass er die Vorwürfe dir gegenüber wirklich ernst meint. Das war im Ärger gesprochen. Er war sehr, sehr wütend. Es ist schwer für einen Mann, festzustellen, dass er von einem hübschen Lächeln so übel hereingelegt worden ist. Wahrscheinlich glaubt Cameron, dass er über einer solchen Dummheit stehen und klüger sein sollte, dass er fähig sein sollte, klarer zu sehen. Anne Seatons Verbrechen übertrifft einfache Eitelkeit oder Untreue bei Weitem. Er wird sich durch die Entdeckung, wie leicht er ihr zum Opfer gefallen ist, noch tölpelhafter fühlen.«

»Was ihn noch wütender macht.«

»Ja. Na ja, es wir vorbeigehen. Wie lange kann ein Mann über so einer Sache brüten?«

»Gilly, wegen Anne Seatons Untreue hat er damals allen Frauen den Rücken zugekehrt. Ihretwegen hat er die Reise nach Frankreich gemacht und sein Keuschheitsgelübde abgelegt.«

Gillyanne hob die Augenbrauen und öffnete erstaunt den Mund. »Aber das liegt doch schon drei Jahre zurück.«

»Genau. Cameron ist ein sehr eigensinniger Mensch und, das kann ich aus Erfahrung sagen, ein Meister im Schmollen.«

»Oh je.«

»Genau.«

15

»Brütet er noch immer vor sich hin?« Avery lächelte Gillyanne an, als ihre Cousine auf den Wagen kletterte und sich neben sie setzte. Obwohl sie schon fast eine ganze Woche unterwegs waren, mussten sie im Wagen reisen, dabei fühlte sich Avery längst kräftig genug, um zu reiten. Von Cameron hatte sie in dieser letzten Zeit kaum etwas anderes als seinen Rücken gesehen. Der Mann kam selten ins Zelt, schlief nie neben ihr und sprach kaum ein Wort. Eben war er mit Leargan fortgeritten, um den in der Nähe liegenden Hafen auszukundschaften. Und sie war nicht einmal in der Lage gewesen, ihm viel Erfolg zu wünschen.

»Ja. Er tut nichts anderes, als finster vor sich hinzuschauen und zu knurren, und er übernachtet mit seinen Männern im Freien.«

»Dieser Idiot. Na ja, Leargan hat keine neuen Blutergüsse, also hat sich Camerons Laune vielleicht ein bisschen gebessert.«

Der arme Leargan, dachte Avery bei sich, und lächelte in sich hinein. Er hatte an jenem Tag Cameron ausfindig gemacht, der, wie Gillyanne vermutet hatte, im Fluss badete. Avery würde wohl nie herausfinden, wer was zu wem gesagt hatte und wie es zum Handgemenge gekommen war. Möglicherweise hatte ihn Leargan sogar provoziert, weil er wusste, was Cameron brauchte. Avery verstand die Gründe nicht so recht, aber Männer schienen gelegentlich einen guten Kampf zu brauchen. Leargan und Cameron waren voll blauer Flecken und blutverschmiert ins Lager zurückgekommen, doch Cameron hatte seiner Wut offensichtlich Luft machen können.

Trotzdem brütete der Mann noch immer vor sich hin. Avery fragte sich, ob Leargan auch diese Stimmung aus ihm herausprügeln könnte. Vielleicht war sie bald drauf und dran, das selbst zu tun. Ihre gemeinsame Zeit verging rasend schnell, und er zerbrach sich noch immer den Kopf über ein Verbrechen, das drei Jahre zurücklag. *Vielleicht ein paar kräftige Knüppelschläge auf den Kopf.* Sie starrte zornig in die Richtung, in die er verschwunden war.

»Bist du sicher, dass du nicht auch vor dich hinbrütest?«, fragte Gillyanne.

»Nein. Na ja, nicht andauernd«, gestand Avery. »Gerade eben habe ich mich gefragt, ob man Cameron mit einem Schlag auf den Schädel wieder zur Vernunft bringen könnte.«

Gillyanne lachte und schüttelte den Kopf. »Wahrscheinlich hilft es nur dir dabei, dich besser zu fühlen. Cameron nimmt sich meiner Meinung nach die Dinge sehr zu Herzen, ohne das zu wollen. Er wäre lieber gefühllos, aber er ist in Wirklichkeit sehr emotional.«

»Es wäre nett, wenn er mir ein paar dieser Gefühle schenken könnte.«

»Oh, das tut er doch. Ehrlich gesagt, frage ich mich, ob er mit seiner Grübelei nicht auch versucht, Abstand zu dir zu gewinnen. Er ist ein Mann, wird also törichterweise glauben, dass ein gewisser Abstand ausreicht, um jedes Verlangen und Begehren abzutöten.«

»Manchmal, meine liebe Gilly, klingst du, als ob du Männer nicht für besonders intelligent halten würdest.«

»Wenn es sich um Gefühle, um Liebe, um Herzensangelegenheiten handelt, können Männer oft sehr blind sein und sehr dämlich. Frauen auch. Aber nicht so oft. Eines der Probleme mit Männern ist, dass sie die Liebe zu einer Frau – das Verlangen nach ihr – für eine Schwäche halten. Kein Mann begrüßt eine Schwäche oder bekennt sich zu ihr. Ich liebe meinen Vater und meinen Onkel – sie sind geistreich, stark und liebevoll und haben alles, was einen Mann auszeichnet. Doch den Erzählungen nach haben sie sich nicht besonders geschickt angestellt, als sie unseren Müttern den Hof machten.« Sie lachten gemeinsam, doch dann wurde Gillyanne wieder ernst. »Denk doch einfach einmal über Folgendes nach, Avery: Wenn ein Mann durch den Betrug seiner Bettgenossin, die er noch nicht einmal geliebt hat, so verletzt, so wütend wird, dann besitzt er zweifelsohne ein Herz – und zwar ein sehr großes Herz.«

»Darüber habe ich auch schon nachgedacht. Und?«

»Und … vielleicht ist es nicht das Beste, wenn du nur herumsitzt und wartest, bis er sein Grübeln beendet – vor allem, wenn er dich damit von sich fernhält. Da dir so wenig Zeit mit ihm bleibt, solltest du vielleicht versuchen, dich direkt vor ihn hinzustellen, sodass er dich nicht mehr ignorieren kann.« Gillyanne kaute kurz auf ihrer Unterlippe und fuhr dann fort, wobei sie ihre Worte sorgfältig wählte: »Es sind die Vertrauensbrüche von treulosen Frauen, die ihn so verdrießlich, ja ängstlich gemacht haben, auch wenn er das wahrscheinlich nie zugeben würde. Es ist nicht gerecht, dass du wegen der ehrlosen Handlungen anderer leiden musst oder dass du dich beweisen musst. Aber es hilft in deinem Fall auch nichts, wenn du auf deinem Stolz beharrst und dich zurückziehst. Und vergiss nicht: Er wird bald feststellen, dass er einmal mehr betrogen und belogen worden ist – von seiner eigenen Schwester.«

»Ich weiß«, Avery ächzte leise, »das wird das Ende sein.«

»Nicht, wenn du und deine Liebe ihm noch frisch im Gedächtnis sind. Du darfst einfach nicht zulassen, dass er dich aus seinem Kopf und aus seinem Herzen verbannt. Wenn du in seinen Armen liegst, dann kann er dich auch nicht aus seinen Gedanken und aus seinem Leben verdrängen. Dann wird er sich unweigerlich daran erinnern, dass du ihn niemals belogen hast, dass du treu zu deinem Bruder gehalten hast, dass du das Leben seiner Leute, deiner Entführer, gerettet hast und dass du ihm die Wahrheit über seinen Sohn gesagt hast. Er wird sich außerdem daran erinnern, dass deine Leidenschaft ebenso aufrichtig war, wie du selbst es bist.«

»Also soll ich ihm keinen Stein, sondern mich selbst an den Kopf werfen?«

Gillyanne lachte und nickte. »Ja, das würde ich dir raten.«

»Dann versuche ich es, sobald er von dem Erkundungsritt zurück ist.«

»Glaubst du, dass DeVeau schon in der Hafenstadt ist und uns auflauert?«

»Ich bin mir ziemlich sicher. Ich schwöre dir, ich kann diesen Mann beinahe riechen.«

»Witterst du Gefahr?«

»Nein, und ich bete, dass das ein gutes Zeichen ist.«

Cameron fluchte und lehnte sich gegen eine Hauswand in der dunklen Gasse, in der er und Leargan sich versteckten. Er hatte gewusst, dass DeVeau auf sie warten würde, dennoch hatte er die geringe Hoffnung genährt, dass dieser Mann inzwischen genug von der Angelegenheit hatte. Stattdessen aber waren DeVeaus bewaffnete Söldner in der ganzen geschäftigen Hafenstadt verteilt. Es war keine leichte Aufgabe, die eigenen Leute auf das Schiff zu bringen, das Cameron für ihre Überfahrt gebucht hatte. Genau genommen hatte er großes Glück, dass überhaupt ein Kapitän bereit war, sie an Bord zu nehmen, und dieser zudem ein Schiff besaß, das sie alle fassen konnte. Er vertraute dem Kapitän und war sich sicher, dass dieser nicht DeVeau alarmieren würde. Aber Cameron sah keine Möglichkeit, seine Leute, die Pferde und ihr ganzes Gepäck heimlich auf das Schiff zu schmuggeln, bevor es auslief.

»Wir müssen die Zahl seiner Männer dezimieren«, schlug Leargan vor, als er sich Cameron gegenüber an die Mauer lehnte.

»Ja.« Cameron schaute stirnrunzelnd zu der Schenke auf der anderen Straßenseite hinüber, in der DeVeau sich aufhielt. »Wir müssen einen Weg wählen und ihn dann stur verfolgen.«

»Und das knapp vor dem Auslaufen des Schiffs, damit wir unseren Platz nicht lange verteidigen müssen.« Leargan folgte der Richtung von Camerons Blick und lächelte flüchtig. »Ich fürchte, es bleibt dir nicht genug Zeit, um hineinzuschlüpfen und ihm die Kehle durchzuschneiden.«

»Ich hatte nicht die Absicht, ihm einen so einfachen Tod zu gönnen.«

»Bist du noch immer wütend, weil er das Mädchen berührt hat, das du selbst jetzt schon eine ganze Woche lang ignorierst?«

»Ich habe erkannt, dass es falsch von mir war, meine Enthaltsamkeit aufzugeben.«

»Natürlich.«

»Da wir bald auf Cairnmoor sein werden und ich Avery dann gegen ihren Bruder eintauschen muss, habe ich beschlossen, diese Affäre besser jetzt zu beenden und dieses kleine Techtelmechtel aus der Welt zu schaffen.«

»Wie du meinst.«

Cameron blitzte seinen Cousin an. »Du musst deinen Hohn nicht so deutlich zeigen.«

Leargan zuckte die Schultern. »Ich bin zu der Überzeugung gelangt, dass du zu dickköpfig und zu begriffsstutzig bist, um auf meine weisen Ratschläge zu hören. Wenn du willst, dass die Vergangenheit dein ganzes Leben überschattet, wer bin ich, dass ich dich aufhalten könnte? Ich nehme mir aber das Recht heraus, dich später für die Beleidigung an Lady Avery zu verprügeln, weil du sie, und sei es auch nur flüchtig, mit den treulosen Huren verglichen hast, mit denen du dich früher abgegeben hast.«

»Das ist dein gutes Recht«, raunzte Cameron. »So wie es mein gutes Recht ist, dich später dafür zu verprügeln, dass du mir so beständig auf den Geist gehst.«

»Einverstanden.«

»Nun, dann sollten wir besser zum Lager zurückkehren. Es gibt eine Menge zu tun.«

Bestürzt hörte Avery, wie Cameron und Leargan erzählten, dass die Stadt von Sir Charles' Männern wimmelte. Ihr Vorhaben, diese Männer zu dezimieren, während die anderen versuchten, auf das Schiff zu schlüpfen, war äußerst riskant. Obwohl es stimmte, dass die MacAlpins inzwischen jedes Recht dazu hatten, die DeVeau als ihre Feinde zu betrachten, war es ebenso wahr, dass Avery die Ursache für die gegenwärtige Gefahr war. Als sie den Mund öffnete, um vorzuschlagen, sie dem Mann einfach auszuliefern, kam ihr Gillyanne zuvor.

»Ihr braucht eine Ablenkung«, sagte Gillyanne mit gedämpfter Stimme.

»Das könnte helfen, Mädchen«, stimmte ihr Cameron zu. »Aber da wir diesen Trick schon bei Averys Befreiung eingesetzt haben, passt Sir Charles sicher diesbezüglich auf.«

»Er hält Ausschau nach den üblichen militärischen Ablenkungsmanövern, nach panischen Pferden oder brennenden Trosswägen. Ihr braucht etwas, das er nicht sofort als Euer Werk erkennt. Ein Ablenkungsmanöver, durch das wir einige Eurer Leute und Sachen genau vor seiner Nase aufs Schiff bringen können.«

Cameron riss die Augen auf und nickte. »Eine sehr gute Idee, aber ich habe nicht die geringste Vorstellung, was das sein könnte.«

»Viele Leute machen Wallfahrten zu geweihten Stätten in England.«

»Gilly, du bist von Zeit zu Zeit erstaunlich gerissen.« Avery schmunzelte flüchtig, als Gillyanne rot wurde.

»Ich gebe zu, dass ich manchmal ziemlich hinterhältige Gedanken habe«, murmelte sie, bevor sie wieder Cameron ansah. »Unter Euren Leuten muss es einige geben, die Sir Charles nicht so bekannt sind – einige, die nicht viel mehr als eine leichte Verkleidung brauchen, um unerkannt an DeVeau vorbeizugelangen.«

»Eine kleine Gruppe«, fuhr Avery fort, »vielleicht ein halbes Dutzend und ein schwer beladener Wagen sowie ein paar von den einfachen Pferden. Eine Frau und Gillyanne.«

»Ich?«, quietschte Gillyanne, und im selben Moment sagte Cameron: »Nein.«

»Doch. Eine kleine Pilgergruppe wird das Interesse nicht lange auf sich ziehen. Aber ein Mädchen, das geschworen hat, den ganzen Weg bis zum Heiligen Schrein zu singen, wird sicher die Aufmerksamkeit aller Einwohner auf sich lenken.«

Wenn Gillyanne auf dem ganzen Weg durch die Stadt sang, dann würden wohl selbst die Männer auf dem Schiff nicht bemerken, dass die Leute an Bord schlüpften – daran zweifelte Cameron nicht. Es war das ideale Ablenkungsmanöver. Unglücklicherweise konnte es Gillyanne aber in große Gefahr bringen.

»Ich kann das Mädchen nicht diesem Risiko aussetzen.« Er bemühte sich, das enttäuschte Murmeln zu übergehen.

»Und ich kann nicht vor so vielen Leuten singen«, widersprach Gillyanne. »Und, um ehrlich zu sein, warum sollte das ihre Aufmerksamkeit so lange fesseln können?«

»Gilly, du weißt, dass du eine Stimme hast, die die Leute gerne hören«, versicherte ihr Avery. »Und die meisten haben so gut wie nie die Gelegenheit, einer ausgezeichneten Sängerin zu lauschen.«

Nun blickte sie Cameron an. »Ich glaube nicht, dass sich Gillyanne in größerer Gefahr befindet, als wenn sie – umringt von aufmerksamen DeVeau-Wachen – versucht, aufs Schiff zu kommen.«

Der folgende Wortwechsel dauerte nicht lange. Camerons einziges Bedenken war, dass er Gillyanne einer Gefahr aussetzte, aber Avery hatte recht. Gillyanne würde sich in ebenso großer, wenn nicht in größerer Gefahr befinden, wenn sie versuchte, unerkannt an Bord eines gut bewachten Schiffes zu schleichen. Cameron und die wenigen Männer, die er mit sich nehmen würde, konnten nicht alle Wachen DeVeaus ausschalten, und jedes zum Auslaufen bereite Schiff würde besonders scharf und aufmerksam bewacht werden. Widerstrebend stimmte Cameron dem Plan schließlich zu, allerdings unter der Voraussetzung, dass unter den »Pilgern« Männer waren, die kämpfen konnten, falls es notwendig werden sollte.

Avery half Anne, die ebenfalls als Pilgerin mitgehen sollte, und Gillyanne bei den Vorbereitungen. Es tat ihr ein bisschen leid, dass sie an diesem Abenteuer nicht teilnehmen konnte. Annes Mann Ranald und drei weitere bewaffnete Männer, die wegen ihres recht unauffälligen Aussehens ausgewählt worden waren, würden ebenfalls mitgehen. Donald sollte den kranken Jüngling spielen, für dessen Heilung die Wallfahrt unternommen wurde. Cameron und Leargan bepackten die Pferde und den Wagen mit allem, was sie tragen konnten. Das viele Gepäck der Pilger konnte leicht erklärt werden: Bußen, Ablässe und Segen waren nicht billig.

»Ich wünschte, ich hätte mir das nicht ausgedacht«, schimpfte Gillyanne, als Avery ihr das Haar hochsteckte.

»Es war eine Eingebung, Gilly«, sagte Avery.

»Ja, aber nur, weil du gerade vorschlagen wolltest, dich diesem Schwein einfach auszuliefern.«

»Woher weißt du das?« Avery musste zugeben, dass Gillyannes Wissen um die Gedanken anderer manchmal ziemlich beunruhigend sein konnte.

»Du hattest diese Es-ist-alles-meine-Schuld-Miene. Ich weiß, dass Cameron es nicht getan hätte, aber ich wollte nicht einmal eure Auseinandersetzung darum hören. Und was ist der Dank? Ich muss den ganzen Weg vor einer Horde von Fremden singen.«

»Herrje, Mädchen, das kann nicht schlimmer sein als das, was ich tun muss«, sagte Anne, als sie Gillyannes Kopfbedeckung feststeckte. »Ich muss mir das Lachen verbeißen, das mich beim bloßen Gedanken an meinen Mann im Priestergewand überkommt.«

»Er kennt ziemlich viele Sätze, die ein Priester sagen

muss«, bemerkte Avery. »Gebete und Segenssprüche. Und er spricht Französisch, als wäre er hier geboren.«

Anne zuckte die Schultern. »Das ist halt so eine Gabe, die er hat. Ich kann beschwören, dass der Mann sich an jedes Wort erinnert, das er einmal gehört hat, und er ist ein ordentlicher Schauspieler. Allerdings wird es ihm ganz bestimmt Mühe bereiten, sich fromm zu stellen, diesem Schurken!« Sie lachte mit Gillyanne und Avery, straffte dann aber die Schultern und strich sich den Rock ihres braunen Kleides glatt. »Dann lasst uns losgehen. Je früher wir anfangen, desto schneller ist es vorbei.«

»Woher hat Ranald eigentlich all diese Priestersachen?«, wollte Avery wissen, aber Anne nahm einfach nur Gillyanne am Arm und eilte davon, um sich den anderen falschen Pilgern anzuschließen.

Avery gesellte sich zu der anderen Gruppe, die die Stadt von der entgegengesetzten Seite betreten sollte. Sie hatten die Wagen, die zurückbleiben sollten, entladen und ihre Vorräte und Habseligkeiten auf die Rücken der Pferde und ihre eigenen Schultern gepackt. Die Pferde stellten das größte Problem dar, überlegte sich Avery, während sie sich mit Thérèses Hilfe ein schweres Bündel auf den Rücken lud. Ein Pferd konnte sich im Gegensatz zu einem Menschen nicht auf ein Schiff schleichen, und es war auch nicht einfach, es schnell zu verstecken. Camerons Idee, die Tiere am Hafen vom Gepäck zu befreien und dann im letzten Moment von zwei Männern an Bord führen zu lassen, so als ob sie Pferdehändler wären, war gut. Doch die Anwesenheit der Pferde bei diesem Abenteuer bereitete Avery trotzdem Unbehagen.

Sie war enttäuscht, dass sie Cameron keinen Gruß mit auf den Weg geben konnte, bevor er mit Leargan, Klein-Rob, Colin und zwei weiteren Männern aufbrach, um sich in die Stadt zu schleichen und so viele DeVeau-Männer wie möglich zum Schweigen zu bringen. Auch Gillyanne konnte sie nur kurz zuzwinkern, bevor jede Gruppe ihren eigenen Weg einschlug.

Auf dem ganzen Weg zur Stadt betete Avery, dass sie nicht zu Unrecht so viel Vertrauen in den geschmiedeten Plan setzten. Schrecklich genug, dass sie bei einem Fehlschlag Sir Charles in die Hände fallen würde. Noch schlimmer war die Vorstellung, dass Gillyanne ebenfalls in seine Gefangenschaft geraten könnte.

Cameron ließ den eben getöteten Mann zu Boden gleiten und stöhnte, während er die Leiche in einen dunkleren Winkel der Gasse zog. Er hasste es, sich von hinten an jemanden anzuschleichen und ihn ohne Warnung umzubringen. Die meisten Wachen hatte er mit einem gezielten Schlag auf den Kopf niedergestreckt, dann gefesselt und geknebelt zurückgelassen. Dieser Mann allerdings hatte entdeckt, wie einer von Camerons Leuten an Bord schlüpfte, und war eben im Begriff gewesen, einen Warnruf auszustoßen. Mit seinem Schwert hatte Cameron die Bedrohung schnell beendet, doch normalerweise zog er einen Kampf von Angesicht zu Angesicht diesem heimtückischen Kehledurchschneiden vor.

Da drang plötzlich Gillyannes engelhafte Stimme an sein Ohr, wie um seine bekümmerte Seele zu trösten. Er schmunzelte, als er sah, wie alle Menschen auf der Straße anhielten und lauschten. Cameron wäre nicht überrascht gewesen, wenn selbst die Straßenköter sich plötzlich hingesetzt hätten, um zuzuhören. Er hoffte nur, dass seine Männer inzwischen an den verführerischen Gesang gewöhnt waren und mit ihrer Arbeit fortfahren konnten, obwohl er daran zweifelte, dass jemand dieser Stimme mit nur beiläufigem Interesse lauschen konnte. Sie besaß die Macht, einen Menschen tief im Inneren zu treffen.

Während er die kleine Pilgertruppe mit Gillyanne im Blick behielt und nach weiteren Feinden ausspähte, die er zum Schweigen bringen konnte, bahnte sich Cameron seinen Weg zum Schiff. Immer wieder sah er jemanden an Bord schlüpfen, und er hoffte inständig, dass alle seine Leute auf Deck wären, sobald die »Pilger« am Schiff ankamen. Als er eine Gestalt entdeckte, die sich verdächtig langsam heranschob, fuhr er zusammen, entspannte sich aber, sobald er Leargan erkannte.

»Fast alle sind an Bord«, berichtete Leargan. »Sie werden jetzt auch die Pferde einladen. Dieses Mädchen zieht die Aufmerksamkeit aller Leute auf sich, als hätte sie sie verzaubert. Selbst der Bastard, den du so gern umbringen willst, hört ihr zu«, fügte er mit einem Nicken in Richtung Schenke hinzu.

Cameron folgte dem Blick seines Cousins und fluchte insgeheim. Sir Charles stand vor dem Gebäude und lauschte wie gebannt dem Gesang. Doch die Art und Weise, wie er seinen Blick auf Gillyanne und ihre Gruppe heftete, machte Cameron nervös. Er konnte nicht sichergehen, dass Sir Charles keinen von ihnen erkannte. Außerdem bestand die Möglichkeit, dass er Lust hatte, Gillyanne in seine Gewalt zu bringen, einfach nur, um diese wunderschöne Stimme zu seiner ganz persönlichen Unterhaltung zu besitzen.

Avery stand neben dem vierschrötigen Kapitän, der an der Reling des Schiffs lehnte und vor Begeisterung seufzte, während er Gillyannes Gesang lauschte. Alles schien bestens vonstattenzugehen, doch Avery wusste nicht, ob sie ihrem Gefühl trauen konnte. Ihre unheimliche Fähigkeit, eine nahende Gefahr vorauszuahnen, war in letzter Zeit nicht immer ganz verlässlich gewesen. Schuld daran war vermutlich der Gefühlsaufruhr, in dem sie sich befand. Als Gillyanne beim Singen eine Pause einlegte, lächelte Avery den Kapitän an, der sich die Tränen von den Wangen wischte.

»Meine Cousine singt wie ein Engel, nicht wahr?« Avery klopfte ihm auf den Arm. »Ihr Vater, Sir Eric Murray, Laird Dubhlinn, ist sehr stolz auf sie.«

»Sir Eric Murray? Er ist doch mit den MacMillans of Bealachen verwandt?«

»Ja, er ist ihr Neffe. Sie haben meiner Cousine ein kleines Stück Land als Mitgift geschenkt, weil sie sie so gernhaben.«

»Dann solltet Ihr wissen, dass ich ein entfernter Cousin bin.«

Da sein Name MacMillan lautete, hatte Avery bereits die Möglichkeit einer Verwandtschaft in Betracht gezogen, doch sie täuschte Überraschung vor. »Oh, es erleichtert mich zu wissen, dass ein Verwandter dieses Schiff nach Hause steuert.« Sie seufzte und schüttelte den Kopf. »Ich hoffe nur, dass meine Cousine sicher an Bord kommt.«

»Warum sollte sie nicht? Befindet sie sich in Gefahr?«

»Ich bin mir nicht sicher. Der Mann, der mich haben will, um seinen Reichtum zu mehren, könnte gut und gern versuchen, sie an meiner Stelle zu ergreifen. Er könnte sogar auf die Idee kommen, Schottland dieser herrlichen Stimme zu berauben und sie für sein eigenes Vergnügen gefangen zu halten.«

»Räuberischer Franzose«, schimpfte Kapitän MacMillan und gab seinen Männern ein Zeichen.

Mit Mühe verbiss Avery sich ein Lachen, als alle Seeleute sich bewaffneten. Camerons Männer standen bereits gerüstet mit Pfeil und Bogen an der Reling. Nun erhielten sie Unterstützung von einem Dutzend hartgesottener Matrosen. Der Kapitän war so freundlich gewesen, sie für die Überfahrt an Bord zu nehmen und nicht DeVeau auszuliefern. Doch jetzt hatte sie ihm Gründe geliefert, auch für sie zu kämpfen.

Sie beobachtete, wie Cameron und seine Männer sich am Kai versammelten. Die Männer schlüpften einer nach dem anderen an Bord, während Cameron und Leargan Anne und den anderen dabei halfen, Wagen und Pferde auf das Schiff zu bugsieren. Gillyanne stand am Kai und sang lieblich, während Ranald die See und das Fahrzeug segnete. Avery begann, sich zu entspannen, als plötzlich Sir Charles und vier weitere Männer hinter ihrer Cousine auftauchten. Bevor ihn Ranald davon abhalten konnte, packte Sir Charles Gillyanne und hielt ihr ein Messer an die Kehle. Ranald hatte sein Schwert gezogen, doch er konnte nichts unternehmen. Cameron und Leargan standen am Fuß der Laderampe, auch sie hatten ihre Schwerter gezückt, waren aber genauso hilflos.

»Glaubt Ihr wirklich, dass ich mich von Eurem Spiel täuschen lasse, Lady Avery?«, rief Sir Charles.

»Ja«, gab Avery mit einer Gelassenheit zurück, die sie nicht empfand. »Wie habt Ihr uns durchschaut?«

»Sir Renford hier«, er nickte zu dem Mann rechts von ihm, »hat das Mädchen plötzlich erkannt. Männer erinnern sich oft an eine Frau, die sie begehrt, aber nicht bekommen haben. Jetzt würde ich vorschlagen, Ihr kommt hier herunter, falls Ihr wünscht, diesen kleinen Vogel jemals wieder trillern zu hören.«

Avery machte eine Bewegung, als wolle sie seinem Befehl gehorchen, wurde aber von Klein-Rob gepackt und mit beiden Armen gegen die Reling gedrückt. Cameron ließ Sir Charles nicht aus den Augen und gab seinen Männern ein Zeichen. Avery sah, dass links und rechts neben ihr Camerons Männer mit gespannten Bögen standen. Sie zielten unverwandt auf Sir Charles. Auch alle Matrosen hatten ihre Waffen erhoben – Bögen, Schwerter und Knüppel. Sir Charles musste bei aller Überheblichkeit einsehen, dass er sein Leben lassen würde, sobald er auch nur einen Tropfen von Gillyannes Blut vergoss. Avery betete, dass er nicht so wahnsinnig wäre, einen Fluchtversuch zu wagen oder – noch schlimmer – in einem irrsinnigen Racheanfall Gillyanne mit in den Tod reißen wollte. Sie stand angespannt und angstvoll in Klein-Robs Umarmung da, während Sir Charles' Begleiter auf ihn einsprachen.

»Lasst das Mädchen gehen, DeVeau«, forderte Cameron auf Französisch. »Dieses Spiel könnt Ihr nicht gewinnen.«

»Meine Männer ...«, begann Sir Charles, als er das Messer langsam von Gillyannes Kehle nahm.

»Die meisten von ihnen sind tot oder gefesselt. Ich bezweifle, dass Ihr mehr als diese vier Dummköpfe zur Hand habt, die sich jetzt hinter Euch verstecken.«

»Ich hasse es, zu verlieren«, knurrte Sir Charles, stieß aber Gillyanne auf Ranald zu, der das Mädchen hochhob und auf das Schiff rannte. Sir Charles verbeugte sich in Averys Richtung. »Bis zum nächsten Wiedersehen!«

»Ich habe genug von Frankreich gesehen«, erwiderte Avery. Sobald Klein-Rob seinen Griff gelockert hatte, eilte sie zu Gillyanne.

Cameron stand an der Reling und beobachtete Sir Charles, während das Schiff sich vom Kai entfernte. »Das war äußerst knapp.«

»Ja«, pflichtete ihm Leargan bei, der neben ihm stand. »Glücklicherweise liebt Sir Charles sich selbst mehr als das Siegen.« Leargan warf einen Blick zu Avery und Gillyanne, die sich intensiv mit dem Kapitän unterhielten. »Weißt du, dass dein Kapitän ein Verwandter von Klein-Gillyanne ist?«

»Erst seit wenigen Minuten.« Cameron krallte die Hände um die Reling, als das Schiff Fahrt aufnahm. »Glaubst du, dass die Mädchen ihn überreden, ihnen bei der Flucht behilflich zu sein?«

Leargan hielt die Reling ebenfalls fest umklammert, seine Gesicht nahm langsam einen grün-grauen Farbton an. »Vermutlich ist es ihnen in den Sinn gekommen. Aber es wird ihnen auch einfallen, dass jemand dabei verletzt werden könnte, und das werden sie nicht wollen.«

Da Cameron spürte, wie ihm der kalte Schweiß ausbrach, und wusste, dass er wohl ebenso schlimm aussah wie Leargan, lachte er schallend. »Ich glaube nicht, dass wir jetzt zu einem Kampf taugen würden, was meinst du?«

Die einzige Antwort seines Cousins war ein gequältes Ächzen, und einen Herzschlag später antwortete ihm Cameron mit demselben Laut.

16

»Ach, ich sehe schon, diese Reise wird nicht so romantisch, wie ich mir das erhofft habe.«

Cameron wollte sich umdrehen und Avery ansehen, verzog aber nur das Gesicht, weil es ihm nicht gelang. »Meine Handgelenke sind an der Reling festgebunden.«

»Ja.« Avery kniete sich neben ihn. Sie hatte noch nie einen Menschen gesehen, der so schrecklich krank aussah. »Klein-Rob hatte Angst, du könntest geradewegs mit dem Inhalt deines Magens in die See stürzen.«

»Leargan?« Cameron sah von einer Seite zur anderen, konnte seinen Cousin aber nirgends entdecken.

»Anne und Gillyanne haben ihn bereits losgebunden und zu Bett gebracht.«

»Wie soll ihm das helfen. Das Bett bewegt sich.«

»Stimmt, aber wir haben einen Heiltrank, der hilft. Wir haben eine Menge davon vorbereitet, denn fast die Hälfte deiner Männer ist seekrank.«

Er betrachtete sie und stellte fest, dass sie anziehend aussah, vom Wind zerzaust und von der Sonne gebräunt – was er ihr äußerst übel nahm. »Hast du diesen Trank eingenommen?«

»Nein.« Sie strich ihm sein vom Schweiß verklebtes Haar aus der blassen Stirn und überzeugte sich davon, dass er ein Bad ebenso sehr brauchte wie eine weitere Dosis des Heiltranks.

»Natürlich nicht«, brummte er. »Warum nur überrascht es mich nicht, dass Murray-Mädchen auch noch perfekte Seeleute sind?«

Avery begann, seine Handgelenke loszubinden. »Eigentlich sind Gillyanne und ich überhaupt nicht viel gesegelt. Nur auf der Reise nach Frankreich.«

»Das stimmt mich euch gegenüber nicht gerade freundlicher.«

»Ts, ts, und das alles, nachdem Klein-Rob und ich uns so bemüht haben, dir möglichst viel von dem Trank einzuflößen.«

Cameron erinnerte sich dunkel daran, dass ihm jemand ein übel schmeckendes Gebräu verabreicht hatte. Und dann wurde ihm bewusst, dass er tatsächlich zum ersten Mal bei Sinnen war, seit das Schiff Segel gesetzt hatte. »Wie lange war ich denn an dieser Reling festgebunden?«

»Der zweite Tag ist fast vorbei«, erwiderte sie, als sie ihm den Arm um die Taille legte und beim Aufstehen half.

Er schaute stirnrunzelnd auf ihren Kopf hinunter, während sie ihn fast schon zu ihrer Kabine schleifte. »Du solltest mir nicht so nahe kommen. Wahrscheinlich stinke ich.«

»Ja, das tust du. Aus diesem Grund habe ich dir in meiner Kabine ein Bad bereitet.«

»Besitze ich denn keine eigene Kabine?«

»Nein. Es gab nur ein paar, und der Kapitän hat sie den Frauen überlassen. Jetzt sind sie natürlich voll mit kranken Männern.« Sie gab sich alle Mühe, ihn mit einem Arm zu stützen, während sie mit der anderen Hand die Tür zu ihrer kleinen Kabine öffnete. »Und du wirst bei mir unterkommen.«

Cameron wollte widersprechen, doch ihm war zu übel, um gegen irgendetwas Einwände zu erheben. Er schwankte unsicher, als sie ihm einen Kelch mit einem Kräutertrank reichte und dann begann, ihn auszuziehen. Dieses Arrangement machte seine Pläne, Abstand von ihr zu halten, zunichte. Doch er kam zu dem Schluss, dass er viel zu krank war, um sich von seiner eigenen Leidenschaft in die Falle locken zu lassen, und das entspannte ihn.

Der Trank schmeckte grauenhaft, aber er schluckte alles

und nahm Avery dankbar den Wein aus der Hand, um den Geschmack aus dem Mund zu spülen. Als er mit einem genussvollen Seufzer in das heiße Badewasser sank, fiel ihm auf, dass sein Magen sich schon nicht mehr verkrampft anfühlte. Der Heiltrank half offensichtlich, auch wenn er ekelhaft schmeckte.

»Ich glaube, dein Trank wirkt«, sagte er, während sie ihm die Haare wusch.

»Normalerweise wirkt er schon nach der vierten Dosis«, antwortete sie, zog seinen Kopf nach hinten und schwemmte mit einem Krug sauberen Wassers die Seife aus seinen Haaren. »Du hast eben deinen sechsten hinuntergeschüttet.«

»Er schmeckt so widerlich, dass es ein Wunder ist, wenn mir davon nicht noch übler wird.«

Avery lachte weich und begann, ihm den Rücken zu schrubben. Es war ihr sehr schwergefallen, ihn die vergangenen zwei Tage an Deck zurückzulassen. Ihm war so übel gewesen, dass sie nicht mehr hatte tun können, als ihn zum Schlucken des Tranks zu zwingen und darauf zu warten, dass dieser Wirkung zeigte. Jetzt wusste sie allerdings, dass es klug gewesen war, das Schlimmste abzuwarten, bevor sie ihn in ihre Kabine brachte. Nun war er an einem sauberen, frischen Ort, wo er wieder zu Kräften kommen konnte.

Und, so dachte sie innerlich lächelnd, als sie ihm Füße und Beine wusch, er war ihr im Augenblick ein Stück weit ausgeliefert. Sie hatte eingesehen, dass Gillyanne recht hatte. Es war töricht, ihm zu erlauben, so viel Abstand zu halten. Sie konnte sowieso nicht viel an der Situation ändern. Aber auf keinen Fall würde sie ihm erlauben, sie um die wenigen Tage zu bringen, die ihr verblieben, um in seinen Armen ein paar schöne Erinnerungen zu sammeln. Falls er sie dann immer noch fortschicken wollte, wenn sie Cairnmoor erreicht hatten, würde er zwar ihrer Zukunft alle Freude nehmen, aber er konnte ihr nicht die Wonnen der Vergangenheit rauben. Als sie ihn fertig gewaschen hatte, zeigte sein Körper eindeutige Zeichen der Erregung und verriet ihr, dass Cameron sie noch immer begehrte. Es war an der Zeit, dass er aufhörte, sich vor der Leidenschaft, die sie miteinander erleben konnten, zu verstecken.

»Ich habe mich weit genug erholt, um mich selbst abzutrocknen«, sagte Cameron, als er aus dem Bad stieg.

Avery reichte ihm das Handtuch und ging die Tür öffnen, an der es geklopft hatte. Zwei Männer kamen herein, stellten ein Tablett mit Essen auf den kleinen Tisch am anderen Ende ihrer schmalen Kabine und zogen den Badezuber hinaus. Bis sie weg waren, hatte sich Cameron den Umhang übergezogen, den sie ihm bereitgelegt hatte. Nun saß er am Tisch und beäugte etwas misstrauisch die Speisen.

»Du kannst etwas essen«, sagte sie, ging zu ihrer Waschschüssel und begann, sich ihr Kleid auszuziehen. »Es wird nicht schaden, aber ich würde langsam essen. Dein Magen ist bestimmt noch empfindlich.«

»Bestimmt«, flüsterte er mit erstickter Stimme, als sie das Untergewand und die Hose abstreifte.

Er kaute an einer dicken Scheibe Brot und beobachtete, wie sie sich wusch. Der Anblick ihres schlanken, entzückenden Rückens schürte sein Begehren. Er stellte fest, dass es ihm eindeutig wesentlich besser ging, und trank einen Schluck Wein, der aber nicht dazu beitrug, sein Blut abzukühlen.

Sie benahm sich, als wären sie noch immer ein Liebespaar, stellte er verwundert fest. Das ergab keinen Sinn, denn er hatte sie seit Tagen völlig übergangen. Sie musste seine kalte, deutliche Zurückweisung doch bemerkt haben. Allerdings hatte die Reaktion seines sündigen Körpers auf ihre Berührungen beim Waschen seine vorgebliche Gleichgültigkeit Lügen gestraft. Vielleicht, so überlegte er sich, musste er ihr unverblümt sagen, dass ihre Affäre zu Ende war.

Cameron starrte sie an, als sie sich, nur in ihren Umhang gehüllt, zu ihm an den Tisch gesellte. Ihre goldbraunen Strähnen fielen wild über ihre schlanken Schultern. Sie lächelte ihm süß zu. Aus Gründen, die nur sie kannte, hatte sie offensichtlich vor, sein Verhalten der vergangenen Tage als schlechte Laune abzutun. Während sie aßen, fuhr er fort, sie zu beobachten, und er spürte, wie Erregung sich seines Körpers bemächtigte. Eine Vorahnung der Süße, die er in ihren Armen finden würde, ließ all seine Nerven vibrieren. Je länger er sie betrachtete, desto stärker wurde seine Erregung. Und desto heftiger schimpfte er sich einen Dummkopf, weil er bereit gewesen war, vor der Zeit das aufzugeben, was sie ihm so freimütig anbot.

»Was für ein Spiel spielst du jetzt, Mädchen?«, fragte er sie schließlich, misstrauisch gegenüber ihrer guten Laune, nachdem sie seine schlechte Laune tagelang hatte ertragen müssen.

»Spiel?«, fragte Avery zurück und schlug die Beine übereinander. Sie bemühte sich nicht, ihren Umhang zurechtzuzupfen, als er aufging und ihre Beine bis über die Knie freigab. »Warum glaubst du, dass ich ein Spiel spiele?«

Das Verlangen, sie von den Zehen bis zu den Hüften und wieder hinunter zu küssen, überwältigte ihn. Er riss seinen Blick von ihren schlanken Beinen los und schenkte ihr einen leicht empörten Blick. »Weil ein Mädchen mit deinem Temperament eigentlich den Wunsch verspüren müsste, mir einen Schlag zu verpassen, so wie ich mich vergangene Woche betragen habe. Stattdessen kurierst du meine Seekrankheit, wäschst mich, fütterst mich, lächelst mich an und führst mich in Versuchung.«

»Deine schlechte Laune hatte einen Zweck? Ich dachte, du würdest nur so vor dich hinbrüten.«

»Ich habe nicht vor mich hingebrütet.«

»Oh? Wie nennst du das dann?«

»Ich habe mich nur an das heimtückische Wesen der Frauen erinnert.« Es überraschte ihn nicht, dass Wut in ihren Augen blitzte.

»Jemand könnte so unfreundlich sein und darauf hinweisen, dass ein Mann, der nur mit Huren und Ehebrecherinnen verkehrt, ein Esel ist, wenn er Ehrgefühl und Aufrichtigkeit erwartet.«

»Ein guter, scharfer Hieb, Mädchen.«

»Danke.«

Er begriff, dass ihre Worte ihn nicht ärgerten, weil er bereits zu demselben Schluss gekommen war. Der Gedanke, dass sie ihn für einen Esel halten könnte, und sei es auch nur flüchtig, setzte ihm zu, aber er tat ihn mit einem Achselzucken ab. Männer und Frauen hatten sich gegenseitig schon viel zu oft zum Narren gehalten. Cameron fand Trost in der Tatsache, dass er wenigstens aus früheren Fehlern gelernt hatte.

»Es waren nicht lauter Huren und Ehebrecherinnen«, fühlte er sich gezwungen zu sagen. »Eine davon war ein Mädchen, dem ich versprochen war, ein Mädchen von hohem Stand, eine vermeintliche Jungfrau von lieblichem Wesen.«

»Du warst verheiratet?« Avery fand die Vorstellung, dass er verlobt oder verheiratet gewesen sein könnte, zutiefst beunruhigend. Sie fragte sich, warum, da sie doch den Gedanken an seine früheren Geliebten so vergleichsweise leicht abtun konnte.

»Nein, nur verlobt. Sie war scheinbar mit einer Heirat einverstanden. Vierzehn Tage vor unserer Hochzeit kam sie mit ihrer Mutter, ihren Bediensteten und ein paar Verwandten, darunter einem entfernten Cousin namens Jordan nach Cairnmoor.«

»Und?«, hakte sie nach, als er in Schweigen verfiel und in seinen Weinkelch starrte. »Die beiden waren ein Liebespaar, sie und dieser Jordan?«

»Oh ja, und er war auch kein Cousin. Nein, er war der Sohn eines alten, erbitterten Feindes meines Vaters. Die beiden planten, die Hochzeitszeremonie zu benutzen, um seine Männer auf meiner Burg einzuschleusen und sie zu erobern. Meine Familie, die meisten meiner Gefolgsleute und natürlich ich, der arme vernarrte Bräutigam, sollten getötet werden. Sie hatten bereits ein halbes Dutzend Männer in mein Heim geschmuggelt und mit ihren finsteren Machenschaften begonnen. Sechs meiner Leute waren tot, bevor ich erkannte, dass etwas nicht stimmte. Später fanden wir ihre Leichen mit Steinen beschwert am Grund des Burggrabens.«

Und du gibst dir die Schuld an jedem einzelnen Toten. Sie wünschte bei sich, sie könnte ihm die Schuldgefühle nehmen. »Wie bist du ihnen auf die Schliche gekommen?«

»Auf dem Weg zu ihrem Schlafgemach habe ich Jordan hineinschlüpfen sehen und legte mein Ohr an die Tür.«

Sie zuckte zusammen. »Und du hast entdecken müssen, dass das Sprichwort vom Lauscher an der Tür, der seine eigene Schande hört, stimmt?«

Er lächelte matt. »Ja. So habe ich von ihren Plänen und dem Schicksal meiner vermissten Leute erfahren. Ich habe außerdem gehört, dass meine Braut sehr froh darüber wäre, wenn alles schnell ging, denn sie wollte mich nicht wirklich heiraten oder mit mir schlafen. Dass dieser finstere, missmutige Teufel tatsächlich ihre Haut berühren könnte, bevor man ihn umbrachte, entsetzte sie.«

»Autsch! Vermutlich bevorzugt sie junge blonde Ritter, die gerne die Kehlen ihrer Gastgeber durchschneiden.« Sie war froh, dass er über ihre Ironie schmunzeln konnte. »Manchmal ist es schwierig, ein Lächeln und süße Worte zu durchschauen. Schmeicheleien sind wie Balsam, man glaubt ihnen gerne. Als ich zum ersten Mal erfahren habe, wie leicht man hereingelegt werden kann, musste ich mir wenigstens keine Sorgen machen, wie ich meinen Clan und meinen Stolz retten kann. Was hast du gemacht?«

»Die Tore schließen lassen und die Verräter zusammengetrieben. Als Jordans übrige Männer ankamen, konnten sie das Pack von den Zinnen baumeln sehen. Da haben sie das Weite gesucht.«

Es war ein hartes Schicksal, aber sie wusste, dass er ihnen

einen gnädigeren Tod geschenkt hatte, als viele andere in seiner Lage es getan hätten. »Hast du auch deine Verlobte getötet?«

»Nein. Ich habe ihr und ihrem Weibervolk Angst vor dem Teufel eingeflößt und sie nach Hause geschickt.« Er sah sie einen Moment forschend an. »Und wer hat dich hereingelegt, Mädchen?«

»Ach, nur ein Junge. Unmittelbar vor meiner Reise nach Frankreich nahmen mich meine Eltern mit an den Hof. Sie haben wohl gehofft, dort einen passenden Mann für mich zu finden. Sagen wir es einmal so: Die jungen Männer sind nicht gerade Schlange gestanden, um mir die Pantoffeln zu küssen. Aber es gab einen Jungen, der mir deutlich gezeigt hat, dass er an mir interessiert war. Und weil ich noch niemals zuvor umworben und umschmeichelt worden bin, gestehe ich, dass es mich berührt hat. Es gab Gerüchte über ihn, die besagten, dass er oft Mädchen verführte und sich dann aus dem Staub machte. Es hieß, er sei ein Schurke, der mehr Zeit damit verbringt, Mädchen ins Bett zu ziehen, als zu arbeiten.« Sie zuckte die Schultern. »Ich habe mir eingeredet, dass alle jungen Kerle sich auf diese Weise vergnügen, bevor sie sich eine Ehefrau nehmen.«

Cameron wusste, wie diese Geschichte enden würde, und widerstand dem Drang, sie am Weiterreden zu hindern. Seiner Erfahrung nach war sein Geschmack in keiner Hinsicht ungewöhnlich. Umso weniger konnte er verstehen, dass andere Männer Averys Schönheit und das verheißungsvolle Feuer der Leidenschaft in ihrem geschmeidigen Körper nicht sahen. Ohne Erstaunen registrierte er sein Bedürfnis, den jungen Mann, von dem sie sprach, ausfindig zu machen und ihn ordentlich zu verprügeln. Nach dem Vorfall mit Sir Charles wusste er bereits, dass er sich Avery gegenüber als Beschützer empfand.

»So war es aber nicht mit diesem Knaben?«, fragte er.

»Vielleicht schon, aber ich war nicht das Mädchen, das seinen unsteten Lebenswandel ändern konnte. Er war nicht sonderlich diskret und trieb es weiterhin mit einer verheirateten Frau, während er um mich warb. Ich entdeckte die beiden zufällig, als sie ein Stelldichein im Garten hatten. Sie war eifersüchtig wegen seiner Aufmerksamkeiten für mich. Es war aber schnell klar, dass seine Aufmerksamkeiten für dieses dünne Mädchen mit den seltsamen Augen einzig meiner Mitgift geschuldet waren.« Sie lächelte, als er leicht zusammenzuckte. »Ich bin zu der Überzeugung gekommen, dass das, was ich wollte, nicht bei Hofe zu finden war.«

»Und natürlich war er blond und sah sehr gut aus.«

Sie lachte weich. »Er hatte schwarze Haare, eine Haut so hell wie Milch und blaue Augen. Ich habe feststellen können, dass Blutergüsse auf heller Haut recht gut zur Geltung kommen«, murmelte sie. »Als ich aus dem Garten in die große Halle zurückkehrte, traf ich den Ehemann der Dame, der mich fragte, ob ich sie gesehen hätte.«

»Hinterhältiges Mädchen.« Er prostete ihr mit einem kurzen Anheben des Kelches zu.

»Ja, obwohl es falsch war, mich von meinem mitgenommenen Stolz leiten zu lassen. Der Ehemann hätte sie beide töten können. Der Junge musste eine ordentliche Tracht Prügel über sich ergehen lassen, denn er war weder groß noch kräftig.«

»Seltsam. Normalerweise bevorzugen Mädchen die Großen und Kräftigen.«

»Tja, aber nach allem, was ich an dem Tag gehört habe, hatte er etwas anderes, das der Dame gefiel. Seine Geliebte hat nämlich behauptet, er hätte einen sehr großen …«

»Avery«, warnte er sie und schaute sie tadelnd an, obwohl ihm nach Lachen zumute war.

»Keine Angst. Ich habe nicht nachgeprüft, ob ihre Behauptung stimmte.«

»Welch gutes Benehmen! Du bist nicht zu dünn, Mädchen, und deine Augen mögen eine seltsame Farbe haben, aber sie sind wunderschön.«

»Habt Dank, gütiger Herr«, sagte sie. Ihre Stimme klang heiter und ausgelassen, aber ein leichtes Rot überzog ihre Wangen. »Und ich habe herausgefunden, dass ich eine wahre Schwäche für tapfere, dunkle Ritter habe.« Sie zwinkerte ihm zu.

Er setzte seinen Kelch ab und streckte die Hand aus. Es fühlte sich gefährlich gut an, als sie ihre Hand in seine legte. Mit einem Seufzen, das eine Mischung aus Freude und Resignation über seine Schwäche war, zog er sie auf seinen Schoß.

»Du fühlst dich besser, nicht wahr?«, fragte sie ihn. Ihre Stimme geriet ein wenig ins Schwanken, als er begann, ihre Beine zu streicheln.

»Ja, viel besser«, bekannte er und leckte über ihren schlanken Hals.

»Kein Grübeln mehr?«

Er lehnte sich zurück, seufzte und schüttelte den Kopf. »Nein. Du kannst von einem Mann aber auch nicht erwarten, dass er es gut aufnimmt, wenn er erfährt, dass jemand sein Kind vor ihm verborgen hat und den armen kleinen Jungen weder taufen ließ noch ihm einen Namen gab.«

Avery nahm an, dass Cameron damit versuchte, sein Verhalten zu erklären. Vermutlich kamen diese Worte einer Entschuldigung näher als alles, was sie von ihm hören würde. »Nein, das war grausam. Und es war noch grausamer, das Kind im Wald auszusetzen, damit es stirbt.«

»Weil er so dunkelhäutig wie der Teufel war, so schwarze Haare und Augen hatte, dass er das Kind des Teufels sein musste. Und das Mal auf seinem Bauch war der Beweis dafür.« Camerons Stimme klang hart und bitter.

Das, so vermutete sie, verletzte ihn am meisten. Wahrscheinlich wurden dadurch in ihm Erinnerungen an Verletzungen, Beleidigungen und Zurückweisungen in der Vergangenheit wachgerufen. Cameron war mit Sicherheit nicht der hübsche, blauäugige Ritter, von dem viele Mädchen träumten.

Er war mürrisch, dunkel wie die Sünde und verstand sich nicht sehr gut darauf, einem Mädchen süße Worte und Schmeicheleien zu sagen. Sicher wäre die Nachricht, dass sie einen solchen Mann lieben konnte, für viele eine Überraschung. Aber sie liebte ihn – offensichtlich mehr, als klug war. Er war ihr schwarzäugiger Edelmann, ihr Ritter Dunkel-wie-die-Sünde. Sie streichelte sein markantes Kinn und wunderte sich, dass Frauen die Schönheit seiner kräftigen Gesichtszüge nicht sahen und nicht vom Rätsel seiner dunklen Augen fasziniert waren.

»Dann muss ich eine sehr große Sünderin sein«, murmelte sie, »denn immer, wenn ich das kleine Mal auf deinem schönen Bauch sehe, muss ich es einfach küssen.« Sie spürte, wie er unter ihren Händen, die sie ihm auf die Brust gelegt hatte, leicht zitterte.

Cameron musste sich räuspern, bevor er etwas sagen konnte. »Man soll nie sagen können, dass ich meiner Dame einen Wunsch verwehrt habe.«

Avery gefiel es, wie er sie »meine Dame« nannte. Sie glitt von seinem Schoß und kniete sich zwischen seine Beine. »Meine Dame« – so sollte er an sie denken, wenn er sie fortgeschickt hatte. »Meine Dame«, die ihn vor Leidenschaft zittern ließ. »Meine Dame«, die mit jeder Berührung, jedem Kuss ihre Begeisterung über seinen großen, starken, dunklen Körper zeigte. Das wäre ein schönes Vermächtnis, überlegte sie, als sie sich eines seiner kräftigen Beine hinaufküsste. Es konnte auch eine Erinnerung sein, die stark genug war, ihn zu verfolgen, wenn er sie nach Donncoill zurückgeschickt hatte – so bezwingend, dass er nach einer Möglichkeit suchen würde, sie zurückzuholen.

Sie streichelte und küsste seine Beine, bis sie spürte, dass ihn ein sanftes Zittern durchlief. Sie zog sich auf die Knie hoch und schnürte seinen Umhang auf. Avery küsste den straffen Bauch, die Hüften, Rippen, den Anfang seiner kräftigen Oberschenkel, küsste ihn überall – nur nicht da, wo er es, wie sie wusste, gern gehabt hätte. Schließlich gab er ihr mit einem leichten Zug an ihren Haaren und heiserem Gemurmel zu verstehen, dass er keine weiteren sinnlichen Neckereien ertragen konnte. Sie lachte sanft und schenkte ihm, was er haben wollte.

Cameron hielt die Lehnen seines Stuhls umklammert, während er ihr zusah, wie sie ihn mit dem Mund liebte. Sie war sehr gut darin, wusste instinktiv, wie sie ihn an den äußersten Rand des süßen Wahnsinns treiben konnte. Dass sie ihm dieses Vergnügen so bereitwillig zugestand, dass sie selbst so offensichtlich Freude daran fand, steigerte seine angenehmen Empfindungen noch. Er wünschte, die Kraft zu haben, es länger zu genießen, doch nach nur wenigen Augenblicken wusste er, dass er sie aufhalten musste.

Ein leiser überraschter Aufschrei entfuhr Avery, denn er stand plötzlich auf, packte sie unter den Achseln und setzte sie auf den Stuhl. Sie murmelte wohlig, als er ihren Umhang aufschob und sich an ihren Brüsten ergötzte. Seine Hände und Lippen wurden zum Werkzeug einer sinnlichen Folter. Erst als er sich vor sie hinkniete, spürte sie, wie die Scham einen schwachen, kühlenden Schatten auf ihre Leidenschaft warf.

»Nein, nicht doch!«, protestierte sie leise, als er sie sanft daran hinderte, ihre Beine zusammenzupressen.

»Ich habe dir keinen meiner Körperteile vorenthalten«, murmelte er nah an ihrem inneren Oberschenkel.

»Männer sind ein schamloses Pack.«

»Ach, Mädchen, du bist dort so schön. Überall Gold und Seide und süßer, süßer Honig.«

Es brauchte kaum mehr als ein Streicheln seiner langgliedrigen Finger und ein oder zwei Küsse, um ihre Scheu zu verbannen. Er führte sie mit erbarmungsloser Schnelligkeit zum Höhepunkt. Avery erkannte bald, dass er das absichtlich getan hatte, damit er mit ihr jetzt so spielen konnte, wie es ihm gefiel. Sie schloss die Augen und bemühte sich um Selbstbeherrschung. So schamlos und lüstern es auch war, sie liebte sein intimes Spiel. Einmal mehr trieb er sie auf den Gipfel, nach dem alle Liebenden streben. Als es den Anschein hatte, dass er das noch ein drittes Mal tun wollte, protestierte sie. So köstlich dieses Liebesspiel auch war, sie musste ihn in sich spüren, sehnte sich nach der Vereinigung ihrer Körper. Sie wollte ihre Ekstase mit ihm teilen.

Cameron umfing ihre Taille und zog sie aus dem Stuhl hoch.

Langsam setzte er sie auf sich und tauchte in sie ein, als hätte er alle Zeit dieser Welt, als würden sie nicht beide vor Verlangen beben.

Avery sah ihn an, während sie sich an seine breiten Schultern klammerte. Seine Augen waren geschlossen, sein Kopf war nach hinten geworfen. Auf seinem Gesicht lag ein Ausdruck solchen Genusses, ein Ausdruck so lebhafter Vorfreude, dass sie spürte, wie ihre eigene Leidenschaft wieder aufflammte.

Noch bevor er ihre beiden Körper gänzlich vereint hatte, überkam sie bereits die Erlösung. Mit wenigen heftigen Stößen folgte ihr Cameron in dieses Paradies.

Avery brach in seinen Armen zusammen, und er streckte sich auf dem Boden aus. Sie fühlte sich so ausgelaugt, dass sie sich fragte, wie sie überhaupt noch die Kraft besaß zu atmen. Wenn ihre Eltern seit zwanzig Jahren diesen Lüsten frönten, grenzte es an ein Wunder, dass sie noch am Leben waren.

Es erklärte die Größe ihrer Familie und, dachte sie mit einem Lächeln, diese fiebrigen Blicke, die sie tauschten, bevor sie plötzlich unentschuldigt verschwanden. Ein kräftiges Klopfen riss Avery aus ihren Gedanken. Sie starrte erschrocken auf die Tür und hoffte inständig, dass sie daran gedacht hatte, sie zu verriegeln.

»Avery«, rief Gillyanne, »komm und schau dir die Sterne an.«

Als sie hörte, dass Gillyanne weitersprang, ohne auch nur

auf eine Antwort zu warten, fiel Avery wieder in Camerons Arme zurück. »Ich habe sie schon gesehen, gerade eben«, murmelte sie und musste lächeln, als sie durch Camerons Lachens sanft an seiner Brust geschüttelt wurde.

»Komm, Mädchen.« Er zog sich hoch, setzte sie neben sich und stand auf. »Ich möchte hinausgehen und deinen Trank kosten.«

Während sie sich ankleidete, sagte Avery: »Es macht keinen Unterschied, wo auf dem Schiff du stehst. Wenn du den Trank dreimal am Tag zu dir nimmst, bis wir wieder an Land sind, müsste es dir gut gehen.«

»Hast du genug Kräuter, um so viel davon herzustellen? Du hast gesagt, dass beinahe die Hälfte meiner Männer krank ist.«

»Man kann ziemlich viel davon herstellen, indem man nur ein paar Handvoll Kräuter nimmt. Und nicht allen deinen Männern geht es so schlecht wie Leargan und dir. Manche brauchen nur einen Tag, vielleicht zwei, um sich an das Schiff zu gewöhnen. Ein, zwei Becher genügen ihnen. Anne konnte sich gut erinnern, welche Männer sich schnell erholen und welche die ganze Reise über leiden.«

»Es ist eine widerliche Kur«, stellte Cameron fest, als er Avery dabei half, ihr Kleid zuzuschnüren. »Aber sie ist nicht so widerlich wie die Seekrankheit.« Er flocht ihre Haare zu einem lockeren Zopf und befestigte diesen mit einem Band, das sie ihm reichte.

»Lass uns nachschauen, warum Gillyanne meint, wir müssten uns die Sterne ansehen.«

Avery ließ sich von Cameron an der Hand nehmen und aus der Kabine führen. Er war wieder leidenschaftlich, verspielt, ja sogar freundlich. Seine düsteren Grübeleien hatten augenscheinlich ein Ende gefunden, und falls es seine Absicht gewesen war, sie auf Abstand zu halten, hatte er eindeutig seine Meinung geändert. Es war nicht einfach, aber Avery zügelte ihre Zunge.

Ihr Stolz rebellierte gegen die Art und Weise, wie er sie nach Belieben beiseiteschob und wieder beachtete, je nachdem wie ihm gerade zumute war. Aber sie zwang sich, zu schweigen. Falls sie beide am Ende zusammenbleiben sollten, würde sie Cameron schon beibringen, dass Erklärungen und Entschuldigungen niemanden verletzten und keine Narben hinterließen.

Frauen aber, die keine Erklärungen und Entschuldigungen vom Mann ihres Lebens erhielten, konnten sehr wohl verletzen und Narben hinterlassen.

17

»Mir war gar nicht bewusst, wie sehr ich Schottland vermisst habe«, sagte Avery, als sie auf einem felsigen Hügel neben Gillyanne stand und ihren Blick über die Landschaft schweifen ließ. »Es kommt mir so vor, als wäre ich schon nach einem Tag hier ein anderer Mensch.«

»Hm. Kalt«, antwortete Gillyanne gedehnt und schlang ihren Umhang fester um sich.

»Du hast keinerlei Sinn für Romantik.«

»Doch, den habe ich. Aber ich ertrage es nicht, vom Nordwind in einen Eiszapfen verwandelt zu werden.«

»Was du brauchst, ist ein bisschen mehr Fett auf den Rippen.«

Gillyanne verdrehte die Augen. »Sieh an, wer mir diesen Rat gibt. Ein Mädchen, das von einem kräftigen Windstoß umgeweht werden könnte.«

»Obwohl diese steife Brise an mir rüttelt, stehe ich noch immer fest auf dem Boden.« Avery schob sich eine Haarsträhne hinters Ohr, die von dem leichten Wind gelöst worden war. »Ich glaube, ich habe ein paar Kilo zugenommen.«

»Oh ja. Wüsste ich nicht, dass du deine Tage gehabt hast, als du krank warst, würde ich denken, du bist schwanger, so mollig bist du geworden.«

»Wusstest du schon, dass man ernsten Schaden nehmen kann, wenn man diesen Hügel hinuntergestoßen wird?« Avery warf Gillyanne aus Augenschlitzen heraus einen funkelnden Blick zu, aber ihre Cousine lachte nur. »Ich wünschte, wir würden nach Donncoill reiten«, fügte sie mit gedämpfter Stimme hinzu, als sie die MacAlpins beobachtete, die das Lager aufschlugen.

»Ich weiß.« Gillyanne ließ ihre Hand in Averys gleiten. »Wir reisen zuerst nach Cairnmoor.«

Avery nickte und unterdrückte die aufsteigenden Tränen. »Ich habe ihn nicht von seinem Vorhaben abgebracht.«

»Das kannst du auch nicht, und das weißt du. Er hält seine Schwester für eine geschändete Frau und Payton für den Übeltäter. Wenn Payton nicht kommt, um das Mädchen zu heiraten, wird Cameron dich als Druckmittel benutzen. Unsere Eltern und alle unsere Verwandten würden ebenso handeln. Der einzige Unterschied dabei ist, dass wir wissen, dass dieses Mädchen lügt. Sie macht sich das Ehrgefühl und die Liebe ihres Bruders zunutze, um sich unseren Payton als Ehemann zu angeln. Ich konfrontiere dich nur ungern immer wieder mit dieser harten Wahrheit, aber du musst sie im Gedächtnis behalten, sonst wird sich der Schmerz, den dir das Ganze bereitet, nur noch verschlimmern.«

»Warum versuche ich dann so heftig, ihn dazu zu bringen, mich zu lieben?«

»Weil du ihn liebst. Und wegen allem, was danach geschehen wird. Damit du ihm das Herz so schwer machst, dass er nach Lösungen sucht und seine Augen weit genug öffnet, um zu erkennen, dass seine Schwester lügt. Damit er dich zurückholen will, unabhängig davon, was zwischen Katherine und Payton geschieht.«

»Es wird wehtun«, flüsterte Avery.

»Ja, ich fürchte, das wird es«, bestätigte Gillyanne und drückte voller Mitgefühl Averys Hand. »Sag dir einfach immer wieder, dass du trotz all dem Schmerz, den du erleidest, am Ende vielleicht mit all der Herrlichkeit belohnt wirst, die unsere Eltern erleben. Das ist es, was ich haben will.«

»Du verdienst es auch, Mädchen. Ich bete darum, dass du nicht annähernd so viele Probleme haben wirst, einen Mann für dich zu gewinnen.«

»Ach, aber wie oft gewinnt man einen so wertvollen Preis schon ohne alle Mühen?«

»Was glaubst du, was die beiden da oben aushecken?«, fragte Cameron Leargan, als er Avery und Gillyanne auf dem Hügel stehen sah.

»Wie sie einen sehr großen Felsen finden und ihn auf dich herunterrollen können?«, antwortete Leargan. Er begegnete Camerons empörtem Blick mit einem Grinsen.

»Seit wir gestern an Land gegangen sind, hast du nervtötend gute Laune.«

»Es war mir nicht bewusst, wie sehr ich dieses Land vermisst habe. Das Heidekraut, die Hügel, die Felsen.«

»Die Disteln, die Kälte, den Regen.«

Leargan lachte und schüttelte den Kopf. »Komm, gib es zu! Du bist auch froh, zurück zu sein. Du hast es ebenso vermisst.«

Cameron lächelte schwach. »Ja, das habe ich. Es wird schön sein, Cairnmoor wiederzusehen.« Er schaute noch einmal stirnrunzelnd zu Avery und ihrer Cousine, in dem Bewusstsein, dass ein Schatten auf der Freude seines Nachhausekommens lag.

»Ich glaube wirklich nicht, dass sie etwas aushecken, Cameron. Vielleicht haben auch sie Schottland einfach nur vermisst.«

»Und vielleicht versuchen sie festzustellen, in welcher Richtung Donncoill oder eine andere Burg ihrer unermesslich großen Verwandtschaft liegt.«

»Befürchtest du, dass uns deine Pläne in einen Krieg verwickeln?«

»Nicht, solange ich die beiden Mädchen als Pfand für Payton besitze. Außerdem will ich dem Jungen ja nicht sein Leben nehmen, sondern sorge nur dafür, dass er Katherine heiratet.«

»Manche Leute würden das als schlimmeres von zwei Übeln ansehen. Das Heiraten im Allgemeinen«, fügte Leargan hastig hinzu, »nicht eine Heirat mit Katherine im Besonderen.«

»Wie wahr.« Cameron zuckte die Schultern. »Ich kann mir nicht vorstellen, dass die Murrays oder ihre diversen Verwandten wegen dieser Sache Blut vergießen wollen.«

»Nein, wahrscheinlich nicht. Aber du weißt, dass du diese Ehe, obwohl du sie erzwingen kannst, nicht zu einer guten Ehe machen kannst.«

»Das weiß ich. Immerhin muss zwischen ihnen ein Funken Leidenschaft gewesen sein, wenn sie miteinander ins Bett gestiegen sind.« Er verzog das Gesicht. »Und ganz bestimmt kann der so ausgesprochen schöne, äußerst edle und viel gepriesene Sir Payton Murray gar nicht anders, als ein höchst vollkommener Ehemann zu sein.«

Leargan lachte. »Du klingst fast neidisch, Cousin.«

»Vollkommenheit kann lästig sein.«

»Wie alt ist denn dieser oh so schöne und vollkommene Edelmann?«

Cameron hob die Augenbrauen. »Ich weiß es nicht. Ich glaube, er wurde schon vor einigen Jahren zum Ritter geschlagen, also muss er fast so alt sein wie wir.«

»Er könnte sich seine Sporen schon in sehr jungen Jahren verdient haben.«

»Großer Gott, bloß nicht«, knurrte Cameron, als er sich umdrehte und davonschritt. »Sollte ich entdecken, dass er schon früh für eine große heroische Tat zum Ritter geschlagen wurde, werde ich daran wohl ersticken.«

Avery setzte sich neben Cameron und beobachtete ihn im Schlaf. Wenn das Wetter schön blieb und der Weg, dem sie folgten, sicher und frei von Hindernissen, konnten sie in vier Tagen auf Cairnmoor sein. Und dann, dachte sie traurig, würde Cameron sie gegen Payton eintauschen, sie wegschicken und ihr das Herz brechen. Das würde sie nicht ertragen.

Sie verstand auch nicht wirklich, wie er das tun konnte. Sie kannte seinen Stolz, sein Ehrgefühl und seine Loyalität gegenüber seiner Schwester. Doch trotz allem, was sie miteinander teilten, schien er nicht einmal über eine Möglichkeit nachzudenken, seiner Schwester den Ehemann, den er für nötig hielt, zu beschaffen, ohne seine Geliebte zu verlieren. Von Zeit zu Zeit war sich Avery sicher, dass er sie mochte. Natürlich konnte kein Mann eine Frau im Bett so lieben, wenn er sie nicht wenigstens ein bisschen mochte. Aber vielleicht war dieses Bisschen ja auch schon alles. Und viel zu wenig.

Genau davor aber hatte sie Angst. Sie war darauf vorbereitet, gegen Payton eingetauscht zu werden, und hatte Camerons Gründe akzeptiert. Selbst ihre Familie würde diese Gründe anerkennen, obwohl alles auf eine Lüge zurückging. Angst hatte sie besonders davor, dass er sie eintauschen und wegschicken könnte, ohne mehr Gefühl dabei zu zeigen als beim Verkauf eines Pferds. Sie wollte, dass ihn sein Handeln innerlich zerriss, und sie hatte große Angst, dass das nicht der Fall sein würde.

Vorsichtig stand sie auf, entfernte sich vom Bett und zog sich an. Sie konnte nicht bleiben und zusehen, wie er das zerstörte, was sie miteinander erlebt hatten. Sie konnte ihm nicht erlauben, die Schönheit ihrer Erinnerungen zu beschmutzen. Avery wollte sich an der Freude festhalten, die sie in der Liebe zu ihm gefunden hatte, so kurz sie auch gewesen sein mochte. Sie begriff, wie leicht das zerstört werden konnte. Sie wollte nicht dabei zusehen, wie er sie kaltherzig abschob. Sie wollte nach dem Ende ihrer gemeinsamen Zeit immer noch ihre Erinnerungen hegen und pflegen und ihre Leidenschaft als etwas Wunderschönes im Gedächtnis behalten können.

Nachdem sie ein kleines Bündel mit Kleidern und Vorräten gepackt hatte, kroch sie aus dem Zelt. Keiner hielt in der Nähe Wache, denn keiner erwartete, dass sie aus Camerons Bett fliehen würde. Ein paar Männer standen am Rand des Lagers, um Ausschau nach Räubern oder anderem Gesindel zu halten, das auf Blutvergießen oder Plündern aus war. Doch sie wusste, wo diese Wachen sich befanden. Sie atmete tief ein, um sich zu beruhigen, und entschlüpfte in die Dunkelheit des umliegenden Waldes.

Als sie im Wald angekommen war, blieb sie stehen, um zum Lager zurückzublicken. Es fiel ihr schwer, Gillyanne hierzulassen, doch ihre Cousine, dessen war sie sich sicher, würde sie verstehen. Es gab keine Möglichkeit, Gillyanne heimlich aus dem Lager zu schleusen, und Avery wusste nicht, ob sich in den nächsten Tagen eine Chance zur gemeinsamen Flucht ergeben würde. Ganz sicher aber war sie, dass niemand dem Mädchen ein Leid zufügen würde. Und sie wusste, dass Gillyanne das genauso sah und also keine Angst hätte.

Sie entfernte sich rasch vom Lager und fragte sich, wie weit sie bis zur Morgendämmerung wohl kommen konnte. Sofern Cameron nicht aufwachte und die Hand nach ihr ausstreckte, würde ihre Abwesenheit nicht vor Tagesanbruch bemerkt werden. Ihrer Einschätzung nach gab ihr das drei Stunden Vorsprung, vielleicht sogar mehr. Das konnte reichen, wenn sie – sie seufzte – in die richtige Richtung unterwegs war.

Sobald sie ihre Familie erreichte, konnte sie diese wissen lassen, dass Gillyanne in Sicherheit war und Cameron, was er auch sagte, dem Mädchen nicht wehtun würde. Avery wusste, dass Cameron, selbst wenn er es flüchtig in Erwägung ziehen sollte, von seinen Leuten daran gehindert werden würde, ihre Cousine zu verletzen. In ihrem Herzen aber war sie überzeugt davon, dass er niemals Hand an eine Frau oder ein Kind legen würde. Dieses Wissen würde Payton bei seiner Entscheidung ein bisschen Spielraum lassen. Avery hoffte nur, dass Cameron ihre Vorgehensweise nicht als Beweis dafür sehen würde, dass sie nur eine weitere untreue und verräterische Frau in seinem Leben war.

»Was heißt, du kannst sie nicht finden?«

Im Lager herrschte angespannte Stille, und er hörte, wie sein Brüllen von den Waldrändern widerhallte. Cameron atmete tief durch und versuchte, sich zu beruhigen. Als er aufgewacht war und festgestellt hatte, dass Avery nicht mehr in seinem Bett lag, hatte er angenommen, dass sie für ein persönliches Bedürfnis kurz hinausgegangen war. Obwohl er etwas enttäuscht war, dass er den Tag nicht mit einem Liebesspiel beginnen konnte, war ihm ihre Abwesenheit nicht verdächtig erschienen. Nachdem er sich angezogen und Donald ihm das Essen gebracht hatte, fing er allerdings an, sich Sorgen zu machen. Im Wald lauerten viele Gefahren. Jetzt, nach einer einstündigen Suche, war er nicht nur besorgt, sondern misstrauisch und wütend.

»Es fehlen ein paar ihrer Sachen«, verkündete Anne mit leiser Stimme, als sie aus Camerons Zelt trat.

Cameron schaute Gillyanne an. »Sie würde nicht ohne Euch fliehen.«

Gillyanne zuckte die Schultern. »Seit unserer letzten Flucht bewacht man uns immer sehr scharf, wenn wir zusammen sind. Und nachts schlafe ich bei den Frauen im Zelt. Sie hätte mich nicht wecken können, ohne jemand anderen zu wecken.«

»Wo würde sie hingehen?«

»Donncoill.«

»Sie weiß nicht, wie man von hier dorthin kommt.«

»Avery hat lange mit Kapitän MacMillan gesprochen. Ich kann mir vorstellen, dass er ihr den Weg, den sie einschlagen muss, gut beschrieben hat.«

Daran hatte er nicht gedacht, und er verdammte seine Blindheit. »Ihr scheint nicht sonderlich besorgt darüber zu sein, dass sie Euch zurückgelassen hat.« Cameron kämpfte gegen das Bedürfnis an, dem scharfen Blick des Mädchens auszuweichen.

»Ihr tut mir nichts«, sagte Gillyanne, ihr Vertrauen war hinter jedem einzelnen Wort deutlich zu vernehmen. »*Ich* bin nicht in Gefahr.«

»Das war sie auch nicht«, fuhr Cameron auf. »Ich hätte ihr niemals ein Leid zugefügt.«

»Das hängt davon ab, was Ihr als Leid betrachtet.« In Gillyannes Lächeln schwang Traurigkeit mit. »Ich denke, die arme Avery wollte nicht darauf warten und zusehen, wie Ihr alles kaputt macht.«

Cameron wusste nicht so recht, was sie damit meinte, aber bevor er nachfragen konnte, trat Leargan zu ihm, um ihm Bericht zu erstatten. »Von den Pferden wird keines vermisst. Sie ist zu Fuß unterwegs.«

»Dann sollte sie leicht zu finden sein.« Cameron ging zu den Pferden, blieb aber stehen, als er bemerkte, dass Leargan ihm folgte. »Ich gehe allein.«

»Hältst du das wirklich für klug?«, fragte Leargan, während er Cameron half, sein Pferd zu satteln.

»Wer weiß das schon, aber ich möchte allein sein. Du kannst dafür sorgen, dass ihr auf der geplanten Reiseroute bleibt. Sobald ich das törichte Mädchen gefunden habe, komme ich nach und stoße wieder zu euch.«

»Warum lässt du sie nicht einfach laufen? Was für einen Unterschied macht das denn schon?«

»Wenn sie es schaffen sollte, irgendwelche Verwandten zu erreichen, wird sie ihnen sagen, dass jede Drohung, die ich vielleicht in Bezug auf Gillyanne mache, ignoriert werden kann.«

»Und wenn du sie findest und nach Cairnmoor bringst, wirst du ihr das Herz brechen.«

»Sie kannte von Anfang an meine Pläne«, gab Cameron kurz angebunden zurück und stieg auf. »Ich habe sie niemals belogen.«

»Vielleicht nicht mit Worten«, setzte Leargan zu einer Erklärung an, schüttelte dann aber den Kopf und trat vom Pferd zurück.

»Denke daran, Leargan: Von hier aus ist es ein harter Dreitagesritt nach Donncoill. Gott allein weiß, wie lange es dauert, wenn man zu Fuß geht. Ein kleines Mädchen, das tagelang allein unterwegs ist, befindet sich in sehr viel größerer

Gefahr als in meiner Gegenwart. Jemand könnte sie finden und ihr sehr viel mehr antun, als ihr armes kleines Herz zu verletzen.«

Cameron spornte sein Pferd zum Galopp an. In der Hoffnung, dass Avery Kapitän MacMillans Anweisungen folgte, hielt er auf Donncoill zu. Als sie damals in Frankreich beinahe entkommen war, hatte sie den Weg zurück zum Lager ziemlich schnell gefunden und seine Leute rechtzeitig vor den DeVeau gewarnt. Also besaß sie offensichtlich einen gewissen Orientierungssinn. Doch selbst wenn sie auf dem richtigen Weg blieb, würde es nicht einfach sein, eine einzelne Frau in einer so unübersichtlichen Gegend zu finden. Sollte sie sich verirren, wäre es gar unmöglich.

Sie wollte nicht darauf warten und zusehen, wie Ihr alles kaputt macht.

Cameron ertappte sich dabei, wie er gegen seinen Willen über Gillyannes Worte nachdachte und zu verstehen begann, was sie damit gemeint hatte. Avery war keine verliebte Witwe, keine ehebrecherische Gattin oder erfahrene Hure. Sie war ein junges Mädchen von edler Herkunft. Eine solche Frau gab sich nicht einer oberflächlichen, flüchtigen Affäre hin. Und, dachte er und verzog das Gesicht, die meisten Affären enden, weil die Leidenschaft nachlässt, nicht weil der Liebhaber das Mädchen als Pfand einlöst, um seiner Schwester einen Mann zu beschaffen. Obwohl er sich mit Zynismus wappnete und alle Mühe gab, seine Gefühle streng zu bewachen, konnte er nicht leugnen, dass das, was Avery und er miteinander teilten, wunderschön war. Er verstand, dass sie nicht mit ansehen wollte, wie ihre Beziehung auf die von ihm geplante Weise endete. Er konnte nachvollziehen, dass eine romantisch gesinnte junge Frau davor floh.

Ich konnte dich nicht dazu bringen, mich so zu lieben, wie ich dich liebe. Wenn man jemanden liebt, sollte man doch auch von ihm geliebt werden.

Er fluchte, als er sich ihre im Fieber gesprochenen Worte

ins Gedächtnis rief. Er hatte sie die meiste Zeit in den hintersten Winkel seines Bewusstseins verdrängt, aber ab und zu waren sie hervorgeschlüpft und hatten ihn gepeinigt. Er sagte sich, dass es einfach eitel war, zu hoffen, diese Worte möchten wahr sein. Doch er schaffte es nicht, sich ihrem Reiz ganz zu entziehen. Ob Avery diese Worte wirklich ernst gemeint hatte? Ein unerfahrenes Mädchen konnte allzu leicht Leidenschaft mit Liebe verwechseln. Wenn Avery glaubte, dass sie ihn liebte, konnte er ziemlich gut verstehen, dass sie ihn lieber sofort verließ, als darauf zu warten, dass er sie abschob und ohne die Hoffnung auf eine gemeinsame Zukunft wegschickte.

Der zynische Teil in ihm machte sich über seine Schlussfolgerungen lustig, belächelte seine Versuche, Averys Handlungen mit ihrer Liebe zu erklären. Denn es gab noch eine andere Erklärung für ihren Versuch, Donncoill zu erreichen. Sie wollte ihren Bruder retten. Avery wollte ihrer Familie mitteilen, dass sie seine Drohungen nicht ernst nehmen sollten, dass Payton Katherine nicht heiraten musste, weil sich Gillyanne nicht wirklich in Gefahr befand.

Das hörte sich sinnvoll an. Sie würde ihn an ihre Familie verraten. Es bestand sogar die Möglichkeit, dass sie ihre Affäre gegen ihn benutzte, ihn desselben Verbrechens beschuldigte, das er ihrem Bruder vorwarf. Cameron hatte keine Ahnung, wie viele Informationen Avery über ihn, seinen Clan und Cairnmoor gesammelt haben mochte. Sie konnte zu einer ernsthaften Bedrohung werden und wesentlich mehr in die Wege leiten als nur die Verhinderung seiner Heiratspläne für Katherine.

Einen Augenblick später verfluchte Cameron sich und schüttelte den Kopf. Vielleicht war er ja ein Esel, aber er konnte sich nicht überreden, das zu glauben. Er zweifelte nicht daran, dass sie, sollte sie ihren Clan erreichen, ihr Bestes geben würde, um sein Vorhaben in Bezug auf Katherine und Payton zu verhindern. Aber er konnte das nicht wirklich einen Betrug nennen. Avery hatte dasselbe Recht, ihren Bruder zu schützen, wie er seine Schwester. In seinem Herzen wusste er, dass sie nur versuchen würde, Payton davon abzuhalten, eine ungewollte Ehe einzugehen. Hätte Avery ihm und seinen Leuten schaden wollen, hätte sie damals den Angriff der DeVeau auf sein Lager abwarten und einfach weiterreiten können.

Alles, was jetzt zählte, sagte er sich streng, war, Avery zu finden. Im Augenblick war keines der Probleme zwischen ihnen von Bedeutung. Sie war eine junge Frau und allein. Ob sie die lauernden Gefahren spürte oder nicht, es gab ihrer fast zu viele, um sie zu zählen. Er musste sie finden, bevor etwas Schlimmes geschah.

Es war beinahe Mittag, als er sie endlich entdeckte. Inzwischen war er in so großer Angst um sie, dass er nicht wusste, was er sich mehr wünschte: sie zu küssen oder sie zu würgen. Als er auf einen kleinen Hügel kam, sah er sie am Ufer eines Baches sitzen. Sie zog sich eben ihre Stiefel und Strümpfe aus und steckte die Füße ins Wasser. Ihr ganzer Körper spiegelte die Erleichterung wider, als das kalte Wasser ihre Zehen umspülte. *Gut,* dachte er, als er abstieg und sein Pferd festband, *ich hoffe, sie hat Blasen.* So leise und vorsichtig, wie er sich seinem tödlichsten Feind genähert hätte, schlich er sich an.

Avery tauchte ihre schmerzenden Füße vorsichtig ins Wasser. Sie wurden durch die Kälte gleichzeitig gereizt und beruhigt. Sie war lange gewandert, doch es überraschte sie trotzdem, wie sehr ihre Füße schmerzten. Wenn sie an den weiten Weg nach Donncoill dachte, fürchtete sie, dass ihre Fußsohlen bis dahin völlig mit blutigen Blasen bedeckt wären.

»Vielleicht hätte ich eines der Pferde nehmen sollen«, schimpfte sie leise.

»Dann hätte ich dich als Diebin hängen lassen können.«

Es überraschte sie nicht wirklich, die tiefe, vertraute Stimme hinter sich zu hören. Avery hatte sie, wie ihr schien, bei fast jedem Schritt auf ihrem Weg erwartet. Vielleicht konnte sie es auch einfach spüren, wenn er in der Nähe war.

In diesem Augenblick erschien ihr das nicht gerade als Vorteil. Sie wollte nicht so fest an ihn gebunden sein.

»Dann hättest du meine Leiche aber schlecht gegen Payton eintauschen können«, erwiderte sie, ohne sich umzudrehen oder ihn anzusehen.

Cameron beschloss, ihre gereizte Antwort zu ignorieren. Er musste der Wut, die ihn ihm kochte, Luft machen. »Hast du überhaupt ein einziges Mal nachgedacht, bevor du dich aus meinem Bett geschlichen hast?«

»Oh, ist der arme Mann verärgert, weil er nicht die Möglichkeit hatte, seiner morgendlichen Brunst zu frönen?«

Ein leiser Aufschrei entwich ihr, als er sie plötzlich am Arm packte, hochriss und zu sich herumzerrte, damit sie ihn ansehen musste. Ein Blick auf sein Gesicht, und es fiel ihr schwer, ihn ruhig anzuschauen. Cameron war außer sich vor Wut.

»Erstens: Du wirst niemals mehr das, was zwischen uns ist, als Brunst bezeichnen.« Und warum das, so dachte er bei sich, der wichtigste Befehl war, den er ihr erteilte, wusste er selbst nicht. Diese Frau trieb ihn in den Wahnsinn. »Zweitens: Du verschwindest nie wieder alleine.«

»Ich kehre nicht mit dir um.«

Es fiel ihm schwer, aber Cameron widerstand dem Drang, sie zu schütteln, bis ihr gesunder Menschenverstand zurückkehrte.

»Und wenn ich dich fesseln und über meinen Sattel werfen muss, du kommst mit mir.« Er fuhr sich mit den Händen durch die Haare. »Du bist doch sonst kein törichtes Mädchen. Aber das? Das ist töricht. Es kann eine Woche, vielleicht sogar zwei dauern, bis nach Donncoill zu laufen. Du könntest von Glück sagen, wenn du dort lebend ankämst. Ich zweifle daran, dass du es unversehrt bis dorthin schaffen würdest. Du bist noch nicht lange vom Fieber geheilt, und das schottische Wetter kann äußerst unfreundlich sein. Du hast nicht genug Essen gestohlen, um damit mehr als einen oder zwei Tage auszukommen. Es gibt hier wilde Tiere, über die man sich Gedanken machen sollte, und zweifellos ist nicht jeder, über den du stolperst, nett und sanft. Dann besteht da noch die Möglichkeit, dass du dich verletzen könntest, und du hättest niemanden bei dir, der dir hilft.«

»Genug«, sagte sie leise, aber bestimmt. »Du musst nicht jede Gefahr aufzählen, die es in Wald und Flur gibt.« Sie verschränkte die Arme über der Brust und starrte wütend auf ihre abgekühlten Füße. »Ich habe vielleicht nicht alles so genau geplant, wie ich es hätte tun sollen.«

Es hatte keinen Sinn, ihm ihre Handlung zu erklären. Selbst wenn sie ihm ihr Herz ausschütten würde, würde Cameron den Grund für ihre Flucht wohl nicht verstehen. Wenn er nicht fühlte, was sie fühlte, konnte er nicht verstehen, wie sehr seine Vorgehensweise sie verletzte oder wie verzweifelt sie sich danach sehnte, diesem Schmerz zu entgehen. Es war dumm gewesen, in der Nacht zu fliehen, diese Reise allein und ungeschützt zu unternehmen. Doch selbst wenn sie all die Gefahren bedacht hätte, wäre sie dennoch aufgebrochen.

»Jetzt sind meine Füße ganz schmutzig«, schimpfte sie.

Obwohl Cameron einen befremdlichen Schmerz im Herzen fühlte, musste er fast lachen. Averys Gesicht zeigte eine seltsame Mischung aus Traurigkeit und Wut. Obwohl er nicht darüber nachdenken wollte, wie tief ihre Gefühle für ihn waren, wusste er, dass er sie verletzte. Er wollte sie aber nicht verletzen.

Der ihm verbliebene Zynismus flüsterte ihm ein, dass er immerhin nie mehr als Leidenschaft von Avery verlangt hatte. Ganz bestimmt hatte er ihr nichts versprochen. Wenn sie es ihrem Herzen erlaubte, sie in tiefere Gewässer zu führen, war das ihre eigene Schuld.

Er seufzte und drängte sie, sich wieder auf die grasbewachsene Böschung zu setzen, damit er ihre Füße waschen konnte. Zwar stimmte es, dass er sie um nichts weiter als Leidenschaft gebeten hatte, aber allmählich begann er zu glauben, dass sie ihm mehr – wesentlich mehr – schenkte. Cameron hätte ihr gerne geholfen. Aber er war durch Familienpflichten und Ehre an seinen Plan gebunden. Außerdem war ihm klar, dass er ein egoistischer Mistkerl war und bis zum Zeitpunkt ihres Abschieds ihre Geschenke begierig entgegennehmen würde.

Nachdem er ihre Füße mit dem Saum seines Umhangs abgetrocknet hatte, nahm er ihn ab und breitete ihn auf dem Boden aus. Ihre Blicke versenkten sich ineinander, und sie widersprach nicht, als er sie beide von ihren Kleidern befreite. Er liebte sie langsam, zärtlich, begrüßte jeden kleinen Seufzer und jedes leise Keuchen. Als ihre Körper sich fanden, hielt er inne, um sie zu betrachten. Er wollte sich an das Gefühl erinnern können, das ihre Hitze in ihm auslöste, an den Ausdruck von Leidenschaft in ihrem Gesicht.

»Du wirst nicht traurig sein«, sagte er, als er begann, sich in ihr zu bewegen.

»Ist das Befehl Nummer drei?«, fragte sie, indem sie ihre Beine und Arme um ihn schlang.

»Ja. Du wirst es nicht zulassen, dass ich dich traurig mache.«

Sie wickelte seine dunklen Strähnen um ihre Finger und zog sein Gesicht näher. »Wie Ihr wünscht, mein Ritter Dunkel-wie-die-Sünde. Wenn wir solche Wonnen miteinander erleben, wie kann ich dann traurig sein?«, flüsterte sie und küsste ihn, bereit für den gemeinsamen Flug zu den Gipfeln der Leidenschaft.

Als die Glut ihres Begehrens sie verließ, spürte Avery ihre Traurigkeit wiederkehren. Doch sie kämpfte dagegen an, während Cameron und sie sich anzogen. Es hatte keinen Zweck, traurig zu sein, es dämpfte nur den Genuss an allem, was sie in der verbleibenden Zeit noch miteinander erleben konnten. Cameron hatte offensichtlich erraten, dass sie mehr für ihn empfand als bloße Leidenschaft. Dass er sich über ihre Gefühle Gedanken machte und sie nicht verletzen wollte, verriet ihr, dass er nicht ganz herzlos war. Das würde nichts ändern, aber sie wollte versuchen, darin etwas Trost zu finden.

Cameron führte sie zu seinem Pferd und hob sie in den Sattel. Bevor er ihr die Röcke glatt strich, küsste er ihren Oberschenkel, dann stieg er hinter ihr auf. Er ließ sein Pferd in Richtung Cairnmoor traben. Als sich Avery an ihn schmiegte, lächelte er und küsste sie auf den Scheitel. Cameron hoffte von Herzen, dass sie sich wirklich so in ihr Schicksal fügen würde, wie es den Anschein hatte.

»Ich habe Verständnis dafür, wenn du mein Bett nicht mehr mit mir teilen möchtest.« Er fühlte sich gezwungen, dies zu sagen, obwohl es eine Lüge war.

Avery schnaubte leise und schloss die Augen. Sie konnte den Widerwillen, mit dem er dieses Zugeständnis äußerte, hinter jedem Wort hören, doch sie musste ihm Respekt dafür zollen, dass er es überhaupt sagte. Er hatte erkannt, dass das alles zu weit ging, zu kompliziert wurde, und versuchte nun, es in Ordnung zu bringen. Wenn sie ihre Affäre jetzt beendeten, würde das allerdings nichts an der Zukunft ändern. Es würde einfach dazu führen, dass ihr beim Abschied nicht nur das Herz brach, sondern dass sie auch voller Reue war, weil sie sich um die letzten gemeinsamen Nächte gebracht hätte.

»Man kann das Rad nicht zurückdrehen, Cameron.«

»Nein, wohl nicht.« Er seufzte, erleichtert darüber, dass sie seine Geliebte bleiben wollte, doch traurig bei dem Gedanken, dass dieser Entschluss ihr zusätzliche Schmerzen zufügen würde. »Wenn ich könnte, würde ich anders handeln. Aber ich muss tun, was Ehre und Pflicht von mir verlangen.«

Sie antwortete nicht, sondern nickte nur, und Cameron meinte, ihre Enttäuschung zu spüren. Oder vielleicht war das, was er spürte, seine eigene Enttäuschung?

18

Cairnmoor war riesig. Avery konnte kaum umhin, die Burg mit offenem Mund anzustarren. Sie schien direkt aus den Felsen in die Höhe zu wachsen. Die Mauern grenzten auf einer Seite an einen kleinen See, und an den anderen drei Seiten verlief ein breiter Graben, der vom See mit Wasser gespeist wurde. Die Anlage erschien Avery so finster und abweisend wie ihr Laird. Selbst wenn ihre Familie auf die verrückte Idee verfallen sollte, Cairnmoor anzugreifen, um Gillyanne und sie zu befreien, würde ein Blick auf diese Burg sie wieder zur Vernunft bringen.

Ihre Aufmerksamkeit wurde von den herzlichen Willkommensrufen, die Cameron und seiner Truppe entgegenschallten, abgelenkt. Die Leute von Cairnmoor hatten eindeutig keine Angst vor ihrem dunklen Herrn. Offensichtlich sahen sie in ihm nur einen Laird, der die Stärke besaß, sie gut zu beschützen. Kleidung und Aussehen der Leute verrieten Avery auch, dass genug Geld vorhanden war, um alle mit ausreichend Nahrung und warmer Kleidung zu versorgen.

Als sie im inneren Burghof ankamen und Cameron ihr beim Absteigen behilflich war, fand sich Avery plötzlich zur Seite geschoben. Seine Leute eilten herbei, um ihn zu begrüßen. Erst als Gillyanne zu ihr kam und sie bei der Hand nahm, fühlte sie sich nicht mehr so allein und übergangen. Sie freute sich für die Menschen, die so glücklich wiedervereint waren, sehnte sich plötzlich aber auch nach ihrer eigenen Familie. Die Tränen in Gillyannes Augen offenbarten ihr, dass es ihrer Cousine nicht anders ging. Selbst der Gedanke, dass das Wiedersehen mit ihrem Clan gleichzeitig den Verlust von Cameron bedeutete, konnte ihr Heimweh nicht ganz verbannen.

Ein groß gewachsener, eleganter Herr näherte sich Cameron mit breitem Lächeln. Er unterschied sich nur durch die grau melierten Schläfen und die Falten um seine Augen von Cameron. Avery hörte, dass dieser ihn als seinen Cousin Iain begrüßte. Sie spannte sich leicht an, als Cameron ihn herüberbrachte, damit er sie und Gillyanne kennenlernte. Man konnte nicht voraussagen, wie die Leute auf Cairnmoor zu den Vorwürfen gegen ihren Bruder standen.

»Aha, hast du dir endlich eine Frau genommen, Junge?«, fragte Iain, als er zuerst Averys, dann Gillyannes Hand küsste.

Cameron spürte, wie er rot wurde. Vergeblich versuchte er, mit einem grimmigen Blick auf Avery und Gillyanne das Schmunzeln der beiden zu unterbinden, dann antwortete er: »Cousin Iain, darf ich dir Lady Avery Murray und ihre Cousine Lady Gillyanne vorstellen? Meine Damen, das ist mein Cousin, Sir Iain MacAlpin.«

»Murray?« Iain sah sie mit hochgezogenen Augenbrauen an, aber Avery entdeckt in seinem Blick keinen Groll. »So wie Sir Payton Murray?«

»Ja«, erwiderte Cameron. »Avery ist seine Schwester.«

»Aha, ich glaube, da gibt es eine Geschichte, die ich hören muss. Und Katherine wird darauf brennen, dich zu sehen, Cameron. Möchten die Damen jetzt zu ihren Gemächern geführt werden und vielleicht auch etwas heißes Wasser gebracht bekommen?«, fragte Iain.

»Nein, aufrichtigen Dank, Sir«, antwortete Avery, »aber wir alle haben knapp eine halbe Meile von hier angehalten, um uns frisch zu machen. Alle wollten bei ihrer Rückkehr und dem Wiedersehen mit ihren Verwandten besonders gut aussehen.« Als der Mann nur nickte, folgte sie mit Gillyanne ihm, Cameron und Leargan in die Burg.

»Das Gebäude ist riesig«, flüsterte Gillyanne. »Dieser MacAlpin-Clan scheint nicht ganz arm zu sein.«

Als sie die große Halle betraten und die wertvollen Wandbehänge sahen, musste Avery ihr zustimmen. Sie nahmen links von Cameron an der langen Tafel Platz, gegenüber von Iain und Leargan. Avery bediente sich von dem reichlich aufgetischten Brot, Käse, Obst und dem kalten Braten, während Cameron Iain ihre Geschichte erzählte. Ein paar allzu private Erlebnisse ließ er weg, aber der aufmerksame Gesichtsausdruck des älteren Mannes zeigte, dass dieser vermutlich alles erriet, was ihm vorenthalten wurde.

Gerade als Iain ihr ein oder zwei Fragen stellen wollte, war vom Eingang ein lauter Seufzer zu hören, der alle Aufmerksamkeit auf sich zog. »Katherine«, murmelte Cameron, und Avery war klar, dass sie nun die Frau kennenlernen würde, die versuchte, Payton zu bekommen. Sie betrachtete forschend die junge Frau, die anmutig auf Cameron zueilte und sich, nachdem er aufgestanden war, in seine Arme warf.

Katherine war groß und vollbusig, und sie besaß die gleichen dichten, schwarzen Haare wie Cameron. Ihre makellose Haut hatte jene Elfenbeinfarbe, von der die Dichter schwärmten, und als sie mehrmals einen Blick in ihre Richtung sandte, stellte Avery fest, dass ihre Augen von einem herrlichen, tiefen Blau waren. Dass in diesen Blicken aber nicht nur die erwartete Neugier lag, sondern auch ein Schimmer von Berechnung, beunruhigte Avery. Während sie sich bemühte, Katherines überschwängliche Begrüßung als aufrichtige schwesterliche Zuneigung anzuerkennen, konnte sie das Gefühl nicht loswerden, dass alles nur gespielt war. Ein schneller Blick auf Gillyannes Miene milderte Averys Verdacht nicht.

»Komm, Schwester, gesell dich zu uns an den Tisch.« Cameron wunderte sich, dass Katherines liebevolle Begrüßung ihn nicht sonderlich erwärmt hatte.

»Aber diese Frau sitzt auf meinem Stuhl«, beschwerte Katherine sich und zeigte auf Avery.

»Katherine«, mahnte Cameron, einigermaßen erstaunt über diese launenhafte Unhöflichkeit, »du kannst neben Leargan sitzen.«

»Ich kann mich wegsetzen«, bot Gillyanne an. »Ich glaube, dass ich trotz der langen, anstrengenden Reise noch genug Kraft besitze, um mich einen Platz weiter zu setzen. Dann kann die erschöpfte Avery ebenfalls einen Platz weiterrutschen. Und Lady Katherine wird in der Lage sein, ihren hübschen Ar–«

»Gillyanne«, fuhr Cameron auf und schickte einen kurzen, tadelnden Blick zu Leargan und Iain, die beide sichtlich Mühe hatten, ihr Gelächter zu unterdrücken. »Katherine wird sich neben Leargan setzen.« Er schob seine Schwester zu jenem Platz. »Es ist nicht so weit weg, dass es die Unterhaltung erschwert.«

»Gott sei Dank hat er ihr nicht befohlen, sich neben mich zu setzen«, knurrte Gillyanne.

»Habt Ihr etwas zu sagen, Gilly?«, fragte Cameron, dessen Augen sich zu Schlitzen verengten.

Avery schob ihrer Cousine schnell ein Stück Apfel in den Mund und erwiderte: »Nein, Gillyanne hat nur das Essen gelobt.« Sie wünschte, der Tisch wäre nicht so breit, denn sie sehnte sich danach, Leargan einen Fußtritt zu geben, um ihn vom Grinsen abzuhalten.

»Wer sind denn diese Frauen, Cameron?«, wollte Katherine wissen, als sie sich neben Leargan setzte und Gillyanne anstarrte.

Cameron stellte die Frauen einander vor. Die Art und Weise, wie Avery und Gillyanne Katherine höflich zunickten und Katherine ihrerseits das Gleiche tat, ließ Cameron aufseufzen. Der Kampfplatz war nun offensichtlich abgesteckt. Obwohl er und Avery länger nicht von den Anschuldigungen gegen ihren Bruder gesprochen hatten, war es deutlich, dass beide Murray-Mädchen nach wie vor in Katherine eine Lügnerin sahen.

Er musterte den kühlen, selbstgefälligen Gesichtsausdruck Katherines, und ihm wurde bewusst, dass er nicht das gleiche große Vertrauen in sie hatte wie die Murray-Mädchen offensichtlich in Payton. Seine Schwester war eine Fremde für ihn, eine junge, wunderschöne Frau, die er nicht im Mindesten kannte. Dies machte ihn sowohl traurig als auch schuldbewusst. Wenn sie sich fremd waren, dann war er daran nicht unschuldig. Während seiner Aufenthalte auf Cairnmoor war er viel zu beschäftigt gewesen, um sich mit ihr abzugeben, und dann war er nach Frankreich geflohen und hatte sie der Obhut anderer überlassen. Vielleicht konnte er das jetzt wieder in Ordnung bringen und eine normale geschwisterliche Beziehung zu ihr aufbauen.

»Sind sie denn mit meinem Payton verwandt?« Katherine stellte die Frage in einem Tonfall, der andeutete, dass sie die Antwort bereits kannte.

»Ja, Avery ist seine Schwester«, erwiderte Cameron.

»Wirklich?«

Es war nur ein einziges Wort, aber sein Klang und Katherines Miene verrieten Avery, was sie nicht aussprach, aber dachte: Wie konnte so ein seltsames, dünnes Mädchen mit dem wunderschönen Sir Payton verwandt sein? Camerons Stirnrunzeln beim Blick auf seine Schwester ließ Avery vermuten, dass er dieselbe versteckte Botschaft heraushörte.

»Ja, wirklich.« Cameron beobachtete Katherine genau, als er sie fragte: »Behauptest du noch immer, dass Sir Payton Murray dich verführt hat?«

Katherine schaute Cameron mit hochgezogener Augenbraue scharf an. »Ich glaube, das Wort, das ich verwendet habe, war ›vergewaltigt‹.«

Aus dem Augenwinkel heraus sah Cameron, wie Avery Gillyanne den Arm um die Schulter legte, um das Mädchen festzuhalten. »Das ist ein schwerer Vorwurf, den du einem Mann da machst, Mädchen. Bist du dir sicher?«

Nachdem sie dem Blick ihres Bruders eine Weile standgehalten hatte, wandte sich Katherine ab und stieß einen zitternden Seufzer aus. Sie zog ein edles, spitzenbesetztes Tuch aus ihrer Tasche und tupfte sich die plötzlich feuchten Augen ab. Dann sah sie unter halb gesenkten Wimpern hervor wieder Cameron an. Ihr Mund bebte leicht.

»Vielleicht habe ich das Verbrechen falsch benannt«, sagte sie mit schwacher, unsicherer Stimme. »In meiner Verzweiflung darüber, dass ich so herzlos benutzt und fallen gelassen wurde, und in dem Wunsch, ihn so tief zu verletzen, wie er mich verletzt hat, habe ich vielleicht nicht die richtigen Worte gefunden.«

Ein ersticktes Geräusch ertönte zu Camerons Linken, aber als er sich den Murrays zuwandte, klopfte Avery Gillyanne sanft auf den Rücken, und das jüngere Mädchen tupfte sich den Mund mit einer Serviette ab. Beide sahen verdächtig unschuldig aus. »Stimmt etwas nicht?«

»Gilly ist nur ein kleines Stück Apfel im Hals stecken geblieben«, antwortete Avery.

Cameron wandte sich wieder seiner Schwester zu. »Es tut mir leid, dass du so viel ertragen musstest, Katherine.«

»Es ist nicht deine Schuld. Ich hatte gehofft, meine Schande und Verletzung zu überwinden, aber ...«, sie glättete ihre Röcke über dem Bauch und enthüllte eine unverkennbare Rundung, »... ich fürchte, mein treuloser Geliebter hat mich mit einem Kind zurückgelassen.«

»Verdammt«, flüsterte Gillyanne, als Katherine in ihr Leinentüchlein schniefte, »das wenigstens sieht echt aus.«

»Ja«, stimmte Avery mit gedämpfter Stimme zu, »aber wir beide wissen, dass es nicht Paytons ist. Er würde niemals sein eigenes Kind verleugnen. Das heißt, dass er sie zurückweist, weil er sich absolut sicher ist, dass das Kind nicht von ihm ist.«

»Also lautet die entscheidende Frage: Wessen Kind ist das?«

»Zuerst müssen wir in Erfahrung bringen, wie lange sie schon schwanger ist, danach, wann sie bei Hofe war.«

»Und wenn sich herausstellt, dass sie schwanger wurde, während sie am Hof war?«

»Dann müssen wir herausfinden, wen sie während dieser Zeit getroffen hat. Wir können nur hoffen, dass Katherines Bedienstete nicht gänzlich unbestechlich sind, denn es kann gut sein, dass sie die Antwort kennen, die wir brauchen.«

»Meine Damen«, rief Cameron und beendete damit ihr Flüstern, »beunruhigt Euch etwas?«

Katherine hatte damit aufgehört, ihre Geschichte von Untreue und Herzschmerz herauszuschniefen. Avery schaute Cameron an und schüttelte den Kopf. »Nein, Gillyanne und ich haben uns nur einen Augenblick lang voller Verständnis und Mitleid über die unglücklichen Frauen unterhalten, die von ihren Liebhabern benutzt und dann fallen gelassen werden.«

Zu seinem Entsetzen spürte Cameron, wie er rot wurde, und er warf einen grimmigen Blick auf Gillyanne, die sich über sein Unbehagen auch noch zu amüsieren schien. »Du wirst unter dieser Torheit nicht zu leiden haben«, sagte er zu Katherine und gab einem Pagen ein Zeichen. »Bring mir Federkiel und Papier«, befahl er dem Jungen. »Ich werde Sir Payton schreiben.«

»Du bist so gut, Cameron«, sagte Katherine, »aber es wird nichts nützen. Er hat all unser Flehen kalt zurückgewiesen.«

»Ja, du hattest auch keinen anderen Köder außer deiner Liebe und Schönheit, die er dumm genug war, zurückzuweisen.« Cameron meinte, Avery leise sagen zu hören, dass er seine Schmeichelei umsonst verschwende, aber er beschloss, es zu überhören. Als der Page das Schreibmaterial vor ihn hinstellte, nahm er den Federkiel zur Hand. »Ich wünschte, Katherine, es wäre für dich anders gekommen. Doch ich habe die Mittel, deinen Liebhaber zu seiner Pflicht zu zwingen.« Er fuhr zusammen, als Avery und Gillyanne sich so abrupt erhoben, dass ihre Stühle auf den Boden krachten, und wurde sich bewusst, dass er eben ungewollt herzlos gewesen war. »Avery?«

»Ich denke, ich möchte jetzt in meine Unterkunft gebracht werden«, sagte Avery mit festem Blick auf Iain.

Cameron ergriff ihre Hand. »Ihr habt gewusst, dass ich das tun würde, dass ich es tun muss.«

»Ja.« Sie entriss ihm ihre Hand. »Ich habe es gewusst, aber ich habe nicht erwartet, dass Ihr mich dabei zusehen lasst.« Sie sah wieder auf Iain. »Mein Gemach?«

»Bringt sie in den Gemächern meiner Mutter unter«, wies Cameron Iain mit weicher Stimme an, »und Klein-Gilly gleich nebenan.« Er beobachtete, wie Iain Avery wegführte. Als er sich wieder umwandte, stand Gillyanne vor ihm und funkelte ihn wütend an. »Gilly?«

»Ich hoffe, Ihr stecht Euch mit diesem Federkiel die Augen aus«, schnappte sie.

»Gilly«, rief Avery, blieb am Eingang stehen und sah sich fragend nach ihrer Cousine um.

»Ich habe nur Sir Cameron für das gute Essen gedankt«, antwortete Gillyanne.

Sobald sich die Tür hinter Iain und den Murrays geschlossen hatte, entspannte Cameron sich, um aber gleich darauf Leargans leises Gelächter mit einem wütenden Blick zu quittieren. »Was findest du daran erheiternd?«

Leargan berührte den Brief, den Cameron eben aufsetzen wollte. »Das da? Nein, nicht im Mindesten. Aber Gilly? Ja. Sie ist eine liebenswerte kleine Göre. Wenn ich nicht fast doppelt so alt wäre wie sie, könnte ich versucht sein zu warten, bis sie ausgewachsen ist, um sie dann zu heiraten.«

»Aber Leargan, ihre Augen passen ja gar nicht zusammen«, warf Katherine – offensichtlich entsetzt – ein. »Und ihre Haare sind so unordentlich.«

»Katherine, Vollkommenheit ist nicht immer so schön wie Einzigartigkeit!« Leargan sprach, als würde er einem ausgesprochen begriffsstutzigen Kind etwas beibringen müssen, schüttelte dann aber den Kopf, als sie ihn immer noch so anstarrte, als sei er der Begriffsstutzige. »Cameron, forderst du auch deinen Sohn ein?«, fragte Leargan, als er sich von Katherine abwandte.

»Welchen Sohn?«, wollte Katherine wissen. »Sag nicht, dass diese dürre Hure behauptet, sie hätte ein Kind von dir?«

»Du beleidigst Lady Avery«, fuhr Cameron sie mit harter und kalter Stimme an.

»Tue ich das? Hast du sie in deinen Nachbargemächern untergebracht, damit du sie strenger bewachen kannst?« Plötzlich schnappte sie nach Luft und legte sich die Hand auf die Brust. »Oh, Bruder, tust du das für mich? So wie ich benutzt und in Schande gebracht wurde, so soll sie es auch werden? Das ist ein großes Opfer, das du mir bringst.«

Obwohl er sich sagte, dass Katherine ein Recht darauf hatte, gegenüber einem oder einer Murray keinerlei Mitgefühl zu empfinden, war Camerons Wut unvermindert. »Was zwischen Lady Avery und mir geschieht oder nicht geschieht, hat nichts mit dir zu tun, Katherine. Es geht dich nichts an, und ich wäre sehr ungehalten, wenn du versuchen würdest, es zu einer öffentlichen Angelegenheit zu machen.« Er hielt ihrem verärgerten Blick stand, bis sie knapp und zustimmend nickte. Danach erklärte er in einem, wie er hoffte, gelassenen Ton: »Der Junge, den Leargan meint, ist ein uneheliches Kind von einer Frau, mit der ich vor drei Jahren das Bett geteilt habe. Durch eine seltsame Fügung des Schicksals haben Averys Cousine Elspeth und ihr Gatte Sir Cormac Armstrong das ausgesetzte Kind gefunden und aufgenommen.«

»Nun, das war nett von ihnen. Es befreit dich von dieser Bürde. Ja, ich glaube, du solltest dich bei ihnen bedanken.«

Cameron starrte sie an, zwinkerte langsam, dann blickte er auf Leargan. Es erleichterte ihn, zu sehen, dass sein Cousin ebenfalls sprachlos dasaß. Er wusste nicht, welche Schlussfolgerung er aus der überraschend herzlosen Bemerkung seiner Schwester ziehen sollte. Sein Sohn mochte zwar unehelich sein, aber er war mit ihr verwandt, war ihr eigener Neffe. Cameron beschloss, sich lieber auf eine Antwort für Leargan und auf den Wortlaut seiner Botschaft an Sir Payton Murray zu konzentrieren.

»Was Klein-Alan betrifft, Leargan, werde ich wohl einfach nur erwähnen, dass Avery und Gillyanne mir mitgeteilt haben, dass der Junge mit großer Wahrscheinlichkeit mein Sohn ist. Ich werde höflich, aber bestimmt betonen, dass ich die Geschichte mit dem Jungen auf keinen Fall mit dieser anderen Sache in Verbindung bringen will und dass ich vorhabe, sie behutsam abzuwickeln.«

»Du hast vor, dieses Kind zu dir zu nehmen?«, fragte Katherine erstaunt.

Cameron musterte sie einen Augenblick lang und entschied, dass er zu müde war und zu viele eigene Sorgen hatte, um jetzt zu versuchen, sie zu verstehen. »Ich denke, du solltest gehen und dich ausruhen, Katherine. Offensichtlich haben deine Schwangerschaft und die Aufregungen deine übliche gute Laune verdorben. Wir können später weitersprechen. Vielleicht heute Abend beim Festmahl.«

Sobald Katherine gegangen war, konzentrierte sich Cameron darauf, den Brief an Sir Payton Murray aufzusetzen. Er wusste, dass Leargan nur darauf wartete, mit ihm zu reden, aber er ignorierte ihn. Sobald die Botschaft geschrieben war, rief er Klein-Rob und Colin zu sich und beauftragte sie, diese nach Donncoill zu bringen. Schließlich lehnte er sich zurück, leerte seinen Weinkelch in einem Zug und wunderte sich, dass er sich nicht besser fühlte – erleichtert, weil er seinen Plan endlich in die Tat umgesetzt hatte. Er füllte seinen Kelch erneut und schaute zu Leargan hinüber.

»Das war's also«, murmelte dieser.

»Ja, das war's.« Cameron war sich bewusst, dass er wenigstens einen kleinen Triumph verspüren sollte, denn er hatte eben einen großen Schritt getan, um die Ehre seiner Schwester wiederherzustellen. Dennoch fühlte er sich leer und hatte das große Bedürfnis, sich bis zur Bewusstlosigkeit zu betrinken.

»Vielleicht hättest du ein bisschen warten sollen.«

»Warum?«

»Immerhin ist klar, dass Katherine gelogen hat, als sie den Mann der Vergewaltigung beschuldigte.«

»Meinst du, dass sie auch in anderer Hinsicht gelogen haben könnte?« Cameron fluchte leise, als Leargan nickte. »Vielleicht hat sie das. Doch wie dem auch sei, sie behauptet noch immer, dass Sir Payton ihr Liebhaber war und dass er der Vater ihres Kindes ist.«

»Wenn sie hinsichtlich der Vergewaltigung gelogen hat, lügt sie vielleicht auch hinsichtlich des möglichen Vaters. Vielleicht solltest du Sir Paytons Einwänden etwas mehr Beachtung schenken.«

»Vielleicht sollte ich das«, stimmte ihm Cameron leise zu, »aber ich kann nicht. Ich muss in diesem Fall Katherines Wort Glauben schenken. Sie ist meine Schwester. Man sieht bereits, dass sie ein Kind erwartet. Ich darf keine Zeit verlieren. Wenn sie mit ihrem zarten Finger auf Sir Payton zeigt, muss ich dieser Anschuldigung entsprechend handeln oder meine eigene Schwester der Schande aussetzen.«

»Ich hatte so gehofft, dass Katherines Schwangerschaft eine Lüge ist«, sagte Avery, als sie sich auf dem riesigen Bett in der Mitte ihres Gemachs ausstreckte.

»Aber alle anderen Behauptungen sind Lügen.« Gillyanne setzte sich ans Fußende des Betts.

»Ich weiß. Payton behauptet standhaft, dass das Kind nicht von ihm ist, und er kann nur so sicher sein, wenn er niemals mit ihr geschlafen hat. Wir kennen Payton, und so haben wir von Anfang an die Wahrheit gewusst. Aber Cameron hat meinen Bruder niemals auch nur gesehen, er kennt ihn überhaupt nicht, und alles, was er über unsere Familie weiß, weiß er von uns. In Bezug auf Payton können wir nicht als unparteiische Richter gelten.«

»Aber Cameron hat noch nicht einmal darüber nachgedacht. Er hat seine Schwester begrüßt und sofort seine Forderungen losgeschickt.«

Das hatte auch Avery zutiefst verletzt. Sie bemühte sich, ihren Schmerz zu verbergen. Cameron hatte genau nach Plan gehandelt. Aber dass er den Brief in ihrer Gegenwart schreiben wollte, hatte sie überrascht und verletzt. Dennoch konnte etwas in ihr selbst dieses Verhalten verstehen. Er war gerade mit dem Beweis konfrontiert worden, dass seine unverheiratete Schwester schwanger war. Da war wohl kaum zu erwarten, dass er zuerst an die zarten Gefühle seiner Geliebten dachte.

»Gilly, meine Liebe, seine einzige Schwester bekommt ein uneheliches Kind.«

Gillyanne ließ sich an den Bettpfosten sinken. »Aber das ist ungerecht. Payton soll ein Kind akzeptieren, das nicht seins ist, und es zu seinem Erben machen. Und du und Cameron, ihr werdet getrennt. Das alles, weil die hübsche Katherine ihre Beine für irgendeinen Stallburschen breit gemacht hat, aber unseren Payton zum Ehemann haben will.«

»Du könntest das ein bisschen weniger derb ausdrücken«, murmelte Avery, verstand aber Gillyannes Entrüstung gut.

»Nein, das kann ich nicht. Glaubst du, dass es für Payton eine Möglichkeit gibt, dieser Ehe später zu entfliehen?«

»Vielleicht gibt es eine, aber man sollte keine Hoffnungen darauf setzen. Katherine ist keine Jungfrau mehr, auch kann kein Einspruch wegen Blutsverwandtschaft erhoben werden. Und mein Instinkt sagt mir, dass die hübsche Katherine nicht zögern wird, selbst dann noch an ihrer Lüge festzuhalten, wenn sie auf die heiligen Reliquien schwören muss.«

»Diesen Eindruck habe ich auch. Sie ist skrupellos.«

»Ja, das ist sie.« Avery seufzte. »Sie wird dem armen Payton das Leben zu Hölle machen. Sie wird ihn vielleicht sogar in die Arme einer anderen Frau treiben. Selbst wenn er dort Liebe finden kann, würde er unter dem Bruch seines Eheversprechens leiden. Ich glaube, ich könnte ihr tatsächlich verzeihen, wenn sie all das nur machen würde, weil sie ihn liebt. Aber sie liebt ihn nicht. Sie will einfach nur einen gut aussehenden, reichen Ehemann haben, einen Ehemann, um den andere Frauen sie beneiden.«

Ein Klopfen an der Tür unterbrach die lastende Stille, die Averys Worten gefolgt war. Avery war ein bisschen enttäuscht, als Anne und Thérèse hereinkamen und nicht Cameron. Allerdings war es wahrscheinlich besser, einige Zeit verstreichen zu lassen, bevor sie wieder mit ihm sprach. Nachdem Thérèse Gillyanne weggebracht hatte, betrachtete Avery die prachtvollen goldenen und grünen Gewänder, die über Annes Armen lagen.

»Sind die für mich?«

»Ja«, antwortete Anne und breitete die Kleider auf dem Bett aus. »Der Laird meinte, Ihr würdet vielleicht gerne eine schöne Robe für das Festmahl anziehen.«

»Oh, es soll ein Festmahl geben?«

»Ja, um unsere Rückkehr zu feiern. Ihr würdet in diesem goldenen so hübsch aussehen. Es hat Katherine gehört.«

»Katherine ist ein bisschen größer als ich, Anne.« Avery warf einen kurzen Blick auf ihre kleinen Brüste. »In vielerlei Hinsicht.«

»Nicht, als sie dieses anhatte.«

»Bitte, sag mir nicht, wie jung sie damals war. Meine Stimmung ist schon schlecht genug.«

Anne seufzte, setzte sich neben Avery und umarmte sie. »Ich habe gehört, was geschehen ist. Dieser Mann ist ein Esel.«

»Ja und nein.« Avery stand auf und erlaubte Anne, ihr das Kleid auszuziehen. »Er ist ein Mann, der mit einer unverheirateten Schwester konfrontiert ist, die ein Kind erwartet. Wenn er ihr keinen Ehemann besorgt, wird ihr Ruf restlos ruiniert sein. Die Männer in meiner Familie würden sich auch so verhalten. Das einzige Problem hier ist, dass Katherine lügt. Etwas in mir hält Cameron für einen Esel, weil er nicht in der Lage ist, das zu erkennen, aber andererseits: Sie ist seine Schwester.«

»Ihr habt gehofft, dass er eine Lösung für dieses Problem finden würde, ohne Euch nach Hause zu schicken?«

Avery nickte. »Und ich habe nicht geglaubt, dass sie wirklich schwanger ist. Wenn Cameron vorhatte, seine Pläne zu überdenken oder sich ein bisschen Zeit zu nehmen, um nachzuprüfen, ob Katherine lügt, dann hat ihr kleiner runder Bauch ihm einen Strich durch die Rechnung gemacht.«

»Mir fällt auf, dass er Euch in dem Gemach untergebracht hat, das direkt neben seinem liegt.«

»Ja, mit einer sehr großen Tür dazwischen. Nicht sonderlich feinsinnig von ihm.« Sie schaute Anne an, die gerade damit fertig war, die Falten der dunkelgoldenen Robe zu ordnen. »Meinst du, ich sollte – na ja, die Tür verriegeln?«

»Ich würde es nicht tun. Wenn ich in den Mann verliebt wäre, würde ich mich bis zum letzten Moment fest an ihn klammern. Himmel, ich würde ihn so leidenschaftlich lieben, dass er mich in der ersten Nacht nach der Trennung noch immer in seinen Laken riechen kann. Und auf seiner Haut, wie sehr er auch versucht, es wegzuschrubben. Ja, ich würde mein Bestes geben, um sicherzugehen, dass er mich nicht vergisst, dass er jede Minute an mich denkt, so lange, bis er zur Vernunft kommt und mich zurückholt.«

Avery lächelte. »Das habe ich vor.«

»Gut. Die Robe passt fast. Ein paar Stiche um die Brust und an der Taille, und sie wird Euch perfekt stehen.« Anne zog Avery das goldene Kleid aus und half ihr in das grüne. »Bei dem ist es ähnlich. Ihr könnt es morgen tragen.«

Als auch dieses Kleid ausgezogen war und Anne sich auf das Bett setzte, um das goldene abzuändern, beobachtete Avery sie und ein kleiner Verdacht stieg in ihr auf. »Katherine ist überraschend großzügig.«

»Ja«, knurrte Anne, ohne von ihrer Näharbeit aufzusehen. »Ich habe noch verschiedene andere Kleider, die ich ebenfalls ändern werde. Ihr könnt während Eures Aufenthalts hier einige hübsche, teure Gewänder tragen.«

»Anne, hat Katherine diese Kleider wirklich freiwillig hergegeben oder ausgeliehen?«

»Ihr wisst, dass sie das nicht getan hat. Sie hat mir auf Befehl ihres Bruders eines gegeben – ein ziemlich hässliches braunes Ding. Tja, ihre Magd hat mir gezeigt, wo dieses verzogene Mädchen ihre alten Kleider aufbewahrt, die sie voller Wut versteckt hatte. Und Thérèse und ich haben uns selbst bedient. Gillyanne wird ebenfalls sehr gut aussehen.«

»Schön, aber das wäre nicht nötig gewesen.«

»Oh doch, es ist nötig.« Anne sah Avery an. »Ihr seid eine Dame von Stand, Gilly ebenfalls. Ihr kleidet euch wie die Damen, die Ihr seid.«

»Um Katherine zu beeindrucken?«

»Genau.«

»Ich glaube nicht, dass sie beeindruckt ist, selbst wenn ich von Kopf bis Fuß in Juwelen stecken würde.«

»Nein, wahrscheinlich nicht, aber wenigstens wird ihrer üblichen Arroganz etwas entgegengehalten, wenn Ihr sehr schön ausseht.«

Avery begriff und nickte. »Diese Waffe soll mir also die Stärke verleihen, irgendwelchen Bemerkungen über mein Aussehen zuvorzukommen.«

»Und unserem Laird in Erinnerung rufen, wer und was Ihr seid«, sagte Anne fest. »Ihr seid eine Lady, ein junges Mädchen von Adel, mit dem er geschlafen hat. Er schwingt Reden darüber, dass er den guten Namen seiner Schwester retten muss. Na, es ist an der Zeit, dass er sich daran erinnert, dass auch Ihr einen guten Namen habt.«

»Ich möchte nicht, dass er nur aus Ehrgefühl zu mir hält. Ich möchte, dass er mir nachkommt, weil er sein leeres Bett und das Verlangen nach mir keine weitere Nacht erträgt, weil er es nicht aushält, einen einzigen Tag ohne mich zu sein.«

»Oh, er wird Euch ganz bestimmt nacheilen, Mädchen. Alle, die mit Euch zusammen gereist sind und Euch zusammen beobachtet haben, glauben daran. Aber Männer sind seltsame

Wesen.« Sie lächelte flüchtig, als Avery lachte. »Sie können vielleicht ihre Gefühle erkennen, zögern aber, offen davon zu sprechen. Sie würden schneller handeln, wenn sie einen guten, männlichen Grund vorschützen könnten, zum Bespiel die Familienehre. In diesem Fall könnte Cameron das tun, was er tun möchte: Euch mutig und tollkühn zurückerobern – und alle Männer würden ihm auf den Rücken klopfen und ihn einen guten Jungen nennen. Es liegt am Mädchen, ihren Geliebten in einem intimen Moment dazu zu bringen, von mehr zu sprechen als bloß von Ehre, Rechten und Pflichten.«

»Und was ist, wenn das Mädchen meint, dass hinter seinen Handlungen nichts weiter als Ehrgefühl steckt?«

»Avery, es ist schade, dass Ihr es nicht sehen könnt und dass es, vielleicht nur im Augenblick, auch dieser Esel nicht sehen kann. Aber vertraut mir, es ist da. Kein Mann kann sich einem Mädchen gegenüber so töricht benehmen und dabei keine tiefen Gefühle für sie empfinden.«

»Du meinst also, falls er mir nachkommt, soll ich mich nicht sträuben, selbst wenn er nur von Ehre und Pflicht redet? Du meinst, ich sollte meinen armen Stolz mit Gewalt zum Schweigen bringen und mit ihm gehen?« Avery seufzte, als Anne nickte. »Weil ich all das Verlangen und die Sehnsucht empfinden werde, die ich mir von ihm wünsche, muss ich das wohl.«

»Ja, und sobald Ihr mit ihm allein seid, nehmt einen kräftigen Knüppel und prügelt seinen eigensinnigen Stolz aus ihm heraus, bis er Euch sagt, was Ihr hören wollt.«

Avery lachte. »Ich werde auf deinen Rat hören, Anne. Jetzt habe ich einen Plan, an den ich mich halten kann. Das Einzige, was ich noch tun kann, ist beten, dass das Schicksal uns freundlich gesinnt ist – trotz allem, was in den nächsten Wochen zweifelsohne schieflaufen wird.«

19

»Sie leben?« – »Ja, *Maman,* und sind unverletzt.« Payton lächelte ein wenig, während er seine Eltern, Tanten und Onkel beobachtete. Die Frauen weinten und umarmten sich gegenseitig, wandten sich dann den Männern zu und umarmten diese.

Die Männer bemühten sich, ihre Gefühle im Zaum zu halten, als sie die Tränen ihrer Frauen trockneten. Es wunderte ihn nicht, dass jeder seiner Tante Bethia besonders viel Aufmerksamkeit schenkte und sich besonders viel Mühe mit ihr gab. Trotz der schrecklichen Erfahrungen ihrer Tochter Sorcha hatte sich Bethia während der jüngsten Schwierigkeiten erstaunlich gut gehalten, während all der Wochen, in denen man nichts über das Schicksal ihrer anderen Tochter Gillyanne wusste. Bestimmt waren diese Tage für sie unendlich qualvoll gewesen, doch erst heute sah Payton seine Tante Bethia einem Zusammenbruch nahe. Sie war zwar zierlich, doch offensichtlich sehr viel stärker, als er je angenommen hatte. Dieser Gefühlsausbruch bestätigte ihn allerdings darin, dass er die beiden Boten zu Recht bei den Wachen gelassen und seiner Familie die Neuigkeiten alleine überbracht hatte.

»Wo sind sie?«, wollte sein Vater wissen.

»Auf Cairnmoor, in der Obhut eines Sir Cameron MacAlpin«, antwortete ihm Payton.

»Warum hat er sie nicht nach Hause geschickt?«, fragte seine Mutter.

»Weil er im Gegenzug für die beiden etwas haben will.«

»Lösegeld? Wie viel will er?«, fragte Sir Eric. »Ich gebe Lösegeldforderungen nur ungern nach, aber …«, er warf einen Blick auf seine Frau, auf Bethias geballte Fäuste, nahm sie in seine und hauchte einen Kuss darauf, »... wir werden alles tun, um unsere kleine Gilly zurückzubekommen.«

»Und deine Schwester«, bestätigte Sir Nigel, der seinen Sohn eingehend musterte. »Wie viel?«

»Das ist die falsche Frage. Ihr solltet lieber fragen: Wen?«, antwortete Payton ruhig.

»Wen?« Nachdem seine Mutter einen Augenblick in tiefer Nachdenklichkeit versunken war, riss sie die Augen auf. »MacAlpin! *Merde,* das ist doch dieses verkommene Mädchen, oder nicht?«

»Gisèle, gibt es da etwas, das du mir vorenthalten hast?« Nigel sprach gelassen, aber ihm war seine Verärgerung deutlich anzumerken.

»Nein, *Maman,* lass es mich erklären«, sagte Payton. »Als ich das letzte Mal am Hof war, war auch ein junges Mädchen da, das versucht hat, seine Tricks an mir auszuprobieren. Da sie aus gutem Haus stammt und am Hof einen Ehemann finden sollte, tat ich mein Bestes, um ihr aus dem Weg zu gehen. Ein paar Mal zwang mich dieses Mädchen dazu, ihr meine Abneigung deutlicher zu zeigen, als mir lieb war. Es stellte sich aber heraus, dass sie nicht an Weigerungen gewöhnt war. Nach meiner Rückkehr hierher habe ich gedacht, dass diese Geschichte vorbei ist. Doch dann erhielt ich Nachricht von ihrem Vormund. Sie beschuldigte mich der Vergewaltigung.« Payton hob die Hand, um die lautstarken Unmutsbekundungen zum Schweigen zu bringen, auch wenn sie ihn erfreuten. »Er forderte mich auf, unverzüglich nach Cairnmoor zu kommen, um das Mädchen, das ich geschändet hätte, zu heiraten – eine Lady Katherine MacAlpin.«

Nigel fluchte.

»Ich fange an, unser Problem zu verstehen.«

»Mein Problem«, warf Payton ein und beeilte sich, seine Geschichte weiterzuerzählen. »Ich habe darauf geantwortet, dass sie lügt, und den Mann aufgefordert, erst einmal Zeugen zu finden, die etwas anderes behaupten können.«

»Nicht sehr diplomatisch.« – »Nein, aber ich fühle mich dem Mädchen gegenüber nicht verpflichtet. Darauf haben sie mich beschuldigt, ich hätte sie geschwängert. Auch das habe ich entschieden abgestritten. Na ja, das Ganze ging noch eine Zeit hin und her, aber dann war plötzlich Ruhe. Ich habe geglaubt, dass die Wahrheit schließlich doch ans Tageslicht gekommen ist, und seither nicht mehr daran gedacht – vielleicht nur gelegentlich, weil ich eine Entschuldigung der MacAlpins für angebracht hielt.« Payton sah auf den Brief hinunter, den er in der Hand hielt. »Es scheint, als hätte Katherines Vormund nur auf die Rückkehr ihres Bruders, Sir Cameron, gewartet.«

»Und jetzt beschuldigt dich Sir Cameron der Vergewaltigung?«

»Irgendetwas muss ans Licht gekommen sein, denn das tut er nicht. Aber Katherine behauptet immer noch, dass ich ihr Liebhaber war und der Vater ihres Kindes bin. Wenn ich nach Cairnmoor gehe und seine Schwester als Braut akzeptiere, wird er uns Avery und Gillyanne zurückgeben.«

»Wie sind unsere Mädchen ihm in die Hände gefallen?«

»Er ist scheinbar im Sold eines gewissen Sir Charles DeVeau gestanden.« Payton grinste flüchtig über den fantasievollen Fluch, den seine Mutter ausspie. »Er hat sich aber geweigert, an dem Angriff auf die Lucette teilzunehmen, und wollte weg von DeVeau und Frankreich, zurück nach Schottland. Unsere Mädchen wurden ihm als Bezahlung für Wettschulden ausgeliefert. Er schreibt, dass an der Geschichte noch mehr dran sei, aber die Mädchen könnten sie erzählen, wenn sie wieder zu Hause sind.«

»Selbstbewusster Mistkerl«, schimpfte Nigel.

»Warum sollte er auch nicht selbstbewusst sein? Er hält die stärkste Waffe in Händen.«

»Glaubst du, dass er den Mädchen wehtun könnte?«, fragte Bethia.

»Nein«, antwortete Payton. »Etwas an der Art, wie er schreibt und unsere Gillyanne sogar ›Klein-Gilly‹ nennt, verrät mir, dass er sie nicht verletzen wird. Um ehrlich zu sein, steht hier keinerlei Drohung gegen sie. Doch wie dem auch sei, er wird die Mädchen trotzdem nicht ausliefern, wenn ich nicht seiner Forderung nachkomme.«

»Dann sollten wir vielleicht einfach losziehen und die Mädchen zurückholen«, schlug Nigel vor, doch hinter seinen mutigen Worten war ein Zögern zu spüren.

»Wenn wir anfangen, das Blut seines Clans zu vergießen, dann, so fürchte ich, wird er Drohungen ausstoßen und sie auch wahr machen. Nein, ich reite nach Cairnmoor.«

Gisèle ergriff die Hand ihres Sohnes. »Aber er wird dich zwingen, diese Frau zu heiraten, und du liebst sie nicht. Dein erstgeborenes Kind wird nicht einmal dein eigenes sein.«

»Stimmt, aber ich kann meine Schwester und Gillyanne nicht dort in der Falle sitzen lassen. Und wer kann schon sagen, ob mit der Zeit nicht doch Drohungen folgen? Vielleicht würde er seine Probleme sogar vor den König bringen. Nein, ich reite. Und nur weil ich gehe, heißt das noch nicht, dass ich am Ende dieses verlogene Frauenzimmer heirate. Vielleicht bin ich imstande, ihr die Wahrheit zu entlocken. Doch das kann ich nur tun, wenn ich dorthin reise. Da ist übrigens noch etwas, das Sir Cameron erwähnt.« Payton sah seinen Onkel Balfour und seine Tante Maldie an. »Er schreibt, dass Avery und Gillyanne es für sehr wahrscheinlich halten, dass er Klein-Alans Vater ist.«

»Ach, du lieber Gott«, murmelte Maldie. »Elspeth wird sich darüber freuen, aber auch traurig sein.«

»Wenn er den Jungen haben möchte …«, warf Gisèle ein, biss sich dann aber nervös auf die Lippen.

»Nein, *Maman*«, erwiderte Payton. »Sir Cameron schreibt, dass er das Kind nicht mit dieser Angelegenheit in Verbindung bringen und in dieser Sache behutsam vorgehen will. Klein-Alan als Druckmittel gegen ihn zu benutzen, ist eine verführerische Idee, denn ich will Katherine nicht heiraten. Aber wenn ich Alan benutzen würde, um meine Freiheit zu erkaufen, müssten wir ihn aus den Armen der einzigen Familie reißen, die er kennt. Das kann ich nicht. Wenn Sir Cameron Alans Vater ist, gehören sie zusammen. Aber um Alans willen müssen wir mit äußerster Behutsamkeit vorgehen.«

»Ich weiß. Es ist nur so, dass diese Heirat so falsch ist. Sie gründet auf einer Lüge, und diese Katherine scheint eine furchtbare Person zu sein.«

Payton tätschelte seiner Mutter zärtlich die Hand. »Es stimmt schon, sie gehört zu denen, deren Schönheit nur äußerlich ist. Aber mach dir keine Sorgen. Ich kann ausgesprochen redegewandt sein. Ich werde ihr die Wahrheit entlocken.« Er begann zu schmunzeln. »Und wie ich meine Schwester und Klein-Gilly kenne, sind sie bereits fest am Werk, um diese Wahrheit herauszufinden.«

Sobald Avery und Gillyanne die große Halle verließen, sackte Cameron auf seinem Sitz zusammen und trank einen großen Schluck Wein. Seine Schwester war nur wenige Augenblicke früher gegangen, und obwohl er den starken Verdacht hegte, dass es zwischen den Frauen zu einer Auseinandersetzung kommen würde, hatte er keine Lust, sich einzumischen. Jede Sekunde, die er in der Gegenwart der drei Frauen verbringen musste, kam einer Geduldsprobe gleich. Er hatte nicht die Absicht, freiwillig dazwischenzutreten. Sollten sie es untereinander ausmachen, sagte sich Cameron. Er würde sich einfach nur feige zurücklehnen und inständig hoffen, dass nicht zu viel Blut floss.

Erst eine Woche war vergangen, seit er Sir Payton seine Forderungen geschickt hatte, aber Cameron kam es wie die längste Woche seines Lebens vor. Er freute sich beinahe schon auf die Ankunft dieses Mannes, den er in den beiden nächsten Tag erwartete. Sir Paytons Erscheinen würde die Frauen zwingen, das Schlachtfeld, das sie aus seinem Zuhause gemacht hatten, zu räumen. Allerdings würde es auch den Verlust von Avery bedeuten.

Avery, das wusste er wohl, spielte nach ihren eigenen Regeln. Er schaute stirnrunzelnd in die Richtung, in der sie verschwunden war. Zwar hatte er sie in dem Gemach untergebracht, das an seines anschloss. Aber es hätte ihn nicht überrascht, wenn alle Türen fest verriegelt gewesen wären. Stattdessen hieß ihn Avery mit einem Lächeln und all der Leidenschaft, die ein Mann sich nur wünschen konnte, in ihren Armen willkommen. Sie kleidete sich beständig auf eine Art, die für seine Augen ein Festmahl war. Sie betrug sich, als ob zwischen ihnen alles in schönster Ordnung sei, als ob das Ende ihrer Beziehung nicht schon in nächster Nähe liegen würde. Und sie war entzückend liebenswürdig, verweigerte sich ihm nie, wo auch immer er sie aufspürte. Dahinter musste ein Plan stecken. Er fand nur nicht heraus, was sie damit zu erreichen hoffte.

»Machen dich diese Mädchen zum Trinker, Junge?«

»Das ist der Überlegung wert, Iain«, murmelte er und lächelte den älteren Mann matt an. »Jedes Mal, wenn wir uns zum Essen niedersetzen, erwarte ich, dass sie mit ihrem Besteck brutal aufeinander losgehen.«

Iain nickte. »Diese geballte weibliche Wut, die in der Luft liegt, kann einem Mann den Appetit verderben und seiner gesunden Verdauung schwer zusetzen.«

»Es ermüdet mich.«

»Ja, du siehst müde aus, Junge.«

Leargan lachte und schüttelte den Kopf. »Unser Laird ist nicht nur müde, weil er dem wütenden Krieg zwischen den Mädchen aus dem Weg gehen will. Wenn er nicht davor davonrennt, dann rollt er sich mit …«

»Leargan«, knurrte Cameron, überrascht, dass Leargan im Begriff war, eine so wenig schmeichelhafte Äußerung über Avery zu machen.

»Ach, Cousin, du weißt doch, dass ich Avery niemals beleidigen würde. Vermutlich ist es der Neid, der aus mir spricht. Ich würde für ein Mädchen, das so süß und feurig, so bereitwillig und leidenschaftlich ist, mein bestes Schlachtross hingeben. Man findet nicht oft Mädchen, die die körperliche Liebe wirklich genießen.« Leargan zwinkerte. »Zumindest klang es heute Nachmittag in den Stallungen so.« Er und Iain lachten, als Cameron rot wurde.

»Offensichtlich muss ich ein bisschen vorsichtiger sein.« Cameron legte die Stirn in Falten und trommelte mit den Fingern auf die Lehne seines Sitzes. »Genau genommen glaube ich, dass Avery etwas ausheckt.«

»Um Gottes willen«, schimpfte Leargan mit lachender Stimme. »Und was könnte das sein? Dich auszulaugen, damit du nach ihrer Abreise jahrelang für keine andere Frau mehr zu gebrauchen bist?«

Cameron beschloss, die Ironie seines Cousins zu übergehen. »Sie ist zu liebenswürdig.« Er warf seinen Cousins finstere Blicke zu, als beide die Augen verdrehten. »Ich schicke sie weg. Ich zwinge ihren Bruder dazu, eine Frau zu heiraten, von der er wiederholt gesagt hat, dass er sie nicht will. Da ist es doch nicht töricht, sich zu wundern, dass sie sich benimmt, als sei alles in Ordnung, dass es keinen Ärger und keinen Streit gibt und, verdammt noch mal, dass sie mich noch immer in ihrem Bett willkommen heißt. Avery ist ein stolzes Mädchen mit beträchtlichem Temperament. Warum ist sie so *liebenswürdig?*«

»Nun, zu Katherine ist sie eindeutig nicht liebenswürdig«, stellte Iain fest.

»Das stimmt. Gelegentlich frage ich mich, ob ich ihnen eine Wache zuteilen soll, um sicherzustellen, dass sie sich nicht gegenseitig umbringen.« Cameron fuhr sich mit den Fingern durch die Haare. »Ich habe allerdings erwartet, dass sich einiges – eine ganze Menge – von dieser Wut gegen mich richtet.«

»Vielleicht versteht Avery, dass du keine andere Wahl hast.«

»Schon, aber manchmal habe ich den Eindruck, sie wartet

darauf, dass ich einen anderen Weg finde, um dieses Problem zu lösen.«

»Das war wahrscheinlich der Fall, bevor sie gesehen hat, dass Katherine tatsächlich ein Kind erwartet«, warf Leargan ein.

»Avery bestreitet beharrlich, dass ihr Bruder der Vater ist«, erinnerte ihn Cameron.

»Aber das bedeutet, dass du einer Schwester helfen musst, die unverheiratet schwanger ist und inzwischen schon einen dicken Bauch bekommt. Die Zeit reicht wirklich nicht, um herauszufinden, wer nun recht hat und wer nicht, oder ob Lügen erzählt wurden. Das Kind braucht einen Vater. Katherine beschuldigt Sir Payton. Du hast keine andere Wahl, als diesen Mann so bald wie möglich vor den Altar zu holen. Was immer Avery sonst noch fühlen mag, sie besitzt den Verstand, diese Wahrheit zu erkennen und zu wissen, dass du schwer in die Ecke gedrängt worden bist.« Leargan trank einen großen Schluck Wein, dann sagte er ruhig: »Sie spart sich ihre Wut für diejenige auf, die euch beide in dieses Chaos hineingezogen hat – diejenige, von der sie glaubt, dass sie lügt.«

»Iain, meinst du, dass Katherine lügt?«, wollte Cameron wissen. Er hoffte, dass der Ältere, der mehr Zeit mit Katherine verbracht hatte, ihr Verhalten besser durchschauen konnte.

»Ich kann weder das eine noch das andere behaupten. Ich weiß es einfach nicht«, antwortete dieser. Er verzog das Gesicht. »Sie ist ganz bestimmt imstande zu lügen.«

»Ja, in der Woche, die ich jetzt zu Hause bin, habe ich das auch festgestellt.« Cameron schüttelte den Kopf. »Ich habe bei dem Mädchen versagt.«

»Das haben wir in gewisser Hinsicht alle, aber ich weigere mich, mich deswegen in Schuldgefühlen zu wälzen. Ja, wir haben sie alle verzogen, aber man sagt, ein Kind lernt vom Verhalten der Menschen, die es vor Augen hat. Ich glaube, dass wir alle ihr ein gutes Beispiel gegeben haben. Kein perfektes, aber ein gutes. Doch ...« Er machte eine hilflose Geste. »Sie ist nicht nur verwöhnt, sie ist eitel und, nach allem, was ich gesehen habe, ist sie zu den Bediensteten und Gefolgsleuten nicht allzu freundlich. Mir fällt aber hier kein Einziger ein, der ihr Eitelkeit und Überheblichkeit beigebracht hätte.«

»Nein. Ganz bestimmt konnte sie weder von dir noch von Tante Agnes eine solche Einstellung lernen, und ihr beide habt sie schließlich erzogen. Hast du jemals diesen Jungen, Sir Payton, kennengelernt?«

»Nur flüchtig, und danach habe ich ihn hin und wieder von Weitem gesehen.«

»Ich habe gehört, dass er gut aussieht.«

Iain schmunzelte. »Oh, in der Tat, sehr gut, das behaupten wenigstens alle Mädchen. Aber um ehrlich zu sein, selbst ich muss das zugeben. Und wie ihn die Frauen umschwärmen, das grenzt an ein Wunder. Ich zweifle nicht daran, dass selbst wenn er auf den Abtritt geht, ein Mädchen dasteht, um ihm ihre helfende Hand zu reichen.«

»So schlimm?«

»So schlimm. Dennoch habe ich nie etwas Schlechtes über den Jungen gehört. Ein bisschen Gebrumme von eifersüchtigen Männern, die einfach auf seine Anziehungskraft neidisch waren, aber sonst nichts. Noch nicht einmal, dass er sich in übermäßig viele Liebschaften stürzt, obwohl sich ihm so viele Mädchen an den Hals werfen. Ich muss gestehen, dass ich überrascht war, als Katherine ihn als ihren Verführer genannt hat. Doch ich musste ihr glauben, nicht wahr?«

Cameron nickte. »Du hattest keine andere Wahl. Hast du jemals geglaubt, dass eine Vergewaltigung vorliegt?«

»Nicht ganz. Zum einen war ich der festen Überzeugung, dass es der Junge nicht nötig hat, einem Mädchen Gewalt anzutun. Zum anderen hat Katherine sich, ehrlich gesagt, auch keinen Augenblick wie eine Frau betragen, die gegen ihren Willen berührt worden ist. Ich kenne das eine oder andere Mädchen, das geschändet worden ist, und auch wenn sie stark genug waren, diese Tragödie zu überwinden, sind ihnen Narben geblieben, vor allem in der Zeit direkt nach der Vergewaltigung. Katherine hat sich benommen, wie sie sich immer benimmt, dennoch hat sie an ihrer Anklage festgehalten. Insgeheim habe ich es für eine Verführung gehalten.«

»Tja, nur Katherine kann dieses Durcheinander aufklären, und sie hält daran fest, verführt und verlassen worden zu sein. Ab und zu frage ich mich, ob sie mich dazu benutzt, ihr den Gatten zu beschaffen, der ihrer Ansicht nach am besten zu ihr passt, und nicht den Mann, den sie eigentlich heiraten sollte.«

»Dann setze den Hochzeitstermin nicht zu früh an«, riet Leargan.

»Ich kann nicht zu lange warten«, widersprach Cameron.

»Ein oder zwei Wochen werden keinen Unterschied machen.«

»Ja, du hast vielleicht recht. Ich gebe es nur ungern zu, aber ich beginne, an Katherines Aufrichtigkeit zu zweifeln. Vielleicht will ich nur meinen eigenen, egoistischen Motiven nachgeben und den Wunsch nähren, dass sie nicht recht hat. Aber auch diese Erklärung bringt nicht alle Zweifel zum Schweigen. Verdammt noch mal, ich ertappe mich dabei, wie ich an Türen lausche, lange Unterredungen mit Katherine führe und jedes ihrer Worte in die Waagschale werfe. Ich möchte nicht glauben, dass Katherine ein solches Spiel treibt, aber ich kann den Gedanken nicht unterdrücken, dass sie genau das tut. Und dann ertappe ich mich dabei, wie ich versuche, meine eigene Schwester als Lügnerin zu überführen. Schlimmer noch, ich leiste dabei keine sonderlich gute Arbeit.«

»Dann überlass es den Mädchen.«

»Glaubst du, dass sie das versuchen?«

»Oh ja, daran besteht kein Zweifel.«

»Aber wenn sie die Wahrheit entdecken, und Katherine klammert sich weiter an ihre Geschichte, dann stehe ich noch immer vor dem Problem, dass ich entweder zwei Mädchen

Glauben schenke, die darauf brennen, Sir Payton zu helfen, oder treu zu meiner Schwester stehe und ihr glaube.«

»Dann presse dein Ohr weiterhin an die Türen, Junge«, sagte Iain, »und hoffe darauf, die Wahrheit zu hören, bevor es zu spät ist.«

»Könnt ihr beiden nicht woanders hingehen?«, schnappte Katherine, als sie von ihrer Näharbeit aufsah, um Avery und Gillyanne anzufunkeln.

»Nein«, gab Avery zurück, die sich Katherine gegenübersetzte.

Avery sah sich in der Frauenkemenate um. Es war ein wunderschöner Raum, ganz besonders tagsüber, wenn das Sonnenlicht durch die Fenster fiel. Diese Fenster könnten sich vielleicht als Schwachpunkt erweisen, wenn ein Angreifer es schaffen sollte, alle hervorragenden Verteidigungsanlagen der Burg zu überwinden. Doch sie nahm an, dass das bedacht und wahrscheinlich vorgesorgt worden war. Sie sah sich nach Tante Agnes um und entdeckte die rundliche, grauhaarige Frau wie immer schlafend in ihrem Sessel vor dem Kamin. Avery zweifelte daran, dass die liebenswerte Frau jemals wirklich eine Anstandsdame für die eigensinnige Katherine gewesen war. Als sich Gillyanne auf die gepolsterte Bank setzte, auf der Katherine saß, hätte Avery beinahe gelacht. Gillyanne wusste, dass Katherine sie erstens nicht mochte und zweitens beunruhigend fand. Es sah Gillyanne ähnlich, das restlos auszunutzen.

»Ich habe gehört, dass sich bei einem Lügner, der Weihwasser trinkt, die Zunge schwarz färbt, verfault und aus dem Mund fällt«, sagte Gillyanne und hielt Katherine einen Kelch mit kaltem Wasser hin.

»Bauerngewäsch«, schimpfte Katherine, aber Avery stellte fest, dass sie das Getränk nicht annahm. »Was fällt Euch ein?« Katherine schlug Gillyannes Hand weg, als das junge Mädchen ihr an den Bauch fasste.

»Ich will mich nur versichern, dass es kein Kissen ist«, antwortete Gillyanne.

»Es ist Sir Paytons Kind, und das wisst Ihr.«

»Nein, ist es nicht.«

»Oh nein, es könnte nicht das von Sir Payton sein, nicht wahr? Ihr beide weigert euch einzusehen, dass er ein herzloser Verführer ist, dass er ein Mädchen einfach benutzt und dann herzlos sitzen lässt wie jeder andere Mann auch.«

»Payton ist kein Heiliger«, sagte Avery, die ihre Stimme zur Ruhe zwang und ihre Wut verbarg, weil sie wusste, dass das Katherine reizen würde. »Trotzdem würde er nie eine Jungfrau verführen oder sich weigern, sein eigenes Kind anzuerkennen.«

»Wollt Ihr etwa behaupten, ich war keine Jungfrau mehr?«, fragte Katherine herausfordernd und warf ihre Näharbeit beiseite.

Avery fand es ausgesprochen interessant, dass Katherine so schnell diesen heiklen Vorwurf aus ihren Worten heraushörte, insbesondere weil sie ihn gar nicht hineingelegt hatte. Sie hatte nicht einmal in Erwägung gezogen, dass Katherine mehr als nur einen Liebhaber gehabt haben könnte. Aber natürlich – Avery warf einen Blick auf die leise schnarchende Tante Agnes – hatte die junge Frau reichlich Zeit und Gelegenheit für Tändeleien. Einen kurzen Augenblick fragte sie sich, ob es vielleicht sogar jemand aus Cairnmoor sein könnte, doch schnell kam sie zu der Überzeugung, dass Katherine dafür zu gerissen war. Auf einer Burg wie Cairnmoor gab es nur wenige Geheimnisse, und Katherine würde sich sehr bemühen, den Anschein der Unschuld aufrechtzuerhalten. Hätte es hier auf Cairnmoor Liebhaber gegeben, hätte ihre Geschichte von dem unschuldigen Mädchen, das verführt und sitzen gelassen worden ist, nicht so lange bestehen können.

»Nein, ich würde Euch nicht derart beleidigen«, sagte Avery. »Ich sage nur, dass mein Bruder nicht Euer Verführer war.«

»Warum sollte ich dann bereit sein, ihn zu heiraten?« – »Weil er gut aussieht, nicht arm ist und die meisten Frauen Euch beneiden würden. Ich hege den Verdacht, dass es Eurem Geliebten an einigen dieser Dinge mangelt, die Ihr für notwendig haltet, zum Beispiel an Geld.«

»Ihr beschuldigt mich also, meine Röcke für einen zerlumpten Bettler zu heben?«

»Viele edle Herren sind nicht mit einer vollen Börse gesegnet. Deswegen gehen sie ja auch oftmals eine Heirat ein, die ihnen Geld einbringt.«

»Ich bekomme eine sehr schöne Mitgift. Ich muss mir keine Gedanken machen, ob mein Mann arm oder reich ist.«

»Warum heiratet Ihr dann also nicht den Mann, der das Kind gezeugt hat, anstatt einen unwilligen Mann vor den Altar zu schleifen?«

»Ist es für Euch so schwer zu glauben, dass Euer Bruder hinter mir her war?«, fragte Katherine. Ein selbstbewusstes Schmunzeln umspielte ihre vollen Lippen. »Ich habe vielen Jünglingen den Kopf verdreht und das Herz geraubt.«

»Das kann ich mir vorstellen, denn Ihr seid sehr hübsch – äußerlich«, murmelte Avery. »Ja, ich könnte schon glauben, dass Payton einen begehrlichen Blick auf Euch wirft, aber er würde nicht mit Euch schlafen. Er wusste, dass Ihr am Hof seid, um Euch einen Mann zu suchen, und er will keine Frau – noch nicht. Das hätte ausgereicht, um jeden Funken Leidenschaft, den Ihr vielleicht in ihm geschürt habt, abzutöten.«

»Vielleicht war ja die Leidenschaft, die ich bei ihm entfacht habe, zu stark für ihn, um zu widerstehen.« Katherine warf Gillyanne einen wütenden Seitenblick zu, weil das Mädchen ein höhnisches Grunzen von sich gab. »Wenigstens besitze ich alles Nötige, um den Blick eines Mannes auf mich zu ziehen.«

»Ich hoffe, Gillyanne besitzt es nicht, denn sie ist zu jung, um das Interesse eines Mannes zu wecken«, bemerkte Avery.

»Und Ihr, Katherine, solltet klug genug sein, um zu wissen, dass eine Lüge nicht ewig aufrechterhalten werden kann.«

»Aber sie muss nicht ewig aufrechterhalten werden, nicht wahr? Nur bis der Priester seinen Segen gegeben hat. Dann bin ich mit diesem edlen, gut aussehenden Ritter verheiratet, und keiner kann mehr etwas daran ändern.« Sie stand unvermittelt auf, ging hinüber zu Tante Agnes und stupste die Frau etwas grob an, sodass sie aufwachte. »Wir müssen uns jetzt zurückziehen, Tante Agnes.« Katherine stellte sich vor Avery hin, während die Tante ihre Sachen aufsammelte. »Wenn Ihr glaubt, Ihr könntet diese Ehe verhindern, indem Ihr Eure Beine für meinen Bruder breit macht, dann seid ihre eine Närrin.«

Avery hob ihre Hand, um Gillyannes wütenden Angriff auf Katherine zu verhindern. »Ja, Ihr seid vielleicht am Ende mit Payton verheiratet, aber die Ehe wird auf Euren Lügen und Eurer Heimtücke aufgebaut sein. Er wird Euch das niemals verzeihen. Welche Art von Glück wollt Ihr also finden?«

»Das Glück, das aus der Ehe mit einem gut aussehenden Mann entspringt, einem viel gepriesenem Ritter, einem reichen Mann mit Ländereien in Frankreich und vielen hochgestellten Freunden bei Hof, den König eingeschlossen.« Sie packte ihre noch immer schläfrige Tante am Arm und zog sie zur Tür. »Er kann es mir so übel nehmen, wie er will – dennoch ist er eine bessere Wahl als irgendein einfacher Knappe mit sechs älteren Brüdern.«

Avery fuhr zusammen, als die Tür hinter Katherine krachend ins Schloss fiel. Einen Moment lang starrte sie auf die geschnitzte Eichentäfelung. Sie hatte noch nie ein derartiges Bedürfnis verspürt, einen Menschen zu verprügeln, wie bei Katherine. Das Mädchen war über alle Maßen verwöhnt, eitel und egoistisch. Man konnte sich nur schwer vorstellen, dass Cameron und sie verwandt waren.

»Sie lügt ganz offensichtlich«, sagte Gillyanne, als sie sich neben Avery stellte.

»Ja, offensichtlich«, stimmte ihr Avery zu. »Genau genommen hat sie eben eine Menge preisgegeben. Ich glaube, dass Katherine eine schöne Zeit bei Hof hatte und vielleicht auch das eine oder andere Abenteuer mit einem tapferen Jüngling, bevor sie dorthin ging.«

»Glaubst du, dass sich einer dieser tapferen Jünglinge hier auf Cairnmoor befinden könnte?«

»Das bezweifle ich. Das Risiko wäre zu groß. Und wenn da einer sein sollte, wird er nicht freiwillig nach vorne treten und zugeben, dass er mit der Schwester des Laird ein Techtelmechtel hatte. Außerdem haben wir nicht viele Chancen, ihn zu finden – falls es ihn gibt –, denn er wird die Geschichte so geheim halten wie möglich.«

»Aber sie hatte auch den einen oder anderen Verehrer am Hof, oder?«

»Den hatte sie sicher, und ich denke, der eine, der uns am meisten interessiert, ist ein einfacher Knappe.«

»Mit sechs älteren Brüdern.«

»Genau. Natürlich wissen wir nicht, wer zur selben Zeit wie sie am Hof war. Und außerdem haben wir nicht viel Zeit, um das herauszufinden. Seit Cameron seine Forderungen nach Donncoill geschickt hat, ist eine Woche vergangen. Payton kann jeden Augenblick ankommen.«

»Es tut mir leid, Avery.«

»Das muss es nicht. Im Augenblick ist das Wichtigste, Payton zu helfen. Wir können nicht zulassen, dass er diese Frau heiratet.«

Gillyanne schüttelte sich angewidert. »Nein, ganz bestimmt nicht. Sie würde ihn restlos unglücklich machen.« Sie rieb sich mit einem Finger das Kinn, während sie mit gerunzelter Stirn nachdachte. »Am besten wäre ein Name, aber Katherine ist vielleicht die Einzige, die ihn kennt.«

»Stimmt, aber es muss noch weitere Anhaltspunkte geben, die wir sammeln können. Payton verbringt eine Menge Zeit am Hof. Wenn wir ihm genug über diesen Knappen erzählen, wird er wissen, um wen es sich handelt. Vielleicht hat er ihn und Katherine ja zusammen gesehen.«

»Aber könnte er Cameron dazu bringen, ihm zu glauben? Selbst wenn er einen Namen nennt? Könnte Payton Cameron wenigstens überreden, nach der Wahrheit zu suchen?«

»Ich denke schon«, antwortete Avery. »Erst kürzlich habe ich in Camerons Augen einen Ausdruck gesehen, der mich vermuten lässt, dass er inzwischen ein wenig an Katherines Behauptungen zweifelt.«

»Trotzdem will er Payton noch immer vor den Altar schleppen.«

»Da ist das Kind und die Tatsache, dass sich kein anderer Bräutigam angeboten hat. Die erste Person, mit der wir sprechen müssen, ist Katherines Magd.«

»Sie geht uns aus dem Weg«, sagte Gillyanne, als sie Avery zur Tür folgte.

»Wir versuchen ein letztes Mal, sie zu stellen, und danach holen wir uns Hilfe von Anne.«

Avery und Gillyanne gingen zur Tür hinaus und prallten fast mit Cameron und Leargan zusammen. »Ihr sucht uns?«, fragte Avery, während sie versuchte, sich an Cameron vorbeizuschlängeln und Gillyanne mit sich zu ziehen.

»Ja«, erwiderte Cameron, der sie genau beobachtete.

»Ach, du liebe Zeit. Gut, ich werde Euch später sehen, nicht wahr? Aber Gillyanne und ich müssen gerade jetzt unbedingt etwas erledigen.«

Cameron sah den beiden Mädchen nach, die fortstürmten, dann schaute er Leargan an. »Willst du mir erzählen, dass sie nichts im Schilde führen?«

»Oh nein«, versicherte ihm Leargan lachend. »Sie haben eindeutig etwas vor. Wohin willst du?«, fragte er, als Cameron sich wieder auf den Weg in die große Halle machte.

»Mir einen ordentlichen Schluck genehmigen. Vielleicht auch mehr als einen. Und ich werde erst aufhören, wenn ich irgendwo in der Burg Schreie höre.«

20

»Hat jemand Avery gesehen?«, fragte Cameron, als er misstrauisch die Frauenkemenate betrat.

Er sah sich im Raum um und schauderte innerlich. Es war ein wunderschönes Zimmer, in dem er sich normalerweise sehr gerne aufhielt. Doch im Moment knisterte die Luft geradezu vor Anspannung und Abneigung. Gillyanne saß bei Anne und hatte offensichtlich die Absicht zu nähen, doch die meiste Zeit starrte sie Katherine an. Cameron kannte diesen Blick. Unter ihm fühlte der Angestarrte sich bis ins Innerste bloßgestellt. Anne nähte gelassen, hatte aber zugleich ein wachsames Auge auf Gillyanne und Katherine. Katherine hielt von Zeit zu Zeit in ihrer Näharbeit inne, um Gillyanne wütend anzufunkeln. Tante Agnes machte vor dem Kamin ein Nickerchen, in seliger Ahnungslosigkeit.

»Hast du deine Bettgespielin am falschen Platz abgesetzt und kannst sie jetzt nicht mehr finden?«, fragte Katherine.

Cameron trat eben auf seine Schwester zu, um ihr einen scharfen Verweis zu erteilen, als er ein weibliches Fauchen vernahm, das sich so sehr nach Avery anhörte, dass er herumfuhr. Doch dann erkannte er, dass das Geräusch von Gillyanne gekommen war. Er sandte ihr einen finsteren Blick zu, der sie allerdings nicht im Geringsten einzuschüchtern schien, und wandte sich wieder an Katherine.

»Berichtige mich, wenn ich mich irre, Katherine«, sagte er mit gedämpfter und kalter Stimme, »aber sitzt du nicht unverheiratet hier herum und bekommst vom Kind irgendeines Mannes einen dicken Bauch?« Er nickte, als sie rot wurde. »Du wirst in Bezug auf Avery deine Zunge im Zaum halten. Und nun noch einmal: Weiß jemand, wo Avery ist?«

»Im Garten«, antwortete Gillyanne, die ihn einen Augenblick musterte und dann fragte: »Ihr habt eine Nachricht von unserer Familie?«

»Wie habt Ihr das erraten? Eure Vorahnungen können einem großes Unbehagen bereiten, Mädchen.«

»Ach, Ihr seid ein so mutiger Junge, das beunruhigt Euch doch eigentlich gar nicht, oder?« Gillyanne lächelte und zwinkerte ihm zu.

An Annes zuckenden Schultern erkannte Cameron, dass diese Frau leise in sich hineinlachte. Kurzzeitig wollte er sich davon anstecken lassen, doch er rief sich die Nachricht ins Gedächtnis zurück und der Lachreiz verschwand sofort. »Sir Payton wird morgen hier eintreffen.«

»Ach, du lieber Himmel. Wir dachten uns schon, dass er bald da sein wird.«

»Ja. Sie haben in der Tat keine Zeit verschwendet. Ich habe meine Männer erst vor acht Tagen nach Donncoill geschickt.« Er seufzte und ging in Richtung Tür. »Ich gehe besser und erzähle es Avery.«

»Cameron«, rief Katherine, als er die Tür eben hinter sich zuzog.

»Was?« Er machte einen Schritt zurück in die Kemenate.

»Befiehl dieser unverschämten Göre, mich nicht so anzustarren.«

Er verdrehte die Augen, obwohl er wusste, wie unbehaglich es sein konnte, diesen Blicken ausgesetzt zu sein. »Gillyanne, hört auf, Katherine anzustarren.« Er ging, bevor er der Versuchung nachgab, Gilly zu fragen, was sie denn sah, wenn sie Katherine so anblickte.

Avery jätete Unkraut und warf es auf den Abfallhaufen, wobei sie sich fragte, warum die Arbeit im Kräutergarten ihre Laune nicht aufhellen konnte. Bisher hatte ihr das immer geholfen. Aber, so grübelte sie, schließlich hatte sie sich auch noch nie so beharrlich um ein verletztes Herz bemühen müssen. Sie hatte nie zuvor einen Geliebten gehabt, sich nie Sorgen machen müssen, weil ihr Bruder in eine unglückliche Ehe gezwungen wurde. Unkrautjäten reichte einfach nicht aus, um all ihre Zweifel und Ängste zum Schweigen zu bringen, und sei es auch nur für kurze Zeit.

Wenn sie klug wäre, überlegte sie, würde sie ihre Tür vor Cameron verschließen – den Esel geradewegs aus ihrem Bett werfen. Noch immer äußerte er kein Wort der Liebe, kein Versprechen auf eine gemeinsame Zukunft. Es war ihr gutes Recht, ihm den Rücken zuzukehren. Sie wusste aber auch, dass sie es nicht tun würde. Avery war ein Stück weit entsetzt über ihre Schwäche diesem Mann gegenüber, zweifelte aber daran, dass sie sie jemals ganz überwinden würde. Zudem gehörte es ja zu ihrem Plan, ihn so leidenschaftlich zu lieben, dass er ihre Rückkehr herbeisehnen würde. Sie wünschte sich nur, er würde ihr einen winzigen Beweis dafür schenken, dass sie sein Herz berührte. Dies wäre ein kleiner Hoffnungsschimmer, an den sie sich klammern könnte.

Sie warf einen Blick zum Himmel und entdeckte, dass sie nicht mehr viel Zeit hatte, um sich vor dem gemeinsamen Abendessen frisch zu machen. Dabei hatte sie eine Säuberung dringend nötig, wie sie halb lächelnd feststellte, als sie aufstand und an sich hinuntersah. Avery drehte sich um und stieß fast gegen Cameron.

»Ich wollte eben gehen, um mich sauber zu machen, bevor das Abendessen serviert wird.« Sie wischte mit den Händen über ihre Röcke, verzog aber das Gesicht, als sie feststellte, dass ihre Röcke nicht viel sauberer waren als ihre Hände.

»Ist noch Schmutz im Garten übrig geblieben?«, murmelte Cameron mit einem Grinsen.

»Ich habe gejätet, und weil das Unkraut noch nicht einmal bis zu meiner unscheinbaren Größe hochwächst, muss ich mich in den Schmutz hinunterbegeben.«

»Offensichtlich.«

»Hast du mir etwas zu sagen, oder bist du nur gekommen,

um mich zu begutachten, wenn ich möglichst unattraktiv aussehe.«

»Oh, Mädchen, ich finde, du siehst anbetungswürdig aus.«

Er beugte sich zu ihr vor, runzelte aber die Stirn, während er ihr Gesicht betrachtete. Sie fragte: »Stimmt etwas nicht?«

»Doch, ich suche nur eine saubere Stelle für einen Kuss.«

»Schurke!« Sie ging um ihn herum und hielt auf die Burg zu. »Willst du mir etwas mitteilen?«

»Dein Bruder wird morgen früh hier ankommen«, sagte er leise. Ihm fiel auf, dass ihr Schritt kurz ins Stocken geriet.

»Und nimmt man mich dann gleich mit?« Avery war froh über den gelassenen Klang ihrer Stimme, als sie die Burg betraten und zur Treppe schritten.

»Ja, du und Gillyanne, ihr reist gleich ab, wohl in Begleitung zahlreicher Murray-Männer.«

»Aber ohne meine oder Gillyannes Eltern?«

»Ohne sie. Man hielt es für das Beste, wenn Payton allein kommt. Dein Bruder wird mit Klein-Rob und Colin in die Burg kommen, und du gehst mit Gillyanne zu den Murray-Männern hinaus.«

Sie blieb am Fuß der Treppe stehen und schaute ihn endlich an. »Ich würde gerne ein paar Augenblicke haben, um meinen Bruder zu begrüßen und mit ihm zu sprechen, bevor ich Cairnmoor verlasse. Ich habe ihn monatelang nicht gesehen. Und wenn man es bedenkt, kann es auch Monate dauern, bevor ich wieder die Möglichkeit habe, ihn zu sehen.«

»In Ordnung.«

Avery war eben im Begriff, die Treppe hinaufzusteigen, da kam Katherine herunter. Die Frau lehnte sich zurück und starrte Avery entsetzt an. Offensichtlich machte sie sich niemals schmutzig.

»Hast du dein Spielzeug im Dreck herumgewälzt, Cameron?«, fragte Katherine.

Avery spürte, wie sich Cameron neben ihr anspannte. Bevor er etwas sagen konnte, packte sie mit beiden Händen Katherines Gesicht, küsste sie ungeachtet ihres entsetzten Aufschreis auf beide Wangen und umfing sie in einer festen Umarmung. Als sie der Meinung war, dass diese Frau genug von ihrem Schmutz abbekommen hatte, gab sie sie frei.

»Oh, ich werde Euch vermissen, Katherine«, sagte sie gedehnt. Ihre Augen weiteten sich ein wenig, als Katherine ihr einen garstigen Fluch ins Gesicht spie, bevor sie die Treppe wieder hinauffloh. »Ts, ts, ts! Ich vermute, sie teilt meine Gefühle nicht.« Sie blickte zu Cameron und stellte fest, dass er lachte. »Ich konnte nicht anders.«

»Ach, Mädchen, wenn du nicht so schmutzig wärst wie ein Regenwurm, würde ich dich küssen. Geh und wasch dich.« Er beobachtete, wie sie die Treppe hinaufstieg, und fragte leise: »Avery, möchtest du mit mir in meinen Gemächern zu Abend essen?«

Es gab nur einen Grund, warum er diesen Wunsch äußern konnte. Er wollte, dass sie die letzte Nacht zusammen verbrachten und sich liebten, wahrscheinlich so oft wie nur möglich, wahrscheinlich bis sie völlig erschöpft zusammenbrachen. Eigentlich hätte sie ihn und seinen Wunsch zum Teufel schicken sollen.

»Ja. Ich treffe dich dort in einer Stunde.« Sie schaute an sich hinunter. »Sagen wir besser, in zwei.«

Avery stand in ihr Handtuch gewickelt da und betrachtete nachdenklich ihr Unterkleid. Abwesend antwortete sie auf Annes Klopfen und murmelte ein »Herein«. Heute war ihre letzte Nacht mit Cameron – sie würden sich lange nicht mehr sehen. Avery versuchte krampfhaft, nicht die Worte *nie mehr* zu denken, aber sie lauerten am Rande ihres Bewusstseins. Sie musste sich an die Hoffnung klammern, dass es für sie eine Zukunft gab, oder sie würde die letzte Nacht mit Cameron damit verbringen, an seiner schönen Brust unablässig zu weinen. Sie wünschte, sie könnte diese letzte Nacht etwas anderes anziehen als dieses Unterkleid, das er öfter gesehen hatte, als ihr lieb war.

»Nein, nicht das«, sagte Anne, nahm Avery das Unterkleid aus den Händen und warf es aufs Bett. »Nicht heute Nacht.«

»Und warum sollte die heutige Nacht so wichtig sein?«, fragte Avery, obwohl ihr klar war, dass Anne es bereits wusste.

»Es ist Eure letzte Nacht hier – wenigstens bis zu Eurer Rückkehr.«

»Welche Zuversicht!«

Anne überhörte das. »Im Schlafgemach des Laird wurden köstliche Speisen gerichtet. Kerzen und Kaminfeuer sind angezündet, und Ihr werdet nicht in der großen Halle speisen.«

»Dort kann man nicht ungestört sein.«

»Kaum. Ich muss zugeben, dass die meisten von uns sehr daran interessiert sind, was zwischen Euch und unserem Laird vorgeht.« Sie lächelte, als Avery rot wurde. »Wir haben Euch gern, Mädchen, und ich meine, Ihr würdet unseren Laird sehr glücklich machen.« Sie hielt ein Nachtgewand und einen Überwurf hoch. »So wie das da.«

Avery stockte der Atem, und vorsichtig streckte sie die Hände nach den Kleidern aus. Sie bestanden fast nur aus Spitze, und der knappe Leinenstoff war hauchdünn gewebt. Sowohl das Nachtgewand wie der Überwurf waren von einem satten Goldton und mit schwarzer Stickerei und Seide verziert. Es waren Kleider, wie sie eine wohlhabende Kurtisane tragen würde.

»Wo hast du solch schamlosen Putz gefunden?«, fragte Avery.

»Ihr habt mir gegenüber einmal angedeutet, dass Katherine vielleicht nicht das süße, unschuldige Mädchen ist, das sie vorgibt zu sein, erinnert Ihr Euch? Nun, ich denke, Ihr hattet recht.« Anne legte das Nachtgewand und den Überwurf auf das Bett. »Das sind nicht die Nachtgewänder, die ein keusches Mädchen tragen sollte.«

»Also Katherines? Sieh an, sieh an! Du findest höchst interessante Dinge in ihrem Schlafgemach. Allerdings bisher keinen Mann, nehme ich an.«

»Leider nicht. Sollte sie ihr Bett mit einem der hiesigen Männer geteilt haben, dann ist sie jetzt, wo der Laird wieder zu Hause ist, äußerst vorsichtig geworden.« Anne zog an dem Handtuch, dass Avery sich umgewickelt hatte. »Kommt, ich werde Euch ankleiden.«

»Ich habe so etwas noch nie getragen, Anne. Es ist wunderschön, aber ich werde mich darin nackt fühlen. Und wenn die Kleider Katherine gehören, werden sie mir nicht passen.«

»Sie werden«, versicherte ihr Anne und zog Avery auch schon das Nachtgewand über den Kopf. »Katherine trägt es vermutlich hier an den Seiten, wo es zugeschürt werden kann, ziemlich offen. Bei Euch können wir die Schnüre zuziehen. Es macht nichts, wenn der Überwurf weit ist. Ihr seid nicht so viel kleiner als Katherine, also wird der Stoff nicht zu sehr am Boden schleifen.« Sie und Avery sahen gleichzeitig nach unten. »Tja, es sieht aus, als sollten auch die Knöchel und Füße zur Geltung gebracht werden. Schamlos.«

»Unbedingt«, stimmte Avery zu und erwiderte Annes Schmunzeln. »Oh, sehr gut. Ich werde mir nur selbst einreden müssen, dass ich ein Nachtgewand und einen Überwurf trage, also nicht nackt bin. Ich frage mich, was Cameron denkt, wenn er das sieht.«

»Mädchen, ein Blick auf Euch und – das verspreche ich – dieser Knabe wird überhaupt nicht mehr denken.«

Cameron nippte an seinem Wein und schritt in seinem Gemach auf und ab. Er ertappte sich bei der beunruhigenden Überlegung, ob es nicht besser gewesen wäre, die Kleider anzulassen, ob es nicht etwas gewagt war, nur einen Überwurf zu tragen. Er fragte sich, ob er stehen oder sitzen sollte. Es war beinahe so, als würden er und Avery ihre erste Nacht miteinander verbringen, obwohl sie seit Wochen das Bett teilten.

Aber niemals wieder, nicht mehr nach dieser Nacht, dachte er bei sich, und er musste sich am Bettpfosten festhalten, um gegen eine plötzliche Beklemmung anzukämpfen. Er trank einen großen Schluck Wein. Das Beste war, nicht daran zu denken. Wenn Avery so tun konnte, als wäre alles in Ordnung, konnte er es auch. Und es würde alles in Ordnung sein, versicherte sich Cameron standhaft.

Die Tür zwischen seinen und Averys Gemächern ging auf, und er wandte ich um, um sie zu begrüßen. Fast wären ihm die Worte im Hals stecken geblieben. Sie schenkte ihm ein schüchternes Lächeln, als sie eintrat und die Tür hinter sich schloss. Cameron verstand nicht ganz, wie sie in diesen Gewändern – oder vielmehr in diesem Hauch von Nichts – so schüchtern wirken konnte.

Als sie näher kam, erkannte er im Licht des Kaminfeuers und der Kerzen, wie hauchdünn das Nachtgewand und der Überwurf waren. Sie betonten die makellosen Linien von Averys schlankem Körper. Dass er ihre Figur so deutlich sehen konnte, obwohl sie Kleider trug, entflammte Camerons Leidenschaft schneller, als er es je erlebt hatte. Er war sich nicht sicher, ob er ebenso fasziniert gewesen wäre, wenn sie den Raum völlig nackt betreten hätte, kam aber zu dem Schluss, dass es vielleicht nicht klug war, das zu testen.

»Woher hast du das?«, fragte er sie und streckte die Hand aus, um eine Brustspitze zu berühren, die sich deutlich unter dem zarten Stoff abzeichnete. Erfreut beobachtete er, wie sie sich aufstellte.

»Anne hat es mir gebracht.« Avery war nicht überrascht, dass ihre Stimme etwas heiser klang. Wenn er sie mit diesen vor Verlangen funkelnden Augen ansah, geriet ihr Blut sofort in Wallung.

»Ich frage mich, wo sie das gefunden hat.« Er berührte den Umriss der anderen Brustspitze und lächelte schwach, als auch diese unter seiner Berührung hart wurde.

»Du siehst widerlich selbstzufrieden aus, wenn das passiert.« Sie verschränkte die Arme über ihren prickelnden Brüsten.

»Und warum sollte ein Mann nicht erfreut sein, wenn seine Berührung ein so schönes Mädchen erregt?«

Sie zitterte leicht vor Entzücken. Wenn er in einem so leisen, rauen Ton zu ihr sprach, war seine tiefe Stimme wie eine Liebkosung, die sie im Innersten berührte. Avery empfand sowohl Freude als auch Bestürzung angesichts dieses neuen Beweises für ihre Schwäche gegenüber diesem Mann.

»Das Mädchen wäre übrigens hocherfreut, wenn der Jüngling ihr ein wenig von dem Festmahl anbieten würde, das vor dem Kamin bereit steht.«

Er lachte weich und führte sie zu ihrem Stuhl, zögerte dann aber. »Leg den Überwurf ab, Geliebte«, sagte er leise.

Avery errötete. »Ich trage nicht viel darunter.«

»Ich weiß. Ich möchte mich, während wir tafeln, an dir sattsehen.«

»Ein absonderlicher Wunsch«, murmelte sie, rief sich aber ins Gedächtnis, dass diese Nacht ihnen in Erinnerung bleiben sollte – ihm wie ihr. Sie nahm den Überwurf ab.

Camerons Blick glitt von der Röte auf ihren Wangen bis zu ihren Zehen, und er zog zitternd die Luft ein. »Oh ja, das ist überwältigend.«

»Warum nimmst du nicht auch deinen Umhang ab?«

»Willst du, dass ich nackt dasitze?«

»Du hast deine Wünsche und ich habe meine«, meinte sie und setzte sich.

Er empfand tatsächlich ein Gefühl von Scheu, als er nach dem Gürtel seines Umhangs griff. Es war ein so seltsames Gefühl, dass er seinen Umhang aus Trotz schnell abwarf. Als er sich ihr gegenüber hinsetzte, gratulierte er sich im Stillen dazu, dass er zusätzliches Geld ausgegeben hatte, um die Sitze polstern zu lassen. Es war auch keine schlechte Idee gewesen, das Kaminfeuer anzuzünden, dachte er bei sich, als sie zu essen begannen.

Während sie aßen, wurde wenig gesprochen. Gelegentlich fütterten sie sich gegenseitig. Cameron fiel es schwer, den Blick von ihrer verführerisch durch das Leinen schimmernden Figur zu wenden. Er bemerkte, dass sie ihn mit dem gleichen Verlangen musterte.

»Mädchen«, begann er, als er sich in seinem Stuhl zurücklehnte, um seinen Wein zu trinken, »so wie du mich ansiehst, möchte ich fast glauben, dass es gar nicht schlecht ist, ein so dunkler Teufel von Mann zu sein.«

Avery stand auf und ging um den Tisch herum. »Ach, Cameron, du bist so schön.« Sie stellte sich zwischen seine Beine. »Diese Kraft«, sie glitt mit ihren Händen über seine breite Brust, »diese vollkommene Form. Ja, du bist groß und dunkel, aber ich finde es so schön, so verführerisch.« Sie begann, sich von dem Grübchen an seinem Halsansatz nach unten zu küssen. »Deine Haut ist weich und warm. Die Narben, die du trägst, erzählen von Sieg und Überleben.« Sie kniete sich vor ihn hin und streichelte seine langen Beine. »Wie kann ein Mädchen solche Stärke nicht betörend finden?« Sie spähte zu ihm hinauf, als sie ihre Finger um seine Männlichkeit schlang. »Selbst dieser feine Geselle besitzt seine eigene Schönheit. Lang, dick und köstlich«, flüsterte sie und spürte, wie er zitterte, als sie ihn dort küsste.

»Ach, Avery, es ist eine Freude, wenn du das tust.« Er stellte seinen Kelch auf den Boden. »Ich wünschte, ich könnte es länger genießen, bevor ich dich unterbrechen muss.«

»Und du unterbrichst mich immer«, murmelte sie nah an seinem Oberschenkel.

Der bloße Gedanke daran, dass sie es auch anders machen würde, ließ ihn stöhnen. »Es würde dich abstoßen, wenn ich dich nicht unterbrechen würde.«

»Aber du würdest es mögen, wenn ich weitermache?«

»Mädchen, ich …« Er musste sich räuspern, bevor er fortfahren konnte. »Ich habe noch nie …«

»Nie?« Fasziniert von dem Gedanken, dass sie ihm vielleicht etwas schenken konnte, das noch niemand ihm geschenkt hatte, küsste sie seinen angespannten Bauch.

»Nie.« Er glitt mit seinen Fingern durch ihre Haare, als sie zu ihm aufsah. »Um ehrlich zu sein, der arme Geselle hat bisher nie mehr als den einen oder anderen Kuss bekommen, und die wurden eher widerwillig gegeben. Ich habe andere Männer erzählen hören, na ja, dass …«, er stockte, unsicher, wie er seinen Satz beenden sollte, ohne geschmacklos zu sein.

»Es ist eine Nacht der erfüllten Wünsche und Träume.« Sie küsste ihn auf die Brust. »Eine Nacht schamloser Schlemmerei, blinder, heißer Leidenschaft. Eine Nacht, in der Erinnerungen entstehen und festgehalten werden.«

»Ach, wegen morgen«, seine Augen weiteten sich leicht, als sie ihm die Finger auf den Mund legte.

»Nein, sprich nicht davon. Wir wollen heute Nacht den Morgen vergessen. Lass uns einfach nur genießen, so viel wir genießen können und so oft wir nur können. Die Pflichten und die Wirklichkeit werden mit dem Morgengrauen kommen. Erlaube ihnen nicht, sich in unsere Nacht der Träume und Wünsche zu drängen.«

»Träume und Wünsche?« Als sie lächelte und nickte, flüsterte er: »Dann nur zu, hör nicht auf.«

Beinahe hätte er seine Meinung geändert, als sie seinen Körper erneut von oben bis unten mit Küssen bedeckte. Falls es sie ekelte, konnte das den Rest dieser letzten gemeinsamen Nacht zerstören. Dann spürte er, wie ihn ihre Zunge streichelte. Er schnappte nach Luft, schloss die Augen und kam zu der Überzeugung, dass sie, wenn sie Ja sagte, auch Ja meinte.

Das war mehr, als ein Mann verdiente, dachte er bei sich, als er die Lehnen seines Stuhls packte und sich um ein wenig Beherrschung bemühte. Sie schien einfach zu wissen, wann sie innehalten musste, um ihn zu Atem kommen zu lassen. Gerade als er dachte, er sei vielleicht in der Lage, eine ganze Weile durchzuhalten und diese Wonnen wirklich zu genießen, spürte er etwas Kühles auf seine erhitzten Leisten tropfen. Er schaute hinunter und sah, dass sie Honig auf ihn träufelte. Als sie begann, ihn sorgfältig abzulecken, stöhnte er lustvoll auf, schloss erneut die Augen und gab sich ganz dem Vergnügen hin, das sie ihm bereitete. Als sie aufhörte, mit ihm zu spielen, krümmte er sich beinahe in seinem Stuhl zusammen. Er bebte am ganzen Körper von der Stärke der Erlösung, die sie ihm schenkte, und brach in seinem Stuhl zusammen, wobei er jedes noch verbleibende Aufflackern der Freuden bis hinunter in die Zehen genoss.

Als er endlich fähig war, sich wieder zu bewegen, sah er auf sie hinab. Ihr Kopf lag auf seinem Oberschenkel, während sie selbstvergessen sein Bein streichelte. Die gelegentliche Berührung ihrer warmen Lippen auf seiner Haut sagte ihm, dass sie nicht angewidert war. Er streckte die Hände aus, ergriff sie unter den Armen und stellte sie vor sich hin. Sein Kopf schwirrte ihm plötzlich von all den Träumen, die er jemals gehabt hatte, von all den kleinen Kunstgriffen der Liebe, von denen er gehört hatte – und er war mehr als versessen darauf, sie alle mit ihr auszuprobieren.

»Hol ein Kissen vom Bett, Geliebte«, bat er und beobachtete jeden ihrer Schritte. »Du siehst darin hübsch aus«, murmelte er, als er das Kissen nahm. »Aber es ist an der Zeit, dich auszuziehen.«

»Für was ist das Kissen?«, fragte sie, während er die Schnürbänder ihres Nachtgewands öffnete.

»Damit du dir nicht den Rücken an der Stuhllehne aufreibst.« Er zog ihr das Nachtkleid aus, hielt sie an ihren schlanken Hüften fest und betrachtete sie von oben bis unten. »Du bist so schön, Mädchen. Du raubst mir den Atem.«

Ihr stockte der Atem, als er sie hochhob und auf seinen Schoß setzte. Ihr Rücken und ihr Kopf ruhten auf dem Kissen, das er auf die Seitenlehne des Stuhls gelegt hatte. Ihre Beine lagen über der anderen Lehne. Blut schoss ihr in die

Wangen, denn sie fühlte sich seinen Blicken ausgesetzt – so ungeschützt und entblößt. Sie errötete noch stärker, als seine Hand zwischen ihre Beine glitt und sie streichelte.

»Cameron, ich glaube nicht …« Der Satz endete in einem Murmeln an seinen Lippen, denn er drückte ihr einen schnellen, harten Kuss auf den Mund, um sie zum Verstummen zu bringen.

»Ich möchte deine Lust sehen, Mädchen. Ich möchte sehen, wie sie anfängt, sehen, wie sie wächst, sehen, wie sie dich überwältigt.«

»Du siehst das jedes Mal, wenn wir uns lieben.«

»Nein, nicht wirklich. Einen kleinen Ausschnitt vielleicht. Hier einen Moment, dort einen. Ich fürchte, meine eigene Lust raubt mir die Möglichkeit, deine zu beobachten.«

Er hob sie leicht hoch und senkte seinen Mund auf ihre Brüste. Während er leckte, knabberte und saugte, bis ihre Brüste schmerzten, verschwand ihre Verlegenheit allmählich. Es war ja nicht so, sagte sie sich, dass er sie niemals nackt gesehen hätte. Und sie schloss die Augen.

»Ich möchte jedes Erröten sehen«, murmelte er und betrachtete mit Zufriedenheit ihre feuchten, aufgestellten Brustwarzen, als er sie wieder zurücklegte. »Ich möchte diese schönen Brüste sehen, wenn dein Atem schnell und heftig wird. Ich möchte sehen, wie sich dein hübscher kleiner Bauch zusammenzieht, während dich die Leidenschaft packt. Ich habe dieses liebliche Zittern in deinen Oberschenkeln gespürt, wenn du sie um mich geschlungen hast. Jetzt will ich es auch sehen.«

Seine Liebkosungen und seine anstößigen Worte erhitzten ihr Blut so stark, dass auch der letzte Rest ihres Schutzpanzers sich lockerte und sie seine Berührungen lustvoll willkommen hieß. Dann drückte er ihre Beine weiter auseinander. »Nein, Cameron«, protestierte sie.

»Doch, Geliebte, lass mich. Erinnerst du dich – Träume und Wünsche?«

»Träume und Wünsche und schamlose Schlemmerei«, flüsterte sie.

Zurückhaltung hatte in einer solchen Nacht nichts zu suchen, entschied sie und erlaubte sich, nur noch zu fühlen, nicht mehr zu denken. Er nahm sich Zeit, hielt sie lange auf der Spitze der Lust, bevor er ihr die Erlösung gestattete. Seine heiseren Worte der Begeisterung vermehrten die Stärke ihres Höhepunkts. Sie fühlte sich köstlich schwach, als er sie hochhob und so drehte, dass sie ihn ansehen musste. Mit einer einzigen heftigen Bewegung vereinte er ihre Körper. Avery sank an seine Brust, und er hielt sie für einen Augenblick fest an sich gepresst, bevor er ihr Kinn hob und ihr in die Augen sah.

»Ich habe gehört, dass man sich seinen Weg zur Seligkeit küssen kann«, flüsterte er und strich mit seinen Lippen über ihre.

»Wo hörst du solche Sachen?«

»Männergespräche.«

»Na, ich bin mir nicht sicher, ob das stimmt.«

»Wir werden es einfach versuchen.«

Sie versuchten es, und es stimmte. Als Avery dieses Mal wieder zu sich kam, stützte Cameron sie mit einem Arm und trocknete sie ab. Offensichtlich war sie zu benommen gewesen, um zu bemerken, dass er sie abwusch. Er wickelte das Handtuch um sie und reichte ihr einen mit Met gefüllten Kelch. Avery hatte bereits mehr als die Hälfte davon getrunken, bevor ihr einfiel, dass Met ihr sehr schnell zu Kopf stieg.

»Starkes Getränk, dieser Met«, sagte Cameron und grinste, als sie nickte. »Wir scheinen nur meine Wünsche zu erfüllen. Bestimmt hast auch du den einen oder anderen.«

»Ich habe nicht weiter darüber nachgedacht und wollte eigentlich nur sehen, ob ich eine ganze Nacht voller Liebe und Leidenschaft überleben kann.«

Er drängte sie sanft, noch mehr zu trinken. »Das kommt

meinen Wünschen sehr nah. Jetzt sag mir, was du möchtest.«

Sie nahm einen weiteren Schluck und murmelte: »Ich mag deine Küsse sehr gern.«

»Danke, aber das haben wir eben ausprobiert. Trink den Met aus«, befahl er sanft.

»Er macht mich ein bisschen betrunken.«

»Gut. Das war meine Absicht. Also, sag mir, was du außer Küssen noch magst«, drängte er zärtlich und küsste ihr Ohr.

»Aber ich mag die Küsse wirklich.«

»Das hast du schon gesagt, und wir haben es schon ausprobiert.«

»Nicht diese Küsse. Die *anderen Küsse*«, flüsterte sie. Sie sah ihren leeren Kelch stirnrunzelnd an. »Ich wollte das gar nicht sagen.«

»Du magst also meine *Küsse?*« Er schob sie wieder auf den Stuhl zu. »Bin ich gut darin?«

»Hm. Ich bin überzeugt, dass du sehr gut weißt, wie gut du bist.«

»Nein. Es ist schwierig zu sagen, ob man etwas kann, wenn man es noch nie zuvor getan hat.« Er riss ihr das Handtuch weg und legte es über den Stuhl.

»Niemals?« Avery war so überrascht über dieses Bekenntnis, dass sie nicht widersprach, als er sie sanft auf den Stuhl drückte. Sie schaute nur unverwandt zu ihm hoch, als er sich über sie beugte. »Wirklich?«

»Wirklich. Auch das habe ich bisher nur vom Hörensagen gekannt.« Er hauchte einen Kuss über ihre Lippen. »Die Frauen, mit denen ich zusammen war, sind, na ja, schon ziemlich herumgekommen. Und manchmal waren sie nicht so sauber. Aber du, meine schöne Avery, warst nur mit einem Mann zusammen – mit mir. Und du bist nicht nur sauber, sondern köstlich.«

Sie zitterte vor Freude. »Und warum hast du mir den Met gegeben?«

»Es heißt, wenn man nur ein bisschen betrunken ist, liebt man freier und kann das feurige Ende des Liebesspiels sehr, sehr lange hinauszögern.«

»Oh je.« Sie legte verwirrt die Stirn in Falten, als er eine kleine Schüssel vom Tisch nahm. »Brombeermarmelade?« Als er ihr mit einem vieldeutigen Lächeln antwortete, begriff sie plötzlich. »Ich habe Honig genommen.«

»Du bist süß genug, Geliebte. Wenn ich dich mit Honig koste, würden mir wahrscheinlich die Zähne wehtun«, murmelte er, als er ihre Brustspitzen langsam mit Brombeermarmelade bestrich.

»Wir sind wohl über schamlose Schlemmerei hinaus«, sagte sie bebend, »und haben uns geradewegs in Zügellosigkeit gestürzt.«

»*Zügellosigkeit* ist ein schönes Wort.«

Als er sich über sie beugte, um langsam und genüsslich die Brombeermarmelade von ihren Brüsten zu lecken, konnte Avery ihm nur von ganzem Herzen zustimmen.

21

Ein kräftiges Pochen und Leargans Stimme waren nicht gerade die Geräusche, von denen Cameron aus seinen Träumen geweckt werden wollte. Er schmiegte sich enger an Averys seidigen, warmen Körper und spürte, wie seine Lust wieder aufflackerte. Er musste lächeln. Bedachte man die vielen Stunden ihres Liebesspiels, sollte er mehr als satt sein, er sollte geradezu übersättigt sein. Doch wenn er jetzt ihr reizendes Bein ein wenig über seine Hüfte schob, konnte er vermutlich in ihre fest umhüllende Wärme eintauchen.

»Verdammt noch mal, Cameron, bring deinen Hintern aus dem Bett!«

»Hau ab, Leargan!«, schrie Cameron sofort zurück und war etwas überrascht, als Avery sich nur kurz über den Lärm beschwerte und sofort wieder einschlief. Stolz stellte er fest, dass er sie restlos erschöpft hatte.

»Ein gewisser Sir Payton erwartet in der großen Halle deine Gesellschaft.«

Jedes Anzeichen von Feuer verließ Camerons Körper. Langsam löste er sich von Avery, obwohl alles in ihm danach verlangte, sich an ihr festzuhalten. Er rief sich in Erinnerung, dass Katherine ein Kind erwartete und einen Ehemann brauchte. Dies gab ihm die Kraft, das Bett zu verlassen, auch wenn es ein Kampf war. Die Pflicht hämmerte an die Tür, und er musste ihrem Ruf folgen. Er war nicht nur Katherines Bruder, er war auch ihr Laird. Es blieb ihm keine andere Wahl.

Er öffnete die Tür einen Spalt und sagte Leargan, dass er in zehn Minuten unten sei. Anschließend wusch er sich rasch und kleidete sich an, wobei er sich anstrengte, all die Anzeichen der langen, sinnlichen Nacht mit Avery zu übersehen.

Zu seinem Unmut war sie inzwischen aufgewacht. Er hatte feige darauf gehofft, einfach hinausschlüpfen zu können. Denn was konnte er ihr nach all dem noch sagen?

»Payton ist da«, sagte sie und strich sich die wirren Strähnen aus dem Gesicht.

»Ja, er wartet in der Halle auf mich.« Cameron verschränkte seine Hände, um sie nicht auszustrecken und Avery zu berühren.

Sie wickelte die Decke um sich und kletterte aus dem Bett. »Bist du noch immer einverstanden, dass ich ein paar Minuten mit ihm reden kann, bevor ich abreise?«

»Ja.«

»Gut. Danke. Ich warte in meinem Gemach auf ihn.«

Er beobachtete, wie sie zur Tür ging. Die Decke, die sie um sich geschlungen hatte, schleifte leicht auf dem Boden. »Avery?«

Sie hielt im Türrahmen inne, drehte sich aber nicht um. »Es gibt wirklich nichts mehr zu sagen oder?«

»Nein. Nein, ich glaube nicht.« Er fasste sich an die Brust, erstaunt, dass sie sich plötzlich so eng anfühlte. »Ich wünschte …« Er zögerte.

»Ach, Cameron, ich auch, aber ich frage mich, ob wir uns dasselbe wünschen.«

Das Klicken, mit dem sich die Tür hinter ihr schloss, ließ ihn hochfahren, obwohl es nicht laut war. Er schaute sich im Raum um und zwang sich dann, seinen Blick auf die andere Tür zu richten. Als er darauf zuging, beschloss er, dass der Raum gründlich geputzt werden sollte, bevor er wieder hierher zurückkehrte.

Einige Frauen standen an der Tür zur großen Halle, spähten hinein und seufzten. Als er sich einen Weg durch sie bahnte, überkam Cameron ein ziemlich ungutes Gefühl. Er blieb im Durchgang stehen und hörte ihre Röcke rascheln, als sie sich um ihn drängten, um in die Halle zu schauen. Neben Leargan stand, Wein trinkend und liebenswürdig mit seinem Cousin plaudernd, derjenige, der sie alle zum Seufzen brachte.

Sir Payton Murray sah in der Tat sehr gut aus, wie Cameron leicht gereizt feststellte. Er war weder besonders groß noch breit in den Schultern, aber Cameron zweifelte nicht daran, dass dieser Mann sich im Kampf wacker schlug. Payton Murrays schlanker, kraftvoller Körper erinnerte ihn an ein Pferd aus edler Zucht. Er war gut gekleidet, und jede seiner Bewegungen war voller Eleganz. Er entsprach ganz der Beschreibung Gillyannes. Zudem sah er sehr jung aus. Cameron bezweifelte plötzlich, dass er wesentlich älter als Avery war.

»Wie alt seid Ihr?«, wollte er wissen, als er auf Payton und Leargan zuschritt.

»Ich werde in einem Monat einundzwanzig«, erwiderte Payton ruhig.

»Aber Ihr seid seit mehreren Jahren *Sir* Payton, oder nicht?«

»Ja, ich habe unserem König einen kleinen Dienst erwiesen, als ich siebzehn war, und er hat mir den Ritterschlag erteilt.«

»Hat den Sohn des Königs vor dem Ertrinken gerettet«, erzählte Leargan fröhlich.

»Natürlich.« Cameron schenkte sich aus dem Krug, der auf dem Tisch stand, Wein ein, hielt aber beim Trinken inne, als er entdeckte, dass ein grinsender Leargan ihn unverwandt anschaute. »Du wolltest etwas sagen, Leargan?«

»Ich wollte nur sehen, wann du daran erstickst.«

»Unser Gast glaubt deinetwegen noch, dass wir hier alle verrückt sind.«

»Ach, das schaffst du auch ohne meine Hilfe ganz gut. Sir Payton Murray, darf ich vorstellen? Unser Laird, Sir Cameron MacAlpin.«

Cameron erwiderte Paytons kurzes Nicken. Leargan hatte recht. Er benahm sich wie ein Verrückter. Irgendwie musste er sich zusammenreißen, seine Gedanken auf eine Sache konzentrieren, auf eine einzige Sache: die Notwendigkeit, einen Vater für Katherines Kind zu beschaffen.

»Payton, mein Geliebter!«

Ein schneller Blick zur Tür verriet, dass sich Katherine einen Weg durch die Frauen bahnte, und Cameron blickte zu Payton. »Meine Schwester Katherine. Ich denke, Ihr habt sie bereits kennengelernt.«

»Flüchtig«, antwortete Payton ironisch.

Der Junge war nicht auf den Mund gefallen, stellte Cameron fest, und er beobachtete ihn genau, als Katherine auf ihn zu rannte. Der junge Mann umging geschickt ihren Versuch, sich ihm in die Arme zu werfen. Ein beleidigter Ausdruck huschte über Katherines Gesicht, als Payton eine höfliche Begrüßung murmelte und ihr die Hand küsste. Cameron konnte weder bei ihm noch bei ihr Anzeichen für Leidenschaft entdecken. Sollte es jemals etwas wie Zuneigung zwischen ihnen gegeben haben, war sie inzwischen verschwunden.

»Aus dem Weg! Herrje, man könnte glauben, ihr habt noch nie zuvor einen rothaarigen Jungen gesehen.«

Katherine knurrte einen Fluch, als sie die Stimme hörte. »Ich dachte, die Göre liegt noch im Bett.«

Nach einem kalten Seitenblick auf Katherine wandte Payton seine Aufmerksamkeit der Tür zu. »Gilly, Liebes«, rief er, »kämpfe dich durch!«

In diesem Augenblick hatte Gillyanne die Gruppe der Frauen glücklich durchquert und stolperte in die große Halle. »Payton, du bist eine Gefahr für die Gesundheit«, grummelte sie und rannte in die einladend geöffneten Arme ihres Cousins.

Payton umarmte und küsste sie, dann stellte er sie wieder auf die Füße und betrachtete sie genau. »Du siehst gut aus, Mädchen.«

»Ja.« Sie zwinkerte ihm zu. »All die überstandenen Schmerzen und durchlittenen Gefahren konnten meiner Schönheit nichts anhaben.«

»Wie wahr, Kleines, deine Schönheit ist sogar noch strahlender geworden.«

»Oh, gut pariert!«

»Danke. Ich gebe mir Mühe.«

»Wolltet Ihr nicht abreisen?«, warf Katherine ein und funkelte Gillyanne an.

»Ihr werdet mich wohl vermissen?« Bevor Katherine antworten konnte, sah Gillyanne zu Cameron. »Ich schätze, sie wird mich nicht zu ihrer Hochzeit einladen. Wann findet sie eigentlich statt?«

Cameron beschlich das deutliche Gefühl, dass sich hinter Gillyannes Frage mehr verbarg als einfache Neugierde. »In einer Woche. Vielleicht auch in zwei.«

»Aber Cameron«, protestierte Katherine, »was ist mit meinem Kind?«

»Was soll damit sein? Es wird schon nicht weglaufen.«

Katherine sah schockiert aus. Payton und Leargan starrten in ihren Wein, während sie augenscheinlich versuchten, sich zu fassen. Gillyanne warf sich kichernd an Cameron. Dieser seufzte, legte ihr einen Arm um die dünnen Schultern und drückte sie.

»Sieh da, Cameron, ich glaube, Ihr habt tatsächlich Sinn für Humor.«

»Den muss ich haben. Immerhin habe ich Euch bisher nicht erwürgt.«

»Hast du dich wie immer bei allen beliebt gemacht, Gilly?«, zog Payton sie auf.

»Bei dem einen oder anderen«, gab Gillyanne zurück. »Wo ist Avery?«

»Ja, wo ist meine Schwester?« Payton sah zu Cameron, während er seinen Kelch auf den Tisch stellte.

In Paytons Augen lag ein harter Ausdruck, der Cameron beeindruckte. Der Junge war schön und wusste, wie man sich höflich und angemessen betrug. Aber Cameron zweifelte nicht daran, dass er ein bemerkenswerter Gegner sein konnte.

Bis jetzt hatte er an Sir Payton Murray nichts Schlechtes entdecken können, und seltsamerweise verärgerte ihn das kaum.

»Avery wünscht, Euch kurz zu sprechen, bevor sie Cairnmoor verlässt. Sie erwartet Euch in ihrem Gemach.«

»Ich bringe dich hin, Payton.« Gillyanne nahm seine Hand in ihre. »Ich kann dann mein Gepäck holen und es herunterbringen. Du kannst Avery sagen, dass ich hier unten auf sie warte.«

»Es wird kein langer Besuch, Liebes«, sagte Payton. »Bowen meinte, er würde zwei Stunden auf euch warten. Eine ist bereits verstrichen. Du weißt, wie unser Bowen sein kann, wenn jemand nicht rechtzeitig auftaucht.«

»Gut, wenn die zweite Stunde fast vorbei ist, werde ich zu den Toren gehen und ihm mitteilen, dass es uns gut geht und dass er ein bisschen länger warten soll.« Damit schritten sie und Payton aus der Halle.

Sobald die beiden weg waren, schaute Cameron zu Leargan. »Wie viele Murrays warten eigentlich vor meinen Toren?«

»Zwei, drei Dutzend«, antwortete dieser. »Ich nehme einmal an, man hat uns eben unterschwellig zu verstehen gegeben, dass sie misstrauisch werden, wenn die Mädchen nach zwei Stunden nicht erschienen sind. Wir sorgen wohl besser dafür, dass der Zeitplan eingehalten wird.«

»Ja«, pflichtete ihm Cameron bei. »Das Letzte, was ich will, ist ein Kampf.«

»Also wirklich, Cameron, sie können doch Cairnmoor nicht mit so wenigen Leuten einnehmen«, sagte Katherine. »Es gibt keinen Grund, sich Sorgen zu machen.«

»Ich kann mir denken, dass es dir lieber ist, wenn ich Sir Paytons Clanmitglieder erst abschlachte, wenn du sicher verheiratet bist.«

Katherines Lippen pressten sich zu einem festen Strich zusammen. »Ich sehe schon, du hast schlechte Laune. Dann lasse ich dich lieber allein.«

Als Katherine hinausging, warf Cameron sich auf einen Stuhl am Kopfende des Tisches. Er war erst eine Stunde wach, und schon jetzt erschien ihm der Tag viel zu lang. Bedachte er, was ihm noch alles bevorstand, würde es bestimmt nicht besser werden.

Avery saß auf ihrem Bett, starrte auf den kleinen Beutel mit ihren Habseligkeiten und versuchte, nicht zu weinen. Anne und Thérèse hatten sich verabschiedet und ihr eine gute Reise gewünscht. Beide gaben sich zuversichtlich, dass sie nicht lange wegbleiben würde. Avery wünschte sich verzweifelt, sie könnte diese Zuversicht teilen, doch im Moment konnte sie nur daran denken, dass Cameron ihr niemals ein Wort der Liebe gesagt hatte. Nicht ein einziges Mal, nicht einmal in der Hitze der Leidenschaft, hatte er ihr den kleinsten Anhaltspunkt dafür gegeben, dass er sie liebte, dass mit diesem Abschied nicht alles vorbei war.

Sie blickte auf, als sich die Tür öffnete, und da stand Payton. Die Anwesenheit ihres Bruders war ihr Freude und Schmerz zugleich. Sie liebte Payton von Herzen und freute sich immer, ihn zu sehen. Unglücklicherweise signalisierte sein Besuch dieses Mal den Beginn ihrer endgültigen Trennung von Cameron. Avery stellte fest, dass sie dennoch in der Lage war zu lächeln, und sie stand auf, um ihn zur Begrüßung zu umarmen.

»Er hat dir ein sehr schönes Gemach gegeben«, sagte Payton, der sich umsah.

»Nicht sehr feinsinnig von dir, lieber Bruder«, murmelte sie.

Payton verzog das Gesicht und fuhr sich mit den Fingern durch die Haare. »Bist du seine Geliebte?«

»Ja. Und du brauchst nicht so wütend auszusehen. Ich habe mich freiwillig in seine Arme begeben.«

»Er hat dich nicht aus Rache verführt?«

»Na ja, am Anfang hatte er diesen verrückten Plan. Man

hat ihm mitgeteilt, dass du seine Schwester missbraucht hast, und außer Gillyanne und mir war niemand da, der dem widersprechen konnte. Zur Zeit des vermeintlichen Verbrechens waren wir aber in Frankreich und konnten hinsichtlich unserer Meinung kaum als unparteiisch gelten.«

»Aber jetzt glaubt er nicht mehr an die Geschichte mit dem Missbrauch?«

»Nein. Ich bin mir nicht sicher, wann er seine Meinung geändert hat, aber er hat sie geändert. Auch seine Pläne für mich hat er geändert. Zuerst hatte er vor, mich so in Schande zu stürzen wie seiner Meinung nach Katherine in Schande gestürzt worden ist. Dann ist er zu der Ansicht gekommen, dass er darauf verzichten kann und dass es eine Angelegenheit zwischen den Familien ist. Er ging sogar so weit, na ja«, sie wurde rot, »in einem besonders heiklen Moment anzubieten, mir meine Jungfernschaft zu lassen.« Sie errötete unter Paytons unverwandtem Blick.

»Liederliches Mädchen«, murmelte er und lachte kurz auf, bevor er wieder ernst wurde. »Du liebst ihn?«

»Verzweifelt«, gab sie mit einem Seufzer zu.

»Und er schickt dich weg.«

»Ich glaube nicht, dass er eine andere Möglichkeit sieht. Bevor wir in Cairnmoor ankamen, war ich mir sicher, dass er zögern würde. Dann hat er gesehen, dass Katherine tatsächlich schwanger ist, und sie zeigt noch immer mit ihrem Finger auf dich.«

»Das Kind ist nicht von mir.«

»Das musst du mir nicht sagen, Payton. In dem Augenblick, als er mir erzählt hat, dass du deine Vaterschaft leugnest, habe ich gewusst, dass es nicht von dir ist. Und auch, dass du nur so sicher sein kannst, weil du nicht mit Katherine geschlafen hast.«

»Aber dein Geliebter denkt, dass ich sie verführt habe.«

»Ja und nein. Er zweifelt, Payton, da bin ich mir sicher. Und Gillyanne meint das auch.«

Payton murmelte einen Fluch und schritt eine Weile im Gemach auf und ab. »Und dennoch will er mich noch immer zwingen, sie zu heiraten.«

»Er hat eine Schwester, unverheiratet und mit einem dicken Bauch. Cameron hat sie so weit gebracht, dass sie nicht mehr von einer Vergewaltigung spricht und ihre Anklage abschwächt zur Geschichte vom armen verführten und verlassenen Mädchen. Aber sie besteht noch immer darauf, dass du der Vater ihres Kindes bist. Was kann er da machen?«

»Nichts«, flüsterte Payton und fügte nachdrücklicher hinzu: »Ganz und gar nichts, und ich verstehe das. Natürlich wird mein Verständnis von Entsetzen erstickt, weil diese Frau meine Ehefrau werden soll.«

Avery umarmte ihn erneut. »Wann hat er die Hochzeit angesetzt?«

»In einer Woche, vielleicht auch erst in zwei. Aber warum siehst du deshalb so glücklich aus?«

»Weil das der Beweis dafür ist, dass er an ihr zweifelt.« Avery verschränkte ihre Finger und drückte sie an die Brust. »Oh, Payton, er zweifelt an ihr, und das nicht nur ein bisschen. Er hat dir Zeit gegeben, Zeit, um sie als Lügnerin zu entlarven. Und er hat sich selbst Zeit gegeben, um dasselbe zu tun. In Wirklichkeit hat er dir die Chance gegeben, dich von ihr zu befreien.«

»Ich habe so ziemlich dasselbe gedacht, aber ich fürchte, dass man mich in Cairnmoor festhalten wird, womit es sich als sehr schwer erweisen könnte, die Wahrheit herauszufinden.«

Sie tat seinen Einwand mit einer Handbewegung ab. »Du wirst die Wahrheit aus ihr herauskitzeln, daran zweifle ich nicht.«

»Ich wünschte, ich könnte dein Vertrauen teilen.«

»Du wirst es schaffen. Aber sorge dafür, dass du nicht der Einzige bist, der ihr Geständnis hört, oder entlocke ihr einen Namen. Ich glaube, dass Cameron jetzt wenigstens dazu bereit wäre, ihren wahren Verführer zu sich zu zitieren und zu befragen. Und was Gillyanne und ich herausgefunden haben, wird dir eine Hilfe sein.«

Payton schmunzelte. »Ich wusste doch, dass ihr beiden euch bemüht, die Wahrheit aufzuspüren. Hast du mich deshalb um dieses Gespräch gebeten?«

»Ja, deshalb, und weil ich sichergehen wollte, dass du verstehst, warum ich Camerons Geliebte bin. Das ist auf Cairnmoor kein Geheimnis, du hättest die Wahrheit also früher oder später erfahren. Katherine wird dir ganz bestimmt damit in den Ohren liegen, weil sie mich erniedrigen will und keinerlei Gedanken daran verschwendet, welche Schwierigkeiten sie damit ihrem Bruder bereitet. Ich liebe diesen Mann. Ich bin freiwillig in sein Bett gekommen. Ich will, dass du das verstehst.«

»Glaubst du, dass Cameron, wenn die Angelegenheit ein wenig in Ordnung kommt, versucht, dich zurückzuholen und zu heiraten?«

»Ich weiß es nicht«, erwiderte sie leise. Sie brauchte eine Weile, um die aufsteigenden Tränen hinunterzuschlucken. »Jeder scheint an meine Rückkehr zu glauben, aber ich habe von ihm kein Wort der Liebe, kein Versprechen gehört. Sein Herz hat Narben, Payton. Ich weiß genug über seine Vergangenheit, um Mitgefühl zu haben. Ich bin mir einfach nicht sicher, ob er darüber hinwegkommt. Aber das muss uns jetzt nicht interessieren. Dein Problem ist viel dringlicher.«

»Und die Tatsache, dass Bowen die Männer anführt. Er hat uns zwei Stunden gegeben, und diese Zeit ist beinahe vorbei.«

»Ach je. Dann ganz kurz: Nach dem, was Katherine versehentlich ausgeplaudert hat und was wir aus ihrer Magd herausbekommen haben, musst du nach einem Knappen suchen. Er sieht gut aus, ist groß und ziemlich kräftig. Rote Haare und braune Augen. Er ist arm und hat sechs ältere Brüder.« Als sie bemerkte, wie nachdenklich Payton plötzlich wirkte, fragte sie: »Kennst du den Mann?«

»Ich habe da so eine dunkle Ahnung – es wird sich schon herausstellen. Deine Anhaltspunkte reichen aber sicher aus, um anzufangen.« Er nahm ihren Beutel, ergriff ihren Arm und ging mit ihr zur Tür. »Und jetzt müssen wir uns beeilen, bevor Bowen versucht, die Tore zu stürmen.«

»Gillyanne, wenn Ihr nicht aufhört, mich unverwandt zu betrachten, werde ich Euch das Tischtuch über den Kopf werfen«, brummte Cameron und betrachtete mit gerunzelter Stirn das Mädchen, das zu seiner Linken saß.

Gillyanne lachte nur. »Ich werde Euch vermissen, Cameron.«

»Seltsamerweise habe ich das Gefühl, dass ich dumm genug bin, Euch ebenfalls zu vermissen.«

»Ah, ich höre Payton und Avery. Zeit, zu gehen.« Sie stand auf, küsste ihn auf die Wange und sagte leise: »Brütet nicht so viel vor Euch hin. Hört zu und denkt nach. Es wird am Ende alles in Ordnung kommen, aber nur wenn Ihr Euch von der Vergangenheit befreit.«

Leargan kam, stellte sich neben Gillyanne, legte ihr den Arm um die Schultern und führte sie zum Tor. »Ach, Mädchen, wenn Ihr ein bisschen älter wärt und ich nur ein bisschen jünger, dann würde ich Euch nicht gehen lassen. Wir würden ein schönes Paar abgeben.«

»Schmeichler. Ich würde Euch in den Wahnsinn treiben.«

»Ja, aber es wäre bestimmt ein schöner Wahnsinn.« Er küsste sie auf die Wange und schob sie auf Avery zu, die eben vor der Tür zur großen Halle stehen geblieben war. »Und Avery, Ihr Schöne, auch Euch werde ich vermissen.« Leargan zog eine verblüffte Avery in seine Arme und gab ihr einen schallenden, feurigen Kuss, der nur vom Geräusch eines in der Halle zu Boden krachenden Gegenstandes übertönt wurde.

Als Leargan sie wieder von sich schob, warf Avery einen Blick über seine Schulter und sah, dass Cameron aufgestanden war. Ein Page drückte sich hinter seinen finster blickenden Laird und stellte den Stuhl wieder auf.

Avery blickte den schmunzelnden Leargan an: »Ts, ts, ts! Ihr riskiert wohl gern Euer hübsches Gesicht?«, sagte sie mit gedämpfter Stimme.

»Nicht so gern, wie Ihr denkt«, antwortete er gedehnt. »Mein Pferd ist gesattelt und steht bereit. Ich gehe auf die Jagd.«

Beinahe hätte sie lachen können, doch dann sah sie zu Cameron. Er machte keinerlei Anstalten, in ihre Richtung zu gehen, um Abschied zu nehmen und ihr noch ein paar liebevolle Worte zu sagen, an die sie sich auf der Heimreise hätte klammern können. Zwar sah er mitgenommen, ja, sogar ein wenig gequält aus, doch das reichte ihr nicht. Ihre fast erloschene Hoffnung hätte mehr gebraucht, um sich daran festzuhalten, und er hatte offensichtlich nicht vor, ihr mehr zu geben. Avery knickste zum Abschied, und nachdem er ihr mit einer ebenso stummen Verbeugung geantwortet hatte, ging sie fort.

Es gab eine kleine Verzögerung bei ihrem Aufbruch, als die Murray-Männer sie begrüßten. Bowen umarmte und begrüßte beide Mädchen herzlich. Als sie endlich aufgestiegen waren, kämpfte Avery so lange gegen ihr Bedürfnis, zur Burg zurückzuschauen, bis sie zu weit entfernt waren, um auch nur noch eine Zinne von Cairnmoor zu erspähen.

»Du musst nicht traurig sein, Avery«, sagte Gillyanne, als sie ihr Pferd neben sie lenkte.

»Er hat kein einziges Wort gesagt, Gillyanne.«

»Ihr wart nicht allein, und das Problem mit Payton und Katherine muss noch immer aus der Welt geschafft werden.«

»Das stimmt. Aber vielleicht wollte er mir auch gar nichts sagen. Vielleicht hat er gedacht, eine stumme Verbeugung ist noch die freundlichste Art, sich zu verabschieden.« Sie trieb ihr Pferd zu einer schnelleren Gangart an und ließ Gillyanne hinter sich.

»Wo ist Leargan?«, fragte Cameron, als Payton zum Tisch schlenderte und sich zu seiner Rechten hinsetzte.

»Auf der Jagd«, antwortete Payton und nahm sich von den Speisen, die für das Morgenmahl serviert worden waren.

»Klug von ihm.«

»Es war nur ein Kuss.«

»Ihr hättet ihn davon abhalten sollen, Eure Schwester zu misshandeln.«

»Avery schien es nicht übel zu nehmen.« Er zuckte die Schultern. »Niemand sonst schien sich aufzuraffen, um ihr einen liebevollen Abschied zu bereiten.«

Cameron studierte den jüngeren Mann. Payton begegnete nur gelegentlich seinem unverwandten Blick, während er gelassen aß. In diesen kurzen Blicken brannte heftiger Ärger, aber auch ein Funke Heiterkeit. Cameron fragte sich, was Avery ihrem Bruder erzählt hatte.

Allein der Gedanke an Avery verursachte ihm einen seltsamen, ziehenden Schmerz in der Brust. Cameron redete sich ein, dass er nur den Verlust ihrer Leidenschaft bedauerte. In ihren schlanken Armen hatte er die süßesten, köstlichsten Wonnen gefunden, die er jemals kennengelernt hatte. Jeder Mann würde diesen schmerzlichen Verlust bedauern. Nach einer Weile, wenn die Erinnerungen nachließen und er nicht mehr so leicht Vergleiche anstellen konnte, würde er sich eine Geliebte suchen. Wenn sie die Bedürfnisse seines Körpers befriedigte, würde er Avery Murray schnell vergessen. Er starrte mürrisch in den Wein, denn ein Teil von ihm schien diese Pläne zu verspotten.

»Ihr habt gesagt, die Heirat würde nicht vor ein bis zwei Wochen stattfinden?« Payton ließ sich in seinen Stuhl zurücksinken und nippte an seinem Apfelmost.

»Stimmt«, antwortete Cameron. »Ich muss einen Priester kommen lassen, und es müssen Vorbereitungen getroffen werden. Das ist in einer Woche kaum zu schaffen, also beabsichtige ich, Eure Hochzeit in vierzehn Tagen zu feiern.«

Er biss sich auf die Unterlippe, als zwei Mägde Payton zu umflattern begannen, bis der Jüngling sie endlich wegschickte. »Ist das immer so?«

»Ich bin neu hier«, antwortete Payton. »Das geht vorbei.«

»Viele Männer wären bereit zu töten, um so viel weibliche Aufmerksamkeit auf sich zu ziehen und ständig solche Blicke zu ernten.«

»Das ist alles oberflächlich – flüchtig und unwichtig. Mein Onkel Eric hatte das gleiche Problem. Hat es, genau genommen, noch immer. Wie sagt er so schön: Was ist es schon, was sie bewundern, außer ein Klumpen Fleisch und Knochen, der zufällig auf eine Art und Weise geformt sind, die das Auge erfreut? Der Körper kann durch Verwundung oder Krankheit entstellt werden. Zuhause weiß man, dass ich schnarche, die Manieren eines Schweins habe, ein Feigling und schrecklicher Liebhaber bin. Jedes Mal, wenn ich in Begriff bin, der Sünde der Eitelkeit zu erliegen, gehe ich heim. Meine Familie weiß, wie sie meiner Eitelkeit Einhalt gebieten kann – vor allem Avery.«

Der Schmerz kehrte in seine Brust zurück und Cameron fluchte innerlich. Was immer diese Qual hervorrufen mochte, er hoffte, dass es nicht lange dauern würde. Er murmelte eine Entschuldigung, weil er sich um Cairnmoors Vorräte kümmern müsse, und verließ die Halle. Cameron stellte fest, dass er Paytons wissende Blicke ebenso beunruhigend fand wie Gillyannes. Paytons Augen erinnerten ihn so stark an Averys, dass ihm der Gedanke kam, sein Pferd zu satteln, Avery zu folgen und sie nach Cairnmoor zurückzubringen – aber er versuchte standhaft, diesen Gedanken zu ignorieren.

Payton schüttelte den Kopf, während er Cameron nachsah. Dieser Mann kämpfte erbittert gegen etwas, und Payton hegte die Befürchtung, dass er gegen sich selbst kämpfte. Avery hatte sich in der Tat einen sorgenschweren Mann als Liebhaber gesucht. Payton war nicht überzeugt, dass Cameron MacAlpin das Geschenk ihrer Liebe zu würdigen wusste. Scheinbar wehrte er sich sogar heftig dagegen, es anzunehmen. Er musste das Durcheinander um Katherine schnell auflösen, und das nicht nur um seinetwillen. Cameron mussten die Augen geöffnet werden, damit er sah, was für ein glückliches Leben er mit Avery führen könnte.

»Ist er weg?«, fragte Leargan, der in die Halle schlüpfte.

»Ja.« Payton schmunzelte, als sich der Mann ihm gegenüber hinsetzte und herzhaft zu essen anfing. »Ich dachte, Ihr wolltet auf die Jagd gehen?«

»Habe festgestellt, dass ich nicht gefrühstückt habe. Kann nicht mit leerem Magen jagen.«

Während er auf einer dicken Scheibe Brot herumkaute, musterte Leargan Payton. »Ihr wisst alles, nicht wahr?«

»Macht Euch keine Sorgen. Ich versuche nicht, ihn umzubringen. Ich kann es nicht. Avery liebt ihn.«

»Ja, armes Mädchen.« Er tauschte einen Blick mit Payton. »Ich kann nur hoffen, dass der Dummkopf den Verstand besitzt, sie zurückzuholen.«

»Er braucht vielleicht einen kleinen Tritt. Und die Sache um meine geplante Hochzeit mit Katherine muss erst geklärt werden.«

Leargan seufzte. »Ihr seid nicht der Vater des Kindes?«

»Nein, aber ich glaube, ich weiß, wer es ist. Sagt mir, habt Ihr die Geschicklichkeit zu lauschen, ohne dabei erwischt zu werden?«

»Ja. Wenn Ihr mir meinen Mangel an Bescheidenheit verzeiht, gebe ich zu, dass ich das sehr gut kann. Warum?«

»Wann immer ich mit meiner lieben Verlobten spreche, möchte ich, dass Ihr zuhört.«

»Glaubt Ihr, Ihr könnt sie dazu bringen, etwas zuzugeben?«

»Ja. Aber ich bin der Mann, der in dieser Falle sitzt – mein Wort würde gegen ihres stehen. Ich brauche jemanden, dem Cameron vertraut, und der muss meine Worte bestätigen. Einverstanden?«

»Sehr. Natürlich kann es sein, dass Cameron nicht damit geholfen ist, wenn er entdeckt, dass sich alles nur so entwickelt hat, weil seine Schwester ihn belog.«

Payton machte eine lässige Handbewegung. »Macht Euch keine Sorgen. Ich bringe ihn und Avery zusammen.«

»Oh ja? Glaubt Ihr wirklich, dass Ihr ihn überzeugen könnt?«

»Vielleicht. Aber Avery wird meine beste Waffe sein. Sie liebt den Esel. Welcher sterbliche Mann könnte dieser Tatsache lange den Rücken zukehren?«

21

Cameron zog sich die Stiefel an, stand auf, und sein Blick fiel auf den Stuhl. Wie oft hatte er sich schon gesagt, dass das nur ein Möbelstück war – dennoch verbrachte er Stunden damit, ihn anzustarren, den Kopf voll feuriger Erinnerungen. Seit nun schon einer Woche erwachte er jeden Morgen mit dem festen Entschluss, dieses verdammte Möbel zu verbrennen. Dann ertappte er sich dabei, wie er beim Anblick der Lehnen vor Erinnerungen und Gefühlen bebte und ließ dann doch von seinem Vorhaben ab. Jede Nacht fand er schwer in den Schlaf, streckte sich auf seinem leeren Bett aus und starrte auf den Stuhl.

Zwei Tage lang hatte er versucht, den Schmerz im Wein zu ertränken, die Leere mit Wein zu füllen. Dann war er einmal aus einer betrunkenen Benommenheit aufgewacht und hatte gemerkt, dass er tatsächlich auf dem Stuhl saß und Averys Namen flüsterte. Seitdem hatte er Wein als Heilmittel verworfen. Er wollte gar nicht wissen, welche rührseligen Worte Leargan von ihm gehört hatte, als er ihn – viel zu oft – ins Bett gebracht hatte.

Und jetzt brütete er schon wieder vor sich hin, wie er gereizt feststellte. Diese Brüterei hielt ihn in seiner eigenen Gedankenwelt gefangen, dort aber wollte er nicht sein. Dort war Avery. Ihr Lächeln, ihre Stimme, ihr Gesichtsausdruck, wenn sie bei ihrem Liebesspiel auf dem Gipfel der Lust anlangte. Er ertappte sich bei der Überlegung, was er hätte anders machen können – wenn überhaupt etwas anders zu machen war. Die Liebesgeständnisse, die sie während ihres Fiebers geäußert hatte, verfolgten ihn. Er musste ständig daran denken, dass sie die erste Frau war, die ihm das Gefühl gegeben hatte, attraktiv zu sein, der beste Liebhaber zu sein, der jemals gelebt hatte.

Ein weiters Problem des Grübelns bestand darin, dass an den Rändern seines Bewusstseins eine Wahrheit lauerte, die er immer schwerer verdrängen konnte. Cameron gab ihr die Schuld an seinem Kopfweh und an den nicht weichenden Schmerzen in seiner Brust. Er hatte Angst vor dieser ins Bewusstsein drängenden Wahrheit – Angst davor, dass ein klarer Blick auf sie ihn restlos zerstören würde.

Er widerstand dem Bedürfnis, diesem Stuhl einen Tritt zu versetzen, und verließ sein Schlafgemach. Was er brauchte, war harte Arbeit, Arbeit, die ihn zu sehr erschöpfte, um an Details wie die Weichheit und Süße von Averys Haut zu denken. Cameron ging in die große Halle, wo Payton und Leargan herzhaft aßen und sich wie alte Freunde unterhielten. Er knurrte eine Begrüßung, ging zu seinem Platz, blieb aber stehen und starrte auf ein Töpfchen mit Marmelade, das neben seinem Teegebäck stand. Brombeermarmelade. Er stieß einen Fluch aus, packte das Töpfchen, schleuderte es gegen die Wand und ging mit großen Schritten aus der Halle.

Leargan sah verblüfft auf die Scherben und die dunkle Marmelade, die an der Wand heruntertroff. »Ich glaube, ich will gar nicht wissen, warum ihn das so wütend macht.«

»Nein, ich auch nicht«, stimmte ihm Payton zu.

»Es wird schlimmer mit ihm.«

»Er bekommt nachts vermutlich nicht viel Schlaf. Wenigstens trinkt er nicht mehr.«

»Stimmt. Obwohl ich mir wünsche, dass er noch einmal betrunken genug ist, um mir zu erzählen, warum ihn dieser Stuhl in seinem Gemach so stört.« Leargan sah Payton an, und beide lachten. »Ach nein, wir sollten nicht lachen. Dieser arme Narr leidet sehr.«

»Das tut er wirklich, und ich glaube, er ist kurz davor, sich einzugestehen, warum er leidet.«

Leargan musterte Payton einen Moment lang, dann fragte

er: »Und Ihr würdet es akzeptieren, wenn er Eure Schwester heiratet?«

»Ja«, antwortete Payton. »Um ehrlich zu sein, ist mir nicht klar, warum sie diesen großen, schwarzäugigen, vor sich hinbrütenden Dummkopf liebt, aber sie tut es. Und nur das zählt für meine Verwandten und mich.«

»Glaubt Ihr, dass sie ihn noch immer haben will, wenn er endlich zur Vernunft kommt?«

»Oh ja. Ihre Wut und ihr wundes Herz müssen beschwichtigt werden, aber sie wird nicht lange genug von ihm fort sein, um ihn auch nur ansatzweise vergessen zu können. Tatsache ist, dass Avery ihn wahrscheinlich sowieso nie vergessen könnte. Wir Murrays neigen dazu, uns fürs ganze Leben zu binden, und sie hat offensichtlich beschlossen, dass Cameron der Mann ihres Lebens ist. Ich gehe davon aus, dass sie ihn bekommt. Schon bald.«

»Bald? Seid Ihr denn der Wahrheit bereits so nah?«

»Das bin ich. Ich habe ein erfreuliches Gespräch mit allen Mägden geführt, die bei der Reise an den Hof zu Katherines Gefolge gehörten, und sie waren äußerst hilfsbereit.« Er grinste, als Leargan die Augen verdrehte. »Außerdem habe ich Tante Agnes ein, zwei nette Besuche abgestattet.«

»Tante Agnes? Sie ist eine herzensgute Frau, und ich liebe sie, aber ich hätte nie geglaubt, dass Ihr viel Vernünftiges aus ihr herausbekommt.«

»Man muss nur wissen, wie man die Spreu vom Weizen trennt. In all dem fröhlichen Geplapper habe ich einige interessante Details gefunden. Es war eine miserable Idee, sie als Anstandsdame für Katherine zu wählen.«

»Offensichtlich. Ihr glaubt also, genug in Erfahrung gebracht zu haben, um Katherine die Wahrheit zu entlocken?«

Payton nickte. »Und ich habe mich entschlossen, ein Stück weit den Rat anzunehmen, den Gillyanne mir zuflüsterte, bevor sie von hier abreiste. Sie riet mir, Katherine wütend zu machen, weil diese Frau nicht mehr darüber nachdenkt, was sie sagt, wenn sie wütend ist. Zudem hat sie mir anvertraut, wie ich meine Verlobte aufstacheln könnte. Nämlich, indem ich sie zurückweise.«

»Aber das habt Ihr ja bereits getan«, murmelte Leargan.

»Ja, früher, aber Katherine denkt, ich sitze nun fest in der Falle. Sie glaubt, das Spiel gewonnen und uns alle zum Narren gehalten zu haben. Sie hatte ihren tapferen, aber armen Liebhaber, und ihr Bruder wird ihr nun den reichen Gatten verschaffen. Gillyanne hat recht. Es ist an der Zeit, Katherine alles, was sie schon auf der sicheren Seite zu haben glaubt, zu verweigern: mich in ihrem Bett, Besuche auf meinen französischen Ländereien und am französischen Hof, Besuche am Hof unseres Königs, wo ich jetzt in einiger Gunst stehe, sowie meinen Geldbeutel. So wird sie ihre Eroberung nur hier oder auf Donncoill zur Schau stellen können.«

»Sie wird außer sich vor Wut sein.«

»Genau«, sagte Payton und stand auf. »Als Antwort darauf wird sie mich hoffentlich mit Hohnreden überschütten, die ihren Sieg über uns arme dumme Männer zum Thema haben.«

»Und wann beginnt dieses Schauspiel?« Leargan stand ebenfalls auf und nickte Anne und Thérèse bei ihrer Ankunft grüßend zu.

»Heute Abend. Ich denke, bei einem Spaziergang in den Gartenanlagen.«

»Gute Wahl. Dort gibt es zahlreiche Nischen, in denen ich ungesehen lauschen kann«, erwiderte Leargan, während er und Payton sich auf den Weg aus der Halle machten.

»Also wirklich! Was ist das für eine Schweinerei?«, rief Anne, womit sie beide Männer veranlasste, sich umzudrehen und sie anzusehen. »Das ist Brombeermarmelade.«

Sie warf einen bösen Blick über die Schulter zu Payton und Leargan. »Habt Ihr das gemacht?«

»Nein, Mistress«, antwortete Payton. »Das war Euer Laird.«

Anne schüttelte den Kopf. »Ich verstehe das nicht. Ich dachte, er mag Brombeermarmelade, aber das ist das zweite Töpfchen, das von ihm verschüttet wurde.«

»Das zweite?«, fragte Payton.

»Ja. An dem Tag, an dem Ihr angekommen seid, Sir Payton, putzten Thérèse und ich das Schlafgemach des Laird. Er muss ein ganzes Töpfchen ausgeschüttet haben. Typisch Mann, hat er das Nächstbeste genommen, um alles aufzuwischen: ein gutes, weiches Handtuch. Jetzt kann man es nicht mehr verwenden. Glücklicherweise waren die Flecken auf den Gewändern und Tüchern nicht zu schlimm. Es waren sogar Flecken auf einem der Stühle.« Sie verzog das Gesicht, als die beiden Männer sie einen Augenblick lang anschauten und dann in so schallendes Gelächter ausbrachen, dass sie beinahe aus der großen Halle hinausstolperten.

»Männer können äußerst seltsame Wesen sein«, sagte sie mit einem Blick auf Thérèse, die gedankenverloren das Chaos betrachtete.

»Was ist los?« Anne ließ sich ihre Worte noch einmal durch den Kopf gehen und dachte über die Mienen der jungen Männer nach, bevor sie zu lachen begonnen hatten. »Nein, das kann nicht sein.«

»*Oui*«, bemerkte Thérèse. »Isch glaube, jemand spielt mit Essen, äh? Lustiges Spiel, *oui?* Liebesspiel.«

»So, so, die kleine Avery mit dem süßen Gesicht.« Anne schaute unverwandt auf die Marmelade und sah dann Thérèse an. »Ich liebe geschlagene Sahne, und mein Ranald verliert darüber geradezu den Verstand.«

»Ich liebe Honig. Mein Mann auch.«

Anne und Thérèse überließen es anderen, die Marmelade aufzuwischen. Sie liefen zum Tisch und trafen ihre Wahl. Als sie zur großen Halle hinausgingen, stießen sie auf Katherine, die eben hereinkam. Sie verbargen ihre gestohlenen Schätze unter den Röcken und ergriffen, kichernd wie junge Mädchen, die Flucht.

Cameron starrte auf seinen Weinkelch und fragte sich, ob er doch noch einmal versuchen sollte, sich zu betrinken. Die harte körperliche Arbeit hatte ihm nicht viel geholfen. Er warf einen Blick auf Leargan, Payton und Katherine, dann auf seine Tante und seinen Cousin Iain. Die Gesellschaft dieser Tafel würde ihn nicht sonderlich ablenken. Payton und Leargan unterhielten sich schon wieder wie alte Freunde, während Katherine schmollte, weil sie nicht beachtet wurde. Sein Cousin Iain ließ geduldig Tante Agnes' ausführliches Geplauder über sich ergehen. Seufzend und zum wiederholten Mal stellte Cameron fest, wie sehr er Avery vermisste. Er hatte sie von dem Augenblick an vermisst, als sie fortgegangen war, und es wurde einfach nicht besser. Genau genommen wurde es immer schlimmer – es wurde zu einer Qual.

»Cameron«, Katherine sprach ihn laut genug an, um Payton und Leargan zu unterbrechen, »ich finde, du musst mit den Bediensteten sprechen.«

»Warum?« Ihm war bewusst, dass er barsch und uninteressiert klang, doch Katherine äußerte viel zu viele Beschwerden, und die meisten waren belanglos.

»Sie stehlen Essen. Und sie putzen jämmerlich schlecht.«

»Die Halle sieht sauber aus, und Diebstahl ist ein Verbrechen. Deswegen solltest du deine Worte gut abwägen, bevor du jemanden beschuldigst.«

»Die Halle ist inzwischen sauber, aber heute Morgen war überall an der Wand Marmelade, und es hat Stunden gedauert, bis sie weg war.«

»Marmelade ist unter Umständen sehr schwer wegzuputzen«, murmelte Cameron, stolz auf seine gelassene Stimme.

»Für gewöhnlich ist es am besten, sie abzulecken«, stichelte Leargan.

»Sie war an der Wand«, schnappte Katherine und schüttelte den Kopf.

Cameron überkam ein äußerst ungutes Gefühl – ein Gefühl, das sich noch verstärkte, als er das Lachen in Leargans und Paytons Augen wahrnahm. »Sie ist jetzt weg. Was also hat es mit dem Diebstahl auf sich?«

»Als ich herunterkam, um mein Frühstück zu mir zu nehmen, gab es keine Schlagsahne und keinen Honig für mein Teegebäck und meinen Haferbrei.«

»Das heißt noch nicht, dass sie gestohlen wurden.«

»Nein? Ich habe aber gesehen, dass Anne und Thérèse etwas in den Falten ihrer Röcke versteckten, als sie davoneilten.«

»Anne und die Schlagsahne«, hörte Cameron Leargan flüstern. »Ranald liebt sie.«

»Dann muss es Thérèses Mann Hugh sein, der das Honigmaul ist«, erwiderte Payton im Flüsterton.

Cameron ließ sich in seinem Stuhl zurücksinken und trank einen großen Schluck Wein. Irgendjemand hatte irgendwie eines seiner Liebesspiele mit Avery entdeckt. Vermutlich war das ein Anlass, sich geschmeichelt zu fühlen, weil andere sich beeilten, es ihm nachzutun. Er war nie zuvor ein verwegener Liebhaber gewesen, und wahrscheinlich hatten solche Wonnen einfach ihren Preis.

»Und dann wollte ich am Morgen etwas Erdbeermarmelade für mein Brot haben.« Katherine hob kurz die Augenbrauen, als Cameron ächzte, aber sie hielt in ihrer Beschwerde nicht lange inne. »Der Page sagte, es gäbe keine. Ich wusste, dass das eine Lüge ist, also ging ich in die Küche hinunter.«

»Ich bin überrascht, dass Ihr überhaupt wisst, wo sie sich befindet«, sagte Payton gedehnt.

Katherine überging seinen Einwurf. »Die Köchin behauptete, dass keine mehr da sei, dabei stand ein Topf davon direkt vor uns auf dem Tisch. Sie sagte, die sei schlecht geworden, und ließ sie mich nicht nehmen. Ich glaube nicht, dass sie schlecht war.«

Cameron kam zu dem Schluss, dass es vergeudete Zeit war, vorzugeben, nichts von der Enthüllung seines Geheimnisses zu wissen. Er sah Payton und Leargan an, die verneinend ihre Köpfe schüttelten. »Vermutlich war sie verschimmelt. Die Köchin wird so etwas schon wissen«, antwortete er Katherine.

»Dann erkläre mit bitte, warum ich später, als ich meiner Stute einen Apfel bringen wollte, Maud, die Küchenhilfe, mit eben diesem Topf Marmelade zu ihrer Hütte eilen sah.«

Cameron stellte sich in Gedanken Maud vor, eine Frau, die beinahe so groß war wie er und einige Kilo schwerer. Dann stellte er sich ihren kleinen, dünnen Mann vor. Ein Blick auf die Gesichter von Payton und Leargan, die ihre Augen aufrissen, sagte ihm, dass sie das Gleiche taten. Es war keine Vorstellung, bei der er verweilen wollte. Und ganz gewiss würde er Katherine nicht sagen, was er über den Verbleib der Marmelade wusste.

»Den Leuten, die unser Essen zubereiten, kann man gelegentlich schon eine kleine Nascherei gönnen«, sagte Cameron. »Wenn es überhand nimmt, spreche ich mit ihnen.«

»Und ich stehe dir standhaft zur Seite, Cousin, wenn du das machst«, versprach Leargan, dessen Augen vor Lachen funkelten.

Cameron ersparte seinem Cousin den kurzen durchdringenden Blick, den er ihm eigentlich zuwerfen wollte, und trank stattdessen einen weiteren großen Schluck Wein. Leargan wusste, dass Cameron niemals mit seinen Bediensteten über die Marmelade sprechen würde. Was hätte er sagen sollen? Hört bitte auf, Liebesspiele mit meinem Essen zu treiben? Er hoffte nur, dass sich das Stibitzen in ein paar Tagen auf ein erträgliches Maß reduzieren würde. Dann dachte er an diese Schelme Ranald und Hugh und an ihre hübschen Frauen und beschloss, dass es vielleicht klug sein würde, ein wachsames Auge auf die Sahne- und Honigbestände zu haben.

»Wie immer ein ausgezeichnetes Mahl, Sir Cameron «, bemerkte Payton, indem er aufstand und sich leicht verneigte. »Um ehrlich zu sein, habe ich so viel gegessen, dass ich zum

Ausgleich gerne einen kleinen Spaziergang durch den Garten machen würde.«

»Oh, das ist eine herrliche Idee.« Katherine stand auf und eilte ihm zur Seite.

»Ja, das war es«, murmelte Payton, als er Katherine aus der Halle geleitete.

Payton, stellte Cameron fest, unternahm kaum etwas, um seine Abneigung gegenüber Katherine zu verbergen. Er wandte sich zu Leargan um, musste aber feststellen, dass sein Cousin dem Paar folgte. Scheinbar versuchte Leargan, sich möglichst unauffällig zu bewegen, was Camerons Misstrauen weckte. Er stand auf und folgte seinem Cousin.

»Du musst nicht mit diesem jungen Liebespaar in die Gartenanlagen gehen«, sagte Agnes, als Cameron zu ihrem Platz kam. »Leargan passt auf sie auf.«

»Das also hat er vor?«, fragte Cameron.

»Oh ja. Er folgt ihnen immer. Und was ist er auch für ein rücksichtsvoller Junge. Er bleibt immer außer Sichtweite, sodass sie sich ungestört fühlen können, doch er ist ständig in Bereitschaft einzugreifen, falls es erforderlich wird.«

Agnes holte tief Luft, um einen ihrer langen Monologe zu eröffnen, und Cameron spürte, wie seine Anspannung wuchs. Er wollte die zarten Gefühle seiner Tante nicht verletzen, aber er musste unbedingt herausfinden, was Leargan und Payton im Sinn hatten. Da fragte Iain seine Tante, wie ihr der Wein heute gemundet habe. Agnes holte nochmals Luft, um zu antworten, und Cameron ergriff die Flucht. Jeder wusste, dass man Agnes nicht danach fragen durfte, wie ihr der Wein schmeckte, denn sie hielt es für nötig, ihn mit jedem anderen Wein, den sie jemals gekostet hatte, zu vergleichen und zu erzählen, wo sie ihn probiert hatte, warum und zu welchen Speisen. Iain würde stundenlang festsitzen. Cameron schwor sich, eine Möglichkeit zu finden, den Mann für sein Opfer zu entschädigen.

So leise wie möglich betrat Cameron den Garten, der Stolz

und Freude seiner verstorbenen Mutter gewesen war und einen großen Teil des rückwärtigen Burghofs einnahm. Er sah, dass Payton sich an den Rand des kleinen Brunnens lehnte, der sich in der Mitte der Anlage befand. Katherine stand vor ihm, und ihre Haltung drückte zunehmende Verärgerung über ihren auserwählten Bräutigam aus. Am anderen Ende des Gartens erspähte Cameron im Schatten einiger Sträucher eine Gestalt und wusste, dass es Leargan war. Cameron schlich sich um das Paar am Brunnen herum und setzte sich auf eine Steinbank, die in einer von Büschen geschützten Nische aufgestellt war. Er hatte die ungute Ahnung, dass er einige hässliche Wahrheiten vernehmen würde, aber er zwang sich, zu bleiben und – wie Leargan – zu lauschen.

»Nun Payton, mein Lieber«, sagte Katherine gerade, »findet Ihr nicht, dass Ihr lange genug schlecht gelaunt seid?«

»Nein«, antwortete Payton. »Vermutlich wird meine Laune unter dieser Ungerechtigkeit noch ein, zwei Jahre leiden.«

»Was für ein Unsinn. Warum könnt Ihr nicht an all das denken, was wir zusammen haben können, an all das, was wir zusammen machen und aufbauen können? In dieser Ehe kann viel Gutes stecken.«

»Zum Beispiel?«

»Nun, wir sollten uns körperlich lieben. Zwischen uns könnte eine große Leidenschaft wachsen«, sagte sie mit leiser, belegter Stimme.

»Nein.«

Katherines Lachen wies eine Spur Unsicherheit auf. »Nein? Wir werden verheiratet sein. Natürlich kommt Ihr in mein Bett.«

»Nein, ich komme nicht. Selbst wenn ich mich vor lauter Verlangen nach einer Frau krümmen sollte, würde ich Euch nicht berühren. Ganz gewiss nicht, bis Ihr das Kind bekommen habt.«

»Oh? Denkt Ihr, dass das Kind Euch nicht ähnlich sehen wird?«

»Da ich es nicht gezeugt habe, ist das möglich.« – »Und was versprecht Ihr Euch davon, nicht mit mir zu schlafen? Ihr könnt Euch schlecht darüber beschweren, dass ich keine Jungfrau mehr bin. Euer Wort würde gegen meines stehen, wenn es um denjenigen geht, der mir die Jungfräulichkeit nahm, oder um den Zeitpunkt meiner Entjungferung – und ebenso ungesichert wäre jede Behauptung, die Ihr in Bezug auf unsere nicht vollzogene Ehe aufstellen wollt. Und wir werden bei Hof als Mann und Frau auftreten, vielleicht sogar am französischen Hof, denn ich habe gehört, dass Ihr bald dorthin reisen müsst.«

»Habt Ihr das? Ihr müsst Euch viel Zeit genommen haben, um etwas über mich in Erfahrung zu bringen, denn bei Hof war das nicht sonderlich bekannt. Ich fühle mich geschmeichelt. Aber wie kommt Ihr auf die Idee, dass Ihr mit mir dorthin reist?«

»Ich werde Eure Frau sein.«

»Und somit kann ich mit Euch machen, was mir gefällt. Es gefällt mir aber nicht, mich auf meinen Reisen mit Euch zu beladen.«

Die folgende Stille lastete so schwer, dass Cameron fast spüren konnte, wie sie ihn niederdrückte. Er verstand, was Payton im Sinn hatte, und musste die Klugheit seines Vorhabens anerkennen. Unglücklicherweise enthüllte Katherine allzu deutlich, dass sie Sir Payton weder aus Liebe noch aus einer tiefen, beständigen Leidenschaft heraus zum Gatten haben wollte. Sie wollte seinen Körper, sein Ansehen und seinen Geldbeutel. Sie wollte von Hof zu Hof ziehen, sich in seinem Ruhm sonnen und im Neid anderer Frauen. Und tief in seinem Innersten wusste Cameron, dass noch hässlichere Wahrheiten ans Licht kommen würden. Denn wenn Payton ihr jedes Ziel, nach dem sie sich so verzehrte, verweigerte, würde sie zunehmend wütender werden. Und wenn Katherine wütend wurde, schlug sie zu. So viel wusste Cameron über sie. Katherine würde versuchen, Payton zu verletzen, und wenn seine Ahnung stimmte, dann würde die Wahrheit Cameron tief treffen – ihm zeigen, wie gründlich er zum Narren gehalten worden war.

»Ihr müsst mich mit Euch nehmen«, sagte sie schließlich, wobei ihre Stimme vor Zorn zitterte. »Ich werde Eure Frau sein. Wo sollte ich denn bleiben, während Ihr von Hof zu Hof reist?«

»Nun, Ihr könnt hier bei Eurem Bruder bleiben. Und dann ist da auch noch meine Familie auf Donncoill.«

»Das könnt Ihr nicht tun!«

»Ich kann tun, was ich will«, sagte Payton mit harter und kalter Stimme. »Ihr werdet meine Frau sein, mein Hab und Gut. Wenigstens bis das Kind da ist, und dann, denke ich, bin ich in der Lage, Euch abzuschieben.«

»Oh nein, das könnt Ihr nicht.«

»Das Kind ist nicht von mir.«

»Es wird mir und auch Euch so ähnlich sehen, dass Eure Behauptung, es nicht gezeugt zu haben, die Leute nur zum Lachen bringen wird.«

»Ja, ich glaube, Ihr habt das alles in der Tat sehr gut geplant. Ihr habt einen Liebhaber mit roten Haaren und braunen Augen gesucht und gefunden. Ich habe den Jungen gesehen, und wir könnten Verwandte sein. Und er hat sich praktischerweise auch noch als fruchtbar erwiesen, nicht wahr? Allerdings habt Ihr einen ernst zu nehmenden Fehler gemacht, Katherine.«

»Nein, *Ihr* habt einen Fehler gemacht. Ihr hättet mich niemals verschmähen sollen, Payton. Jetzt werdet Ihr nicht mehr dazu in der Lage sein, denn ich werde Eure Frau. Und wenn Ihr glaubt, Ihr könntet mich einfach verstoßen, solltet Ihr besser noch einmal nachdenken. Mein Bruder wird nicht zulassen, dass Ihr mich einer solchen Schande aussetzt.«

»Noch vor der Geburt Eures Kindes oder bald danach wird Euer Bruder erfahren, dass Ihr Euch selbst in Schande gebracht habt, dass Ihr nichts anderes getan habt, als ihn anzulügen und ihn zu benutzen. Ja, angespornt von Eurer eigenen skrupellosen Selbstsucht, habt Ihr uns alle benutzt.«

»Ich weiß nicht, warum Ihr weiterhin behauptet, dass das Kind etwas beweisen soll. Es wird schwarzes oder rotes Haar haben, blaue Augen oder braune. Es wird meiner Familie ähnlich sehen oder einem aus dieser riesigen Horde, die Ihr Eure Verwandtschaft nennt.«

»Ja, Malcolm Saunders hat rote Haare und braune Augen. Außerdem hat er ein großes Muttermal unten auf seinem Rücken.«

»Nein, hat er nicht.«

»Doch, und Ihr solltet das besser wissen als sonst jemand, aber ich fürchte, es ist Euch nicht gelungen, Euren Liebhaber gut kennenzulernen. Vielleicht habt Ihr es nur im Dunkeln mit ihm getrieben oder Euch nie Zeit gelassen, den schönen Körper, den Ihr benutzt habt, näher anzusehen. Ach ja, er ist ja nur ein armer Knappe. Ihr hattet nie die Absicht, bei ihm zu bleiben, sondern habt ihn nur zu Eurem Vergnügen benutzt. Er war Teil Eures Plans.«

»Malcolm hat kein Muttermal.« Katherine schrie es fast. »Woher wollt Ihr überhaupt so etwas wissen?«

»Mein Knappe hat es gesehen, als sie einmal miteinander geschwommen sind. Gil schwört, dass es genauso aussieht wie Sterling Castle. Es bedeckt fast seine ganze linke Pobacke. Vielleicht lag Euer Blick ja auf anderem, vielleicht mehr auf seiner Statur. Ich habe gehört, dass sie äußerst beeindruckend ist.«

»Euer Gil sieht und hört die seltsamsten Dinge – zumindest für einen Mann.«

»Oh, beinahe jeder bei Hof hat schon Gerüchte darüber gehört, wie gut Jung-Malcolm ausgestattet ist. Ist er es?«

»Neidisch? Ich habe gehört, dass Ihr ihm gleichkommt.«

»Ich fürchte, Ihr werdet nie die Wahrheit erfahren. Ich krieche nicht zwischen Eure Beine, bevor das Kind auf der Welt ist, und sobald es da ist, habe ich den Beweis, den ich brauche, um Eure habgierigen Krallen aus meinem Fell zu ziehen.«

»Ihr sollt verdammt sein, das Kind hat vielleicht gar kein Muttermal. Wenn es überhaupt ein Muttermal gibt. Ich glaube, Ihr lügt, Ihr versucht, mich zu überlisten.«

»Nein, glaubt es oder nicht, Katherine: Die Wahrheit wird ans Licht kommen. Das Muttermal, das Eure Lügen aufdeckt, wird da sein. Es erscheint unweigerlich bei jedem erstgeborenen Saunders.«

»Malcolm ist der siebte Sohn«, verkündete Katherine, Erleichterung und Triumph schwangen in ihrer Stimme.

»Wie wahr, abgesehen davon, dass er zugleich der Erstgeborene der dritten Frau seines Vaters ist.«

Cameron beugte sich nach vorne und verbarg das Gesicht in den Händen. Seine Schwester hatte ihn angelogen, benutzte ihn. Sie benutzte sie alle. Es war sogar durchaus möglich, dass sie die Falle für Sir Payton von dem Augenblick an geplant hatte, als er sie am Hof zurückwies. In Cameron hatte sich schon der Verdacht geregt, dass sie log, aber er wäre niemals auf die Idee gekommen, dass ihr Betrug solche Ausmaße annahm, dass sie sich so schäbig benehmen könnte. Und wegen dieser egoistischen, intriganten, verzogenen Göre hatte er die Frau, die er liebte, weggeschickt.

Gegen eben diese Wahrheit hatte er, wie er nun erkannte, angekämpft. Beinahe hätte er laut aufgestöhnt. Während er dasaß und das ganze Ausmaß von Katherines Niederträchtigkeit erkannte, war diese Wahrheit vom Rand seines Bewusstseins in die Mitte getreten. Er konnte sie nicht länger verdrängen, und er hatte recht gehabt, sie zu fürchten. Denn diese Erkenntnis war niederschmetternd: Er liebte Avery, liebte sie mit einer Tiefe und Stärke, die beängstigend war. Und wegen eines verzogenen Kindes hatte er sie weggeschickt – die einzige Frau von seiner Seite gestoßen, die er jemals lieben würde. Er stand auf und trat aus seinem Versteck.

»Es tut nichts zur Sache«, sagte Katherine. »Mein Bruder

wird meinen Worten mehr Glauben schenken als Euren. Er wird nicht zulassen, dass Ihr mich verstoßt.«

»Oh doch, das wird er«, sagte Cameron, als er sich neben Payton stellte und Katherine ansah, die ihn skeptisch betrachtete. »In diesem Augenblick braucht es nur eine weitere Enthüllung, und ich verstoße dich eigenhändig.« Aus den Augenwinkeln sah er Leargan näher kommen.

»Er legt mich herein, Cameron, überlistet mich, damit ich Dinge sage, die nicht stimmen«, protestierte Katherine. Sie trat einen Schritt zurück, denn Camerons Zorn war deutlich zu sehen. »Es ist nicht so, wie es sich anhört.«

»Sei still! Oh ja, ich habe an deiner Geschichte gezweifelt, habe dich sogar bei der einen oder anderen Lüge ertappt, aber ich habe immer noch daran geglaubt, dass du wenigstens etwas für Payton empfindest, weil ihr für kurze Zeit ein Liebespaar gewesen seid. Allerdings ist es mir zunehmend schwergefallen, das zu glauben, als ich Sir Payton kennengelernt habe. Trotzdem bin ich mit meinen Erklärungen und Überlegungen der traurigen Wahrheit nie auch nur nahe gekommen. Wie du siehst, habe ich mich an die törichte Vorstellung geklammert, dass es in dir Gefühle gibt, dass du ein Herz hast. Aber du hast kein Herz!«

»Cameron, du musst mich das erklären lassen!«

»Was erklären lassen? Dass es dich nicht interessiert, wen du verletzt, wessen Leben du zerstörst, solange du nur bekommst, was du willst? Gütige Maria, du hast anfangs diesen Jungen sogar beschuldigt, dich vergewaltigt zu haben. Das hätte ihn leicht das Leben kosten können. Als ich erkannt habe, dass das eine Lüge war, hätte ich sofort allem ein Ende setzten sollen.« Er atmete tief durch, um sich zu beruhigen. »Du wirst mir aus den Augen gehen und so lange außerhalb meines Blickfelds bleiben, bis ich den jungen Malcolm Saunders nach Cairnmoor geholt habe, damit er dich heiratet.«

»Aber er ist ein Niemand – nur ein Knappe, ohne Land und arm.«

»Er wird nicht mehr so arm sein, sobald er deine Mitgift erhalten hat, nicht wahr? Verschwinde jetzt, Katherine, und zwar schnell!« Er atmete erleichtert auf, als sie ihm gehorchte, denn er fürchtete, bei dem geringsten Widerspruch seinem überwältigenden Bedürfnis nachzugeben und sie zu ohrfeigen. »Ihr beide habt die ganze Woche über auf dieses Ziel hingearbeitet, oder etwa nicht?« Er musterte Payton und Leargan.

»Ja«, bestätigte Payton, als Leargan nur die Schultern zuckte. »Avery und Gillyanne haben vor ihrer Abreise nachgeforscht und ein paar Anhaltspunkte herausgefunden. Ich habe noch ein paar weitere entdeckt. Aber, um ehrlich zu sein, war es nur eine Vermutung, dass Malcolm Saunders unser Mann ist. Eine gut begründete Vermutung zwar, aber dennoch nur eine Vermutung.«

»Großer Gott.« Cameron schüttelte den Kopf. »Und ich wette, es gibt auch kein Muttermal, das wie Sterling Castle aussieht.«

»Nein. Nach allem, was Gil mir gesagt hat, könnte man es unter dem Pelz aus leuchtend roten Haaren auch gar nicht sehen.«

Cameron wusste, dass er herzhaft gelacht hätte, wäre er nicht so todtraurig gewesen. »Aber gut ausgestattet.«

»Gerüchte besagen: wie ein Zuchthengst.«

»Aha. Gut, Ihr seid nun frei von allen Heiratspflichten. Und Leargan, du gehst, suchst diesen Zuchthengst von Knappe und bringst ihn hierher, damit er Katherine heiratet. Bedenkt man ihre Schönheit und ihre große Mitgift an Ländereien und Geld, so glaube ich nicht, dass er sich allzu sehr sträuben wird.«

»Cameron, wir müssen miteinander sprechen«, sagte Payton, als Cameron gerade gehen wollte.

»Worüber?« Cameron blieb stehen und warf einen skeptischen Blick auf den jüngeren Mann.

»Avery.«

Cameron musste so heftig einatmen, dass er sich beinahe verschluckt hätte. Er schüttelte den Kopf. »Ich finde, heute habe ich für einen Tag schon genug verkraftet«, sagte er mit gedämpfter Stimme und ging mit langen Schritten davon – in der Absicht, sich bis zur Besinnungslosigkeit zu betrinken. Das mochte seine Schmerzen zwar nur vorübergehend betäuben, aber im Moment brauchte er es.

»Armer Kerl«, murmelte Leargan. »Diese Enthüllung hat ihm einen Stich mitten ins Herz versetzt.«

»Ja«, stimmte ihm Payton zu. »Und es ist nicht nur die Wahrheit über Katherines Niederträchtigkeit, die ihm so zusetzt.«

»Woher wisst Ihr das? Habt Ihr eine ähnliche Gabe wie Gillyanne?«

»Ach, nein. Aber ich habe den Eindruck, der Stich ins Herz ging tiefer und ist nicht allein mit der Enthüllung von Katherines Intrigen zu erklären. Immerhin hat Cameron doch schon eine Menge von dem gewusst oder vermutet, was die liebe Katherine heute Abend preisgegeben hat. Er sah aber regelrecht niedergeschmettert aus. Na ja, was hilft es: Lass uns erst einmal den Bräutigam holen.«

»Ihr wollt mit mir kommen?« Leargan lief neben Payton zur Burg zurück.

»Ja. Euer Laird scheint sich betrinken und eine Weile in diesem Zustand bleiben zu wollen. Und ich bin mir nicht sicher, ob er für ein Gespräch über Avery bereit ist, bevor die liebe Katherine verheiratet und verschwunden ist.«

»Ihr glaubt, dass er Euch dann zuhört?«

»Ja, und wenn ich ihn an den Stuhl fesseln muss, der ihn so beunruhigt.« Payton und Leargan lachten.

23

Cameron hob sehr vorsichtig den Kopf von seinen Händen und beäugte den Trank, den ihm eben jemand hingestellt hatte. Er konnte nicht glauben, dass er derart in Selbstmitleid und Wein versunken war. Diese vier Tage hatten gewiss ihre Spuren hinterlassen. Er warf einen Blick quer durch die große Halle und ihm wurde bewusst, dass nicht nur Katherines Hochzeit vollzogen, sondern auch das Hochzeitsbankett vorbei war. Die Einzigen, die sich noch in der Halle befanden, waren seine bedauernswerte Wenigkeit, Leargan und Payton. Payton hatte ihm den Trank hingestellt, doch beide Männer sahen verständnisvoll aus. Für seine Begriffe grenzte dieses Verständnis ein wenig zu sehr an Mitleid, und genau das gab ihm die Kraft, den Trank zu nehmen und sich in die Kehle zu schütten. »Großer Gott.« Cameron schüttelte sich und trank schnell einen Becher Apfelmost hinterher. »Warum kann Medizin nicht gut schmecken?«

»Ich fragte mich oft dasselbe«, sagte Payton, der sich neben Cameron setzte und einen Teller mit dicken Brotscheiben vor ihn hinstellte. »Esst. Es wird die Gifte aufsaugen und dem Trank bei seiner Arbeit helfen.«

»Was macht Ihr denn noch hier?«, fragte Cameron, während er langsam anfing, das Brot zu essen.

»Ich musste sichergehen, dass Katherine verheiratet wird und ich außer Gefahr bin.«

»Nun, sie ist es, also könnt Ihr jetzt abreisen. Leargan kann Euch ein oder zwei Männer mitgeben, damit Ihr gesund und glücklich auf Donncoill ankommt. Zwei kräftige Männer, um die Mädchen abzuwehren und Euch den Weg nach Hause freizuhalten.«

»Was für ein gut gelaunter, fürsorglicher Gastgeber«, murmelte Payton und versuchte, ein Lachen zu unterdrücken. »Aber noch bin ich nicht zur Abreise bereit.«

»Katherine ist doch nicht mehr hier, oder?« Cameron fragte sich, ob Payton diese unglückliche Geschichte bis zum absoluten Ende beobachten wollte.

»Nein«, erwiderte Leargan und lächelte, als Cameron offensichtlich erleichtert in seinen Stuhl zurücksank. »Sie ist vor ein paar Stunden abgereist und hat lautstark darüber gejammert, dass man sie auf einen so abgelegenen Besitz verbannt, mit nichts weiter als einem niedrigen Knappen als Ehemann. Du kannst also damit aufhören, dich mit Wein volllaufen zu lassen, um dich davon abzuhalten, sie zu erwürgen.«

Da dies einer der Gründe für sein besinnungsloses Trinken gewesen war, widersprach Cameron Leargan nicht. »Habe ich Jung-Malcolm, den Zuchthengst, kennengelernt?«

»Sobald du einen klareren Kopf hast, wirst du dich wahrscheinlich daran erinnern. Er ist ein netter Junge, gutmütig und höflich. Dennoch wird Katherine meiner Meinung nach bald feststellen, dass er auch klug genug ist, um ihr nicht auf den Leim zu gehen, und stark genug, um sie im Zaum zu halten. Du musst nicht die Stirn in Falten legen. Ich bezweifle, dass er sie schlägt oder etwas in der Art. Er war über das alles höchst erfreut. Immerhin ist er von einem niedrigen Knappen ohne Land oder Vermögen zu einem Ritter mit Geld und Ländereien aufgestiegen, dazu hat er eine hübsche Frau und bald auch ein Kind.«

»Wann ist er zum Ritter geschlagen worden?«

»Auf unserem Weg zum Hof, wo wir Malcolm abholen wollten, haben wir haltgemacht und seinem Vater vom glücklichen Schicksal seines Sohnes erzählt«, antwortete Payton. »Die Nachricht veranlasste Sir Saunders, sich aufzuraffen und seinem dreiundzwanzigjährigen Abkömmling die Ritterwürde zu besorgen. Malcolm hat sie verdient«, versicherte ihm Payton, »doch der Laird, dessen Knappe er war, hasst es, neue Knappen zu trainieren. Also verweigert er ihnen die Ritterwürde, bis die Beschwerden zu laut wurden. Sir Saunders hat sich sehr laut beschwert, und somit kam Malcolm als Sir Malcolm bei seiner Hochzeit an. Allerdings will er lieber noch eine Weile warten, bevor er seiner frisch angetrauten Ehefrau die guten Neuigkeiten erzählt.«

Cameron lächelte. »Möglicherweise hat dieser Junge den nötigen Scharfsinn, um mit meiner Schwester fertig zu werden.«

»Und er wird von seiner Kinderfrau unterstützt, einer großen, willensstarken Frau, die ihn anbetet. Außerdem gibt es eine Tante Grizel, die vom gleichen Schlag ist, und ihre vier Töchter.«

»Und einer seiner Brüder wohnt ebenfalls bei ihnen – mit Frau und Schwester«, fügte Leargan hinzu.

»Großer Gott, ist denn das Landgut, das ich ihnen geschenkt habe, groß genug für so viele Menschen?«

»Ja«, antwortete Leargan. »Katherine hat sich beklagt, dass sie kein eigenes Schlafgemach bekommt, wenn so viele von Malcolms Verwandten auf das Landgut ziehen, das sie als Geschenk mit in die Ehe bringt. Malcolm hat nur erwidert, dass dieses Geschenk von Sir Cameron stammt, und sie gefragt, warum sie ihr eigenes Schlafgemach haben will, wenn sie sich doch jede Nacht an seinem prächtigen Pelz zusammenrollen kann.«

Cameron war überrascht, doch er musste lachen. »Es tut mir fast leid, dass ich das alles verpasst habe.«

»Ich glaube, Ihr habt nicht so viel verpasst, wie Ihr denkt. Ihr wart betrunken, aber nicht so betrunken, und Ihr habt Euch tapfer gehalten. Alle haben vermutet, dass Ihr Euch so schwer betrinkt, damit Euch nicht die Hand ausrutscht und ihr Katherine ohrfeigt. Malcolm meint, manchmal sei das das Einzige, was einem Mann zu tun bleibt. Seine Kinderfrau hat versichert, dass sie nicht so zurückhaltend wäre und dafür sorgen wird, dass dieses Mädchen dem edlen, großzügigen Laird Cameron keine Schwierigkeiten mehr macht.«

»Und sie wollte dafür sorgen«, fuhr Payton fort, »dass das Mädchen für Nanas lieben Jungen eine gute Frau ist. Es wird eine Zeitlang dauern, um zu sehen, ob Katherine sich ändern kann. Aber dafür scheint mir Malcolm durch und durch der richtige Mann zu sein. Die Verwandten, die zu ihnen ziehen, bemühen sich ganz bestimmt darum, sie zur Vernunft zu bringen. Es sieht so aus, als hättet Ihr mit ihm einen guten Mann gewählt: als Verwalter für die Ländereien und als Verbündeten, auf den Ihr zählen könnt. Auf ihn und seine ganze Familie. Sie wissen, dass Ihr den Jungen hättet zwingen können, Katherine zu heiraten. Ihr hättet die beiden ohne Geld hinauswerfen können. Sie haben nie solche Geschenke erwartet, und genau so sehen sie es – als Geschenke.«

»Ich wollte Katherine nicht mehr hier haben, aber ich konnte sie auch nicht ohne alles fortscheuchen«, sagte Cameron leise.

»Und sie wird in guter Obhut sein, auch wenn sie vielleicht meint, sie leidet. Bald wird sie den Unterschied kennen zwischen dem, was sie für notwendig hält, und dem, was wirklich notwendig ist. Malcolm ist jetzt Ritter und Laird eines kleinen Besitzes, mit seinem Bruder als rechter Hand. Sir Saunders, ein mittelloser Laird, konnte zusehen, wie zwei seiner jüngeren Söhne weitaus mehr erreicht haben, als er ihnen jemals hätte ermöglichen können. Also ist alles in bester Ordnung, und die meisten sind sehr glücklich. Abgesehen von *Euch*. Abgesehen von meiner Schwester. Und jetzt lasst uns endlich darüber sprechen.«

Cameron sah Payton an und rief sich ins Gedächtnis, dass dieser Mann acht Jahre jünger war als er. Dies nahm Paytons Worten nichts von ihrem Nachdruck. Cameron hätte ihn gerne scharf darauf hingewiesen, dass die Angelegenheit zwischen ihm und Avery Payton nichts anging. Doch er wusste, dass das eine Lüge wäre. Avery war Paytons Schwester, seine

Blutsverwandte. Payton war darüber hinaus ein junger Mann, dem er Unrecht getan hatte und dessen Leben dadurch beinahe zerstört worden wäre. Er musste sich einer Auseinandersetzung über Avery stellen und versuchen, sich nicht anmerken zu lassen, wie sehr ihn das innerlich zerriss.

»Es gibt wirklich nichts, worüber man da sprechen müsste«, sagte Cameron in einem letzten Versuch, diese Unterhaltung zu verhindern. Sie würde nur all die Gefühle wieder aufrühren, die er im Alkoholrausch und im Katzenjammer, der dem Exzess gefolgt war, erfolgreich verdrängt hatte.

»Selbst wenn mir meine Schwester nicht erzählt hätte, dass da etwas war, hätte es mir beinahe jeder auf Cairnmoor erzählt. Es ist gut, dass Avery als Erste mit mir gesprochen hat.« Payton blickte Cameron mit einer gehobenen Augenbraue an. »Manche Brüder würden vielleicht die Neigung verspüren, Euch Schaden zuzufügen. Ganz bestimmt wäre mein Vater begeistert, Euch langsam in kleine Stücke zu hacken. Und es besteht die große Möglichkeit, dass *Maman* ihm dabei hilft.«

»Immerhin bin ich noch am Leben«, knurrte Cameron. »Da Euer Vater meine Tore nicht stürmt und nicht versucht, mich umzubringen, muss ich annehmen, dass Avery nichts gesagt hat.«

»Das würde sie auch nicht. Also, wollt Ihr meine Schwester?«

Die unverblümte Frage schreckte Cameron auf, sodass er ehrlich antwortete. »Ja. Aber das tut nichts zur Sache. Ich habe sie ohne ein Wort fortgeschickt«, fügte er mit gedämpfter Stimme hinzu. »Und das alles wegen einer Lüge. Ich hätte …«

»Nein«, widersprach Payton und hob eine Hand, um Cameron zu unterbrechen. »Nicht mir müsst ihr sagen, was Ihr hättet tun oder sagen sollen. Ihr müsst es Avery sagen.« Er beugte sich zu Cameron. »Wollt Ihr Avery heiraten?«

»Ja.«

Cameron war über die Schnelligkeit seiner Antwort überrascht. Er hatte damals, als er den Verrat seiner ersten Verlobten aufgedeckt hatte, sofort erklärt, nie wieder heiraten zu wollen. Seitdem hatte es keine Frau gegeben, um deretwillen er einen Gesinnungswandel auch nur in Betracht gezogen hatte. Keine – bis auf Avery.

Seit sie fort war, versuchte er, sie aus seinen Gedanken und seinem Herzen zu verbannen. Es war ihm nicht geglückt. Eine Woche lang hatte er sich davon überzeugen wollen, dass allein ihre starke Leidenschaft sie miteinander verband, dass er einfach nur bedauerte, diese Affäre zu beenden, bevor die Leidenschaft erloschen war. Diese Selbsttäuschung hatte sich an jenem Abend im Garten in Luft aufgelöst, und er hatte nur allzu klar erkannt, welchen Preis er für den Betrug seiner Schwester gezahlt hatte. Plötzlich gab es eine Erklärung dafür, warum er seit ihrer Abreise so schrecklich litt. Doch besonders die Erkenntnis, dass er nichts dagegen unternehmen konnte, verdüsterte sein Gemüt. Jetzt bot ihr eigener Bruder ihm Avery an. Er wäre ein völliger Narr, wenn er dieses Angebot nicht annehmen würde.

»Eine letzte Frage«, sagte Payton sehr leise. »Liebt Ihr sie?«

Cameron starrte in seinen Kelch mit Apfelmost und kam zu der Überzeugung, dass er diesem Mann wenigstens Ehrlichkeit schuldete, also flüsterte er: »Ja.«

»Gut«, Payton setzte sich in seinem Stuhl zurück. »Hier ist mein Plan.«

»Du grübelst.«

Avery wandte sich vom Fenster ab, aus dem sie mit leerem Blick hinausgesehen hatte, und schenkte ihrer Cousine Elspeth ein schiefes Lächeln. Sie waren in das lichtdurchflutete Turmgemach gestiegen, um an ihren Wandbehängen weiterzusticken. Elspeth arbeitete friedlich vor sich hin, während Avery erst auf Nadel und Faden gestarrt hatte und dann zum Fenster gegangen war, um ihren leeren Blick in die Ferne zu richten. Als sie ihre wunderschöne Cousine betrachtete, konnte Avery nicht umhin, sich zu fragen, ob Cameron um sie gekämpft hätte, wäre sie so schön wie Elspeth gewesen.

»Avery, habe ich dich irgendwie verstimmt?«, fragte Elspeth.

Es konnte lästig sein, Familienmitglieder zu haben, die so leicht die Stimmungen, Gefühle und Gedanken der anderen errieten, dachte Avery bei sich. »Nein«, sagte sie mit fester Stimme, während sie sich unter dem hohen Bogenfenster auf eine gepolsterte Bank setzte. »Ich dachte mir nur eben, wie hübsch du bist mit deinen schwarzen Haaren und diesen großen grünen Augen. Herrje, du siehst meiner Mutter ähnlicher als ich.« Sie schnitt eine Grimasse. »Um ehrlich zu sein, bin ich nur ein wenig neidisch. Ich habe einen wunderschönen Bruder, wunderschöne Cousins und Cousinen ...«

»Du bist auch wunderschön«, sagte Elspeth. »Du besitzt zwar nicht die Sorte Schönheit, die von den Minnesängern bedichtet wird. Ich übrigens auch nicht. Vielleicht magst du die Farbe deiner Haare nicht, aber denke doch lieber daran, wie voll, weich und lang sie sind. Vielleicht hältst du dich für zu dünn. Auch wenn manche törichten Männer nach großen Brüsten und runden Hüften schielen, solltest du nicht vergessen, wie kräftig, gesund und wundervoll anmutig du bist. Deine Haut ist rein, zart und strahlt vor guter Gesundheit und Wärme!«

»Und ich habe gute Zähne.«

Elspeth lachte. »Ja, die hast du, Avery. Unter uns gibt es nur sehr wenige, die den Schönheiten aus Gedichten und Liedern gleichkommen. Hast du viele Männer gesehen, bei denen es so ist? Nein.«

»Nun ja, Payton, dein Cormac und Onkel Eric sind dem Ideal männlicher Vollkommenheit sehr nahe.«

»Zu rote Haare, auch wenn das die Mädchen niemals davon abhält, ihnen hinterherzulaufen. Cormac hat mir gesagt, dass vor allem meine Stimme seine Aufmerksamkeit erregt hat.« Sie nickte, als sie Averys überraschtes Gesicht sah. »Ja, und dann mein Mund. Es gibt natürlich noch anderes, das er an mir mag, aber obwohl ich mich deshalb über alle Maßen freue, bin ich mir nicht sicher, ob wirklich alles schmeichelhaft ist. Er findet es zum Beispiel entzückend, dass meine Haare immer ein bisschen unordentlich aussehen, was ich auch mit ihnen anstelle. Und er glaubt, ich habe anbetungswürdige Füße.« Avery und sie lachten, wurden aber schnell wieder ernst. »Dieser Mann hätte nicht mit dir geschlafen, wenn er dich nicht attraktiv finden würde. Schau nicht so besorgt drein, Avery, man sieht es dir nicht an.«

»Woher weißt du es dann?«

»Es liegt an der Art, wie du grübelst. Die verrät mir, dass du weitaus mehr als nur ein hübsches Gesicht vermisst. Hat deine Mutter das schon erraten?«

»Ich glaube. Sie versucht – na ja, mit mir zu sprechen, und beobachtet mich ein bisschen zu genau. Aus diesem Grund habe ich beschlossen, dich zu besuchen. Ich habe ihr gesagt, dass du vielleicht wissen willst, was ich über Alans Vater in Erfahrung bringen konnte. Doch dann bist du auf einen Besuch hierhergekommen, weil Cormac am Hof ist.«

»Tut mir leid.« Elspeth atmete tief durch und fragte leise: »Er wird gut zu meinem Alan sein, nicht wahr?«

»Oh ja. Meiner Meinung nach hat er das bereits bewiesen, findest du nicht? Er besitzt jedes Recht darauf, den Jungen zu sich zu nehmen, trotzdem nimmt er Rücksicht auf seine Situation.«

»Wie wahr. Er hat vorgeschlagen, die Angelegenheit langsam zu regeln – das zeigt, dass er Rücksicht auf die Gefühle des Jungen nimmt. Das wird mir auch helfen, ihn loszulassen, obwohl Alan immer einen Platz in meinem Herzen haben wird. Und besteht denn nicht die Aussicht darauf, dass du Herrin von Cairnmoor wirst?«

»Ich weiß es nicht.«

»Sir Cameron hat doch mit dir geschlafen.«

Avery lehnte sich an die kalte Steinwand. So kurz und knapp, wie sie nur konnte, erzählte sie Elspeth alles über ihre gemeinsame Zeit mit Cameron. Sie schilderte ihr, wie anfangs der Racheplan im Vordergrund stand und wie sich das allmählich änderte. Sie berichtete auch von Camerons Misstrauen gegenüber Frauen und von den Ursachen dafür. Dann wartete sie, während Elspeth über alles, was sie soeben erfahren hatte, nachdachte.

»Du lieber Himmel, drei Jahre Enthaltsamkeit«, murmelte Elspeth schließlich und schüttelte den Kopf.

»Eine ausreichende Erklärung für sein Verlangen.«

»Nein. Ein oder zwei Nächte mit dir hätten es dann auch getan. Nach allem, was du mir erzählt hast, war das mehr als nur eine kurze Brunstzeit.«

»Das möchte ich gerne glauben. Von meiner Seite aus war es mehr. Und als ich es einmal als Brunst bezeichnet habe, ist er sehr wütend geworden. Er hat mir befohlen, unsere Affäre niemals mit Brunst zu vergleichen.«

»Aha, Avery, das sind die Worte, auf die du deine Hoffnung setzen solltest.«

»Glaubst du wirklich?« Auch Avery hatte sie für ausschlaggebend gehalten, doch sie hatte Bedenken gehabt, ihren eigenen Gefühlen und Schlussfolgerungen zu trauen.

»Ja, wirklich, und du solltest auch daran glauben. Du hast nur Angst, deinen Gefühlen Vertrauen zu schenken. Ein Mann, der ein Mädchen einfach nur als Bettgenossin will, interessiert sich nicht dafür, wie sie ihr Liebesspiel nennt. Wenn sie es im Ärger sagt, widerspricht er vielleicht und macht ihr ein paar beschwichtigende Komplimente. Aber er wird nicht wütend und erteilt nicht solche Befehle.«

»Dennoch hat er mich weggeschickt.« Avery verzog innerlich das Gesicht über den weinerlichen Unterton ihrer Stimme.

»Er musste. Das weißt du. Das war eine dieser Handlungen, die man schnell durchführt, um sich danach in Selbstmitleid zu baden. Schwieriger könnte es für ihn werden, dich zurückzuholen. Das wird für ihn sicher ein größeres Problem darstellen als für dich«, murmelte Elspeth, während sie sich mit den Fingern ans Kinn tippte.

»Wie kompliziert soll es denn noch werden?«, grummelte Avery. »Er hat mich und Gilly gegen Payton eingetauscht und wird ihn zwingen, seine verkommene, verlogene Schwester zu heiraten. Der arme Payton steckt inzwischen vielleicht schon mitten in der Hölle.«

Elspeth schmunzelte. »Sehr dramatisch.«

»Danke.«

»Also, du hast gesagt, dass Cameron seine Meinung geändert hat, dass er Payton keine Vergewaltigung mehr vorwirft und stattdessen die Hochzeit um ein bis zwei Wochen verschoben hat. Damit hat Payton Zeit gewonnen, um zu beweisen, dass Katherine lügt und alle nur überlisten wollte, um ihren Willen zu bekommen.«

»Warum sucht Cameron nicht selbst nach Beweisen für ihre Lügen, wenn er bereits Zweifel hat?«, fuhr Avery auf.

»Auch das weißt du«, tadelte sie Elspeth, wobei die sanfte Stimme, mit der sie sprach, ihr Mitgefühl offenbarte. »Es würde dir auch schwerfallen zu glauben, dass sich einer aus deiner Familie so unehrenhaft beträgt. Du würdest ihn verteidigen, mit allen Mitteln an ihn glauben wollen, und zwar ebenso sehr, wie Cameron an seine Schwester glauben will. Bis zu dem Augenblick, in dem du ein Geständnis hörst.«

»Ich wünschte mir, du würdest damit aufhören.«

»Womit aufhören?«

»Mir all meine Gründe fürs Grübeln zu rauben.«

Avery lächelte schwach, als Elspeth lachte. Es stimmte aber. Sie hatte bei ihren Grübeleien selbst schon viele ähnliche Argumente ins Feld geführt, um ihre tiefe Kränkung zu erklären. Während sie diese Details hin- und herwälzte, musste sie zumindest nicht an Camerons Schweigen denken, das er nicht nur am Abschiedstag, sondern an allen Tagen gewahrt hatte. Es hielt sie davon ab, dem selbstzerstörerischen Gedanken zu huldigen, dass Cameron sie einfach nicht haben wollte. Diese zunehmend düsteren Gedanken erschreckten sie. Da setzte sich Elspeth plötzlich neben Avery und umarmte sie. »Du liebst ihn über alle Maßen.« Elspeth sprach diese Worte als Tatsache und nicht als Frage aus.

»Oh ja«, flüsterte Avery. »Ich habe das Gefühl, dass ein Teil von mir fehlt. Das Gefühl, dass ich mein Leben nie wieder voll und ganz genießen kann, wenn er nicht bei mir ist.«

»Ich kenne das Gefühl. Er ist also ein guter Liebhaber?«

»Du neugieriges Frauenzimmer«, erwiderte Avery und musste sanft lächeln. »Ich finde schon. Es ist seltsam: Ich hatte den Eindruck, dass er das selbst gar nicht einschätzen konnte. In unserer letzten Nacht hat er mir gestanden, dass er manches noch nie zuvor ausprobiert, sondern nur davon gehört hat. Und ich bin ziemlich überzeugt davon, dass er niemals so ... äh, verwegen war, außer mit mir.«

Elspeth nickte und faltete ihre Hände im Schoß. »Cormac hat mir etwas Ähnliches erzählt, nämlich dass er vorher sehr wenige – Abenteuer erlebt hat. Bedenkt man, mit was für einer Hure er sich vor unserer Begegnung herumgetrieben hat, dann überrascht mich das. Aber sie musste wohl das unschuldige Opfer spielen und durfte nicht zu erfahren und anstößig wirken. Ich nehme an, dass du mir keinen Hinweis geben kannst, was du mit *verwegen* meinst?«

»Du bist ein neugieriges Frauenzimmer.« Avery lachte ein wenig überrascht.

»Hm. Männer reden darüber. Warum sollten wir Frauen das nicht auch tun?«

»Sehr richtig. Gut also, dann sag mir: Habt ihr jemals mit Nahrungsmitteln gespielt?«, fragte Avery schmunzelnd. Als Elspeth vor Verblüffung über diese Frage die Augen aufriss, wusste Avery Bescheid.

***

Avery starrte auf den Brief in ihrer Hand. Jemand hatte ihn ihr vor knapp einer Stunde zugesteckt. Sie war fast schon guter Laune gewesen, als sie mit Elspeth aus dem Turmgemach heruntergestiegen war. Doch sofort wurde ihre Stimmung durch diese geheimnisvolle Nachricht von Payton getrübt. Nach einem hastigen Mahl hatte sie sich wieder ins Turmgemach geschlichen, um den Brief zu lesen. Aber sie hatte noch nicht einmal den Mut, ihn zu öffnen. Sie hatte den Verdacht, dass alles, was aus Cairnmoor kam, das gleiche mulmige Gefühl in ihr weckte, das zwischen Bangen und Hoffen schwankte.

»Um Himmels willen, lies ihn doch einfach.«

»Elspeth!« Avery hielt sich die Hand auf ihr hämmerndes Herz und funkelte ihre Cousine an. »Das kann ich nicht mehr, jetzt, wo du hier bist.«

»So?« Elspeth setzte sich auf die Bank neben Avery. »Ich habe keinem erzählt, dass du diesen Brief bekommen hast. Wenn du willst, erzähle ich auch keinem, was darin steht.«

»Bist du sicher? Auch wenn er von Payton ist?«

»Ja. Immerhin befindet er sich nicht in Gefahr. Was Payton mit dieser Hochzeit auf sich nehmen muss, ist vielleicht traurig, aber nicht gefährlich.«

Obwohl Avery nickte, zögerte sie noch immer, die Nachricht zu lesen. Würde sie erfahren, dass Payton Katherine der Lüge überführt hatte und noch immer ein freier Mann war? Wenn dem so war, warum dann diese Heimlichtuerei? War er am Ende doch gezwungen worden, Katherine zu heiraten? Sollte das der Fall sein, bedeutete eine so heimlich überbrachte Botschaft ebenfalls keine guten Nachrichten. Avery stellte fest, dass ihr die heimliche Überbringung dieses Briefs Angst einflößte – ganz abgesehen von ihrem Unbehagen wegen möglicher Nachrichten über Cameron. Alle Gründe, die ihr für eine solche Geheimniskrämerei einfielen, versprachen nichts Gutes.

»Hast du Angst, dass er etwas über Cameron enthält, das dich verletzt?«, fragte Elspeth leise.

»Genau das ist es«, antwortete Avery. »Was mich aber auch beunruhigt, ist diese Heimlichtuerei. Warum muss das sein?«

»Oh. Du kennst Cameron und seine Leute. Könnte Payton auf Cairnmoor in Gefahr sein?«

»Nur in der Gefahr, von Katherines Gejammer taub zu werden. Bestimmt beschwert sie sich lebhaft, dass er ihr alles, was sie sich von dieser Ehe versprochen, vorenthält. Gilly hat ihm geraten, das zu tun, um Katherine so in Zorn zu bringen, dass sie vielleicht die Wahrheit ausspuckt.«

»Durch einen Wutanfall?«, fragte Elspeth, und Avery nickte. »Das könnte funktionieren.«

»Vielleicht«, stimmte Avery zu. »Payton wird es wahrscheinlich probieren, auch wenn er nicht überzeugt war, dass er es schafft. Aber immerhin kann er sich wirkungsvoll für all die Schwierigkeiten rächen, die sie ihm eingebrockt hat.«

»Stimmt. Glaubst du, dass etwas im Brief stehen könnte, das dir alle Hoffnung auf eine Wiedervereinigung mit Cameron raubt?«

»Das ist möglich. Wenn Payton inzwischen mit Katherine verheiratet ist, wird er wie die meisten Mitglieder unseres Clans darüber sehr wütend sein. Was könnte ich denn all diesen negativen Gefühlen entgegensetzen, um mit Cameron zusammen zu sein? Und würde er es überhaupt wollen und mich darum bitten, zu ihm zurückzukommen? Wenn Payton es aber geschafft haben sollte, Katherine als Lügnerin zu überführen, wird Cameron wegen allem, was passiert ist, ein ziemlich schlechtes Gewissen haben, denn er wird dann wissen, dass alles auf einer Lüge aufgebaut war. Wahrscheinlich hält er sich für den größten Narren aller Zeiten. Keine dieser beiden Möglichkeiten wird in ihm den Wunsch wecken, mich bald wiederzusehen.«

»Schuldgefühle und Verlegenheit können einem Mann schwer zu schaffen machen und stark genug sein, ihn in seinem Handeln völlig zu lähmen. Soll ich ihn für dich lesen?« Elspeth streckte ihre Hand aus.

Es war feige, aber Avery nickte und gab ihrer Cousine den Brief. »Um ehrlich zu sein, glaube ich nicht, dass sich irgendetwas ändert. Wenn die Hochzeit stattgefunden hat, denkt Cameron, dass wir nicht zusammen sein können, und er wird dasselbe denken, wenn die Hochzeit nicht stattgefunden hat.«

»Unsinn. Es gibt immer einen Weg. Und vielleicht ist es an der Zeit, dass wir ein paar Wege suchen.«

»Was meinst du damit?«

»Schauen wir erst einmal, was Payton zu sagen hat.«

Avery ballte und öffnete ihre Hände im Schoß, während Elspeth den Brief las. Nach einer Weile begann sie sich zu fragen, ob ihre Cousine eine langsame Leserin war oder den Brief mehrmals las. Letzteres erschien ihr äußerst Unheil verkündend. Ebenso die in Falten gelegte Stirn ihrer Cousine.

»Etwas ist nicht in Ordnung, nicht wahr?«, fragte Avery schließlich.

»In Ordnung schon, aber ausgesprochen seltsam. Payton möchte, dass du zu ihm kommst, aber er drückt sich etwas undeutlich aus. Er schreibt, dass es etwas mit der Hochzeit zu tun hat und mit gewissen Dingen, die er entdeckt hat.«

»Meinst du, er braucht meine Hilfe, um die Wahrheit herauszubekommen?«

»Vielleicht, aber ich denke, in diesem Fall hätte er jeden von uns freiheraus fragen können. Ach du lieber Himmel, hoffentlich hat er nicht herausgefunden, dass der Vater von Katherines Kind einer aus unserem Clan ist! Dann könnte es sein, dass er erst einmal nur mit dir reden will, denn du kennst dich in der Sache am besten aus, weißt, welche Fragen zu stellen sind und wonach man suchen muss.«

»Wenn es einer von unseren Männern war, wäre es wahrscheinlich das Beste, wenn er sofort nach Cairnmoor reiten würde. Wenn das bekannt wird, könnte es sein, dass er hier nicht mehr sehr beliebt ist. *Maman* ist ziemlich unglücklich wegen dieser Geschichte. Tja, ich fürchte, es bleibt mir nichts anderes übrig, als Payton zu fragen. Aber wie soll ich denn zu ihm kommen? Es ist ein längerer Ritt bis nach Cairnmoor. Selbst wenn wir uns auf halbem Weg treffen würden, bedeutet das, dass ich mindestens drei Tage unterwegs bin.«

»Falls Katherine noch immer nicht verheiratet ist, werden die MacAlpins den einzigen Mann, den sie für sie haben, nicht für ein paar Tage ziehen lassen wollen«, überlegte Elspeth.

»Oh nein, natürlich nicht«, murmelte Avery.

»Er schlägt ein Treffen vor, in einer kleinen Kirche unweit von Cairnmoor. Er möchte, dass du dich bei Nacht davonschleichst. Einige Männer, die du schon kennst, werden dich zu ihm zu bringen. Er nennt einen Leargan, einen Klein-Rob, einen Colin, einen Knappen Gil und zwei seiner eigenen Männer, Jamie und Thomas. Ich frage mich, wie Camerons Leute dazu kommen, sich Payton anzuschließen?«

Avery machte ein nachdenkliches Gesicht und tat Elspeths Frage mit einem Schulterzucken ab. Sie wollte nicht mehr in die Nähe von Cairnmoor kommen – es sei denn, Cameron schickte nach ihr. Außerdem stellte sich die Frage, was sie ihren Eltern sagen sollte. Wenn sie nach all den Wirren der letzten Wochen jetzt einfach für eine Woche verschwand, wäre ihre Familie außer sich vor Sorge.

»Ich bin mir nicht sicher, ob ich meine Eltern so in Angst und Schrecken versetzen darf.«

»Hier ist noch ein zweiter Brief, der ihnen auszuhändigen ist, bevor sie sich um deine Sicherheit Sorgen machen.« Elspeth tätschelte Averys verkrampfte Hände. »Sollte es Aufregung geben, werde ich mein Bestes tun, um sie zu beschwichtigen, und wenn es nötig ist, werde ich ihnen sogar von diesem Brief erzählen. Einverstanden?«

»Einverstanden.« Avery seufzte und wurde kurzzeitig von Traurigkeit überschwemmt. Sie kämpfte gegen die aufsteigenden Tränen an, was sie seit ihrer Abreise aus Cairnmoor viel zu oft getan hatte. Offensichtlich hatte sie die kleine

Hoffnung genährt, Payton würde ihr mitteilen, dass Cameron sie vermisse oder sogar plane, sie zurückzuholen.

»Avery, euer Abschied liegt erst knapp über eine Woche zurück«, sagte Elspeth weich, »und es ist ziemlich sicher, dass die Angelegenheit mit Katherine noch nicht geklärt ist. Gib noch nicht alle Hoffnung auf.«

»Ich versuche es. Aber wie soll ich die Hoffnung aufrechterhalten, wenn ich keine liebevollen Worte oder Versprechen bekommen habe, um sie zu nähren? Das ist sehr schwer.«

»Dieser Mann hat es vielleicht versäumt, dir solche Dinge ins Ohr zu flüstern, aber mein Instinkt sagt mir, dass er dich liebt.« Elspeth nickte und lächelte Avery ermutigend zu. »Männern fällt es oft nicht leicht, damit einfach so umzugehen. Gillyanne war doch auch zuversichtlich, dass du und Cameron zusammenkommen würdet?«

Als Avery nickte, bemerkte Elsbeth: »Du weißt, dass man sich auf ihre Einsichten verlassen kann. Und du musst versuchen, an das zu glauben, was dir dein eigenes Herz sagt.«

»Mein Herz schmerzt im Moment ziemlich stark, und die Gedanken, die es mir in den Kopf schickt, sind alles andere als klar.«

»Nun, zuerst musst du jetzt herausfinden, was Payton will.« Elspeth stand auf und zog Avery hoch. »Ich helfe dir, dich von hier wegzuschleichen. Je nachdem, was Payton zu sagen hat, kannst du dann entscheiden, ob du weiter nach Cairnmoor reist und deinem großen, dunklen Ritter gegenübertrittst.«

»Und ob ich ihn dazu bringe, mir all das zu sagen, was er mir am Tag meiner Abreise nicht gesagt hat?«

»Ja, ich würde es versuchen.«

»Und würdest du es versuchen, bevor oder nachdem du ihm mit einem kräftigen Knüppel auf den Schädel geschlagen hast?« Avery lächelte schwach, als Elspeth lachte, doch beide wussten, dass sie nicht nur im Scherz sprach.

24

Nigel saß auf der Bettkante und beobachtete skeptisch, wie seine wütende Frau in ihrem Schlafgemach auf und ab lief. Es war spät und er wollte schlafen, aber er wusste, dass nicht an Schlaf zu denken war, solange sich Gisèle nicht beruhigte. Er wusste eigentlich nicht genau, warum sie so außer sich war. Avery war in Sicherheit. Payton hatte es ihnen in seinem Brief versichert. Ihre Tochter mochte nicht sonderlich begeistert über ihren Bruder und Sir Cameron sein, aber sie würde auch nicht lange verärgert sein. Wenn er den Grund für die Traurigkeit, die sie seit ihrer Heimkehr gezeigt hatte, richtig einschätzte, dann liebte sie Sir Cameron. Auch Payton glaubte das.

Payton war noch immer ein freier Mann, stellte er fest, während Gisèle auf Französisch vor sich hinschimpfte. Und Avery würde bald den Mann bekommen, den sie laut Elspeth ihren Ritter Dunkel-wie-die-Sünde nannte. Alles, was seine Stimmung im Moment trüben konnte, war, dass jemand den letzten Topf mit dunklem Honig – seinem Lieblingshonig – gestohlen hatte. Elspeth hatte verdächtig schuldbewusst ausgesehen, als sie ihn darüber klagen hörte, doch sie war mit ihrem kürzlich zurückgekehrten Gatten so schnell verschwunden, dass er sie nicht darüber ausfragen konnte.

»Hörst du mir überhaupt zu?«, fuhr Gisèle Nigel an und stellte sich vor ihn hin.

»Soll ich ehrlich sein? Nein«, gab er zur Antwort, wobei er über ihren entsetzten Gesichtsausdruck fast lachen musste. »Ich frage mich eben, was mit dem letzten Honigtopf geschehen sein mag.«

»Unsere Tochter wird uns geraubt, um diesen schwarzäugigen Schurken zu heiraten, und du jammerst über Honigtöpfe?«

»Dunkler Honig ist mein Lieblingshonig. Seltsam, aber ich glaube, Elspeth verbirgt da etwas und weiß vielleicht sogar, was damit geschehen ist.« Es überraschte ihn nicht, Gisèle mit den Zähne knirschen zu hören. »Liebes, Avery befindet sich in völliger Sicherheit.« Er fing sie auf, als sie sich in seine Arme warf.

»Er hat sich als Söldner bei den DeVeau verdingt«, schimpfte sie an seiner Brust.

»Und er hat diesen Irrtum bald erkannt. Er war bei dem Angriff auf deine Verwandten nicht dabei.«

»*Oui*, obwohl es nicht seiner Zurückhaltung zu verdanken ist, dass so viele diesen heimtückischen Überfall überlebt haben. Das haben wir nur Averys rechtzeitiger Warnung zu verdanken. Dieser Mann hat außerdem versucht, unseren Sohn zu erpressen und ihn zu zwingen, seine Schwester zu heiraten.«

»Sie hat ihm versichert, dass sie von Payton schwanger sei. Ich glaube nicht, dass ich anders gehandelt hätte.«

»Ich wollte ihr eine wunderschöne Hochzeit ausrichten«, flüsterte Gisèle mit tränenschwerer Stimme.

Nigel klopfte ihr auf den Rücken. »Du kannst zur Taufe ihres ersten Kindes ein großes Festmahl veranstalten.«

»Sie ist schwanger?«, schrie Gisèle und starrte ihn entsetzt an.

»Nein, nicht dass ich wüsste. Aber wir Murrays sind eine fruchtbare Familie, also glaube ich nicht, dass wir lange darauf warten müssen.«

»Ich möchte diesen Mann kennenlernen.«

»In vierzehn Tagen.«

»Warum erst dann?«

»Weil sie frisch vermählt sind und einige Zeit für sich haben sollten. Weil es vielleicht ein paar Probleme zwischen ihnen gibt, die ins Reine gebracht werden müssen, und wir würden das nur erschweren. Weil der Vater in mir noch immer eine kleine Neigung verspürt, ihn kräftig zu verprügeln, da ich mir sicher bin, dass er mit unserem Mädchen geschlafen hat. Und weil du auf diesen Mann wütend bist und Zeit brauchst, darüber hinwegzukommen.«

»Eine Woche?«

»Nein, zwei.«

»Oh, wie du wünschst. Aber wir warten keine zwei Wochen mit der Abreise. Wir reisen in zehn Tagen, dann kommen wir in zwei Wochen an.«

»Einverstanden.«

»Ich danke dir.« Sie küsste ihn und lachte, als er sie aufs Bett warf. »Und weil du so ein guter Ehemann bist, erzähle ich dir, was mit dem dunklen Honig passiert ist.«

»Hat Elspeth ihn genommen?« Er legte misstrauisch die Stirn in Falten, als sie zu lächeln begann und nach einem kleinen Töpfchen auf dem Tisch neben ihrem Bett griff.

»*Oui*, ich fürchte, ja. Ich habe sie dabei erwischt und natürlich nach dem Grund für ihren Diebstahl gefragt. Außerdem weiß ich, dass du Erdbeermarmelade auch sehr magst.«

Viel später gab Nigel erschöpft zu, dass er in der Tat Erdbeermarmelade sehr mochte, und er wunderte sich in seiner Schläfrigkeit, warum seine Frau so laut lachte, als er vorschlug, das nächste Mal Brombeermarmelade zu versuchen.

»Seid Ihr sicher, dass Eure Eltern Avery nicht dicht auf den Fersen sind und lautstark mein Blut fordern?«

Payton seufzte, als er sich auf seinem Sitz im hinteren Teil der kleinen Kirche räkelte und beobachtete, wie Cameron vor dem Altar auf und ab ging. »*Maman* könnte es in Betracht ziehen, aber mein Vater wird sie aufhalten.«

Cameron unterbrach sein Auf-und-ab-Gehen lange genug, um Payton skeptisch anzusehen. »Ich hätte gedacht, Euer Vater wäre noch mehr darauf versessen, mich in die Hände zu bekommen.«

»Ihr heiratet Avery. Selbst wenn er erraten hätte, dass Ihr schon mit ihr geschlafen habt – und er hat dahingehend gewiss einen Verdacht – wird ihn das zufriedenstellen. Wahrscheinlich war Avery auf Donncoill traurig und in sich gekehrt, und er konnte ihre Gefühle für Euch erraten.«

Während er zur Tür der kleinen Steinkirche ging, um wie schon Dutzende Male vorher hinauszuspähen, fragte Cameron: »Seid Ihr Euch ganz sicher, dass Avery etwas für mich empfindet?« Nachdem er draußen dieselben Leute auf Averys Ankunft warten sah, wie schon in der vergangenen Stunde, schritt er wieder zum Altar zurück, um den leise fluchenden Payton anzusehen. »Es ist eine nachvollziehbare Frage, schließlich bin ich im Begriff, ein Mädchen zu heiraten.«

»Sie war beim ersten Mal nachvollziehbar«, entgegnete Payton. »Ich könnte vielleicht sogar noch das erste halbe Dutzend als verständlich ansehen. Meiner Meinung nach seid Ihr aber seit Langem darüber hinaus.«

Cameron knurrte ebenfalls einen Fluch, setzte sich so hin, dass er Payton ansehen konnte und fuhr sich mit den Händen durch die Haare. Gefangen genommen von der verwegenen Idee, Avery zurückzubekommen und sie erneut im Arm zu halten, hatte er bereitwillig Paytons Plan zugestimmt. In der vergangenen Woche hatte seine Unsicherheit jedoch zugenommen. Obwohl man nicht sagen konnte, dass er Avery entführte, um sie zu heiraten, da er das volle Einverständnis ihres Bruders besaß, überlistete er sie doch auf gewisse Art und stieß sie in etwas hinein, dem sie vorher nicht zugestimmt hatte. Die einzige Hoffnung, an die er sich klammern konnte und die ihn glauben ließ, dass sie vielleicht Ja sagen würde, resultierte aus der Erinnerung an ihre Leidenschaft für ihn und aus ein paar im Fieber geäußerten Liebesgeständnissen. Mit jedem Tag, der verging, schien ihm das weniger zu sein.

Doch obwohl Cameron zweifelte und es ihm widerstrebte, Avery vielleicht gegen ihren Willen an sich zu binden, hätte er diesem Plan wohl kaum Einhalt geboten, selbst wenn er eine Möglichkeit dazu gesehen hätte. Er brauchte Avery, brauchte sie in seinem Bett und in seinem Leben. Obwohl er sich schließlich eingestanden hatte, dass er sie liebte, freute er sich nicht darüber – nicht, wenn sie ihm noch länger fern war. Genau genommen hatte ihn die Entdeckung seiner Gefühle für Avery nur gequält, bis Payton ihm seinen Plan offenbart hatte. Er musste alldem ein Ende bereiten, musste sie in den Armen halten und ihr sagen, was er empfand, sie vielleicht sogar um Verzeihung bitten. Vielleicht wäre es gerechter und anständiger, Avery eine Wahlmöglichkeit zu lassen, aber er hatte nicht die Kraft, das zu riskieren.

Als er Paytons eindringlichem Blick begegnete, drängte sich Cameron der Eindruck auf, dass dieser Mann ein nobles Opfer sowieso nicht gutheißen würde. Payton wusste, dass Avery und er miteinander geschlafen hatten. Er hatte den Spieß nun umgedreht und tat, was er tun konnte, um seiner Schwester einen Ehemann zu verschaffen. Jung-Payton verhielt sich dabei weitaus liebenswürdiger und verständnisvoller, als Cameron sich benommen hatte, aber hinter seiner guten Stimmung verbarg sich stählerne Entschlossenheit, das ahnte Cameron. Es gab nur eine Möglichkeit, dem jetzt ein Ende zu bereiten: Indem er Payton sagte, dass er Avery weder haben wollte noch liebte. Doch selbst wenn er seine früheren Geständnisse nun komplett widerrief, wenn er solche Lügen ausspucken könnte, würde ihm Payton wohl nicht glauben. Und wenn Payton ihm glaubte, wäre ein Kampf nicht mehr zu vermeiden, denn Payton würde völlig zu Recht die Notwendigkeit sehen, gegen Cameron zu kämpfen – wenn nicht zur Wiederherstellung von Averys Ehre, so doch als Rache für die ihr zugefügten Schmerzen.

»Ich weiß, dass sich die meisten Männer unwohl fühlen, bevor sie ihr Eheversprechen geben«, warf Payton ein, »aber Ihr seht beinahe gequält aus. Ihr habt mir doch gestanden, dass Ihr sie liebt und zur Frau haben wollt. Nach allem, was ich gehört habe, seid Ihr ganz verrückt nach ihr gewesen. Wo liegt also das Problem?«

»Nicht bei mir«, erwiderte Cameron, »aber sie empfindet vielleicht nicht das Gleiche.«

»Sie hat das Bett mit Euch geteilt.«

»Leidenschaft.«

»Damit gehen die Frauen meines Clans wunderbar freigiebig um – allerdings immer nur gegenüber einem einzigen Mann. Sie hat mir gesagt, dass sie Euch liebt.«

»Sie könnte das gesagt haben, um Eurer Wut über unsere Affäre zuvorzukommen.«

»Und warum denkt Ihr, dass ich nicht ohnehin wütend war?«, fragte Payton mit gedämpfter Stimme, sprach aber weiter, bevor Cameron etwas darauf erwidern konnte. »Meine Schwester wäre nicht Eure Geliebte geworden, hätte sie nicht viel mehr als nur Leidenschaft für Euch empfunden. Es stimmt schon, die Frauen meines Clans sind nicht die zartbesaiteten, errötenden Mädchen, die viele Männer so mögen. Aber sie besitzen sehr hohe Moralvorstellungen.«

»Ich habe nicht behauptet, dass Avery keine Moralvorstellungen hat«, raunzte Cameron, der sich fragte, ob Payton es tatsächlich auf einen Streit abgesehen hatte.

»Es hätte ja sein können, schließlich war sie bereit, vor der Heirat mit einem Mann zu schlafen. Aber das scheint bei den Murray-Frauen gang und gäbe zu sein. Wobei sie nur mit dem Mann schlafen, von dem sie mit Sicherheit sagen können, dass er ihr Auserwählter ist.«

»Was?«

»Avery hat Euch erwählt. Drücken wir es einmal so aus: Sie ist zu der Überzeugung gekommen, dass Ihr der Mann ihres Lebens seid. Es ist verrückt, wie viele Unannehmlichkeiten Murray-Frauen ertragen, um den einmal erwählten Lebensgefährten zu erobern. Wie nicht anders zu erwarten, verstehen ihre Erwählten nicht immer auf Anhieb, wie glücklich sie sich schätzen können. Avery hat Euch erwählt, sie will

Euch haben und sagt, dass sie Euch liebt. Also gebe ich, als ihr liebender Bruder, mein Bestes und sorge dafür, dass sie Euch bekommt.«

»Es würde mir jetzt sehr helfen, wenn Avery irgendwann einmal darüber gesprochen hätte. Aber alles, was ich je von ihr gehört habe, waren ein paar verwirrte Geständnisse, als sie im Fieber lag. Sie hat zu keiner anderen Zeit über ihre Gefühle geredet.«

»Wenn ich an Eurer Stelle wäre, würde ich mehr Vertrauen in ihren Fieberwahn setzen. Und ich nehme an, dass Ihr solchen Gefühlsäußerungen nicht gerade Vorschub geleistet habt. Wahrscheinlich hat sie auf ein Signal von Euch gewartet, aber Ihr habt nur von Abschied gesprochen.«

Dem konnte er nichts entgegensetzen, stellte Cameron verdrießlich fest. Wenn er jetzt Zweifel hatte, war das in der Tat seine eigene Schuld. Er war zwar nicht fähig gewesen, sie von seinem Bett fernzuhalten, aber in jeder anderen Hinsicht hatte er sie auf Distanz gehalten. Wenn er bedachte, wie wenig er ihr im Gegenzug für ihre Leidenschaft, ihr Lachen und ihre Liebe gegeben hatte! Es wäre nur allzu verständlich, wenn sie ihn nach alldem nicht mehr heiraten wollte.

»Ich möchte sie einfach nicht in etwas hineinziehen, das sie inzwischen vielleicht nicht mehr möchte«, sagte Cameron weich.

»Sie will es, auch wenn sie möglicherweise kurzzeitig zu wütend sein wird, um es Euch zu sagen. Habt Ihr denn keinerlei Vertrauen zu ihr?«

»Doch«, erwiderte Cameron ohne Zögern. »Aber das hilft mir nicht. Ich glaube nicht, dass das hier der richtige Weg ist. Ihr sagt, sie will es, und alles, was ich als Beweis dafür habe sind ein paar fiebrige Worte. Das ist nicht viel, um eine Ehe zu schließen.«

»So ist es am besten«, versicherte ihm Payton. »Nach der Trauung könnt Ihr um sie werben. Ihr seid ein so verschlossener, wortkarger Mann, ich weiß nicht, ob Ihr sie aus der

Entfernung gut umwerben könntet. Ihr müsstet Euch mit meinen Eltern auseinandersetzen ...«, begann er.

».... was besser nach der Hochzeit geschieht«, vollendete Cameron den Satz, wobei er aufstand und wieder begann, auf und ab zu gehen.

»Insbesondere, weil ich fürchte, dass Ihr nicht das Temperament besitzt, Euch mit meinen Eltern auseinanderzusetzen. Sie wissen, dass Ihr mit ihrer Tochter geschlafen, sie dann fortgeschickt und versucht habt, mich mit Eurer Schwester zu verheiraten. Und dann sind da noch diese Vorwürfe einer Vergewaltigung.«

»Ich frage mich, ob all die Mädchen, die Euch nachlaufen, auch wissen, wie sehr Ihr einen verunsichern könnt.«

»Wahrscheinlich nicht, denn ich spare meine wahre lästige Natur für meine Verwandten auf.«

»Allein das wäre schon Grund genug, um mit einer Heirat in diese Familie zu zögern.«

»Aber Ihr werdet nicht zögern?«

Cameron seufzte und schüttelte den Kopf. »Ich kann nicht. Auch wenn das bedeutet, dass ich Euch und Klein-Gilly als Verwandte ertragen muss.«

»Ah, wartet nur ab, Ihr habt erst einen kleinen Teil meiner Familie kennengelernt.«

»Wie ermutigend.« Cameron runzelte die Stirn und beäugte Payton ein wenig argwöhnisch. »Eure Familie ist groß?«

»Rechnet man alle Verbündeten und angeheirateten Verwandten hinzu, dann ja. Ich habe mir nie die Zeit genommen, diejenigen zu zählen, die ich als nahe Verwandte bezeichnen könnte, darunter die meisten Geschwister von Elspeths Ehemann Cormac. Dessen Eltern waren für ihre Fruchtbarkeit berüchtigt, viele ihrer Kinder sind außerehelich. Sie sind jung und immer unterwegs. Dann gibt es noch die Verwandten von Onkel Eric, die MacMillans, die scheinbar immer auf Besuch sind. Dann ...«

Cameron hob die Hand. »Das reicht. Ich fürchte allmählich, dass ich Euch enttäusche, wenn ich nur so wenige Anverwandte in den Clan mitbringe.« Er grinste flüchtig. »Natürlich gibt es da Leargan. Oh, und Katherine.«

Payton schnitt eine übertriebene Grimasse, wurde aber wieder ernst. »Glaubt Ihr, dass Ihr Eurer Schwester jemals verzeihen könnt?«

»Vielleicht, wenn sie ehrliche Reue zeigt und sich ein bisschen bessert. Meiner Meinung nach ist es am besten, sie für eine Weile der Fürsorge ihres Ehemanns und seiner Familie zu überlassen. Ich kann mich an einige Gerüchte über diese Familie erinnern, und glaube inzwischen, dass sie genau das richtige Umfeld für Katherine sind. Wenigstens muss ich mir keine Sorgen um ihr Kind machen. Malcolm und seine Verwandten werden es gut erziehen. Ich wünschte nur, ich hätte Katherine eine bessere Erziehung geben können.«

»Vielleicht hättet Ihr für das Mädchen mehr tun können, aber ich würde mir keine zu großen Sorgen über ihre Entwicklung machen. Ihr habt getan, was Euch möglich war, und sie hatte Agnes, Iain und viele andere Menschen um sich, die sie liebten. Manchmal geht jemand einfach seine eigenen Wege, und man kann ihn nicht zurückhalten. Mein Gott, wenn man bedenkt, welch miserable Eltern Cormac Armstrong hatte – und doch ist er ein guter Mensch. Ebenso seine Brüder und Schwestern, die ehelichen wie die unehelichen.«

»Und mein Sohn lebt bei diesen Armstrongs?«, fragte Cameron leise.

»Cormac und Elspeth behandeln Klein-Alan wie ihr eigenes Kind. Gott hielt seine Hand über diesen Jungen, als er ihn Elspeth in den Weg legte.«

Cameron nickte und seufzte. »Ich frage mich, ob es gerecht ist, den Jungen von dort wegzunehmen. Immerhin kann Alan, sollte mir Avery einen Sohn schenken, nicht mein Erbe sein. Dennoch ist er mein Sohn. Ich habe diesen Jungen noch nie zu Gesicht bekommen, aber ich möchte ihn bei mir haben.«

»Er ist Euer Fleisch und Blut. Verständlicherweise wollt Ihr das. Es wird dauern, aber Ihr bekommt ihn. Elspeth und Cormac sind traurig darüber, aber sie wussten, dass es irgendwo einen Vater gibt, der den Jungen vielleicht zu sich nehmen will. Und sie werden auch sehr froh darüber sein, dass es Averys Zuhause ist, wo Allan letzten Endes leben wird.«

»Avery und Gillyanne behaupten, dass er genauso aussieht wie ich.«

»Ja, obwohl er nicht Euer grüblerisches Wesen hat.«

»Nun, vielleicht habe ich das auch bald nicht mehr.« Er spannte sich an, als im Eingang der Kirche plötzlich Anne auftauchte.

»Sie kommt«, verkündete sie und bestimmte, schon wieder im Weggehen: »Ich halte das Gebräu bereit, Ihr holt den Priester!«

»Ich bin mir noch immer nicht sicher, ob wir Avery wirklich dieses Getränk geben sollen«, grübelte Cameron.

»Avery mag sich vielleicht nach Eurem dunklen, verschlossenen Gesicht sehnen, aber sie wird über diese List wütend sein und ein paar Erklärungen und Geständnisse von Euch erwarten. Wollt Ihr wirklich jetzt Rede und Antwort stehen?«

Cameron zögerte nicht. »Nein. Ich hoffe nur, das Gebräu verliert seine Wirkung noch vor unserer Hochzeitsnacht.«

Avery blickte sich zweifelnd um, als sie auf die Kirche zuritten. Es war eine lange, aber nicht unerfreuliche Reise gewesen. Das Wetter war schön geblieben, und die Männer waren angenehme Begleiter. Allerdings waren sie nicht sonderlich mitteilsam. Noch immer wusste sie nicht, warum Payton nach ihr geschickt hatte. Mit jeder Meile hatte sich ihr Argwohn verstärkt, wie oft sie sich auch sagte, dass das nicht gerecht war und dass diese freundlichen Männer solche misstrauischen Gedanken nicht verdienten.

Der Anblick von Anne und Thérèse vor der Kirchentür

munterte sie auf. Andererseits verstärkte er ebenfalls ihren Argwohn. Denn sie konnte sich keinen guten Grund für die Anwesenheit der Frauen denken. Aber sie freute sich dennoch und lächelte, als sie abstieg und die beiden herbeieilten, um sie zur Begrüßung zu umarmen. Durstig vom Ritt nahm sie bereitwillig das Getränk, das sie ihr reichten. Nach einem Schluck hob sie aber fragend die Augenbrauen.

»Das schmeckt, na ja, anders«, murmelte sie. »Es ist so etwas wie Met.«

Anne nickte. »Da ist Met drin, aber nicht sehr viel, weil ich weiß, dass er Euch zu Kopf steigt.«

»Ja, und ich brauche einen klaren Kopf, um mit Payton zu sprechen. Wo ist er denn?«, fragte sie und trank ein weiteres Mal. Es schmeckte nicht schlecht und löschte ihren Durst.

»Er wartet in der Kirche auf Euch. Aber er hat gesagt, wir könnten Euch vorher ein oder zwei Augenblicke lang sprechen.«

»Das ist nett von ihm.« Sie lächelte die Frauen strahlend an. »Es ist sehr schön, Euch zu sehen. Ich habe euch beide vermisst.« Sie legte die Stirn in Falten, als Thérèse umherwirbelte und ihr sorgfältig den Staub von den Röcken bürstete. »Ich würde mir keine Gedanken darüber machen, Thérèse, Payton stört das bisschen Schmutz nicht.«

Thérèse nahm Averys Umhang ab und warf ihn Leargan zu. »Gott schon.«

Avery brauchte etwas länger, als ihr gut schien, um den Einwurf zu verstehen. »Oh ja. Vermutlich sollte man so gut wie möglich aussehen, wenn man eine Kirche betritt. Vielleicht sollte Payton mich hier draußen treffen.« Sie trank aus und warf den Kelch Leargan zu, der ihn geschickt auffing, während sie sich fragte, was in sie gefahren war, so etwas zu tun.

»Nein«, erwiderte Anne, die Averys langen Zopf zu lösen begann. »Er wird sich Ungestörtheit wünschen.«

»Will Gott auch, dass ich offene Haare trage?«

»Der Haarschmuck sieht viel hübscher aus, wenn Eure Haare offen und gut gebürstet sind.«

»Selbstverständlich. Das ergibt Sinn.«

Eine leise Stimme in ihrem Kopf sagte Avery, dass es keinen Sinn ergab, doch sie verspürte nicht die Neigung, darauf zu hören. Wenn sie Annes und Thérèses freundliche Aufmerksamkeiten infrage stellte, konnte dies zu Unfrieden führen, und plötzlich wollte Avery nicht mehr die kleinste Spur von Unfrieden. Zum ersten Mal, seit sie Cairnmoor verlassen hatte, fühlte sie sich glücklich. Etwas in ihr war bestürzt über ihr sanftes und blindes Glücksgefühl, aber da das wiederum verdächtig nach Unfrieden klang, verbannte sie diesen Gedanken erbarmungslos.

»Sehe ich jetzt hübsch aus?«, fragte sie Anne und berührte vorsichtig den Blumenkranz auf ihrem Kopf.

»Oh ja, sehr hübsch«, antwortete Anne. »Glücklich darüber?«

»Sehr glücklich. Seltsam, aber ich bin auch sehr glücklich über den Sonnenschein. Und darüber, wie schön dieser Tag ist. Und wie nett Leargan aussieht, wenn er wie ein Tölpel grinst. Habe ich Leargan eben einen Tölpel genannt? Das war nicht sehr nett von mir. Klingt nach Unfrieden.«

Anne zog sie zur Kirche. »Und Ihr wollt heute ganz gewiss keinen Unfrieden?«

»Nein, nicht im Geringsten. Oh, schau dir das an. Leargan ist vor uns in die Kirche gegangen. Will er auch mit Payton sprechen?«

»Er wird ein, zwei Worte mit dem Jungen sprechen, um sicherzugehen. Kommt, Mädchen, Ihr könnt Euch diese Blumen später ansehen.«

»Aber sie sind so wunderschön.«

»Sehr schön, in der Tat, doch Ihr wollt gewiss das, was in der Kirche auf Euch wartet, nicht verpassen.«

»Payton wartet da.«

»Mehr als nur das.«

»Eine Überraschung? Oh, ich liebe Überraschungen.« – »Freut mich, zu hören. Das könnte Euch davon abhalten, uns später alle zu erwürgen«, brummte Anne, während sie Avery in die Kirche schob.

»Sie ist ziemlich weggetreten«, verkündete Leargan, als er in die Kirche kam und sich neben Cameron stellte.

»Sie wird uns also keine Schwierigkeiten machen?«, fragte Payton.

»Nein, sie ist glücklich wie eine Lerche. Behauptet, dass sie keinerlei Unfrieden will.«

»Gut, ich glaube, ich verziehe mich wieder in meine Ecke, bevor sie mich sieht. In ihrer momentanen Gemütsverfassung könnte uns eine solche Ablenkung wertvolle Zeit rauben.«

Cameron verzog das Gesicht und fuhr sich mit den Händen durch die Haare, als Payton die Flucht ergriff. »Mir wäre es lieber, wenn sie bei vollem Bewusstsein wäre.«

»Es wäre netter, aber meiner Meinung nach hat Payton recht mit seiner Annahme, dass sie ein bisschen gereizt sein könnte. Sie wurde während des Ritts hierher sehr misstrauisch.»

»Warum sind hier so viele Leute?«, fragte Avery, während Anne sie den Mittelgang entlangführte. »Wollen sie alle mit Payton sprechen?«

Cameron fuhr zusammen, als Avery ihn schließlich erblickte. Sie starrte ihn einen Augenblick lang mit weit aufgerissenen Augen an und schenkte ihm dann ein wunderschönes Lächeln, das ihn mitten ins Herz traf. Er wünschte sich innigst, sie hätte ihn in nüchternem Zustand so willkommen geheißen.

»Sei gegrüßt, Cameron, mein Ritter Dunkel-wie-die-Sünde.« Sie sprang auf ihn zu. »Ich glaube, ich sollte böse auf dich sein.«

Er legte ihr den Arm um die Schultern und küsste sie sanft auf den Mund. Dabei unterdrückte er den Wunsch nach mehr

Liebkosungen. »Das hat doch Zeit bis später, oder nicht, mein Liebling?«

»Oh ja, wir können hier in der Kirche keinen Unfrieden stiften.« Avery schielte auf den Priester, der vor ihnen stand. »Ach herrje, hast du mich zu Paytons und Katherines Hochzeit holen lassen? Ich fürchte, das könnte zu Unfrieden führen.«

»Nein, nicht Paytons und Katherines Hochzeit«, murmelte er, als er sie sanft drängte, sich neben ihn vor den Priester zu knien.

»Oh gut, dann darf ich noch immer glücklich sein.«

»Das hoffe ich, Mädchen«, flüsterte er und gab dem Priester das Zeichen, mit der Trauung zu beginnen. »Ich hoffe es aufrichtig.«

Avery runzelte die Stirn, als der Priester zu sprechen begann. Es klang alles so vertraut, aber sie hatte ein wenig Mühe, einen klaren Gedanken zu fassen. Ihr Glücksgefühl löste sich in einen Nebel auf, und obwohl sich dieser Nebel gut anfühlte, wollte sie doch lieber dieses Glücksgefühl spüren. Der Priester fragte sie etwas, und sie schaute Cameron an.

»Sag Ja, Mädchen!«, drängte er.

Eine verwirrende Stimme in ihrem Kopf drängte sie, zu zögern, doch sie sagte: »Ja.« Jedes Mal, wenn der Priester sie ansah, schaute sie zu Cameron und wiederholte brav, was er ihr vorsprach. Sein Lächeln, wenn sie tat, was man ihr sagte, beschwichtigte den Argwohn, der sich durch ihre restlose Zufriedenheit hindurch Bahn brechen wollte. Fragen brachten Unfrieden, sagte sie sich und lächelte wieder Cameron an.

Als Cameron sie hochzog, fühlte sie sich benommen und lehnte sich schwer an ihn. Sie murmelte ihre Begeisterung, als er sie küsste, verzog aber das Gesicht, als er den Kuss für ihren Geschmack zu schnell beendete. Um sie herum wurde eine Menge geredet, aber alle klangen glücklich, also ignorierte sie es. Aus den Augenwinkeln meinte sie, Payton zu sehen, der sie angrinste, aber dann verschwand er wieder aus ihrem Blickfeld.

Sie sah zu Cameron hoch. »Ich glaube, mein Glücksgefühl entgleitet mir.«

»Oh, nun ja, vielleicht können wir etwas tun, um es festzuhalten«, sagte er ruhig.

»Ach, hast du Brombeermarmelade?« Sie hörte jemanden herzhaft lachen. Es klang nach Leargan, aber als sie sich stirnrunzelnd zu ihm umdrehte, stolperte sie und landete wieder an Camerons Brust. »Ach du Schreck.«

»Stimmt etwas nicht, Avery?«, fragte Cameron.

Sie sah zu ihm hoch, konnte ihn aber nicht mehr deutlich erkennen. »Mein Glück fühlt sich langsam etwas seltsam an, Cameron.«

Er fing sie auf, als sie zusammensackte, und nahm sie auf die Arme. Sie waren verheiratet, und er war überzeugt, dass sie nicht die geringste Ahnung davon hatte. Das würde er ihr noch erklären und sich wahrscheinlich dafür entschuldigen müssen.

»Was hat Anne ihr gegeben?«, fragte er Leargan.

»Irgendein Gebräu, das sie sonst benützt, um Schmerzen zu lindern«, antwortete sein Cousin.

»Vermischt mit Met?«

»Der gibt dem Trank einen besseren Geschmack.«

Cameron sah auf seine bewusstlose Braut hinunter. »Hoffentlich lässt die Wirkung bald nach, und hoffentlich hat Avery danach keine Kopfschmerzen. Ich habe mich eigentlich auf unsere Hochzeitsnacht gefreut.«

25

Avery öffnete die Augen und sah sich um. Das war eindeutig nicht ihr Schlafgemach. Ihre Augen weiteten sich, als sie einen bekannten Stuhl erblickte. Sie drehte sich nach dem Mann um, der neben dem Bett stand. Cameron wirkte ziemlich beklommen. Als weitere Erinnerungen in ihr aufstiegen, kam sie zu dem Schluss, dass er auch gut daran tat, Angst zu haben.

»Du hast mich betrunken gemacht!«, fuhr sie ihn an, setzte sich auf und funkelte ihn wütend an.

»Nicht betrunken. Es war ein Gebräu, das Schmerzen lindert.« Er reichte ihr einen Kelch mit Apfelmost. »Wir wollten dich, äh, liebenswürdig.«

Sie riss Cameron den Kelch aus der Hand und schnupperte daran. »Ich bin mir nicht sicher, ob ich nochmals etwas trinken möchte, das du mir gibst.«

»Er ist in Ordnung, Avery, jetzt möchte ich dich bei klarem Verstand haben.«

Nachdem sie vorsichtig an dem Getränk genippt hatte, kam sie zu der Überzeugung, dass es nichts weiter als Apfelmost war, und trank aus. Es vertrieb den noch verbliebenen Geschmack des vorhergehenden Getränks. Als sie ihm den Kelch wieder in die Hände warf, erinnerte sie sich an weitere Einzelheiten.

»Sind wir vor einem Priester gekniet?«

Cameron nickte, während er sie forschend ansah. Sie war jetzt eindeutig bei Bewusstsein und Vernunft. Im Augenblick wurde sie auch von Minute zu Minute wütender. Es würde sie wahrscheinlich nicht glücklicher machen, zu erfahren, dass sie die Hochzeitsfeier nur halb wach erlebt hatte. Er hoffte, sie würde es nicht herausfinden, bevor sie ein paar Dinge geklärt hatten.

»Und warum sind wir vor einem Priester gekniet?«

»Er hat uns getraut.«

Trotz ihrer dumpfen Ahnung war sie fassungslos. Einen kurzen Augenblick erfüllte sie pure Freude, dann aber kam ihr zu Bewusstsein, dass sie gar nicht gefragt worden war, ob sie ihn überhaupt heiraten wolle. Er hatte ihr keines der Worte gesagt, die sie sich von ihm zu hören wünschte. Möglicherweise hatte er sie sogar nur geheiratet, weil es die Ehre erforderte. Ja, möglicherweise hatte er sich wegen ihrer Affäre schuldig gefühlt, sobald er seinen Irrtum in Bezug auf Payton und Katherine erkannt hatte, und in ihm war das Bedürfnis entstanden, ihr Recht widerfahren zu lassen.

»Dein Gesichtsausdruck, Liebling, verrät mir, dass du keine sehr freundlichen Gedanken hegst.«

»Freundlich? Du willst Freundlichkeit, obwohl du mich mit einer List hierherlockst, mir ein Rauschmittel verabreichen lässt, um mich besinnungslos zu machen, und mich zur Frau nimmst, ohne mich auch nur zu fragen? Jetzt bin ich wieder bei Verstand, und ich finde, dass du mir einen äußerst hinterhältigen Streich gespielt hast.« Sie schnappte nach Luft. »Und Payton hat mitgespielt, nicht wahr? Ich kann mich erinnern, ihn dort gesehen zu haben.«

Cameron setzte sich neben sie auf das Bett und spürte einen kleinen Stich in der Brust, als sie ein Stück von ihm wegrückte. »Avery, willst du mich denn nicht haben? Ich werde dir ein guter Ehemann sein.« Er ließ seine Hand unter ihre zerknitterten Röcke gleiten und streichelte ihr Bein. Dass sie unter seiner Berührung erbebte, spendete ihm ein wenig Trost.

Avery befahl sich streng, seine Hand wegzuschieben, doch sie schaffte es nur, ihre Hand auf seine zu legen und diese für einen Augenblick festzuhalten. Seine Wärme auf ihrem Oberschenkel beraubte sie ihrer rechtmäßigen Wut und ersetzte sie durch die Glut eines zu lange geleugneten Verlangens. Dass sie ihn begehrte, konnte sie nicht leugnen, aber ihrer Meinung nach war das falsch. Hinter einer Hochzeit musste mehr stehen als Ehrgefühl und Leidenschaft. Da sie weitaus mehr Gefühle in diese Ehe mitbrachte, wäre es nur gerecht, wenn er ebenso tief empfinden würde, sonst bestand die Gefahr, dass die Zukunft für sie schwere Enttäuschungen und tiefe Unzufriedenheit bereithielt.

»Du hast mich geheiratet, weil es dir deine Ehre befiehlt«, knurrte sie.

»Nein«, widersprach er.

Sie überging seinen Widerspruch und fuhr fort: »Du hast gewusst, dass ich keine Ehe akzeptiere, die geschlossen wird, weil es die Ehre erfordert oder weil du dich wegen eines vermeintlichen Vergehens gegen mich schuldig fühlst. Deshalb hast du mich überlistet.«

Er drückte sie aufs Bett. »Nein. Ich habe dich geheiratet, weil ich es so wollte.«

»Payton hat das alles arrangiert, oder nicht?«

»Ja, das hat er. Es war sein Plan.«

»Weil er wollte, dass du seine Schwester heiratest, nachdem du mit ihr ins Bett gegangen bist.«

»Mädchen, ich müsste lügen, wenn ich sagen würde, dass unsere Bettgeschichte nichts mit dieser Hochzeit zu tun hat.« Er begann vorsichtig, ihr Kleid aufzuschnüren. »Aber ich habe dich nicht nur aus diesem Grund geheiratet. Mein Gott, Avery, natürlich möchte ich dich wieder in meinem Bett haben. Ich wollte nie, dass du es verlässt.«

Da er offen mit ihr sprach, hinderte ihn Avery nicht, sie weiter zu entkleiden. Kläglich gestand sie sich ein, dass sie sich so sehr nach seiner Berührung sehnte, dass sie sich nicht beschwert hätte, hätte er jetzt ihr Röcke hochgeschoben und sie genommen. Wie dem auch war, es war nicht klug, ihn im Augenblick zu unterbrechen. Immerhin bestand eine gewisse Möglichkeit, dass er vielleicht einige jener Dinge sagte, nach denen sie sich so sehnte.

»Also wolltest du die Leidenschaft zurück.« Sie zitterte leicht, als er das Mieder ihres Kleides öffnete.

»Hast du sie denn nicht vermisst?«

Er streichelte die Spitze ihrer Brust mit seiner Zunge, feuchtete dabei das Leinen ihres Unterkleides an und ließ sie vor Begehren erschauern. »Ein kleines bisschen.«

»Ich schwöre dir, Mädchen, ich habe dich nicht geheiratet, bloß weil die Ehre es erfordert.« Er presste sein Gesicht auf ihre Brüste, während er seine Hand ihr Bein hochgleiten ließ, um den heißen Willkommensgruß zu genießen, den er so sehr vermisst hatte. »Avery, ich möchte sprechen, ich möchte dir erzählen, warum ich bestimmte Dinge getan habe. Ich möchte sogar versuchen, dir zu erklären, was ich empfinde – aber, mein Gott, ich möchte dich!«

Das klang vielversprechend, dachte sie bei sich. »Jetzt sofort?«

»Ja, jetzt, und jeden Augenblick seit dem zweiten Herzschlag nach deiner Abreise aus Cairnmoor.«

»Und danach sprechen wir?«

»Ja.«

»In Ordnung, Cameron. Bitte.«

Sie half ihm beim fieberhaften Ablegen ihrer Kleider. Als sich ihre Körper trafen, Haut an Haut, weinte sie fast, weil es so schön war. Sie versuchte, ihn überall zu berühren, so wie er versuchte, sie zu berühren. Aber ihr Verlangen war zu stark, zu nachdrücklich. Ein sanfter Aufschrei voller Wonne und Erleichterung entfuhr ihr, als er schließlich ihre Körper vereinte. Doch sie sah verwirrt zu ihm hoch, als er sich nicht bewegte.

»Cameron?«, flüsterte sie und schloss ihre Beine fester um ihn, um ihn stärker an sich zu drücken.

Er zitterte. »Ich wollte es nur genießen, dich zu spüren. Mir scheint, als sei es eine halbe Ewigkeit her, dass ich das genießen durfte.« Er berührte mit seinem Mund ihren und wisperte: »Es ist wie Heimkommen.«

In seinen leisen Worten verbarg sich so viel Gefühl, dass Avery die wenige Selbstbeherrschung, die ihr noch verblieben war, verlor. Sie liebten sich wild, hungrig und ein wenig ungestüm. Der heftige Höhepunkt ihrer Leidenschaft erfasste sie, und als Avery spürte, dass sie in diesen Strudel der Lust gezogen wurde, hörte sie, dass Cameron sich ihr anschloss. Sie kam erst wieder zur Besinnung, als er sie beide abgewaschen hatte und zurück an ihre Seite kroch.

»Meine kleine Katze«, murmelte er dicht an ihrer Kehle, »liebst du mich nicht wenigstens ein bisschen?«

Avery seufzte und kämmte mit ihren Fingern durch seine Locken. Jetzt gab es wirklich kein Zurück mehr. Sie waren verheiratet, und wenn sie ganz aufrichtig sein sollte, gab es keinen Ort, an dem sie lieber gewesen wäre. Vielleicht würde er keines dieser wunderbaren Worte sagen, nach denen sie sich so sehnte, aber sie spürte, dass er Zuneigung zu ihr empfand. Seine Berührungen sagten es ihr ebenso wie der zärtliche Klang seiner Stimme. Und vielleicht, so grübelte sie, würde er irgendwann den Mut aufbringen, ihr gegenüber ehrlich zu sein, wenn sie ihm gegenüber ehrlich war. Vielleicht liebte er sie noch nicht aus vollem Herzen, aber möglicherweise brauchte er zuerst die Sicherheit und das Wissen, dass sie ihn liebte. Vielleicht würde das ihm die Freiheit schenken, seine Liebe zuzulassen.

»Doch. Nicht nur ein bisschen, sondern mehr, als du wahrscheinlich verdienst.«

Ein Zittern durchlief seinen Körper. Bevor sie sich überlegen konnte, was das in Hinsicht auf seine Gefühle bedeutete, küsste er sie mit einem so heftigen Verlangen, dass ihr eigenes Begehren wieder aufflackerte. Bevor sie ihm aber in die Augen sehen konnte, barg er seinen Kopf wieder an ihrem Hals. Hätte sie es nicht besser gewusst, hätte sie gedacht, dass Cameron sich ein wenig genierte.

»Wann hast du festgestellt, dass du mich liebst?« Er wärmte ihre Kehle mit sanften, weichen Küssen.

»Kurz bevor ich dir erlaubt habe, mich zu verführen.« – »Wenn ich mich an jene Nacht richtig erinnere – und ich erinnere mich sehr gut –, glaube ich, dass *du mich* verführt hast.«

»Dann sollte dir das deutlich sagen, dass ich mich ganz und gar zum Narren für dich mache.«

»Nein, Liebling.« Er reizte ihre Brustspitze zuerst mit dem Finger, dann mit der Zunge. »Ich hoffe, dass du dich niemals für töricht hältst, weil du mich liebst. Ich weiß, dass ich Dinge getan habe, die dich verletzt haben …«, begann er vorsichtig.

»Das hast du, aber du hast mich nie um meine Liebe gebeten. Es ist nicht deine Schuld, dass ich sie dir geschenkt habe.«

»Vielleicht nicht, aber ich habe schon sehr früh erkannt, dass du nicht wie die anderen Frauen bist, die ich gekannt habe. Ich wollte diese Liebe, mein Liebling. Mein Gott, ich war ganz wild darauf. Aber ich wollte nicht, dass ich dich brauche. Ich habe mich so oft selbst belogen.« Er fing an, mit ihrer anderen Brust zu spielen. »Ich wollte nicht mehr als eine unverfängliche Affäre und dich dann deines Wegs schicken. Ich habe gedacht, dass ich das Ende vielleicht bedauern könnte, aber dass das schnell vergehen würde.«

»Du hast mich fortgeschickt.«

»Das habe ich, und es hat mir von dem Augenblick an leidgetan, als du durch diese Türe gegangen bist. Natürlich habe ich mir gesagt, dumm wie ich war, dass es mir nur wehtut, weil unsere Leidenschaft noch nicht erloschen ist. Meine Sehnsucht nach diesen wunderschönen Brüsten war durchaus voraussehbar.« Er saugte kurz an jeder und ließ seine Hand zwischen ihre Oberschenkel gleiten. »Und welcher Mann würde diesen Honig nicht vermissen?« Er streichelte sie langsam. »Oder diese leisen Töne der Begeisterung, wenn ich deine Hitze koste?«, flüsterte er.

Für die Dauer eines Herzschlags spannte sie sich an, gab

sich dann aber den Freuden hin, die er ihr anbot. Er spannte sie auf die Folter, und sie genoss es. Und während er ihr schließlich die Erleichterung schenkte, nach der sich ihr Körper zitternd sehnte, hörte sie ihn drei kleine Worte aussprechen, die sie in noch größere Höhen entschweben ließen.

Es dauerte eine Weile, bis sie wieder bei Atem war und zu ihm hinuntersehen konnte. Er küsste sanft ihren Bauch, ihre Finger umfassten noch immer seine Haare. Avery konnte nicht wirklich glauben, was eben geschehen war, was sie gehört hatte.

»Hast du eben gesagt, du liebst mich?«, fragte sie zaghaft, wobei sie sich wünschte, dass er sie ansehen würde.

»Ja.« Er begann seinen Weg zu ihren Brüsten hoch zu küssen.

»Ich kann nicht glauben, dass du mir das gesagt hast, während du das da gemacht hast«, keuchte sie, hin- und hergerissen zwischen restlosem Entsetzen und dem Bedürfnis zu lachen.

»Seit ich erkannt habe, dass ich dich liebe, habe ich mir vorgestellt, es dir zu sagen, wenn ich an meinem Lieblingsplatz bin.«

Avery stockte vor Schreck der Atem, dann spürte sie, wie sie rot wurde, schließlich begann sie zu kichern. »Du bist ein liederlicher Kerl.«

Er umfing ihr Gesicht mit seinen Händen und strich mit seinen Lippen über ihre. »Aber du liebst mich.«

»Oh ja. Wahnsinnig. Verzweifelt. Unersättlich.«

»Genauso liebe ich dich.«

»Wann«, wollte sie wissen, während sie ihn drängte, sich auf den Rücken zu legen.

»Wann?«

Cameron streckte sich auf dem Rücken aus. Es war nicht so schmerzhaft gewesen, ihr seine Gefühle zu enthüllen, wie er befürchtet hatte. Die Belohnung war das bisschen Unbehagen ganz bestimmt wert gewesen, grübelte er, während er spürte, wie ihre langgliedrigen, zarten Finger ihn vertraulich streichelten.

»Wann hast du festgestellt, dass du mich liebst?«

»Als ich die Wahrheit über Katherine erfahren habe. Ich bin unten im Garten gesessen und habe gehört, wie Payton ihr die hässliche Wahrheit entlockt hat. Und der einzige klare Gedanke, den ich fassen konnte, war, dass ich deswegen meine Liebste verloren habe. Noch schlimmer war, dass ich in diesem Augenblick nicht daran geglaubt habe, meinen Fehler je wieder gutmachen zu können. Ich möchte, dass du bei mir bist, Avery«, war das Letzte, was er noch sagen konnte, bevor er es ihm die Sprache verschlug.

Sie spielte mit ihm, bis er vor Verlangen in Schweiß gebadet war. Dann setzte sie sich rittlings auf ihn und vereinte langsam ihre Körper. Er erhaschte einen Rest Selbstkontrolle und hielt sie an den Hüften fest, hielt sie sanft an Ort und Stelle, während seine Augen sich an ihrer Schönheit weideten.

»Ich schwöre dir, dass ich jede Nacht schweißnass aufgewacht bin und geglaubt habe, dich so wie jetzt zu sehen, deine Hitze zu spüren. Ich habe fast geweint, als mir klar wurde, dass es nichts weiter als ein Traum war.« Er ließ seine Hand an die Stelle hinuntergleiten, an der sie beide vereint waren, streichelte sie und beobachtete, wie ihr geschmeidiger Körper vor Begeisterung bebte. »Ich liebe dich, Avery.«

»Und ich liebe dich, mein Ritter Dunkel-wie-die-Sünde.« Sie beugte sich über ihn und küsste zart seinen Mund. »Und jetzt wünsche ich mir sofort einen Ausritt.«

»Einen schnellen?«

»Einen sehr schnellen.«

Cameron öffnete die Augen und fand Avery noch immer auf seiner Brust ausgestreckt. Er streichelte ihren Rücken und spürte, wie sie sich leicht an ihn drückte. Lächelnd sagte er sich, dass es eine lange, anstrengende Nacht werden würde.

»Ich möchte so viel für dich tun, Avery«, murmelte er. – »Du tust herrliche Dinge für mich, Cameron.«

»Danke, aber ich habe nicht das gemeint.«

Sie stützte ihre Ellbogen auf und lächelte ihn an. »Das reicht aus, um mich glücklich zu machen.«

Er strich ihr zärtlich eine Strähne aus der Stirn und schob sie ihr hinter das Ohr. »Und ich habe vor, dich so glücklich zu machen, dass du es niemals bereust, diesen dunklen Teufel geheiratet zu haben. Ich schenke dir edle Gewänder und alle Schätze, die sich ein Mädchen nur wünschen kann.« Er hob fragend die Augenbrauen, als sie ihm die Finger auf den Mund legte.

»Psst«, wisperte sie. »Ich möchte von dir nur vier Dinge, Cameron MacAlpin.«

»Und die wären?«

»Ich möchte, dass du mich liebst, wie ich dich liebe.«

»Das tue ich, Mädchen, auch wenn ich wahrscheinlich niemals verstehen werde, wie ich dieses Glück verdiene.«

»Und ich möchte, dass du mich brauchst, wie ich dich brauche.«

»Ich brauche dich so sehr wie Essen und Luft.« Er streichelte sanft ihre schlanken Hüften. »Ich brauche dich, um jeden einzelnen Tag zu überleben. Großer Gott, ich brauche dich allein schon, damit ich nachts ruhig schlafen kann.«

»Mir geht es genauso«, versicherte sie ihm. »Und ich möchte, dass du mir vertraust, wie ich dir vertraue – mit ganzem Herzen und ganzer Seele.«

Er stellte an der leichten Anspannung ihres Körpers fest, dass ihr diese Antwort besonders wichtig war, und verstand sofort, warum. Er hatte sein Misstrauen gegenüber Frauen allzu deutlich gemacht, hatte sie darunter leiden lassen. Cameron wusste, dass er ihr schon seit langer Zeit vertrauen konnte. Er hatte ihr vertraut, lange bevor er sich seine Liebe zu ihr eingestanden hatte. Aber er wusste auch, dass er ihr das nie gesagt hatte.

»Ich vertraue dir, Mädchen. Ich vertraue dir schon seit Langem.«

Avery hätte vor Freude am liebsten geweint, aber ihr war klar, dass Cameron das nicht verstehen würde, und so lächelte sie nur. »Außerdem möchte ich, dass du mir Kinder schenkst.

»Wie es aussieht, arbeite ich bereits kräftig daran, dir diesen Wunsch zu erfüllen.«

»Ja«, sie klopfte ihm auf die Brust, »und du bemühst dich sehr. Ich möchte ein paar wunderbare schwarzäugige Jungen.«

»Und ich möchte ein oder zwei kleine Kätzchen.« Er betrachtete sie einen Augenblick lang, sehr wohl wissend, dass sie wahrscheinlich niemals einen Begriff davon haben würde, wie viel sie ihm gegeben hatte. Und er betete, dass sie es niemals bereuen würde. »Und sonst nichts weiter?«

»Nun ja«, sie lachte leise und kniff ihn sanft in die Nase, »ab und an wäre ein kleines Töpfchen Honig nicht schlecht.«

Er drehte sie auf den Rücken und räkelte sich in ihren Armen. »Ich finde Brombeermarmelade besser.«

»Oh je. Das ist eine Streitfrage, die es wert ist, in den kommenden Jahren gründlich untersucht und geklärt zu werden.«

»Und es werden Jahre sein, meine Geliebte. Lange, köstliche Jahre.«

Epilog

»Cameron!« Dass die Stimme seiner zarten Frau laut genug war, um den ganzen Weg von ihrem Schlafgemach bis zur großen Halle durchzudringen, erstaunte Cameron. Er schritt aus der Halle, um am Fuß der Treppe stehen zu bleiben. Seine Cousins Leargan und Iain begleiteten ihn und sahen ebenso überrascht aus wie er. Cameron warf einen Blick über die Schulter und musste lächelnd feststellen, dass auch Cormac die Treppe hinaufstarrte.

»Hätte nie gedacht, dass Avery einen solchen Lärm veranstalten kann«, bemerkte Cormac. »Gillyanne schon, aber doch nicht Avery.«

»Vielleicht sollte ich zu ihr hochgehen«, überlegte Cameron.

»Cameron, du Mistkerl!«, erklang Averys Stimme.

»Äh, besser nicht.«

Leargan packte ihn am Arm. »Ich weiß nicht so recht, ob das sicher ist.«

»Was soll da schon gefährlich sein. Sie bekommt ein Kind.«

»Als meine kleine Gisèle Wehen bekam, hat sie mich mit einem Holzscheit im ganzen Raum herumgejagt.«

Cameron errötete ein wenig schuldbewusst, als er sich umdrehte und feststellte, dass Averys Eltern angekommen waren. »Warum hat sie das gemacht?«

»Sie wollte mir ein paar Schläge auf den Bauch verpassen, damit ich weiß, wie sich das anfühlt. Ich habe den Fehler gemacht, ihr ein paar nichtssagende Worte des Trostes zu spenden. Maldie hat sie auf dem Bett niedergedrückt, und ich konnte aus dem Gemach flüchten.«

»Musst du denn jedem diese Geschichte erzählen?«, knurrte Gisèle, die eben ihren Umhang abnahm und ihn einem wartenden und offensichtlich betrunkenen Klein-Rob reichte. »Sie werden glauben, dass ich ein schrecklicher Hausdrache bin. *Bonjour,* Cameron. Da du mir ein Enkelkind schenkst, das ich verwöhnen kann, werde ich dir jetzt vielleicht vergeben.«

»Ihr seid sehr freundlich, Mylady.« Er küsste ihr höflich die Hand. »Avery ist ...«

»Ist meine Mutter hier?«

»... sehr laut«, ergänzte Gisèle. »Ich bin hier, Kleines«, rief sie die Treppe hinauf. »Ich komme jetzt zu dir hoch.«

»Gut. Könntest du, bevor du hochkommst, Cameron einen Tritt von mir geben, *Maman?*«

»Also, Avery ...«, begann Cameron. Dann schrie er auf: »Au!« Er rieb sich das Schienbein und starrte Averys Mutter verdutzt an. Sie lächelte honigsüß und küsste ihn auf die Wange. »Ich kann nicht glauben, dass Ihr mir einen Tritt verpasst habt.«

»Man sollte tun, was man kann, um die werdende Mutter glücklich zu machen, oder nicht?« Gisèle stieg die Treppe hinauf. »Ich komme, Avery.« Sie blieb in der Tür zu Averys Gemach stehen. »Ah, *ma petite,* du glühst ja.«

»Ich bin fett und schwitze«, raunzte Avery.

»Aha. Nun, der Schweiß verleiht dir einen hübschen Teint. Gibt es etwas, das du haben möchtest?«

»Ja, ich möchte ein sehr langes, sehr scharfes Messer, und wenn das hier vorbei ist, werde ich Cameron hinterherjagen und ihm die ...«

Cameron atmete erleichtert auf, als die sich schließende Tür das Ende dieser Drohung abschnitt. Er befahl Klein-Rob, sich um das Auftischen von Speisen und Getränken zu kümmern, und schickte die Männer in die Halle. Einerseits wollte er bei Avery sein und sie, so gut er konnte, bei dem Kampf unterstützen, den sie ausstehen musste, um ihr gemeinsames

Kind auf die Welt zu bringen. Doch andererseits schien es so, als wäre es für die Harmonie ihrer Ehe das Beste, Avery im Moment fernzubleiben. Sie hatte Anne, Gillyanne, Elspeth und ihre Mutter bei sich. Unzweifelhaft bekam sie von ihnen all die Unterstützung, die sie jetzt brauchte.

»Macht Euch keine Sorgen, Junge«, sagte Nigel, der sich Wein einschenkte. »Die meisten Mädchen unseres Clans ziehen es vor, in diesem Augenblick nur Frauen um sich zu haben. Und gelegentlich ist es für die Männer sicherer, außerhalb ihrer Reichweite zu bleiben.«

»Mama Vree ist böse auf dich, Papa Camron?«, fragte Alan, als er sich neben Camerons Stuhl stellte.

»Ein kleines bisschen«, antwortete dieser und zauste dem Jungen die schwarzen Locken. »Das geht vorbei. Ein Kind zu bekommen tut weh, und Avery hat das Bedürfnis, ein bisschen zu schreien. Das ist alles.«

»Das hat Mama Beth auch gemacht.«

Er sah zu, wie Alan sich wieder an den Kamin zu Jung-Christopher, einer ziemlich hässlichen Katze namens Muddy und der Kinderfrau Agnes gesellte. In den neun Monaten, die er und Avery nun verheiratet waren, hatte Alan sie drei Mal besucht, jedes Mal zusammen mit Christopher und Agnes. Der Junge nahm bereitwillig an, dass sein Name MacAlpin war, aber es würde Zeit kosten, ihn auch nur ein wenig von seiner Pflegefamilie zu lösen. Alan wollte eindeutig beide Familien haben. Cameron bezweifelte, dass er das Kind jemals von Christopher trennen konnte. Avery hatte recht. Zwischen den beiden Jungen, die von ihren leiblichen Müttern so brutal zurückgestoßen worden waren, gab es ein starkes Band.

Wie dem auch war, es reichte, dass Alan ihn als Vater akzeptierte, auch wenn er sich diese Ehre mit Cormac teilen musste. Da Cormac und Elspeth seinem Sohn das Leben gerettet und ihn wir ihr eigenes Kind aufgenommen hatten, würde Cameron ihnen niemals einen Platz im Leben des Jungen missgönnen. Aber von diesem Besuch versprach er sich einiges, denn Alan würde mehrere Monate bleiben. Cameron hatte nämlich angeboten, Christophers Ausbildung zu übernehmen. Die Beziehung zu seinem Sohn würde nun Zeit haben, zu wachsen und stärker zu werden.

Der Gedanke an Kinder und Familie lenkte seinen Blick zur Treppe zurück. Trotz des Vertrauens, das er in die Frauen rund um Avery hatte, konnte er seine Angst nicht ganz unterdrücken. Avery mochte einen starken Willen besitzen, aber sie war zart gebaut. Cameron betrachtete Cormac und Averys Vater Nigel und versuchte, sich damit zu trösten, dass Elspeth und Gisèle – beides schlanke, zierliche Frauen – die Geburten auch überlebt hatten. Sollte Avery ihn brauchen, würde sie bestimmt nach ihm schicken. Da er nicht wirklich den Wunsch verspürte, sie auch nur im Mindesten leiden zu sehen, wäre es närrisch von ihm, gekränkt zu sein, weil sie nicht nach ihm rief.

»Vermutlich muss ich mich bei Cameron für all meine Verwünschungen und Drohungen entschuldigen«, sagte Avery, als sie erschöpft in dem frisch gemachten Bett lag und ihren neugeborenen Sohn zum ersten Mal auf den Arm nahm, um ihn zu stillen.

»Nein, tu das nicht«, widersprach ihre Mutter und küsste zuerst Avery und dann den Jungen auf die Wange.

»Aber, ich war ein bisschen … äh, unwirsch.«

»Sie müssen sowieso so wenig tun, während du all die Arbeit erledigst«, knurrte sie. »Männer! Sie pflanzen vergnügt ihre Samen in die Frau und denken sich nichts dabei, während die Frau schwitzend und fluchend versuchen muss, das Kind zur Welt zu bringen.« Sie schmunzelten sich alle zu, und Gisèle tätschelte dem Baby den Rücken. »Du hast es gut gemacht, Avery. Wir Murray-Mädchen sind gute Gebärerinnen. Denk aber daran …«

»Ich weiß: nicht zu oft und nicht zu viele. Ich würde jetzt

gern Cameron sehen. Bevor ich schlafe«, fügte sie mit mattem Lächeln hinzu.

Kurz nachdem die Frauen gegangen waren, kam Cameron. Er rannte beinahe in das Gemach, dann schaute er sie eine Weile unverwandt an.

Danach schloss er die Tür, sackte gegen das harte Holz und atmete mehrmals tief durch, bevor er zum Bett ging.

Avery klopfte neben sich und drängte ihn schweigend, sich hinzusetzen. Er tat es so vorsichtig, dass sie lächeln musste.

»Ich habe kein Messer, Cameron«, murmelte sie, froh darüber, ihn grinsen zu sehen. »Komm, schau dir deinen Sohn an.«

Sie legte sich den Säugling auf den Schoß und öffnete die Decke. »Ist es nicht das hübscheste Kind, das du jemals gesehen hast?«

Cameron starrte das Baby an. Er hätte ihr wirklich gerne zugestimmt, doch in seinen Augen sah sein Sohn einem fleckigen alten Mann sehr ähnlich, nur dass er kleiner war. Ein dunkler alter Mann mit schwarzen Haaren, die überall vom Kopf abstanden, dunkler Hautfarbe und einem kleinen bläulichen Stern auf dem Bauch.

Das Kind besaß alle nötigen Körperteile, bemerkte er, während er angestrengt darüber nachdachte, was er sagen sollte. Schließlich vernahm er Averys Lachen und schaute auf, um festzustellen, dass sie ihn anschmunzelte.

»Er wird schon bald hübsch und rund sein.« Sie küsste Cameron auf die Wange und wickelte das Baby wieder in seine Windeln.

»Die Geburt war schwer für ihn. Vielleicht so schwer wie für die Mutter. Vertraue mir, ich habe genug Neugeborene gesehen, um zu wissen, dass er vollkommen ist.«

»Selbstverständlich hat mütterlicher Stolz mit dieser Einschätzung nichts zu tun«, warf er ironisch ein, während er sich an ihrer Seite ausstreckte.

»Selbstverständlich nicht.« Sie hielt das Kind auf den Armen, während sie sich näher an Cameron schmiegte. »Er hat deine schwarzen Haare. Ich warte ein bisschen ungeduldig darauf, welche Farbe seine Augen haben werden.«

»Sie sind blau.« Sanft berührte er das Haar auf dem Kopf seines Sohnes. »Ein seltsames Blau.«

»Das sind die Augen von Neugeborenen. Sie ändern sich noch. Hast du dich entschieden, welchen Namen wir ihm geben wollen?«

»Tormand, nach meinem Vater. Wenn du einverstanden bist.«

»Ja, das ist ein guter Name.« Sie hob den Kopf und hauchte ihm einen Kuss auf den Mund. »Danke für meinen Sohn, Gatte.«

Cameron legte ihr den Arm um die Schultern und zog sie fest an sich.

»Nein, ich sollte dir danken. Ich hatte bei seiner Erzeugung immerhin den erfreulicheren Anteil. Du hast die harte Arbeit erledigt. Bist du sicher, dass es dir gut geht?«, fragte er mit weicher Stimme und gab damit endlich seinen Ängsten Ausdruck.

»Ja, ich bin nur müde.« Sie gähnte, schaute aber ihren Sohn trotzdem weiterhin an, ohne ihren Blick abzuwenden. »Ich glaube, er wird aussehen wie du und Klein-Alan.«

»Armer Junge.«

»Ach nein, Liebster. Es kann niemals genug dunkeläugige Ritter geben, um die Mädchen glücklich zu machen.«

»Du bist mit Blindheit geschlagen, Liebste, aber dafür danke ich Gott jeden Tag.«

Er hob ihr Gesicht und küsste sie langsam und innig. »Ich liebe dich, meine kleine Katze.«

Avery hob die Hand und streichelte ihm die vom Bart beschattete Wange. »Und ich liebe dich, mein Ritter Dunkel-wie-die-Sünde.«

Sie kicherte, als er plötzlich aufstöhnte und sein Gesicht in ihrem Haar vergrub.

»Du weißt, was ich jetzt gerne tun würde.« – »Oh ja, genau wie ich. Aber wir müssen uns einen Monat gedulden.«

»Einen Monat?« Als er sie wieder gähnen sah, bettete er sie bequem in seinen Arm.

»Einen ganzen Monat. Vier lange Wochen«, murmelte sie und konnte nicht länger gegen das Zufallen der Augen ankämpfen.

»Nun, ich sollte diese Zeit wohl gut nutzen.«

»Wofür?«

»Um unseren Vorrat an Brombeermarmelade aufzufrischen.« Er grinste, als sie unmittelbar vor dem Einschlafen noch lächeln musste.

Sobald er sich sicher war, dass er Avery nicht aufwecken würde, verließ Cameron ihr Bett. Mit derselben Sorgfalt nahm er ihr den Säugling aus den Armen. Avery hatte recht, dachte er, als er ihn vorsichtig und behutsam zu seiner Wiege trug.

Es bestand die große Möglichkeit, dass Tormand ihm ähnlich sehen würde. Das würde ihn stolz machen, und er wusste, dass dieser Stolz Averys Werk war.

Ihre Liebe und Leidenschaft hatten eine Menge der früheren Zweifel in ihm beschwichtigt und seine alten Wunden geheilt.

Wenn sie ihn ansah, empfand er sich als schön.

»Ich verrate dir ein kleines Geheimnis, Kleiner.« Er legte den Jungen in seine Wiege und steckte die Decke um ihn fest. »Es ist das Geheimnis des Glücks. Du wirst mir später wohl sehr ähnlich sehen, und manche Idioten halten das für eine üble Sache.

Ignoriere diese Einflüsterungen des Teufels, dieses Geschwätz, dass der, der dunkel aussieht, auch eine dunkle Seele hat.

Du musst dich nur umsehen, Junge, bis du ein kleines Mädchen findest, das dich ansieht, als wärst du der schönste Mann auf der ganzen Welt. Gib dich nicht mit weniger zufrieden, mein Junge. Finde das Mädchen, das dich anlächelt und liebt und dich in der Nacht festhält, auch wenn du dich wie ein Esel aufführst. Und schon bald wirst du entdecken, dass es gar keine so schlechte Sache ist, ein Ritter Dunkel-wie-die-Sünde zu sein.«

Er sah zurück zu Avery, während er sanft das schwarze Haar seines Sohnes streichelte. »Genauer gesagt, dir wird bald jeder Mann leidtun, der kein solcher Ritter ist, denn es hat den Anschein, als wüssten wir schwarzäugigen Ritter, wie man das Paradies findet.«

Weltbild Buchverlag
–Originalausgaben–
Deutsche Erstausgabe 2008

Published by Arrangement with
KENSINGTON PUBLISHING CORP., New York, NY, USA

Dieses Werk wurde vermittelt durch die Literarische Agentur
Thomas Schlück GmbH, 30827 Garbsen.

Projektleitung: Gerald Fiebig
Übersetzung: Andrea Hahn
Redaktion: Karin Fellner
Umschlag: Hauptmann und Kompanie Werbeagentur,
München–Zürich
Umschlagabbildung: Accornero, Franco
via Agentur Schlück GmbH
Satz: Dirk Risch, Berlin
Gesetzt aus der Sabon 10,5/12 pt
Druck und Bindung: CPI Moravia Books s.r.o., Pohorelice

Gedruckt auf chlorfrei gebleichtem Papier

Printed in the EU

ISBN 978-3-86800-008-5